巴金选集

⑩

谈自己

四川文艺出版社

图书在版编目（CIP）数据

巴金选集. 第10卷，谈自己 / 巴金著. — 成都：四川文艺出版社，2016.3（2016.9重印）
ISBN 978-7-5411-3952-9

Ⅰ.①巴… Ⅱ.①巴… Ⅲ.①巴金（1904～2005）- 选集 Ⅳ.①I217.2

中国版本图书馆CIP数据核字（2014）第247311号

巴金选集·第十卷
| 谈自己 TANZIJI

责任编辑	奉学勤
封面设计	叶　茂
内文设计	史小燕　张　妮
责任校对	韩　华
责任印制	唐　茵　等

出版发行	四川文艺出版社（成都市槐树街2号）
网　　址	www.scwys.com
电　　话	028-86259285（发行部）　028-86259303（编辑部）
传　　真	028-86259306
邮购地址	成都市槐树街2号四川文艺出版社邮购部　610031
排　　版	四川胜翔数码印务设计有限公司
印　　刷	四川华龙印务有限公司
成品尺寸	146mm×210mm　1/32
印　　张	11.25　　　　　　字　数　300千
版　　次	2016年3月第二版　印　次　2016年9月第三次印刷
书　　号	ISBN 978-7-5411-3952-9
定　　价	30.00元

版权所有·侵权必究。如有质量问题，请与出版社联系更换。028-86259301

CONTENTS
目录

《忆》选 (1933—1936)
忆......................................003
最初的回忆..........................009
家庭的环境..........................038
觉醒与活动..........................056
做大哥的人..........................064
我离了北平..........................071

《短简》选 (1936)
我的幼年..............................079
我的几个先生......................086

《谈自己的创作》选 (1957—1961)
小　序..................................095
谈《灭亡》..........................097
谈《新生》及其他..............111
谈《家》..............................127
谈《春》..............................136

谈《秋》.................. 149
谈《憩园》................ 168
谈《第四病室》............ 188
谈《寒夜》................ 199
谈我的短篇小说............ 211
谈我的散文................ 223

《创作回忆录》选 (1978—1980)
一　关于《春天里的秋天》.......... 235
二　关于《长生塔》................ 241
三　关于《第四病室》.............. 247
四　关于《海的梦》................ 255
五　关于《神·鬼·人》............ 265
六　关于《龙·虎·狗》............ 276
七　关于《火》.................... 287
八　关于《还魂草》................ 301
九　关于《砂丁》.................. 308
十　关于《激流》.................. 316
十一　关于《寒夜》................ 329
再　记............................ 340

附　录
我和文学.......................... 343

后　记................ 347

《忆》选
（1933–1936）

忆

啊,为什么我的眼前又是一片漆黑?我好像落进了陷阱里面似的。我摸不到一样实在的东西,我看不见一个具体的景象。一切都是模糊,虚幻。……我知道我又在做梦了。

我每夜都做梦。我的脑筋就没有一刻休息过。对于某一些人梦是甜蜜的。但是我不曾从梦里得到过安慰。梦是一种苦刑,它不断地拷问我。我知道是我的心不许我宁静,它时时都要解剖我自己,折磨我自己。我的心是我的严厉的裁判官。它比Torquemada[①]更残酷。

"梦,这真的是梦么?"我有时候在梦里这样地问过自己。同样,"这不就是梦么?"在醒着的时候,我又有过这样的疑问。梦景和真实渐渐地融合成了一片。我不再能分辨什么是梦和什么是真了。

薇娜·妃格念尔[②]关在席吕谢尔堡中的时候,她说过:"那冗长的、灰色的、单调的日子就像是无梦的睡眠。"我的身体可以说是自由的,但我不是也常常过着冗长的、灰色的、单调的日子么?诚然我的生活里也有变化,有时我还过着两种完全不同的生活,然而这变化有的像电光一闪,光耀夺目,以后就归于消灭;有的甚至也是单调的。一个窒闷的暗夜压在我的头上,一只铁手扼住我的咽喉。所以便

---

① 十五世纪西班牙宗教裁判所的裁判官。
② 妃格念尔(1852-1942):旧俄民粹派女革命家,在席吕谢尔堡监狱里给关了二十年。1906-1915年侨居国外,后返国,她写了许多回忆录(《难忘的劳动》,1921-1922年版)。

是这些灰色的日子也不像无梦的睡眠。我眼前尽是幻影，这些日子全是梦，比真实更压迫人的梦，在梦里我被残酷地拷问着。我常常在梦中发出叫声，因为甚至在那个时期我也不曾停止过挣扎。

这挣扎使我太疲劳了。有一个极短的时间我也想过无梦的睡眠。这跟妃格念尔所说的却又不同。这是永久的休息。没有梦，也没有真；没有人，也没有自己。这是和平。这是安静。我得承认，我的确愿望过这样的东西。但那只是一时的愿望，那只是在我的精神衰弱的时候。常常经过了这样的一个时期，我的精神上又起了一种变化，我为这种愿望而感到羞惭和愤怒了。我甚至责备我自己的懦弱。于是我便以痛悔的心情和新的勇气开始了新的挣扎。

我是一个充满矛盾的人。"我过的是两重的生活。一种是为他人的外表生活，一种是为自己的内心生活。"①我的灵魂里充满了黑暗。然而我不愿意拿这黑暗去伤害别人的心。我更不敢拿这黑暗去玷污将来的希望。而且当一个青年怀着一颗受伤的心求助于我的时候，我纵不是医生，我也得给他一点安慰和希望，或者伴他去找一位名医。为了这个缘故，我才让我的心，我的灵魂扩大起来。我把一切个人的遭遇、创伤等等都装在那里面，像一只独木小舟沉入大海，使人看不见一点影响。我说过我生来就带有忧郁性，但是那位作为"忧郁者"写了自白的朋友，却因为看见我终日的笑容而诧异了，虽然他的脸上也常常带着孩子的傻笑。其实我自己的话也不正确。我的父母都不是性情偏执的人，他们是同样地温和，宽厚，安分守己，那么应该是配合得很完满的一对。他们的灵魂里不能够贮藏任何忧郁的影子。我的忧郁性不能够是从他们那里得来的。那应该是在我的生活环境里

---

① 在这里我借用了妃格念尔的话。她还说："——在外表上我不得不保持安静勇敢的面目，这个我做到了；然而在黑夜的静寂里我会带着痛苦的焦虑来想：末日会到来吗？——到了早晨我就戴上我的面具开始我的工作。"她用这些话来说明她被捕以前的心境。

一天一天地磨出来的。给了那第一下打击的,就是母亲的死,接着又是父亲的逝世。那个时候我太年轻了,还只是一个应该躲在父母的庇护下生活的孩子。创伤之上又加创伤,仿佛一来就不可收拾。我在七年前给我大哥的信里曾写道:"所足以维系我心的就只有工作。终日工作,终年工作。我在工作里寻得痛苦,由痛苦而得满足。……我固然有一理想。这个理想也就是我的生命,但是我恐怕我不能够活到那个理想实现的时候。……几年来我追求光明,追求人间的爱,追求我理想中的英雄。结果我依旧得到痛苦。但是我并不后悔,我还要以更大的勇气走我的路。"但是在这之前不久的另一封信里我却说过:"我在心里筑了一堵墙,把自己囚在忧郁的思想里。一壶茶,一瓶墨水,一管钢笔,一卷稿纸,几本书……我常常写了几页,无端的忧愁便来侵袭。仿佛有什么东西在我的胸膛里激荡,我再也忍不下去,就掷了笔披起秋大衣往外面街上走了。"

在这两封信里不是有着明显的矛盾么?我的生活,我的心情都是如此的。这个恐怕不会被人了解罢。但是原因我自己却明白。造成那些矛盾的就是我过去的生活。这个我不能抹煞,我却愿意忘掉。所以在给大哥的另一封信里我又说:"我怕记忆。我恨记忆。它把我所愿意忘掉的事,都给我唤醒来了。"

的确我的过去像一个可怖的阴影压在我的灵魂上,我的记忆像一根铁链绊住我的脚。我屡次鼓起勇气迈着大步往前面跑时,它总抓住我,使我退后,使我迟疑,使我留恋,使我忧郁。我有一颗飞向广阔的天空去的雄心,我有一个引我走向光明的信仰。然而我的力气拖不动记忆的铁链。我不能忍受这迟钝的步履,我好几次求助于感情,但是我的感情自身被夹在记忆的钳子里也失掉了它的平衡而有所偏倚了。它变成了不健康而易脆弱。倘使我完全信赖它,它会使我在彩虹一现中随即完全隐去。我就会为过去所毁灭了。为我的前途计,我似乎应该撇弃为记忆所毒害了的感情。但是在我这又是势所不能。所以我这样永久地颠簸于理智与感情之间，找不到一个解决的办法。我的一切矛盾都是从这里来的。

我已经几次说过了和这类似的话。现在又来反复解说，这似乎不应该。而且在这时候整个民族的命运都陷在泥淖里，我似乎没有权利来絮絮地向人诉说个人的一切。但是我终于又说了。因为我想，这并不是我个人的事，我在许多人的身上都看见和这类似的情形。使我们的青年不能够奋勇前进的，也正是那过去的阴影。我常常有一种奇怪的想法：倘使我们是没有过去生活的原始人，我们也许能够做出更多的事情来。

但是回忆抓住了我，压住了我，把我的心拿来肢解，把我的感情拿来拷打。它时而织成一个柔软的网，把我的身体包在里面；它时而燃起猛烈的火焰，来烧我的骨髓。有时候我会紧闭眼目，弃绝理智，让感情支配我，听凭它把我引到偏执的路上，带到悬崖的边沿，使得一个朋友竟然惊讶地嚷了出来："这样下去除了使你成为疯子以外，还有什么？"其实这个朋友却忘了他自己也有不小的矛盾，他和我一样也是为回忆所折磨的人。他以为看人很清楚，却不知看自己倒糊涂了。他把自己看作人类灵魂的医生，他给我开了个药方：妥协，调和；他的确是一个好医生，他把为病人开的药方拿来让自己先服了。然而结果药方完全不灵。这样的药医不了病。他也许还不明白这是什么缘故。我却知道唯一的灵药应该是一个"偏"字；不是跟过去调和，而是把它完全撇弃。不过我的病太深了，一剂灵药也不会立刻治好多年的沉疴。

…………

我又在做梦了。我的眼前是一片漆黑，不，我的眼前尽是些幻影。我的眼睛渐渐地亮了，那些人，那些事情。……难道我睡得这么深沉么？为什么他们能够越过这许多年代而达到我这里呢？

我全然在做梦了。我忘记了周围的一切，我忘记了我自己。好像被一种力量拉着，我沉下去，我沉下去，于是我到了一个地方。难道我是走进了坟墓，或者另一个庞贝城被我发掘了出来？我看见了那许多人，那些都是被我埋葬了的，那些都是我永久失掉了的。

我完全沉在梦景里面了。我自己变成了梦中的人。一种奇怪的感情抓住了我。我由一个小孩慢慢地长大起来。我生活在许多我的同代人中间，分享他们的悲欢。我们的世界是狭小的。但是我们却把它看作宇宙般地广大。我们以一颗真挚的心和一个不健全的人生观来度我们的日子。我们有更多的爱和更多的同情。我们爱一切可爱的事物：我们爱夜晚在花园上面天空中照耀的星群，我们爱春天在桃柳枝上鸣叫的小鸟，我们爱那从树梢洒到草地上面的月光，我们爱那使水面现出明亮珠子的太阳。我们爱一只猫，一只小鸟。我们爱一切的人。我们像一群不自私的孩子去领取生活的赐与。我们整天尽兴地笑乐，我们也希望别人能够笑乐。我们从不曾伤害过别的人。然而一个黑影来掩盖了我们的灵魂。于是忧郁在我们的心上产生了。这个黑影渐渐地扩大起来，跟着它就来了种种的事情。一个打击上又加第二个。眼泪，呻吟，叫号，挣扎，最后是悲剧的结局。一个一个年轻的生命横遭摧残。有的离开了这个世界，留下一些悲痛的回忆给别的人；有的就被打落在泥坑里面不能自拔……

啊，我怎么做了一个这么长久的梦！我应该醒了。我果然能够摆脱那一切而醒起来么？那许多生命，那许多被我爱过的生命在我的心上刻划了那么深的迹印，我能够把他们完全忘掉么？

我把这一切已经埋葬了这么多的年代，为什么到现在还会有这样长的梦？这样痛苦的梦？甚至使我到今天还提笔来写《春》？

过去，回忆，这一切把我缚得太紧了，把我压得太苦了。难道我就永远不能够摆脱它而昂然地、无牵挂地去走我自己的路么？

我的梦醒了。这应该是最后的一次了。我要摆脱那一切绊住我的脚的东西。我要摆脱一切的回忆。我要把它们全埋葬在一个更深的坟墓里,我要忘掉那过去的一切。

不管这是不是可能,我既然开始了我的路程,我既然跟那一切挣扎了这许多年代,那么,我还要继续挣扎下去。在永久的挣扎中活下去,这究竟是我度过生活的美丽的方法。

1936年5月

最初的回忆

"这个娃娃本来是给你的弟媳妇的,因为怕她不会好好待他,所以送给你。"

这是母亲在她的梦里听见的"送子娘娘"说的话。每当晴明的午后,母亲在她那间朝南的屋子里做针线的时候,她常常对我们弟兄姊妹(或者还有老妈子在场)叙述她这个奇怪的梦。

"第二天就把你生下来了。"

母亲抬起她的圆圆脸,用爱怜横溢的眼光看我,我那时站在她的身边。

"想不到却是一个这样淘气娃娃!"

母亲微微一笑,我们也都笑了。

母亲很爱我。虽然她有时候笑着说我是淘气的孩子,可是她从来没有骂过我。她让我在温柔、和平的气氛中度过了我的幼年时代。

一张温和的圆圆脸,被刨花水泯得光光的头发,常常带笑的嘴,淡青色湖绉滚宽边的大袖短袄,没有领子。

我每次回溯到我的最远的过去,我的脑子里就浮现了母亲的面颜。

我的最初的回忆是跟母亲分不开的。我尤其不能忘记的是母亲的温柔的声音。

我四五岁的光景,跟着母亲从成都到川北的广元县,父亲在那里做县官。

衙门，很大一个地方，进去是一大块空地，两旁是监牢，大堂，二堂，三堂，四堂，还有草地，还有稀疏的桑林，算起来大概有六七进。

我们住在三堂里。

最初我同母亲睡，睡在母亲那张架子床上。热天床架上挂着罗纹帐子或者麻布帐子，冷天挂着白布帐子。帐子外面有微光，这是从方桌上那盏清油灯的灯草上发出来的。

清油灯，长的颈项，圆的灯盘，黯淡的灯光，有时候灯草上结了黑的灯花，必剥必剥地燃着。

我睡在被窝里，常常想着"母亲"这两个字的意义。

白天，我们在书房里读书，地点是在二堂旁边。窗外有一个小小的花园。

先生是一个温和的中年人，面貌非常和善。他有时绘地图。他还会画铅笔画。他有彩色铅笔，这是我们最羡慕的。

学生是我的两个哥哥，两个姐姐和我。

一个老书僮服侍我们。这个人名叫贾福，六十岁的年纪，头发已经白了。

在书房里我早晨认几十个字，下午读几页书，每天很早就放学出来。三哥的功课比我的稍微多一点，他比我只大一岁多。

贾福把我们送到母亲的房里。母亲给我们吃一点糖果。我们在母亲的房里玩了一会儿。

"香儿，"三哥开始叫起来。

我也叫着这个丫头的名字。

一个十二三岁的瓜子脸的少女跑了进来，露着一脸的笑容。

"陪我们到四堂后面去耍！"

她高兴地微笑了。

"香儿，你小心照应他们！"母亲这样吩咐。

"是。"她应了一声,就带着我们出去了。

我们穿过后房门出去。

我们走下石阶,就往草地上跑。

草地的两边种了几排桑树,中间露出一条宽的过道。

桑叶肥大,绿阴阴的一大片。

两三只花鸡在过道中间跑。

"我们快来拾桑果!"

香儿带笑地牵着我的手往桑树下面跑。

桑葚的甜香马上扑进了我的鼻子。

"好香呀!"

满地都是桑葚,深紫色的果子,有许多碎了,是跌碎了的,是被鸡的脚爪踏坏了的,是被鸡的嘴壳啄破了的。

到处是鲜艳的深紫色的汁水。

我们兜起衣襟,躬着腰去拾桑葚。

"真可惜!"香儿一面说,就拣了几颗完好的桑葚往口里送。

我们也吃了几颗。

我看见香儿的嘴唇染得红红的,她还在吃。

三哥的嘴唇也是红红的,我的两手也是。

"看你们的嘴!"

香儿扑嗤笑起来。她摸出手帕给我们揩了嘴。

"手也是。"

她又给我们揩了手。

"你自己看不见你的嘴?"三哥望着她的嘴笑。

在后面四堂里鸡叫了。

"我们快去找鸡蛋!"

香儿连忙揩了她的嘴,就牵起我的手往里面跑。

我们把满兜的桑葚都倒在地上了。

我们跑过一个大的干草堆。

草地上一只麻花鸡伸长了颈项得意地在那里一面走，一面叫。

我们追过去。

这只鸡惊叫地扑着翅膀跳开了。别的鸡也往四面跑。

"我们看哪一个先找到鸡蛋？"

香儿这样提议。结果总是她找到了那个鸡蛋。

有时候我也找到的，因为我知道平时鸡爱在什么地方下蛋。

香儿虽然比我聪明，可是对于鸡的事情我知道的就不比她少。

鸡是我的伴侣。不，它们是我的军队。

鸡的兵营就在三堂后面。

草地上两边都有石阶，阶上有房屋，阶下就种桑树。

左边的一排平房，大半是平日放旧家具等等的地方。最末的一个空敞房间就做了鸡房，里面放了好几只鸡笼。

鸡的数目是二十几只，我给它们都起了名字。

大花鸡，这是最肥的一只，松绿色的羽毛上加了不少的白点。

凤头鸡，这只鸡有着灰色的羽毛，黑的斑点，头上多一撮毛。

麻花鸡，是一只有黑黄色小斑点的鸡。

小凤头鸡比凤头鸡身子要小一点。除了头上多一撮毛外，它跟普通的母鸡就没有分别。

乌骨鸡，它连脚，连嘴壳，都是乌黑的。

还有黑鸡，白鸡，小花鸡……各种各类的名称。

每天早晨起床以后，洗了脸，我就叫香儿陪我到三堂后面去。

香儿把鸡房的门打开了。

我们揭起了每一只鸡笼。我把一只一只的鸡依着次序点了名。

"去吧，好好地去耍！"

我们撒了几把米在地上，让它们围着啄吃。

我便走了，进书房去了。

下午我很早就放学出来,三哥有时候比较迟一点放学。

我一个人偷偷地跑到四堂后面去。

我睡在高高的干草堆上。干草是温暖的,我觉得自己好像睡在床上。

温和的阳光爱抚着我的脸,就像母亲的手在抚摩。

我半睁开眼睛,望着鸡群在下面草地上嬉戏。

"大花鸡,不要叫!再叫给别人听见了,会把鸡蛋给你拿走的。"

那只大花鸡得意地在草地踱着,高声叫起来。我叫它不要嚷,没有用。

我只得从草堆上爬下来,去拾了鸡蛋揣在怀里。大花鸡爱在草堆里生蛋,所以我很容易地就找着了。

鸡蛋还是热烘烘的,上面粘了一点鸡毛,是一个很可爱的大的鸡蛋。

或者小凤头鸡被麻花鸡在翅膀上啄了一下就跑开了。我便吩咐它:

"不要跑呀!喂,小凤头鸡,你怕麻花鸡做什么?"

有时候我同三哥在一起,我们就想出种种方法来指挥鸡群游戏。

我们永远不会觉得寂寞。

傍晚吃过午饭后(我们就叫这做午饭),我等到天快要黑了就同三哥一起,叫香儿陪着,去把鸡一一地赶进了鸡房,把它们全照应进了鸡笼。

我又点一次名,看见不曾少掉一只鸡,这才放了心。

有一天傍晚点名的时候,我忽然发觉少了一只鸡。

我着急起来,要往四堂后面去找。

"太太今天吩咐何师傅捉去杀了。"香儿望着我笑。

"杀了?"

"你今天下午没有吃过鸡肉吗?"

不错，我吃过！那碗红烧鸡，味道很不错。

我没有话说了。心里却有些不舒服。

过了三四天，那只黑鸡又不见了。

点名的时候，我望着香儿的笑脸，气得流出眼泪来。

"都是你的错！你坏得很！他们捉鸡去杀，你晓得，你做什么不跟我说？"

我捏起小拳头要打香儿。

"你不要打我，我下次跟你说就是了。"香儿笑着向我告饶。

然而那只可爱的黑鸡的影子我再也看不见了。

又过了好几天，我已经忘掉了黑鸡的事情。

一个早上，我从书房里放学出来。

我走过石栏杆围着的长廊，在拐门里遇见了香儿。

"四少爷，我正在等你！"

"什么事情？"

我看见她着急的神气，知道有什么大事情发生了。

"太太又喊何师傅杀鸡了。"

她拉着我的手往里面走。

"哪一只鸡？快说。"我睁着一对小眼睛看她。

"就是那只大花鸡。"

大花鸡，那只最肥的，松绿色的羽毛上长着不少白色斑点。我最爱它！

我马上挣脱香儿的手，拼命往里面跑。

我一口气跑进了母亲的房里。

我满头是汗，我还在喘气。

母亲坐在床头椅子上。我把上半身压着她的膝头。

"妈妈，不要杀我的鸡！那只大花鸡是我的！我不准人家杀它！"

我拉着母亲的手哀求。

"我说是什么大的事情！你这样着急地跑进来，原来是为着一只鸡。"

母亲温和地笑起来，摸出手帕给我揩了额上的汗。

"杀一只鸡，值得这样着急吗？今天下午做了菜，大家都有吃的。"

"我不吃，妈，我要那只大花鸡，我不准人杀它。那只大花鸡，我最爱的……"

我急得哭了出来。

母亲笑了。她用温和的眼光看我。

"痴儿，这也值得你哭？好，你喊香儿陪你到厨房里去，喊何厨子把鸡放了，由你另外拣一只鸡给他。"

"那些鸡我都喜欢。随便哪只鸡，我都不准人家杀！"我依旧拉着母亲的手说。

"那不行，你爹吩咐杀的。你快去，晚了，恐怕那只鸡已经给何厨子杀了。"

提起那只大花鸡，我忘掉了一切。我马上拉起香儿的手跑出了母亲的房间。

我们气咻咻地跑进了厨房。

何厨子正把手里拿着的大花鸡往地上一掷。

"完了，杀死了。"香儿叹口气，就呆呆地站住了。

大花鸡在地上扑翅膀，松绿色的羽毛上染了几团血。

我跑到它的面前，叫了一声"大花鸡！"

它闭着眼睛，垂着头，在那里乱扑。身子在肮脏的土地上擦来擦去。颈项上现出一个大的伤口，那里面还滴出血来。

我从没有见过这样的死的挣扎！

我不敢伸手去挨它。

"四少爷，你哭你的大花鸡呀！"这是何厨子的带笑的声音。

他这个凶手！他亲手杀死了我的大花鸡。

我气得全身发抖。我的眼睛也模糊了。

我回头拔步就跑，我不顾香儿在后面唤我。

我跑进母亲的房里，就把头放在她的怀中放声大哭：

"妈妈，把我的大花鸡还给我！……"

母亲温柔地安慰我，她称我做痴儿。

为了这件事，我被人嘲笑了好些时候。

这天午饭的时候，桌子上果然添了两样鸡肉做的菜。

我望着那两个菜碗，就想起了大花鸡平日得意地叫着的姿态。

我始终不曾在菜碗里下过一次筷子。

晚上杨嫂安慰我说，鸡被杀了，就可以投生去做人。

她又告诉我，那只鸡一定可以投生去做人，因为杀鸡的时候，袁嫂在厨房里念过了"往生咒"。

我并不相信这个老妈子的话，因为离现实太远了，我看不见。

"为什么做了鸡，就该被人杀死做菜吃？"

我这样问母亲，得不着回答。

我这样问先生，也得不着回答。

问别的人，也得不着回答。

别人认为是很自然的事情，我却始终不懂。

对于别人，鸡不过是一只家禽。对于我，它却是我的伴侣，我的军队。

我的一个最好的兵就这样地消灭了。

从此我对于鸡的事情，对于这种为了给人类做食物而活着的鸡的事情，就失掉了兴趣。

不过我还在照料那些剩余的鸡，让它们先后做了菜碗里的牺牲品，连凤头鸡也在内。

老妈子里面，有一个杨嫂负责照应我和三哥。

高身材，长脸，大眼睛，小脚。三十岁光景。

我们很喜欢她。

她记得许多神仙和妖精的故事。晚上我和三哥常常找机会躲在她的房里，逼着她给我们讲故事。

香儿也在场，她也喜欢听故事。

杨嫂很有口才。她的故事比什么都好听。

我们听完了故事，就由她把我们送回到母亲房里去。

坝子里一片黑暗。草地上常常有声音。

我们几个人的脚步声在石阶上很响。

杨嫂手里捏着油纸捻子，火光在晃动。

我们回到母亲房里，玩一会儿，杨嫂就服侍我在母亲的床上睡了。

三哥跟着大哥去睡。

杨嫂喜欢喝酒，她年年都要泡桑葚酒。

桑葚熟透了的时候，草地上布满了紫色的果实。

我和三哥，还有香儿，我们常常去拾桑葚。

熟透了的桑葚，那甜香真正叫人的喉咙痒。

我们一面拾，一面吃，每次拾了满衣兜的桑葚。

"这样多，这样好！"

我们每次把一堆一堆的深紫色的桑葚指给她看，她总要做出惊喜的样子说。

她拣几颗放在鼻子上闻，然后就放进了嘴里。

我们四个人围着桌子吃桑葚。

我们的手上都染了桑葚汁，染得红红的，嘴也是。

"够了，不准再吃了。"

她撩起衣襟揩了嘴唇，便打开立柜门，拿出一个酒瓶来。

她把桑葚塞进一个瓶里，一个瓶子容不下，她又去取了第二个，第三个。

每个瓶里盛着大半瓶白色的酒。

多少恨
昨夜梦魂中
还似旧时游上苑
车如流水马如龙
花月正春风

——南唐李后主：《忆江南》（怀旧）

从母亲那里我学着读那叫作"词"的东西。

母亲剪了些白纸订成好几本小册子。

我的两个姐姐各有一本。后来我和三哥每个人也有了这样的一本小册子。

母亲差不多每天要在小册子上面写下一首词，是依着顺序从《白香词谱》里抄来的。

是母亲亲手写的娟秀的小字。

晚上，在方桌前面，清油灯的灯光下，我和三哥靠了母亲站着。

母亲用温柔的声音给我们读着小册子上面写的字。

这是我们幼年时代的唯一的音乐。

我们跟着母亲读出每一个字，直到我们可以把一些字连接起来读成一句为止。

于是母亲给我们拿出来那根牛骨做的印圈点的东西和一盒印泥。

我们弟兄两个就跪在方凳子上面，专心地给读过的那首词加上了圈点。

第二个晚上我们又在母亲的面前温习那首词，一直到我们能够把它背诵出来。

但是不到几个月母亲就生了我的第二个妹妹。

我们的小册子里有两个多月不曾添上新的词。

而且从那时候起我就和三哥同睡在一张床上，在另一个房间里面。

杨嫂把她的床铺搬到我们的房里来。她陪伴我们，照料我们。

这第二个妹妹，我们叫她做十妹。她出世的时候，我在梦里，完全不知道。

早晨我睁起眼睛，阳光已经照在床上了。

母亲头上束了一根帕子，她望着我笑。

旁边突然响起了婴儿的啼声。

杨嫂也望着我笑。

我有一种莫名其妙的感觉。

这是我睡在母亲床上的最后一天了。

秋天，天气渐渐地凉起来。

我们恢复了读词的事情。

每天晚上，二更锣一响，我们就阖上那本小册子。

"喊杨嫂领你们去睡罢。"母亲温和地说。

我们向母亲道了晚安，带着疲倦的眼睛，走出去。

"杨嫂，我们要睡了。"

"来了！来了！"杨嫂的高身材出现在我们的眼前。

她常常牵着我走。她的手比母亲的粗得多。

我们走过了堂屋，穿过大哥的房间。

有时候我们也从母亲的后房后面走。

我们进了房间。房里有两张床：一张是我同三哥睡的，另一张是杨嫂一个人睡的。

杨嫂爱清洁。所以她把房间和床铺都收拾得很干净。

她不许我们在地板上吐痰，也不许我们在床上翻斤斗。她还不许我们做别的一些事情。但是我们并不恨她，我们喜欢她。

临睡时，她叫我们站在旁边，等她把被褥铺好。

她给我们脱了衣服，把我们送进了被窝。

"你不要就走开！给我们讲一个故事！"

她正要放下帐子，我们就齐声叫起来。

她果然就在床沿上坐下来，开始给我们讲故事。

有时候我们要听完了一个满意的故事才肯睡觉。

有时候我们就在她叙述的中间闭上了眼睛，完全不知道她在说些什么。

什么神仙，剑侠，妖精，公子，小姐……我们都不去管了。

生活就是这样和平的。

没有眼泪，没有悲哀，没有愤怒。只有平静的喜悦。

然而刚刚翻过了冬天，情形又改变了。

晚上我们照例把那本小册子阖起来交给母亲。

外面响着二更的锣。

"喊你们二姐领你们去睡罢。杨嫂病了。"

母亲亲自把我们送到房间里。二姐牵着三哥的手，我的手是母亲牵着的。

母亲照料着二姐把我们安置在被窝里，又嘱咐我们好好地睡觉。

母亲走了以后，我们两个睁起眼睛望着帐顶，然后又掉过脸对望着。

二姐在另一张床上咳了几声嗽。

她代替杨嫂来陪伴我们。她就睡在杨嫂的床上，不过被褥帐子完全换过了。

我们不能够闭眼睛，因为我们想起了杨嫂。

三堂后边，右边石阶上的一排平房里面，第四个房间，没有地板，一盏瓦油灯放在破方桌上面……

那是杨嫂从前住过的房间。

她现在生病，又回到那里去了，就躺在她那张床上。

外面石阶下是光秃的桑树。

在我们的房里推开靠里一扇窗望出去，看得见杨嫂的房间。

那里很冷静，很寂寞。

除了她这个病人外，就只有袁嫂睡在那里。可是袁嫂事情多，睡得迟。

我们以后就没有再看见杨嫂，只知道她在生病，虽然常常有医生来给她看脉，她的病还是没有起色。

二姐把我们照料得很好。还有香儿给她帮忙。她晚上也会给我们讲故事。

我渐渐地把杨嫂忘记了。

"我们去看杨嫂去！"

一天下午我们刚刚从书房里出来，三哥忽然把我的衣襟拉一下，低声对我说。

"好！"我毫不迟疑地点了点头。

我们跑到三堂后面，很快地就到了右边石阶上的第四个房间。

没有别人看见我们。

我们推开掩着的房门，进去了。

阴暗的房里没有声音，只有触鼻的臭气。在那张矮矮的床上，蓝布帐子放下了半幅。一幅旧棉被盖着杨嫂的下半身。她睡着了。

床面前一个竹凳上放着一碗黑黑的药汤，已经没有热气了。

我们胆怯地走到了床前。

纸一样白的脸。一头飘蓬的乱发。眼睛闭着。嘴微微张开在出气。一只手从被里垂下来，一只又黄又瘦的手。

我有点不相信这个女人就是杨嫂。

我想起那张笑脸，我想起那张讲故事的嘴，我想起大堆的桑葚和一瓶一瓶的桑葚酒。

我仿佛在做梦。

"杨嫂,杨嫂。"我们兄弟两个齐声喊起来。

她的鼻子里发出一个细微的声音。她那只垂下来的手慢慢地动了。身子也微微动着。嘴里发出含糊的声音。

眼睛睁开了,闭了,又睁开得更大一点。她的眼光落在我们两个的脸上。

她的嘴唇微微动了一下,好像要笑。

"杨嫂,我们来看你!"三哥先说,我也跟着说。

她勉强笑了,慢慢地举起手抚摩三哥的头。

"你们来了。你们还记得我。……你们好罢?……现在哪个在照应你们?……"

声音是多么微弱。

"二姐在照应我们。妈妈也来照应我们。"

三哥的声音里似乎淌出了眼泪。

"好。我放心了。……我多么记挂你们啊!……我天天都在想你们。……我害怕你们离了我觉得不方便……"

她说话有些吃力,那两颗失神的眼珠一直在我们弟兄的脸上转,眼光还是像从前那样地和善。

她这样看人,把我的眼泪也引出来了。

我一把抓住了她的手。这只手是冷冰冰的。

她的眼光停留在我的脸上。

"四少爷,你近来淘不淘气?……多谢你还记得我。我的病不要紧,过几天就会好的。"

我的眼泪滴到她的手上。

"你哭了!你的心肠真好。不要哭,我的病就会好的。"

她抚着我的头。

"你不要哭,我又不是大花鸡啊!"

她还记得大花鸡的事情,跟我开起玩笑来。

我并不想笑,心里只想哭。

"你们看,我的记性真坏!这碗药又冷了。"

她把眼光向外面一转,瞥见了竹凳上的药碗,便把眉头一皱,说着话就要撑起身子来拿药碗。

"你不要起来,我来端给你。"

三哥抢着先把药碗捧在手里。

"冷了吃不得。我去喊人给你煨热!"三哥说着就往外面走。

"三少爷,你快端回来!冷了不要紧,吃下去一样。你快不要惊动别人,人家会怪我花样多。"她费力撑起身子,挣红了脸,着急地阻止三哥道。

三哥把药碗捧了回来,泼了一些药汤在地上。

她一把夺过了药碗,把脸俯在药碗上,大口地喝着。

她抬起头来,把空碗递给三哥。

她的脸上还带着红色。

她用手在嘴上一抹,抹去了嘴边的药渣,颓然地倒下去,长叹一声,好像已经用尽了力气。

她闭上眼睛,不再睁开看我们一眼。鼻子里发出了轻微的响声。

她的脸渐渐地在褪色。

我们默默地站了半晌。

房间里一秒钟一秒钟地变得阴暗起来。

"三少爷,四少爷,四少爷,三少爷!"

在外面远远地香儿用她那带调皮的声音叫起来。

"走罢。"

我连忙拉三哥的衣襟。

我们走到石阶上,就被香儿看见了。

"你们偷偷跑到杨大娘房里去过了。我要去告诉太太。"

香儿走过来，见面就说出这种话。她得意地笑了笑。

"太太吩咐过我不要带你们去看杨大娘。"她又说。

"你真坏！不准你向太太多嘴！我们不怕！"

香儿果然把这件事情告诉了母亲。

母亲并没有责骂我们。她只说我们以后不可以再到杨嫂的房间里去。不过她并没有说出理由来。

日子一天一天地过去，像水流一般地快。

然而杨嫂的病不但不曾好，反而一天天地加重了。

我们经过三堂后面那条宽的过道，往四堂里去的时候，常常听见杨嫂的奇怪的呻吟声。

听说她不肯吃药。听说她有时候还会发出怪叫。

人一提起杨嫂，马上做出恐怖的、严肃的表情。

"天真没有眼睛：像杨嫂这样的好人怎么生这样的病！"母亲好几次一面叹气，一面说。

但是我不知道杨嫂究竟生的是什么病。

我只知道广元县没有一个好医生，因为大家都是这样说。

又过了好几天。

"四少爷，你快去看，杨大娘在吃虱子！"

一个下午，我比三哥先放学出来，在拐门里遇到香儿，她拉着我的膀子，对我做了一个怪脸。

"我躲在门外头看。她解开衣服捉虱子，捉到一个就丢进嘴里，咬一口。她接连丢了好几个进去。她一面吃，一面笑，一面骂。她后来又脱了裹脚布放在嘴里嚼。真脏！"

香儿极力在摹仿杨嫂的那些动作。

"我不要看！"

我生气地挣脱了香儿的手，就往母亲的房里跑。

虱子，裹脚布，在我的脑子里无论如何跟杨嫂连不起来。杨嫂平日很爱干净。

我不说一句话，就把头放在母亲的怀里哭了。

母亲费了好些工夫来安慰我。她含着眼泪对父亲说：

"杨嫂的病不会好了。我们给她买一副好点的棺材罢。她服侍我们这几年，很忠心。待三儿、四儿又是那样好，就跟自己亲生的差不多！"

母亲的话又把我的眼泪引出来了。

我第一次懂得死字的意义了。

可是杨嫂并不死，虽然医生已经说病是无法医治的了。

她依旧活着，吃虱子，嚼裹脚布，说胡话，怪叫。

每个人对这件事情都失掉了兴趣，谁也不再到她的房门外去偷看、偷听了。

一提起杨嫂吃虱子……，大家都不高兴地皱着眉头。

"天呀！有什么法子使她早死，免得受这种活罪。"

大家都希望她马上死，却找不到使她早死的办法。

一个堂勇提议拿毒药给她吃，母亲第一个反对。

但是杨嫂的存在却使得整个衙门笼罩了一种忧郁的气氛。

无论谁听说杨嫂还没有死，马上就把脸沉下来，好像听见了一个不祥的消息。

许多人的好心都希望着一个人死，这个人却是他们所爱的人。

然而他们的希望终于实现了。

一个傍晚，我们一家人在吃午饭。

"杨大娘死了！"

香儿气咻咻地跑进房来，开口就报告这一个好消息。

袁嫂跟着走进来证实了香儿的话。

杨嫂的死是毫无疑惑的了。

"谢天谢地！"

母亲马上把筷子放下。

全桌子的人都嘘了一口长气,好像长时期的忧虑被一阵风吹散了。

仿佛没有一个人觉得死是一件可怕的事情。

然而谁也无心吃饭了。

我最先注意到母亲眼里的泪珠。

健康的杨嫂的面影在我的眼前活泼地出现了。

我终于把饭碗推开,俯在桌子上哭了。

我哭得很伤心,就像前次哭大花鸡那样。同时我想起了杨嫂的最后的话。

一个多月以后母亲对我们谈起了杨嫂的事情:

她是一个寡妇。她在我们家里做了四年的老妈子。

我所知道的关于她的事情就只有这一点点。

她跟着我们从成都来,却不能够跟着我们回成都去。

她没有家,也没有亲人。

所以我们就把她葬在广元县。她的坟墓在什么地方,我不知道。

我也不知道坟前有没有石碑,或者碑上刻着什么字。

"在阴间(鬼的世界)大概无所谓家乡罢,不然杨嫂倒做了异乡的鬼了。"母亲偶尔感叹地对人说。

在清明节和中元节,母亲叫人带了些纸钱到杨嫂的坟前去烧。

就这样地,"死"在我的眼前第一次走过了。

我也喜欢读书,因为我喜欢我们的教读先生。

这个矮矮身材白面孔的中年人有种种办法取得我们的敬爱。

"刘先生。"

早晨一走进书房,我们就给他行礼。

他带笑地点点头。

我和三哥坐在同一张条桌前,一个人一个方凳子,我们觉得坐着不方便,就跪在凳子上面。

认方块字，或者读《三字经》、《百家姓》、《千字文》。

刘先生待我们是再好没有的了。他从来没有骂过我们一句，脸上永远带着温和的微笑。

母亲曾经叫贾福传过话请刘先生不客气地严厉管教我们。

但是我从不知道严厉是怎么一回事。我背书背不出，刘先生就叫我慢慢地重读。我愿意什么时候放学，我就在什么时候出去，三哥也是。

因为这个缘故我们更喜欢书房。

而且在充满阳光的书房里看大哥和两个姐姐用功读书的样子，看先生的温和的笑脸，看贾福的和气的笑脸，我觉得很高兴。

先生常常在给父亲绘地图。

我不知道地图是什么东西，拿来做什么用。

可是在一张厚厚的白纸上面绘出许多条纤细的黑线，又填上各种的颜色，究竟是一件有趣的事情。

还有许多奇怪的东西，例如现今人们所称为圆规之类的仪器。

绘了又擦掉，擦了又再绘，刘先生那种俯着头专心用功的样子，仿佛还在我的眼前。

"刘先生也很辛苦啊！"我时时偷偷地望先生，这样地想起来。

有时候我和三哥放了学，还回到书房去看先生绘地图。

刘先生忽然把地图以及别的新奇的东西收起来，笑嘻嘻地对我们说：

"我今晚上给你们画一个娃娃。"

这里说的娃娃就是人物图的意思。

不用说，我们的心不能够等到晚上，我们就逼着他马上绘给我们看。

如果这一天大哥和二姐、三姐的功课很好，先生有较多的空时间，那么用不着我们多次请求，他便答应了。

他拿过那本大本的线装书,大概是《字课图说》罢,随便翻开一页,就把一方裁小了的白纸蒙在上面,用铅笔绘出了一个人,或者还有一两间房屋,或是还有别的东西。然后他拿彩色铅笔涂上了颜色。

"这张给你!"

或者我,或者三哥,接到了这张图画:脸上总要露出十分满意的笑容。

我们非常喜欢这样的图画。因为这些图画我们更喜欢刘先生。

图画一张一张地增加,我的一个小木匣子里面已经积了几十张图画了。

我一直缺少玩具,所以把这些图画当作珍宝。

每天早晨和晚上我都要把这些图画翻看好一会儿。

红的,绿的颜色,人和狗和房屋……它们在我的脑子里活动起来。

然而这些画还不能够使我满足。我梦想着那张更大的图画:有狮子,有老虎,有豹子,有豺狼,有山,有洞……

这张画我似乎在《字课图说》,或者别的书上见过。先生不肯绘出来给我们。

有几个晚上我们也跑到书房里去向先生讨图画。

大哥一个人在书房里读夜书,他大概觉得寂寞罢。

我们站在旁边看先生绘画,或者填颜色。

忽然墙外面响起了长长的吹哨声。

先生停了笔倾听。

"在夜里还要跑多远的路啊!"

先生似乎也怜悯那个送鸡毛文书的人。

"他现在又要换马了!"

于是轻微的马蹄声去远了。

那个时候紧要的信函公文都是用专差送达的。送信的专差到一个驿站就要换一次马,所以老远就吹起哨子来。

先生花了两三天的工夫,终于在一个下午把我渴望了许久的有山、有洞、有狮子、有老虎、有豹、有狼的图画绘成功了。

我进书房的时候,正看见三哥捧着那张画快活地微笑。

"你看,先生给我的。"

这是一张多么可爱的画,而且我早就梦见先生绘出来给我了。

但是我来迟了一步,它已经在三哥的手里了。

"先生,我要!"我红着脸,跑到刘先生的面前。

"过几天我再画一张给你。"

"不行,我就要!我非要不可!"

我马上就哭出来,不管先生怎样劝,怎样安慰,都没有用。

同时我的哭也没有用。先生不能够马上就绘出同样的一张画。

于是我恨起先生来了。我说他是坏人。

先生没有生气,他依旧笑嘻嘻地向我解释。

然而三哥进去告诉了母亲。大哥和二姐把我半拖半抱地弄进了母亲的房里。

母亲带着严肃的表情说了几句责备的话。

我止了泪,倾听着。我从来就听从母亲的吩咐。

最后母亲叫我跟着贾福到书房里去,向先生赔礼;她还要贾福去传话请先生打我。

我埋着头让贾福牵着我的手再到书房里去。

但是我并没有向先生赔礼,先生也不曾打我一下。

反而先生让我坐在方凳上,他俯着身子给我系好散开了的鞋带。

晚上睡觉的时候,我在枕头边拿出那个木匣子,把里面所有的图画翻看了一遍,就慷慨地全送给了三哥。

"真的?你自己一张也不要?"

三哥惊喜地望着我,有点莫名其妙。

"我都不要!"我毫无留恋地回答他。

在那个时候我有一种近乎"不完全,则宁无"的思想。

从这一天起,我们就再也没有向先生要过图画了。

春天。萌芽的春天。嫩绿的春天。到处散布生命的春天。

一天一天地我看见桑树上发了新芽,生了绿叶。

母亲在本地蚕桑局里选了六张好种子。

每一张皮纸上面布满了芝麻大小的淡黄色的蚕卵。

蚕卵陆续变成了极小的蚕儿。

蚕儿一天一天地大起来。

家里的人为了养蚕的事情忙着。

大的簸箕里面摆满了桑叶,许多根两寸长的蚕子在上面爬着。

大家又忙着摘桑叶。

这样的簸箕一个一个地增加。它们占据了三堂后面左边的两间平房。这两间平房离我们的房间最近。

每天晚上半夜里,或是母亲或是二姐,三姐,或是袁嫂,总有一次要经过我们房间的后门到蚕房去加桑叶。常常是香儿拿着煤油灯或者洋烛。

有时候我没有睡着,就在床上看见煤油灯光,或者洋烛光。可是她们却以为我已经睡熟了,轻脚轻手地在走路。

有时候二更锣没有响过,她们就去加桑叶,我也跟着到蚕房去看。

浅绿色的蚕在桑叶上面蠕动,一口一口地接连吃着桑叶。簸箕里一片沙沙的声音。

我看见她们用手去抓蚕,就觉得心里像被人搔着似地发痒。

那一条一条的软软的东西。

她们一捧一捧地把蚕沙收集拢来。

对于母亲,这蚕沙比将来的蚕丝还更有用。她养蚕大半是为了要得蚕沙的缘故。

大哥很早就有冷骨风的毛病,受了寒气便要发出来。一发病就要痛三四天。

"不晓得什么缘故,果儿会得到这种病,时常使他受苦。"

母亲常常为大哥的病担心,看见人就问有什么医治这个病的药方,那时候在广元似乎没有好医生。但是老妈子的肚皮里有种种古怪的药方。

母亲也相信她们,已经试过了不少的药方,都没有用。

后来她从一个姓薛的乡绅太太那里得到了一个药方,就是:把新鲜的蚕沙和着黄酒红糖炒热,包在发痛的地方,包几次就可以把病治好。

在这个大部分居民拿玉蜀黍粉当饭吃的广元县里,黄酒是买不到的。母亲便请父亲托人在合州带了一坛来预备着。

接着她就开始养蚕。

父亲对母亲养蚕的事并不赞成。母亲曾经养过一次蚕。有一回她忘记加桑叶,蚕因此饿死了许多。后来她稍微疏忽一点,又让老鼠偷吃了许多蚕去。她心里非常难过,便发誓以后不再养蚕了。父亲害怕她又遇到这样的事情。

但是不管父亲怎样劝阻她,不管背誓的恐惧时时折磨她,她终于下了养蚕的决心。

这一年大哥的病果然好了。我们不知道这是不是薛太太的药方生了效。不过后来母亲就同薛太太结拜了姊妹。

以后我看见蚕在像山那样堆起来的一束一束的稻草茎上结了不少白的、黄的茧子。我有时也摘下了几个茧子来玩。

以后我看见人搬了丝车来,把茧子一捧一捧地放在锅里煮,一面就摇着丝车。

以后我又看见堂勇们把蚕蛹用油煎炒了,拌着盐和辣椒吃,他们不绝口地称赞味道的鲜美。

"做条蚕命运也很悲惨啊!"我有时候会这样地想起来。

父亲在这里被人称作"青天大老爷"。

他常常穿着奇怪的衣服坐在二堂上的公案前面审案。

下面两旁站了几个差人(公差),手里拿着竹子做的板子:有宽的,那是大板子;有窄的,那是小板子。

"大老爷坐堂!……"

下午,我听见这一类的喊声,知道父亲要审案了,就找个机会跑到二堂上去,在公案旁边站着看。

父亲在上面问了许多话,我不知道他为什么要问这些。

被问的人跪在下面,一句一句地回答,有时候是一个人,有时候是好几个人。

父亲的脸色渐渐地变了,声音也变了。

"你胡说!给我打!"父亲猛然把桌子一拍。

两三个差人就把犯人按倒在地上,给他褪下裤子,露出屁股。一个人按住他,别的人在旁边等待着。

"给我先打一百小板子再说!他这个混账东西不肯说实话!"

"青天大老爷,小人冤枉啊!"

那个人趴在地上杀猪也似地叫起来。

于是两个差役拿了小板子左右两边打起来。

"一五,一十,十五,二十……"

"青天大老爷在上,小人真是冤枉啊!"

"胡说!你招不招?"

那个犯人依旧哭着喊冤枉。

屁股由白而红,又变成了紫色。

数到了一百,差人就停住了板子。

"禀大老爷,已经打到一百了。"

屁股上出了血,肉开始在烂了。

"你招不招?"

"青天大老爷在上，小人无话可招啊！"

"你这个东西真狡猾！不招，再打！"

于是差役又一五一十地下着板子，一直打到犯人招出实话为止。

被打的人就由差役牵了起来，给大老爷叩头，或者自己或者由差役代说：

"给大老爷谢恩。"

挨了打还要叩头谢恩，这个道理我许久都想不出来。我总觉得事情不应该是这样。

打屁股差不多是坐堂的一个不可少的条件。父亲坐在公案前面几乎每次都要说："给我拉下去打！"

有时候父亲还使用了"跪抬盒"的刑罚：叫犯人跪在抬盒里面，把他的两只手伸直穿进两个杠杆眼里，在腿弯里再放上一根杠杆。有两三次差人们还放了一盘铁链在犯人的两腿下面。

由黄变红、由红变青的犯人的脸色，从盘着辫子的头发上滴下来的汗珠，杀猪般的痛苦的叫喊……

犯人口里依旧喊着："冤枉！"

父亲的脸阴沉着，好像有许多黑云堆在他的脸上。

"放了他罢！"

我在心里要求着，却不敢说出口。这时候我只好跑开了。

我把这件事对母亲讲了。

"妈，为什么爹在坐堂的时候跟在家里的时候完全不同？好像不是一个人！"

在家里的时候父亲是很和善的，我不曾看见他骂过人。

母亲温和地笑了。

"你是小孩子，不要多管闲事。你以后不要再去看爹坐堂。"

我并不听母亲的话，因为我的确爱管闲事。而且母亲也不曾回答我的问题。

"你以后问案，可以少用刑。人家究竟也是父母养的。我昨晚看见'跪抬盒'，听到犯人的叫声心都紧了，一晚上没有睡好觉。你不觉得心里难过吗？"

一个上午，房里没有别人的时候，我听见母亲温和地对父亲这样说。

父亲微微一笑。

"我何尝愿意多用刑？不过那些犯人实在狡猾，你不用刑，他们就不肯招。况且刑罚又不是我想出来的，若是不用刑，又未免没有县官的样子！"

"恐怕也会有屈打成招的事情。"

父亲沉吟了半响。

"大概不会有的，我定罪时也很仔细。"

接着父亲又坚决地说了一句：

"总之我决不杀一个人。"

父亲的确没有判过一个人的死罪。在他做县官的两年中间只发生了一件命案。这是一件谋财害命的案子。犯人是一个漂亮的青年，他亲手把一个同伴砍成了几块。

父亲把案子悬着，不到多久我们就回成都了。所以那个青年的结局我也不知道。

母亲的话在父亲的心上产生了影响。以后我就不曾看见父亲再用"跪抬盒"的刑罚了。

而且大堂外面两边的站笼里也总是空的，虽然常常有几个戴枷的犯人蹲在那里。

打小板子的事情却还是常有的。

有一次，离新年还远，仆人们在门房里推牌九，我在那里看了一会儿。后来父亲知道了，就去捉了赌，把骨牌拿来叫我抛在厕所里。

父亲马上坐了堂，把几个仆人抓来，连那个管监的刘升和何厨子都在内,他们平时对我非常好。

他们都跪在地上,向父亲叩头认错,求饶。

"给我打,每个人打五十再说!"

父亲生气地拍着桌子骂。

差人们都不肯动手,默默地望着彼此的脸。

"喊你们给我打!"父亲更生气了。

差人大声应着。但是没有人动手。

刘升他们在下面继续叩头求饶。

父亲又怒吼了一声,就从签筒里抓了几根签掷下来。

这时候差人只得动手了。

结果每个人挨了二十下小板子,叩了头谢恩走了。

我心里很难过,马上跑到门房里去。许多人围着那几个挨了打的人,在用烧酒给他们揉伤处。

我听见他们的呻吟声,不由得淌出眼泪来。我说了些讨好他们的话。

他们对我仍旧很亲切,没有露出一点不满意的样子。

又有一次,我看见领十妹的奶妈挨了打。

那时十妹在出痘子,依照中医的习惯连奶妈也不许吃那些叫作"发物"的食物。

不知道怎样,奶妈竟然看见新鲜的黄瓜而垂涎了。

做母亲的女人的感觉特别锐敏。她会在奶妈的嘴上嗅出了黄瓜的气味。

一个晚上奶妈在自己的房里吃饭,看见母亲进来就露出了慌张的样子,把什么东西往枕头下面一塞。

母亲很快地就走到床前把枕头掀开。

一个大碗里面盛着半碗凉拌黄瓜。

母亲的脸色马上变了,就叫人去请了父亲来。

于是父亲叫人点了明角灯,在夜里坐了堂。

奶妈被拖到二堂上，跪在那里让两个差人拉着她的两只手，另一个差人隔着她的宽大的衣服用皮鞭打她的背。

一，二，三，四，五……

足足打了二十下。

她哭着谢了恩，还接连分辩说她初次做奶妈，不知道轻重，下次再不敢这样做了。

她整整哭了一个晚上。

第二天早晨母亲就叫了她的丈夫来领她去了。

这个年轻的奶妈临走的时候脸色凄惨，眼角上还滴下泪珠。

我为这个情景所感动而下泪了。

我后来问母亲为什么要这样残酷地待她。

母亲微微地叹了一口气。她不说别的话。

以后也没有人提起这个奶妈的下落。

母亲常常为这件事情感到后悔。她说那个晚上她忘记了自己，做了一件自己也不知道为什么要做的事情。

我只看见母亲发过这一次脾气。

记得一天下午三哥为了一件小事情，摆起主人的架子把香儿痛骂了一顿，还打了她几下。

香儿向母亲哭诉了。

母亲把三哥叫到她面前去，温和地向他解释：

"丫头同老妈子都是跟我们一样的人，即使犯了过错，你也应该好好地对她们说，为什么动辄就打就骂？况且你年纪也不小了，更不应该骂人打人。我不愿意让你以后再这样做。你要好好地记住。"

三哥埋下头，不敢说话。香儿高兴地在旁边暗笑。

三哥垂着头慢慢地往外面走。

"三儿，你不忙走！"

三哥又走到母亲的面前。

"你还没有回答我,你要听我的话。你懂得吗?你记得吗?"

三哥迟疑了半晌才回答说:

"我懂……我记得。"

"好,拿云片糕去。喊香儿陪你们去耍。"

母亲站起来,在连二柜上放着的瓷缸里取了两叠云片糕递给我们。

我也懂母亲的话,我也记得母亲的话。

但是现在母亲也做了一件残酷的事情。

我为这件事情有好几天不快活。

在这时候我就已经感觉到世界上有许多事情是安排得很不合理的了。

在宣统做皇帝的最后一年,父亲就辞了官回成都去了,虽然那个地方有许多人挽留他。

在广元的两年的生活我的确过得很愉快,因为在这里人人都对我好。

这两年中间我只挨过一次打,因为祖父在成都做生日,这里敬神,我不肯磕头。

母亲用鞭子在旁边威胁我,也没有用。

结果我挨了一顿打,哭了一场,但是我始终没有磕一个头。这是我第一次挨母亲的鞭子。

从小时候起我就讨厌礼节。而且这种厌恶还继续发展下去。

父亲在广元做了两年的县官,回到成都以后买了四十亩田。

别人还说他是一个"清官"。

家庭的环境

我们回到成都,又换了一个新的环境,而且不久革命就爆发了。

我当时一点也不懂什么叫作革命,更谈不到拥护或者害怕,只有十月十八日的兵变给我留下了一个恐怖的印象。

那些日子我仍旧在书房里读书。一天一天听见教书先生(他姓龙)用激动的声音讲起当时川汉铁路的风潮。

龙先生是个新党,所以他站在人民一方面。自然他不敢公开说出反对清朝政府的话。不过对于被捕的七个请愿代表他却表示极大的尊敬,而且他不喜欢当时的总督赵尔丰。

二叔和三叔从日本留学回来不过一两年。他们的辫子是在日本剪掉了的(我现在记不清楚是两个人的辫子都剪掉了,还只是其中的一个剪掉了辫子),现在他们戴上了假的辫子。有些人在背后挖苦他们,骂他们是革命党。

我的脑后垂着一根小小的、用红头绳缠的硬辫子;我每天早晨都要母亲或者老妈子给我梳头,我觉得这是很讨厌的事情。因此我倒喜欢那些主张剪掉辫子的革命党。

旧历十月十八日是祖母的生忌,家里的人忙着摆供。

下午就听说外面风声不大好。

五点钟光景,父亲他们正在堂屋里磕头,忽然一个仆人进来报告:外面发生了兵变,好几家银行和当铺都被抢了。我们二伯父的公馆也遭到变兵的光顾。

其实后一个消息是不确实的。二伯父的公馆虽然离我们这里很近，但是在当时谁也失掉了判断力，况且二伯父一家又是北门一带的首富，很有遭抢劫的可能。

于是堂屋里起了一个小小的骚动，众人马上四散了。各人回到房里去想"逃难"的办法。

父亲和母亲商量了片刻，大家就忙乱起来。

一个仆人帮忙父亲把地板撬开一块，从立柜里取出十几封银圆放在地板下面。后来他们又放了好几封银圆在后花园的井里。

又有人忙着搬梯子来，把几口红皮箱放到顶楼板上面去，那里是藏东西的地方。

同时母亲叫人雇了几乘轿子来，把我们弟兄姊妹带到外祖母家里去。大哥陪着父亲留在家里。

我和母亲坐在一乘轿子里面。母亲抱着我。我不时偷偷地拉起轿帘看外面的街景。

街上有些人在跑。好几乘轿子迎面撞过来。没有看见一个变兵。

晚上我们都挤在外祖母房里，大家都不说话。

外面起了枪声，半个天空都染红了。一个年轻的舅父在窗下对我们说话。这些话都是很可怕的。

外祖母闭着眼睛念佛。

后来附近一带突然起了嘈杂的人声。好像离这里只有十几步路的赵公馆给变兵打进去了。

闹声，哭声，枪声，物件撞击声……响成了一片。

外祖母逼着母亲逃走，母亲不肯。大家争论了片刻，母亲就带着我们到了后面天井里。外祖母一定不肯走，她说她念佛吃素多年了，菩萨会保佑她。

天是红的。几株树上有乌鸦在叫。枪声，我们也听得很清楚。

母亲发出了几声绝望的叹息。她还关心到外祖母，关心到父亲。

舅父给我们搬了梯子来。墙并不高。一个老妈子先爬到墙外去。然后母亲,三哥,我都爬过去了。接着我的两个姐姐也爬了过去。

墙外是一个菜园。我们在菜畦里躲了好些时候,简直顾不到寒冷了。

后来我们看见没有什么动静,才到那个管菜园的老太婆的茅棚里坐了一夜。

那个老太婆亲切地招待我们,还给我们弄热茶来喝。

母亲一晚上都在担心家里的事情。第二天十九日的上午外面平静了,她就带着我一个人先回家。父亲和大哥惊喜地迎接我们。

父亲告诉我们:昨晚半夜里果然有十几个变兵撬了大门进来。家里已经有了准备。十几个堂勇端起火药枪在二门外的天井里排成了两排,再加上三叔的两个镖客(三叔在南充做知县,刚刚从那里回来)。变兵看见这里人多,不敢动手,只说来借点路费。父亲叫人拿了一封银圆出来送给他们,他们就走了。只损失了这一百圆。以后再也没有变兵进来过。

这一晚上在家里就只有父亲和大哥照料着。叔父和婶娘们都避开了,祖父也到别处去了。

这一天是母亲和我的生日,但是家里已经忘记了这件事情。

从此我们就平平安安地过下去。地板下面的银圆自然取了出来。井里的却不知给谁拿去了,父亲叫人来淘了两次井,都没有找到。

赵尔丰被革命党捉住杀头的消息使龙先生非常高兴,同时在我们的家里产生了种种不同的印象。在以后许多天里,我们都听见人们在谈论赵尔丰被杀头的事情。

共和革命算是成功了。

二叔和三叔头上的假辫子也取了下来。再没有人嘲笑他们的"秃头"了。

在一个晴明的下午,仆人姜福(他不知道从哪里刚学会了剪发的手艺）找了一把剪发的洋剪刀,把我和三哥的小辫子剪掉了。

接着我们全家的男人都剪掉了辫子。仆人中有一两个不肯剪的,却不留心在街上给警察强迫剪去了。

我们家里开始做新的国旗。照例由父亲管这些事情。他拿一大块白洋布摊在方桌上面,先用一个极大的碗,把墨汁涂了碗口,印了一个大圆形在布上,然后用一个小杯子在大圆形的周围印了十八个小圈。在大圆形里面写了一个"汉"字,十八个小圈代表当时的十八省。

我对于做国旗的事情感到兴趣。但是不久中华民国成立,我们家里又把大汉旗收起,另外做了五色旗。

祖父因为革命而感到悲哀。父亲没有表示什么意见。二叔断送了他的四品的官。三叔却给自己起了个"亡国大夫"的笔名。三叔还是一个诗人,写过不少诗词。祖父也是诗人,还印过一册诗集《秋棠山馆诗钞》送人。父亲和二叔却不常做诗。

至于我们这一辈,虽然大都是小孩子,但是对于清朝政府的灭亡,都觉得高兴。

清朝倒了。我们依旧在龙先生的教导下面读书。但是大哥不久就进了中学。

两年半以后,母亲永远离开了我们。

母亲死在民国三年(一九一四年)旧历七月的一个夜里。

母亲病了二十多天。她在病中是十分痛苦的。一直到最后一天,她还很清醒,但是人已经不能够动了。

我和三哥就住在隔壁的房间里。每次我们到病床前看她,她总要流眼泪。

在我们兄弟姊妹中间,母亲最爱我,然而我也不能够安慰她,减轻她的痛苦。

母亲十分关心她的儿女。她临死前五天还叫大哥到一位姨母处去借了一对金手镯来。她嫌样子不好看,过了两天她又叫大哥拿去还了,另外在二伯母那里去借了一对来。这是为大哥将来订婚用的。她在那样痛苦的病中还想到这些事情。

我和三哥都没有看见母亲死。那个晚上因为母亲的病加重,父亲很早就叫老妈子照料我们睡了。等到第二天早晨我们醒来时,棺材已经进门了。

我含着眼泪,心里想着我是母亲最爱的孩子。

棺材放在签押房里。闭殓的时候,两个人手里拿着红绫的两头预备放下去。许多人围着棺材哭喊。我呆呆地望着母亲的没有血色的脸。我恨不能把以后几十年的眼光都用来在这个时候饱看她。

红绫终于放下去了。它掩盖了母亲的遗体。漆匠再用木钉把它钉牢。几个人就抬着棺盖压上去。

二姐和三姐不肯走开,她们伤心地哭着,把头在棺材上面撞。

晚上睡觉的时候,我还听见签押房里两个姐姐的哀哀的哭声。我不能够闭上眼睛。我的眼泪也淌了出来。我怜悯我的两个姐姐。我也怜悯我自己。

早晨我也会被她们的哭声惊醒。我就躺在床上,含着眼泪,祷告母亲保佑我的两个姐姐。

白天我常常望着签押房里灵帷前母亲的放大照像。我心里想着这时候母亲在什么地方。

家祭的一夜,我们三弟兄匍匐地跪在灵前蒲团上,听着张二表哥诵读父亲替我们做好的一篇祭文。

"……吾母竟弃不孝等而长逝矣……不孝等今竟为无母之人矣……"

诵读的声音很可笑。我不过是一个十岁的孩子,我细嚼着这两句话的滋味,我的眼泪滴在蒲团上了。

第二天灵柩就抬了出去,先寄殡在城外一座古庙里,后来安葬在磨盘山。父亲在一个坟墓里做好了两个穴。左边的一个是留给他自己用的。三年后他果然睡在那个穴里面了。

灵柩抬出去以后,家里的一切恢复了原状。母亲房里的陈设跟母亲在时并没有两样,只多了一张母亲的放大半身照像。

常常我走进父亲的房间,看不见母亲,还以为她在后房里,便温和地叫了一声"妈"。但是我马上就想起母亲已经是另一个世界里的人了。

我成了一个没有母亲的孩子。跟有母亲的堂兄弟们比起来,我深深地感到了没有母亲的孩子的悲哀。

也许是为了填补这个缺陷罢,父亲后来就为我们接了一个更年轻的母亲来。

这位新母亲待我们也很好。但是她并不能够医好我心上的那个伤痕。她不能够像死去的母亲那样地爱我,我也不能够像爱亡母那样地爱她。

这不是她的错,也不是我的错,因为在这之前我们原是两个彼此不了解的陌生的人。

母亲死后四个多月的光景二姐也死了。

二姐患的是所谓"女儿痨"的病。我们回到成都不久她就病了。有一次她几乎死掉,后来有人介绍四圣祠医院的一个英国女医生来治好了她。

因此母亲叫人买了刀叉做了西餐,请了四圣祠医院的几个"洋太太"到我们家里来吃饭。这是我们第一次跟西洋人接触。她们都会说中国话。我觉得她们也很和气。

母亲同那几个英国女医生做了朋友。她带着我到她们的医院里去玩过几次,也去看过病。她们送了我们一些西洋点心和好几本书。我很喜欢那本皮面精装的《新旧约全书》官话译本。不过那时候我并没有想到去读它。母亲死后,我们就没有跟那几个英国女医生来往了。

母亲一死,二姐就没有过一天好日子。大概是过分的悲痛毁坏了她的身体。

她一天天地瘦弱起来,脸上没有一点血色,面孔也是一天比一天地憔悴。她常常提起母亲就哭,我很少看见她笑过。

"妈,你看二姐多可怜,你要好好地保佑二姐啊!"我常常在暗中祷告。

但是二姐的病依旧没有起色。父亲请了许多名医来给她诊断,都没有用。

冬天一到,二姐便睡倒了。谁看见她,都会叹息地说:她瘦得真可怜。

旧历十一月二十八日是祖父的生日,从那一天起,我们家里接连唱了三天戏。戏台在大厅上,天井里坐了十几桌客。全家的人带着笑容跑来跑去。

二姐一个人病在房里,听见这些闹声,她一定很难受。晚上客人散去了大半,父亲便叫人把二姐扶了出来,远远地坐在阶上看戏。

二姐坐在一把藤椅上,不能动,用失神的眼光茫然地望着戏台。我不知道她眼里看见的是什么景象。

脸瘦成了一张尖脸,嘴唇也枯了。我的心为爱、为怜悯而痛苦了。

"我要进去。"二姐把头略略一偏,做出不能忍耐的样子低声说。老妈子便把她扶了进去。

三天以后二姐就永远闭了她的眼睛。她也死在天明以前。那时候我在梦里,不能够看见她的最后一刻是怎样过去的。

我那天早晨做了一个奇怪的梦。我到了一个坟场。地方很宽,长满了草。中间有一座陌生人的坟。坟后长了几株参天的柏树。仿佛是在春天的早晨。阳光在树梢闪耀,坟前不少的野花正开出红的、黄的、蓝的、白的花朵。两三只蝴蝶在花间飞舞。树枝上还有些山鸟在唱歌。

我站在坟前看墓碑上刻的字，一阵微风把花香送进我的鼻子里。忽然坟后面响起了哭声。

我惊醒了。心跳得很厉害。我在床上躺了片刻。哭声依旧在我的耳边荡漾。我分辨出来这是三姐的哭声。

我感到了恐怖。我没有疑惑：二姐死了。

父亲忙着料理二姐的后事。过了一会儿，姨外婆坐了轿子来数数落落地哭了一场。

回到成都以后我还是一个小孩。能够同我在一块儿玩的，就只有三哥和几个年纪差不多的堂、表弟兄，此外还有几个仆人。在广元陪我们玩的香儿已经死了。

大哥已经成人。他喜欢和姐姐、堂姐、表姐们一块儿玩。

在我们这个大家庭里，我们这一辈的男男女女很多。我除了两个胞姐和三个堂姐外还有好几个表姐。她们和大哥的感情都很好。她们常常到我们家里来玩，这时候大哥就忙起来。姐姐、堂姐、表姐聚在一块儿，她们给大哥起了一个"无事忙"的绰号。

游戏的种类是很多的。大哥自然是中心人物。踢毽子，拍皮球，掷大观园图，行酒令。酒令有好几种，大哥房里就藏得有几付酒筹。

常常在傍晚，大哥和她们凑了一点钱，买了几样下酒的冷菜，还叫厨子做几样热菜。于是大家围着一张圆桌坐下来，一面行令，一面喝酒，或者谈一些有趣味的事情，或者评论《红楼梦》里面的人物。那时候在我们家里除了我们几个小孩外，没有一个人不曾读过《红楼梦》。父亲在广元买了一部十六本头的木刻本，母亲有一部石印小本。大哥后来又买了一部商务印书馆出版的铅印本。我常常听见人谈论《红楼梦》，当时虽然不曾读它，就已经熟悉了书中的人物和事情。

后来有两个表姐离开了成都，二姐又跟着母亲死了。大哥和姐姐们的聚会当然没有以前那样地热闹，但是也还有新的参加者，譬如两个表哥和一个年轻的叔父（六叔）便是。我和三哥也参加过两三次。

不过我的趣味是多方面的。我跟着三哥他们组织了新剧团，又跟着六叔他们组织了侦探队。我还常常躲在马房里躺在轿夫的破床上烟灯旁边听他们讲青年时代的故事。

有一个时期我和三哥每晚上都要叫姜福陪着到可园去看戏。可园演的有川戏，也有京戏。我们一连看了两三个月。父亲是那个戏园的股东，有一厚本免费的戏票。而且座位是在固定的包厢里面，用不着临时去换票。我们爱看武戏，回来在家里也学着翻斤斗，翻杠杆。

父亲喜欢京戏。当时成都戏园加演京戏聘请京班名角，这种事情大半由他主持。由上海到成都来的京班角色，在登台之前常常先到我们家来吃饭。自然是父亲请客。他们有时也在我们的客厅里清唱。

有一次父亲请新到的八九个京班名角在客厅里吃饭。饭后大家正在花园里玩，那个唱老旦的宝幼亭（我们先听过了他的唱片）忽然神经错乱，跪在地上赌咒般地说了好些话。众人拉他，他不肯走，把父亲急得没有办法。我们在旁边觉得好笑。我和这些戏子都很熟，有时我还跟着父亲到后台去看他们化装。

一个唱青衣的小孩名叫张文芳，年纪不过十四五岁，当时在成都也受人欢迎。他的哥哥本来也唱青衣，如今嗓子坏了不再登台了，就管教弟弟，靠着弟弟过活。他也到我们家里来过一次。他完全是个小孩，并没有一点女人气。然而在戏里他却改换面目做了种种的薄命的女人。我看惯了他演的那些悲剧，一点也不喜欢。但是有一次离新年不远，我跟着父亲到了他们住的地方（大概就是在戏园里面），看见他穿一身短打，手里拿了一把木头的关刀寂寞地舞着，我不觉望着他笑了。我和他玩了好一会儿，问答了一些事情，直到父亲来带我回家的时候。我想,他的生活一定是很寂寞的罢。

然而说句公平的话,父亲对待戏子的态度很客气,他把他们当作朋友,所以能够得到他们的信任。他并没有玩过小旦。

三叔却不同,他喜欢一个川班的小旦李凤卿。祖父也喜欢李凤卿。有一次祖父带我去看戏。李凤卿包了头穿着粉红衫子在台上出现以后,祖父带笑地问我认不认识这个人。

李凤卿时常来找三叔。他也常常同我们谈话,他是一个非常亲切的人,会写一手娟秀的字。他虽然穿着男人的衣服,但是举动和说话都像女人,有时候手上、脸上还留着脂粉。

有一次三叔把李凤卿带到我们客厅里来化装照相。我看见他在那里包头,擦粉,踩。他先装扮成一个执长矛的古代的女将,后来就改扮做一个旗装贵妇。这两张照片后来都挂在三叔的房里,三叔还亲笔题了诗在上面。

李凤卿的境遇很悲惨。后来在祖父死后不多久他也病死了,剩下一个妻子,连埋葬费也没有。还是三叔出钱把他安葬了的。

三叔做了一副挽联吊他,里面有"……也当忍死须臾,待侬一诀"的话。

二叔也做过一副挽联,我还记得上下联的后半句是:"……哪堪一曲广陵,竟成绝响。……惆怅落花时节,何处重逢。"

后来二叔偶尔和教书先生谈起这件事情,那个六十岁的曹先生不觉惊讶地问道:

"××先生竟然也好此道?他不愧是一位风雅士!"

这"××先生"是指三叔。三叔在南充做知县的时候,曹先生是那个县的教官。曹先生到我们家来教书还是三叔介绍的。李凤卿当时在南充唱戏,三叔在那里认识了他。

听见"风雅士"三个字,就跟平日听见曹先生说的"大清三百年来深仁厚泽浃沦肌髓"的话一样,我觉得非常肉麻。

二叔对曹先生谈起李凤卿的生平。他本是一个小康人家的子弟。十三四岁时给仇人抢了去，因为他家里不肯出钱赎取，他就被人坏了身子卖到戏班里去，做了旦角。

五叔后来也玩过川班的旦角。他还替他们编过剧本。

我们组织过一个新剧团，在桂堂后面竹林里演新剧。竹林前面有一块空地，就做了我们的舞台。我们用复写纸印了许多张戏票送人，拉别人来看我们的表演。

我们的剧本是自己胡乱编的，里面没有一个女角。主要演员是六叔、二哥（二叔的儿子）、三哥和香表哥；我和五弟（也是二叔的儿子）两个只做配角，或者在戏演完以后做点翻杠杆的表演。看客多半是女的，就是姐姐、堂姐、表姐们。我们用种种方法强迫她们来看，而且一定要戏演完才许她们走。

父亲也被我们拉来了。他居然坐在那里看完我们演的戏。他又给我们编了一个叫作《知事现形记》的剧本。二哥和三哥扮着戏里面两个主角表演得有声有色的时候，父亲也哈哈地笑起来。

在公馆里我有两个环境，我一部分时间跟所谓"上人"在一起生活，另一部分时间又跟所谓"下人"在一起生活。

我常常爱管闲事，我常常在门房、马房、厨房里面和仆人、马夫们一起玩，常常向他们问这问那，因此他们都叫我做"稽查"。

有时候轿夫们在马房里煮饭，我就替他们烧火，把一些柴和枯叶送进那个柴灶里去。他们打纸牌时，我也在旁边看，常常给那个每赌必输的老唐帮忙。有时候他们也诚恳地对我倾吐他们的痛苦，或者坦白地批评主人们的好坏。他们对我什么事都不隐瞒。他们把我当作一个同情他们的小朋友。我需要他们帮忙的时候，他们也毫不吝惜。

我生活在仆人、轿夫的中间。我看见他们怎样怀着原始的正义的信仰过那种受苦的生活，我知道他们的欢乐和痛苦，我看见他们怎样跟贫苦挣扎而屈服、而死亡。六十岁的老书僮赵升病死在门房里。抽大烟的仆人周贵偷了祖父的字画被赶出去，后来做了乞丐，死在街头。一个老轿夫离开我们家，到斜对面一个亲戚的公馆里当看门人，不知道怎样竟然用一根裤带吊死在大门里面。这一类的悲剧以及那些活着的"下人"的沉重的生活负担，如果我一一叙述出来，一定会使最温和的人也无法制止他的愤怒。

我在污秽寒冷的马房里听那些老轿夫在烟灯旁叙述他们痛苦的经历，或者在门房里黯淡的灯光下听到仆人发出绝望的叹息的时候，我眼里含着泪珠，心里起了火一般的反抗的思想。我宣誓要做一个站在他们这一边、帮助他们的人。

我同他们的友谊一直继续到我离开成都的时候。不过我进了外国语专门学校以后，就很少有时间在门房和马房里面玩了。接着我又参加了社会运动。

我早就不到厨房里去了，因为我不高兴看谢厨子和老妈子调情（他后来就同祖父的一个老妈子结了婚，那个女人原是一个寡妇），而且谢厨子仗着祖父喜欢他，常常欺凌别人，也使我不满意他，虽然我从前常常到厨房去看他烧菜做点心。

我愈是多和"下人"在一起，愈是讨厌"上人"中间那些虚伪的礼节和应酬。有两次在除夕全家的人在堂屋里敬神，我却躲在马房里轿夫的破床上。那里没有人，没有灯，外面有许多人叫我，我也不应。我默默地听着爆竹声响了又止了，再过一会儿我才跑出来回到自己的房间去。

家里平日敬神的时候，我也会设法躲开。我为了这些事情常常被人嘲笑，但是我始终照自己的意思做。

六叔、二哥、香表哥三个人合作办了一种小说杂志，名称就叫

《十日》，一个月出三本，每本用复写纸抄了五六份。

我是杂志的第一个订户。大哥把他那篇最得意的哀情小说在《十日》杂志第一期上面发表了，所以他们也送他一份。还有一个奉表哥也投了一篇得意的稿子。

在我们家里大哥是第一个写小说的人。他的小说是以"暮春三月，江南草长，杂花生树，群莺乱飞，"的旧句开始的。奉表哥的小说是以"杏花深处，一角红楼，"的句子开始的。接着就是"斗室中有一女郎在焉。女郎者何，×其姓，××其名，"诸如此类的公式文章。把"女郎"两个字改作"少年"就成了另一篇小说。小说的结局离不掉情死，后面还有一封情人的绝命书。

我对于《十日》杂志上千篇一律的才子佳人的哀情小说感不到兴趣。而且我亲眼看见他们写小说时分明摊开了好几本书在抄袭。这些书有尺牍，有文选，有笔记，有上海新出的流行小说和杂志。小说里每段描写景物的四六句子，照例是从尺牍或者文选上面抄来的。他们写小说并不费力。不过对于那三个创办杂志的人的抄录、装订、绘图的种种苦心我却非常佩服。

《十日》杂志出版了三个月，我只花了九个铜元的订费，就得到厚厚的九本书。

民国六年春天成都发生了第一次巷战。在这七天川军同滇军的巷战中，我看见了不少可怕的流血的景象。

在这时候二叔的两个儿子，二哥和五弟突然患白喉症死了。我在几天的工夫就失掉了两个同伴。

他们本来可以不死，但是因为街上断绝了行人，请不到医生来治病，只得让他们躺在家里，看着病一天天地加重。等到后来两个轿夫背着他们跨过战壕，冒着枪林弹雨赶到医院时，他们已是奄奄一息了。

战事刚刚停止，我和三哥也患了喉症。我们的病还没有好，父亲就病死了。

父亲很喜欢我。他平时常常带着我一个人到外面去玩。在他的病中他听说我的病好多了,想看我,便叫人来陪我到他的房里去。

我走到床前,跪在踏脚凳上,望着他的憔悴的脸,叫了一声"爹"。

"你好了?"他伸出手抚摩我的头。"你要乖乖的。不要老是拼命叫'罗嫂!罗嫂!'你要常常来看我啊!"罗嫂是在我们病中照料我们的那个老妈子。

父亲微微笑了。

"好,你回去休息罢。"过了半晌父亲这样吩咐了一句。

第三天父亲就去世了。他每一次昏过去的时候,我们围在床前哭唤他。他居然醒了转来。我们以为他不会死了。

但是不到一刻钟光景,他又开始在床上抽气了。我们看着他一秒钟一秒钟地死下去。

于是我的环境马上改变了。好像发生了惊天动地的剧变。

满屋子都是哭声。

晚上我和三哥坐在房间里,望着黯淡的清油灯光落泪。大哥忽然走进来,在床沿上坐下去,哭着说:"三弟,四弟,我们……如今……没有……父亲……了……"

我们弟兄三个痛哭起来。

自从父亲接了继母进来以后,我们就搬到左边厢房里住。后来祖父吩咐把我们紧隔壁的那间停过母亲灵柩的签押房装修好,做了大哥结婚时的新房。大哥和嫂嫂就住在我们的隔壁。

这时候嫂嫂在隔壁听见了我们的哭声,便走过来劝慰大哥。他们夫妇埋着头慢慢地出去了。

父亲埋葬了以后,我心里更空虚了。我常常踯躅在街头,我总觉得父亲在我的前面,仿佛我还是依依地跟着父亲走路,因为父亲平时不大喜欢坐轿，常常带了我在街上慢步闲走。

但是一走到行人拥挤的街心，跟来往的人争路时，我才明白我是孤零零的一个人。

从此我就失掉了人一生只能够有一个的父亲了。

父亲死后不久，成都又发生了更激烈的巷战。结果黔军被川军赶走了，全城的房屋烧毁了很多。不用说我们受了惊，可是并没有大的损失。

我们自然有饭吃，只是缺少蔬菜和油荤。

在马房里轿夫们喝着烧酒嚼着干锅魁（大饼）来充塞肚里的饥饿，他们买不到米做饭。

枪炮声，火光，流血，杀人，以及种种残酷的景象。而且我们偶尔也挨近了死的边缘。……

巷战不久就停止了。然而军阀割据的局面却一直继续下去，到现在还没有打破。

三哥已经进了中学，但是父亲一死，我进中学的希望便断绝了，祖父从来不赞成送子弟进学校读书，现在又没有人出来替我讲话。

我便开始跟着香表哥念英文。每天晚上他到我们家里来教我，并不要报酬。这样继续了三年。他还帮助我学到一点其他的知识。祖父死后我和三哥进了外国语专门学校，我就没有时间跟着香表哥念书。他后来结了婚，离开了成都，到乐山教书去了。

香表哥（他的本名是濮季云）是一个真挚而又聪明的青年。当时像他那样有学识的年轻人，在我们亲戚中间已经是很难得的了。然而家庭束缚了他，使他至今还在生活的负担下面不断地发出绝望的呻吟，白白地浪费了他的有为的青春。

但是提起他，我却不能不充满了感激。我的智力的最初发展是得到两个人的帮助的，其中的一个就是他。还有一个是大哥，大哥买了不少的新书报，使我能够贪婪地读完了它们。而且我和三哥一块儿离开成都到上海，以及后来我一个人到法国去念书，都少不了他的帮助。虽然为着去法国的事情我跟他起过争执，但是他终于顺从了我的意思。

在我的心里永远藏着对于这两个人的感激。我本来是一个愚蠢的、孤僻的孩子。要是没有他们的帮助，也许我至今还是一个愚蠢的、孤僻的人罢。

父亲的死使我懂得了更多的事情。我的眼睛好像突然睁开了，我更看清楚了我们这个富裕大家庭的面目。

这个富裕的大家庭变成了一个专制的大王国。在和平的、友爱的表面下我看见了仇恨的倾轧和斗争；同时在我的渴望自由发展的青年的精神上，"压迫"像沉重的石块重重地压着。

我的身子给绑得太紧了，不能够动弹。我也不能够摔掉肩上的重压。我把全部的时间用来读书。书本却蚕食了我的健康。

我一天一天地瘦下去。父亲死后的一年中间我每隔十几天就要病倒一次，而且整个冬天一直在吞丸药。

第二年秋天我进了青年会的英文补习学校。祖父知道了这件事情，也不干涉，因为他听说学会英文可以考进邮局工作，他又知道邮局的薪水相当高，薪水是现金，而且逐年增加，位置又稳固，不会因政变或其他的人事变动而失业。我的一位舅父当时是邮局的一个高级职员，亲友们都羡慕他的这个"好位置"。

我在青年会上了一个月的课就生了三次病。祖父知道了便要我在家里静养。不过他同意请香表哥到我们家里来正式教我念英文，还吩咐按月送束修给香表哥。其实所谓束修的数目也很小，不是一元，便是两元。

自从父亲死后，祖父对我的态度也渐渐地改变。他开始关心我、而且很爱我。后来他听见人说牛奶很"养人",便出钱给我订了一份牛奶。他还时常把我叫到他的房里去,对我亲切地谈一些做人处世的话。甚至在他临死前发狂的一个月中间他也常常叫人把我找去。我站在他的床前,望着他。他的又黑又瘦的老脸上露出微笑,眼里却淌了泪水。

以前在我们祖孙两个中间并没有感情。我不曾爱过祖父,我只是害怕他;而且有时候我还把他当作专制、压迫的代表,我的确憎恨过他。

但是在他最后的半年里不知道怎样,他的态度完全改变了,我对他也开始发生了感情。

然而时间是这么短!在这一年的最后一天(旧历),我就失掉了他。

新年中别的家庭里充满了喜悦,爆竹声挨门挨户地响起来。然而在众人的欢乐中,我们一家却匍匐在灵前哀哀地哭着死去的祖父。

这悲哀一半是虚假的,因为在祖父死后一个多星期的光景,叔父们就在他的房间里开会处分了他的东西,而且后来他们还在他的灵前发生过争吵。

可惜祖父没有知觉了,不然他对于所谓"五世同堂"的好梦也会感到幻灭罢。我想他的病中的发狂决不是没有原因的。

祖父是一个能干的人。他在曾祖父死后,做了多年的官,后来"告归林下"。他买了不少的田产,修了漂亮的公馆,收藏了好些古玩字画。他结过两次婚,讨了两个姨太太,生了五儿一女,还见到了重孙(大哥的儿子)。结果他把儿子们造成了彼此不相容的仇敌,在家庭里种下了长期争斗的根源,他自己依旧免不掉发狂地死在孤独里。并没有人真正爱他,也没有人真正了解他。

祖父一死,家庭就变得更黑暗了。新的专制压迫的代表起来代替了祖父,继续拿旧礼教把"表面是弟兄暗中是仇敌"的几房人团结在一起，企图在二十世纪中维持封建时代的生活方式。结果产生了更多的争斗和倾轧，造成了更多的悲剧，而裂痕依旧是一天一天地增加，一直到最后完全崩溃的一天。

祖父像一个旧家庭制度的最后的卫道者那样地消灭了。对于他的死我并没有遗憾。虽然我在哀悼失掉了一个爱我的人，但是同时我也庆幸我获得了自由。从这天起在我们家里再没有一个人可以支配我的行动了。

祖父死后不到半年，在一九二〇年暑假我和三哥就考进了外国语专门学校，从补习班读到预科、本科，在那里接连念了两年半的书。在学校里因为我没法交出中学毕业文凭，后来改成了旁听生，被剥夺了获得毕业文凭的权利。这件事情竟然帮助我打动了继母和大哥的心，使他们同意我抛弃了学业同三哥一路到上海去。

民国十二年（一九二三年）春天在枪林弹雨中保全了性命以后，我和三哥两个就离开了成都的家。大哥把我们送到木船上，他流着眼泪离开了我们。那时候我的悲哀是很大的。但是一想到近几年来我的家庭生活，我对于旧家庭并没有留恋。我离开旧家庭不过像摔掉一个可怕的阴影。但是还有几个我所爱的人在那里呻吟憔悴地等待宰割，我因此不能不感到痛苦。在过去的十几年中间我已经用眼泪埋葬了不少的尸体，那些都是不必要的牺牲者，完全是被陈旧的礼教和两三个人一时的任性杀死的。

一个理想在前面向我招手，我的眼前是一片光明。我怀着大的勇气离开了我住过十七年的成都。

那时候我已经受了新文化运动的洗礼，而且参加了社会运动，创办了新的刊物，并且在刊物上写了下面的两个短句作为我的生活的目标了：

"奋斗就是生活，
　人生只有前进。"

觉醒与活动

我常常说我是"五四"的产儿。五四运动像一声春雷把我从睡梦中惊醒了。我睁开了眼睛，开始看到了一个崭新的世界。

五四运动发生的时候，报纸上如火如荼的记载，甚至在我们的表面上平静的家庭生活里敲起了警钟。大哥的被忘记了的青春也给唤醒了。我那时不过十四岁半，我也跟着大哥、三哥一起贪婪地读着本地报纸上关于学生运动的北京通讯，以及后来上海的六三运动的记载。本地报纸上后来还转载了《新青年》和《每周评论》的文章。这些文章使我们的心非常激动。我们觉得它们常常在说我们想说而又不会说的话。

于是大哥找到了本城唯一代售新书报的那家书铺，在那里买了一本《新青年》和两三份《每周评论》。我们很兴奋地读着它们。那里面的每个字都像火花一般地点燃了我们的热情。那些新奇的议论和热烈的文句带着一种不可抗拒的力量压倒了我们三个，后来更说服了香表哥，甚至还说服了六姐，她另外订阅了一份《新青年》。

《新青年》、《新潮》、《每周评论》、《星期评论》、《少年中国》、《少年世界》、《北京大学学生周刊》……等等都接连地到了我们的手里。在成都也出版了《星期日》、《学生潮》、《威克烈》等等刊物。……《威克烈》就是"外专"学生办的，那时香表哥还在"外专"读书。大哥设法买全了《新青年》的前五卷。后来他甚至预先存了一两百块钱在华阳书报流通处，每天都要去那里取一些新到的书报回来（大哥工作的地点离那个书铺极近）。当时在成都新的书报很受欢迎，常常供不应求。

每天晚上我们总要抽出一些时间轮流地读这些书报，连通讯栏也不肯轻易放过。有时我们三弟兄，再加上香表哥和六姐，我们聚在一起讨论这些新书报中所论及的各种问题。后来我们五个人又组织了一个研究会。我们在新花园里开第一次会，就被六姐的母亲遇见了。三婶那时刚刚跟我的继母和大哥两个吵了架，她便禁止六姐参加研究会。我们的研究会也就停顿了。

当时他们还把我看作一个小孩，却料不到我比他们更进一步，接受了更激进的思想，用白话写文章，参加社会运动，结识新的朋友，而且和这些朋友第一次在成都大街上散布了纪念五一节鼓吹"社会草命"的传单（这个"草"字是传单上印错了的）。

在五四运动的后一年我们出版了一种半月刊。其实这句话就有语病，我并不是那个刊物的创办人。大约在刊物出到八九期的时候，我写了一封信到刊物编辑部去。他们回了信，一位编辑又来找我谈话。我便和他们做了朋友。他们邀请我参加刊物的工作，后来我就做了编辑。

《半月》出到十期以后，就碰了一个小钉子。事情是这样的：学生会演剧筹款办平民学校，军人来捣乱。学生和军人发生了冲突。风潮扩大起来。一个朋友在刊物上写了一篇激烈的文章，刊物出版，我们就接到公事，要我们先把那篇短文抽去，才准刊物发卖。另一个朋友想到了一个好办法。他到刻字铺去刻了一个长条的图章，用朱红印泥盖在那篇文章上面，然后再用墨笔把文章的前后勾了两个。这期刊物原样地摆在书店的货柜上，任人购买。读者们痛快地读完了那篇攻击当局的文章，被激昂的辞句所感动。他们在用黑色油墨印成的文章上面，惊奇地发现了一行横印着的朱红色的较大的字"本文奉×××

××命令抽去"。这五个×是我随便加上的，用在这里作为一个代替的符号，至于所代替的是什么呢？是省会警察厅，是戒严司令部，是城防司令部，还是别的机关？我现在记不起来了。

我们大家都称赞那个朋友的聪明，我们就这么容易地把那根小钉子拔出来，踏进泥土里去了。

但是《半月》出到二十四期，我们正准备举行周年纪念庆祝会的时候，刊物就突然被禁了。查禁的理由，说起来也许没有人相信，就是提倡女子剪发。在十几年后的今天，倘使你公开反对女子剪发，那么别人不说你是一个拜物狂（关于这个，希特勒的对头希尔席费尔特①很有研究），就会骂你脑筋封建。但是在我们那个时候，女子剪发却是一件大逆不道的行为。所以我们骂过"水漩儿公"（当时的统治者刘成勋的绰号，"水漩儿"和"滑头"同义），不要紧；我们鼓吹革命也不要紧；而且我的第一篇文章在刊物上发表，也不曾引起任何的麻烦，那个时候我不过是一个小孩，会写些带感情的话。我大胆地凭个人的直觉否定了整个现社会制度的存在，而且有一股傻劲，觉得为一篇文章杀头也算不了一回事。那篇文章在今天发表也会成问题，可是在当时却平安地过去了。这也不要紧。要紧的却是——

当时四川有三个女学生剪掉了辫子，社会轰传，我们高兴。所谓"省会警察厅"马上出了布告禁止女子剪发，我们的刊物上接着来了一篇不客气的批评。以后大概还发表了两三篇这一类的文章，有一篇还是那三个女子中的一位写的。这一来警察厅觉得应该维持面子了，便派了两个人来找我们办交涉；他们要我们以后不再提这件事情，并且把前几期的刊物存数全部交给他们带走。他们的态度还算客气，他们准备来跟我们讲条件。可惜我们这一群傻孩子，做事只知道走直

---

① 马·希尔席费尔特（1868-1935），德国精神病学家。希特勒封闭了他创办的性科学学院，烧毁了全部的藏书和文件。

路，从来不会拐弯，更不知道让步妥协。我们拒绝了他们的条件，跟他们起了争执。结果他们拿走了二三十本存书，我们却不断地写信到警察厅去质问。最后他们就下了查禁的命令。可是他们已经显得被动了。以后我们还秘密地出了一期停刊号，详细记载这件事情的经过。那里面的两篇长文的确写得慷慨激昂，是出于一个年纪较大的朋友的手笔。我读着它们，血就沸腾起来。这位朋友不久在高等师范毕了业，便因为生活问题到别处去了。以后我也没有机会和他再见面。听说他四五年前在一个混乱的情形下面被军阀杀害了。

我们的刊物在当时算是畅销的。每一期出版，不到半个月，就完全卖光。不过收账不大容易，所以期期大亏本，使得我们每期只能印一千份，又无法再版。为这个刊物我出力不多，而且我一共只写过三四篇半抄袭的文章。但是朋友中有几个人的牺牲精神却使我十分感动。有一个朋友常常为着刊物当衣服。他为了使思想和行为一致起见，曾经抛弃了学业到一家裁缝铺去做学徒，他晚上到社里来工作，满指头都是针眼。我当时很崇拜他。这位朋友现在还活着。我好久没有同他通信了，不知道他活得怎样。让我在此地祝福他。

那时候有几个年纪较大的人正要创办一种《警群》月刊，听说我们的刊物被封，就托人来约我们参加他们的工作。他们原想利用我们。但是我们这几个傻孩子不通世故人情，也不懂得客气。他们要我们发表意见，我们就发表意见。他们让我们做编辑，我们就做编辑。

第一次开编辑会议，没有什么争论。五个编辑里面双方各占两个，还有一个算是总编辑，可以说中立派。在第二次的编辑会议里我们应该将第一期月刊的稿子集好，大家不能够随便敷衍了。我们这方面提出两篇关于女子剪发的文章，两篇关于社会问题的文章。我也写了一篇《爱国主义与中国人到幸福的路》。总编辑还好说话，对于我们提出的文章，他都通过。有一篇他说可以留到下期发表，我们却坚持登在创刊号上。他也就同意了。

他们那方面的文章大半是些"之乎者也"的东西。平时不作声的我，这一次居然也发表了意见。结果除了那两个编辑的文章外，别的都没有通过。

那两个编辑中有一个是四十多岁的半新不旧的老先生。他自然不高兴我。他拿起我的文章躺在藤躺椅上，翘起一只脚，用国文教员看课卷的态度看了一遍，结果发出一声冷笑，说："这篇文章会把鼓打响的。"

"不要紧，我负责！"我强硬地说。

"哼！"他皮笑肉不笑地望了我一眼。

谁知道两三个月以后，这个人居然做了外国语专门学校的学监，我正在那个学校读书。我每天和他见面。他好像不认识我，我自然不会对他点头。终于有一天他找到了报复的机会：学校里翻造房子，我为了方便把办公室当作过道走了好几次，校长都没有说话，他却拦住我不让走。我望着他那张带黑色的瘦脸，不觉想起了编辑会议的情形。

第一期《警群》月刊出版，我们胜利了。想利用人的先生们反倒被人利用。学监之类就暗暗地跑到警察厅去告发。警察厅不来管我们。我们却因此跟他们起了争执，结果我们这方面的八个人登报脱离，而他们也就把刊物停了。

半年以后我们又办了一种周刊《平民之声》。这次由我主持编辑事务，通信处就设在我家里。第一期刊物编好，我们非常高兴。我们天天到印刷局去看校样，我们在旁边守着工人把铅版上架。印刷局这次一定要我们把稿子送到警察厅去检查，我们只得把清样送去了。是那个学裁缝的朋友送去的。我们几个人就在印刷局里望着印机转动，注意地望着每两份连在一起的刊物一张一张从印机上飞下来。我们兴奋得甚至忘记了晚饭。

傍晚时分一千份刊物印成了,我们把它们带到作为发行部的另一个朋友的家里。我从那里走回家。一个警察在我们公馆门口徘徊,好像在等候什么人似的。

"四少爷,这封信是你的不是?"看门的李老头看见我跨进门槛,就站起来把一封信递到我手里。

信封上写着"送新世纪杂志社收启",地址没有错。我拿出一张名片把警察打发走了。

我连忙拆开信看。里面全是官话,但意思很明白:第一期刊物看见了,言论过激,"对于国家安宁恐有妨害",所以不能许可发行,但是希望以后怎么样怎么样做,"庶不背乎造福社会之宗旨"。措辞总算客气。这真叫作"自讨没趣"!我们不送检查,他们倒也不管;送去反而招来了麻烦。可笑的是刊物上面横排着"新世纪一九二一年"字样,他们却把"新世纪"当作刊物的名称,而"平民之声"四个大字却没有人看见。

第一期的周刊依旧半公开地在外面发卖。不过我们在第二期上面登了一个简单的启事:"本刊第一期警察厅禁止发售,对于订户无法补送,敬请原谅。"

第二期出版,倒很顺利。第三期上有一篇短文被删去一段,我们用墨笔轻轻一勾,就对付过去了。从第四期起我们换了一家比较便宜的印刷局,他们很认真,我们以前的办法,是一面付印,一面送检查。这家小印刷局却要等到清样检查完毕发回来以后才肯开印。刊物第四期上开始连载我的一篇题作《托尔斯泰的生平和学说》的长文。这自然说不上研究,唯一的秘诀是抄书。第五期周刊上正式发表到论托氏的社会思想的一段,开头有五六行被检查员用红笔勾去了,便没有能够印出来,但也注明被删去若干行的字样。

这一来,我们倒觉得讨厌了。你不要我做,我偏要做。检查员既然认真做,我们也就不客气了。第六期的文章便来得更厉害,每个人的文章都遭了砍头刖足的重刑。我们知道检查员快要被我们弄得发狂了。我们便想出种种方法来激怒他(或他们)。我们想他(或他们)大概不懂外国文,便故意从北京的刊物上选了一篇《支加哥的殉道者》转载,这篇文章很长,而且译笔欧化到十二分,我们读起来也很吃力。这一次检查员总算吃了我们的亏。我们从发回来的清样上可以看出来他(或他们)这次是煞费了苦心的。

但是在第八期上报复来了。不巧在这一期我们又换了印刷局。新的印刷局是一个朋友介绍的,我们不知道这家印刷局的负责人比耗子还胆小,刊物付印时我们去迟了半天,刊物已经完全印好了。我们拿起一张来读,任何一篇文章,我们读来读去,都读不出意思来,连写文章的我们自己也莫名其妙了。我们翻到第四版,奇怪,连《支加哥的殉道者》这个标题也不见了。原来印刷局不得我们同意,就把被勾去的字句检出,单将文章接连地排在一起,结果弄得每篇文章变成了狂人的谵语。

我们再仔细检查一下:"这么"的"这"字没有了;"那么"的"么"字没有了;"社会"的"社"字没有了;"运动"的"动"字没有了;至于"的""呢""了""吗"之类,更不必说。"支加哥"大概是什么暗号,"殉道者"一定是俄文或法文,"秋天的太阳以它的抚人的微风接吻每个自由的人的双颊时",在这纠缠不清的欧化句子里,"它"这个字,中国本来就没有。"抚人""接吻"都是猥亵字眼。微风更不会和人亲嘴。"自由"又是违碍的字眼。所以结果被改成了"秋天太阳微风每人双颊"。

我们起初很生气,但是后来仔细一想又觉得好笑,从这里我们不是很清楚地看出了一个人的教养、思想和恐惧吗?结果被检查的倒不是我们的文章了。

这位可怜的老先生想拼他的老命来阻止洪水的泛滥，那种如临深渊如履薄冰的样子不是闹剧中一个很好的场面吗？

我们印了一张"刊误表"附在报纸内送给订户。在那张刊误表上面我们还想写着"这一期的刊物应该是历史的资料"一类的话，但是并没有实行。

以后我们同检查员的关系变得更坏了。我们的兴趣也从刊物移到了检查员的身上。我们专门研究他的心理，分析他，试探他，激怒他，欺骗他，各种的花样都用过，而且屡试屡效。[1]

---

[1] 这里谈对付审查员的经验的一段文章，原题为《小小的经验》，1935年春天在日本东京写成，是故意写给当时的国民党上海市党部图书杂志审查会的老爷们看的。——1959年注

做大哥的人

我的大哥生来相貌清秀，自小就很聪慧，在家里得到父母的宠爱，在书房里又得到教书先生的称赞。看见他的人都说他日后会有很大的成就。母亲也很满意这样一个"宁馨儿"。

他在爱的环境里逐渐长成。我们回到成都以后，他过着一位被宠爱的少爷的生活。辛亥革命的前夕，三叔带着两个镖客回到成都。大哥便跟镖客学习武艺。父亲对他抱着很大的希望，想使他做一个"文武全才"的人。

每天早晨天还没有大亮，大哥便起来，穿一身短打，在大厅上或者天井里练习打拳使刀。他从两个镖客那里学到了他们的全套本领。我常常看见他在春天的黄昏舞动两把短刀。两道白光连接成了一根柔软的丝带，蛛网一般地掩盖住他的身子，像一颗大的白珠子在地上滚动。他那灵活的舞刀的姿态甚至博得了严厉的祖父的赞美，还不说那些胞姐、堂姐和表姐们。

他后来进了中学。在学校里他是一个成绩优良的学生，四年课程修满毕业的时候他又名列第一。他得到毕业文凭归来的那一天，姐姐们聚在他的房里，为他的光辉的前程庆祝。他们有一个欢乐的聚会。大哥当时对化学很感兴趣，希望毕业以后再到上海或者北京的有名的大学里去念书，将来还想到德国去留学。他的脑子里装满了美丽的幻想。

然而不到几天，他的幻想就被父亲打破了，非常残酷地打破了。因为父亲给他订了婚，叫他娶妻了。

这件事情他也许早猜到一点点，但是他料不到父亲就这么快地给他安排好了一切。在婚姻问题上父亲并不体贴他，新来的继母更不会知道他的心事。

他本来有一个中意的姑娘，他和她中间似乎发生了一种旧式的若有若无的爱情。那个姑娘是我的一个表姐，我们都喜欢她，都希望他能够同她结婚。然而父亲却给他另外选了一个张家姑娘。

父亲选择的方法也很奇怪。当时给大哥做媒的人有好几个，父亲认为可以考虑的有两家。父亲不能够决定这两个姑娘中间究竟哪一个更适宜做他的媳妇，因为两家的门第相等，请来做媒的人的情面又是同样地大。后来父亲就把两家的姓写在两方小红纸块上面，揉成了两个纸团，捏在手里，到祖宗的神主面前诚心祷告了一番，然后随意拈起了一个纸团。父亲拈了一个"张"字，而另外一个毛家的姑娘就这样地被淘汰了。（据说母亲在时曾经向表姐的母亲提起亲事，而姑母却以"自己已经受够了亲上加亲的苦，不愿意让女儿再来受一次"这理由拒绝了，这是三哥后来告诉我的。拈阄的结果我却亲眼看见。）

大哥对这门亲事并没有反抗，其实他也不懂得反抗。我不知道他向父亲提过他的升学的志愿没有，但是我可以断定他不会向父亲说起他那若有若无的爱情。

于是嫂嫂进门来了。祖父和父亲因为大哥的结婚在家里演戏庆祝。结婚的仪式自然不简单。大哥自己也在演戏，他一连演了三天的戏。在这些日子里他被人宝爱着像一个宝贝；被人玩弄着像一个傀儡。他似乎有一点点快乐，又有一点点兴奋。

他结了婚，祖父有了孙媳，父亲有了媳妇，我们有了嫂嫂，别的许多人也有了短时间的笑乐。但是他自己也并非一无所得。他得了一个体贴他的温柔的姑娘。她年轻，她读过书，她会做诗，她会画画。他满意了，在短时期中他享受了以前所不曾梦想到的种种乐趣。在短时期中他忘记了他的前程，忘记了升学的志愿。他陶醉在这个少女的温柔的抚爱里。他的脸上常带笑容,他整天躲在房里陪伴他的新娘。

他这样幸福地过了两三个月。一个晚上父亲把他唤到面前吩咐道:"你现在接了亲,房里添出许多用钱的地方;可是我这两年来人不敷出,又没有多余的钱给你们用,我只好替你找个事情混混时间,你们的零用钱也可以多一点。"

父亲含着眼泪温和地说下去。他唯唯地应着,没有说一句不同意的话。可是回到房里他却倒在床上伤心地哭了一场。他知道一切都完结了!

一个还没有满二十岁的青年就这样地走进了社会。他没有一点处世的经验,好像划了一只独木舟驶进了大海,不用说狂风大浪在等着他。

在这些时候他忍受着一切,他没有反抗,他也不知道反抗。

月薪是二十四元。为了这二十四个银圆的月薪他就断送了自己的前程。

然而灾祸还不曾到止境。一年以后父亲突然死去,把我们这一房的生活的担子放到他的肩上。他上面有一位继母,下面有几个弟弟妹妹。

他埋葬了父亲以后就平静地挑起这个担子来。他勉强学着上了年纪的人那样来处理一切。我们一房人的生活费用自然是由祖父供给的。(父亲的死引起了我们大家庭第一次的分家,我们这一房除了父亲自己购置的四十亩田外,还从祖父那里分到了两百亩田。)他用不着在这方面操心。然而其他各房的仇视、攻击、陷害和暗斗却使他难于应付。他永远平静地忍受了一切,不管这仇视、攻击、陷害和暗斗愈来愈厉害。他只有一个办法:处处让步来换取暂时的平静生活。

后来他的第一个儿子出世了。祖父第一次看见了重孙,自然非常高兴。大哥也感到了莫大的快乐。儿子是他的亲骨血,他可以好好地教养他,在他的儿子的身上实现他那被断送了的前程。

他的儿子一天一天长大起来，是一个非常聪明可爱的孩子，得到了我们大家的喜爱。

接着五四运动发生了。我们都受到了新思潮的洗礼。他买了好些新书报回家。我们（我们三弟兄和三房的六姐，再加上一个香表哥）都贪婪地读着一切新的书报，接受新的思想。然而他的见解却比较温和。他赞成刘半农的"作揖主义"和托尔斯泰的"无抵抗主义"。他把这种理论跟我们大家庭的现实环境结合起来。

他一方面信服新的理论，一方面依旧顺应旧的环境生活下去。顺应环境的结果，就使他逐渐变成了一个有两重人格的人。在旧社会，旧家庭里他是一位暮气十足的少爷；在他同我们一块儿谈话的时候，他又是一个新青年了。这种生活方式是我和三哥所不能够了解的，我们因此常常责备他。我们不但责备他，而且时常在家里做一些带反抗性的举动，给他招来祖父的更多的责备和各房的更多的攻击与陷害。

祖父死后，大哥因为做了承重孙（听说他曾经被一个婶娘暗地里唤作"承重老爷"），便成了明枪暗箭的目标。他到处磕头作揖想讨好别人，也没有用处；同时我和三哥的带反抗性的言行又给他招来更多的麻烦。

我和三哥不肯屈服。我们不愿意敷衍别人，也不愿意牺牲自己的主张，我们对家里一切不义的事情都要批评，因此常常得罪叔父和婶娘。他们没有办法对付我们，因为我们不承认他们的威权。他们只好在大哥的身上出气，对他加压力，希望通过他使我们低头。不用说这也没有用。可是大哥的处境就更困难了。他不能够袒护我们，而我们又不能够谅解他。

有一次我得罪了一个婶娘，她诬我打肿了她的独子的脸颊。我亲眼看见她自己在盛怒中把我那个堂弟的脸颊打肿了，她却牵着堂弟去找我的继母讲理。大哥要我向她赔礼认错，我不肯。他又要我到二叔那里去求二叔断公道。但是我并不相信二叔会主张公道。结果他自己代我赔了礼认错,还受到了二叔的申斥。他后来到我的房里,含着眼泪讲了一两个钟头,惹得我也淌了泪。但是我并没有答应以后改变态度。

像这样的事情是很多的。他一个人平静地代我们受了好些过,我们却不能够谅解他的苦心。我们说他的牺牲是不必要的。我们的话也并不错,因为即使没有他代我们受过承担了一切,叔父和婶娘也无法加害到我们的身上来。不过麻烦总是免不了的。

然而另一个更大的打击又来了。他那个聪明可爱的儿子还不到四岁,就害脑膜炎死掉了。他的希望完全破灭了。他的悲哀是很大的。

他的内心的痛苦已经深到使他不能够再过平静的生活了。在他的身上偶尔出现了神经错乱的现象。他称这种现象做"痰病"。幸而他发病的时间不多。

后来他居然帮助我和三哥(二叔也帮了一点忙,说句公平的话,二叔后来对待大哥和我们相当亲切)同路离开成都,以后又让我单独离开中国。他盼望我们几年以后学到一种专长就回到成都去"兴家立业"。但是我和三哥两个都违背了他的期望。我们一出川就没有回去过。尤其是我,不但不进工科大学,反而因为到法国的事情写过两三封信去同他争论,以后更走了与他的期望相反的道路。不仅他对我绝了望,而且成都的亲戚们还常常拿我来做坏子弟的榜样,叫年轻人不要学我。

我从法国回来的第二年他也到了上海。那时三哥在北平,没有能够来上海看他。我们分别了六年如今又有机会在一起谈笑,两个人都很高兴。我们谈了别后的许多事情,谈到三姐的惨死,谈到二叔的死,谈到家庭间的种种怪现象。我们弟兄的友爱并没有减少,但是思想的差异却更加显著了。他完全变成了旧社会中一位诚实的绅士了。

他在上海只住了一个月。我们的分别是相当痛苦的。我把他送到了船上。他已经是泪痕满面了。我和他握了手说一句:"一路上好好保重。"正要走下去,他却叫住了我。他进了舱去打开箱子,拿出一张唱片给我，一面抽咽地说："你拿去唱。"我接到手一看，是G.F.女士唱的《Sonny Boy》①，两个星期前我替他在谋得利洋行买的。他知道我喜欢听这首歌，所以想起了把唱片拿出来送给我。然而我知道他也同样地爱听它。这时候我很不愿意把他喜欢的东西从他的手里夺去。但是我又一想我已经有许多次违抗过他的劝告了，这一次我不愿意在分别的时候使他难过。表弟们在下面催促我。我默默地接过了唱片。我那时的心情是不能够用文字表达的。

我和表弟们坐上了划子，让黄浦江的风浪颠簸着我们。我望着外滩一带的灯光，我记起我是怎样地送别了一个我所爱的人，我的心开始痛起来，我的不常哭泣的眼睛里竟然淌下了泪水。

他回到成都写了几封信给我。后来他还写过一封诉苦的信。他说他会自杀，倘使我不相信，到了那一天我就会明白一切。但是他始终未说出原因来，所以我并不曾重视他的话。

然而在一九三一年春天的一个早晨，他果然就用毒药断送了他的年轻的生命。两个月以后我才接到了他的二十几页的遗书。在那上面我读着这样的话：

　　卖田以后……我即另谋出路。无如我求速之心太切，以为投机事业虽险，却很容易成功。前此我之所以失败，全是因为本钱是借贷来的，要受时间和大利的影响。现在我们自己的钱放在外边一样收利，我何不借自己的钱来做，一则利息也轻些，二则不受时间影响。用自己的钱来做，果然得了小利。……所以陆续把存放的款子提回来，作贴现之用，每月可收百数十元。做了几个月，很顺利。于是我就放心大胆地做去了。……哪晓得年底一病就把我毁了②，等我病好出外一看，才知道我们

---

① 格蕾西·菲尔兹唱的《宝贝儿子》。
② 因为在他的病中好几家银行倒闭了，他并不知道。

的养命根源已经化成了水。好,好!既是这样,有什么话说!所以我生日那天,请大家看戏后,就想自杀。但是我实在舍不得家里的人。多看一天算一天,混一天。现在混不下去了。我也不想向别人骗钱来用。算了罢。如果活下去,那才是骗人呢。……我死之后不用什么埋葬,随便分尸也可,或者听野兽吃也可。因我应得之罪累及家人受此痛苦,望从重对我的尸体加以处罚……

这就是大哥自杀的动机了。他究竟是为了顾全绅士的面子而死,还是因为不能够忍受未来的更痛苦的生活,我虽然熟读了他的遗书,被里面一些极凄惨的话刺痛了心,但是我依旧不能够了解。我只知道他不愿意死,而且他也没有死的必要。我知道他写了三次遗书,又三次把它毁了。甚至在第四次的遗书里他还不自觉地喊着:"我不愿意死。"然而他终于像一个诚实的绅士那样吞食了自己摘下的苦果而死去了。结果他在那般虚伪的绅士眼前失掉了面子,并且把更痛苦的生活留给他的妻子和一儿四女(其中有四个我并未见过)。我们的叔父婶娘们在他死后还到他的家里逼着讨他生前欠的债;至于别人借他的钱,那就等于"付之东流"了。

大哥终于做了一个不必要的牺牲者而死去了。他这一生完全是在敷衍别人,任人拨弄。他知道自己已经逼近了深渊,却依旧跟着垂死的旧家庭一天一天地陷落下去,终于到了完全灭顶的一天。他便不得不像一个诚实的绅士那样拿毒药做他唯一的拯救了。

他被旧礼教、旧思想害了一生,始终不能够自拔出来。其实他是被旧制度杀死的。然而这也是咎由自取。在整个旧制度大崩溃的前夕,对于他的死我不能有什么遗憾。然而一想到他的悲惨的一生,一想到他对我所做过的一切,一想到我所带给他的种种痛苦,我就不能不痛切地感觉到我丧失了一个爱我最深的人了。

我离了北平

火车外是一片雪。我的心冷了。我昏迷似地在车厢里躺了许久,直到天色阴暗了,我才清醒过来。周围只有车轮的单调的响声。车厢就如一个坟墓。我几乎相信我已经死了。然而我的心却跳得很厉害。我的眼睛甚至在黑暗中也能够看见事物。我躺着,我绝望地躺在寂寞的车厢里。我真想大叫几声来冲破这沉闷的空气。我并没有叫出声来。这时候,我又看见了你们的手。朋友,你们的手还在我的眼前晃动。这无数的挥动着的手就把我的心抓得那么牢!你们也许不会知道我当时是用怎样的眼光来看这些手的。我说,倘使能够的话,我在那一瞬间真想用以后几十年的时光来换取这可宝贵的一瞥。

这几年来我的一双脚就不曾停止过,我的嘴也是的。我像一个乞丐,飘流到各地方,向一些善心的人,讨得一点施舍,来维持我这个微小的生存。我的确是一个心灵的穷人。朋友,你们是好心的,你们却不知道在那些"疑惑不安的日子里",你们的友情曾经怎样地温暖过我的心。我平静地领受了这些施舍,我不曾说一句感谢的话。我的嘴没有停止过,有时候我甚至说话像一个豪华的富翁,或者像一个倔强的汉子。我不明白你们会不会把我当作一个忘恩的人,倘使你们果真这样做,你们也是有权利的。

然而,朋友,我怎么能够使你们了解我的这种心情呢?不错,我写过一两百万字,而且我甚至反复地写着某一些话。你们在我的文章里面很容易看出来重复的地方。你们也许以为我的文章已经写得太多，太多了。可是你们却想不到我如何绝望地努力，想找几句更雄辩的话来表白我的心情。我反复地写了那么多的字，但是我自己时时刻刻愿意让人知道的那些话却始终没有写出一句来。要表白我自己的一点感激的心情，那么多的文字还不够。朋友，你们看，我是一个多么笨拙的人。但是从这里你们也可以看出来我是怀着怎样绝望的痛苦来向你们求助啊。

世间有不少的人喜欢表现自己。我也可以算是这一类的人罢。然而我想表现的却不是自己的长处，因为我知道我这个人就没有美点。我有一个信仰，我愿意人知道它；我有一颗心，我愿意人了解它。我写文章，就为着想把自己的一切放在那里面给人看个仔细。然而写了那么多的字以后，到今天我还在绝望地努力，找话语，找机会来表白我自己，好像我从前就没有写过一个字似的。我甚至希望我能够用一个更简单的办法把我的胸膛剖开给你们看，让你们看明白藏在我心里的对你们的感激和重视。

我又看见了你们的挥动着的手。这几年来它们就时时在我的眼前晃动。码头上、月台上的景象，我永远不能够忘记。我说长年的奔波应当使我的感情变迟钝了。在人前我也能够笑，而且能够像傻子一般地大笑。我给你们看的就只有一张笑脸。但是从你们的身边退出来，一个人留在陌生人中间，那时候，想到你们，想到你们赐给我的一切，我也曾偷偷地落下眼泪，我说这是感激的眼泪。我把那时的感情分析得很清楚。在那些时候，我真愿意使自己做一根木柴，燃烧得粉身碎骨，来给你们添一点温暖。

然而文字是消磨生命和精力的东西，我最近曾这样地写过。我还说：话语并没有力量。我不知道我以后有没有用行动来表现自己的日子，倘使没有的话，那么我这一生也许是完全白费的了。过去的我的精力就是零碎地浪费了的。所以到今天我还在费力地寻话语来求你们原谅；不仅原谅，我还求你们的帮助。朋友，正如我先前所说，我愿意做一根木柴，望你们点个火来使它燃烧罢。

在火车里我就只看见你们的手。你们不会知道那些手给了我多么大的鼓舞。倘使没有它们，我也许不会活到现在。记得你们中间的一位对我说过："照你这种生活方式活下去，居然不死，而且活得很好，这道理，我不明白。"朋友，倘使你们仔细想一下，就明白这个奇迹全是你们的赐与。是你们的友情给了我精神的力量，来支配我的身体。是你们的爱护给了我够多的活力来消耗在文字上面。要是没有你们，我也许连一个字也写不出来。

有人说我孤僻，有人疑我阴沉。有人甚至在我跟他们中间看见了一堵墙。只有你们才知道我是一座雪下的火山。我怕雪垫得太厚了，会灭了火；我又怕雪很快地溶了，会有一个大爆发。我的心里包含了那么多的火种，我不让你们知道。也许将来临到爆发的时候，我会来向你们求救。也许我会像一个硬汉那样把打落的牙合了血吞在肚里，让自己毁掉。然而那时候我对你们的感激仍然是不会消灭的。

我现在愈走愈远了。我明白我是在怎样的环境里面离开你们。我又记得我当初是怀了怎样的心情来看你们如何在焦虑中过日子。三个星期中间我没有停止过笑，我仿佛是一个感觉迟钝的孩子。但是你们不知道我并不曾放过藏在你们心里的焦虑。其实这焦虑也是我的，我至少不是一个自私的人。而且单说焦虑也不够，我还应该加两个字：悲愤。朋友，我写到这里，我放下笔，拉开窗帷，窗外是一片漆黑的天。我看不见一线光明。我们的心情都是一样。不同的是我离开你们去了，我回到遥远的地方去了。我撇下你们在黑暗里，我的心是痛苦的。在三个星期中间我听够了你们的叹息、呻吟和呼号，这些至今还清晰地在我的耳边回响。我自己也没有料到这一次的会面会给我留下一个这么痛苦的印象。但是我并不悔恨。甚至在黑暗的夜里我也能够分辨出你们的和善的面颜；单是看见它们也够使我的心温暖了。我不曾给你们留下一点东西，但是我自己却带着你们的赐与走了。我感谢你们,而我的心也就和你们系得更牢了。

但是,朋友,当整个民族的命运陷在泥淖里的时候,当人类的一部分快要沦于奴隶的境地的时候,个人的悲欢还值得絮絮地提说么?所以倘使我以上的话打扰了你们,就请你们原谅我,让我再说几句别的话罢。我在这里屡次用了绝望的字眼,你们千万不要以为我就失掉了信仰。朋友,在这时候我们就全靠信仰指路。在黑暗中人常常会滑脚,走错一步就会落进无底的深渊。熟悉了黑暗的人就知道这只是一个假象,跨过它,便横着光明的前途。我常常在最浓的夜色以后看见了黎明。所以我有这样的确信。

朋友,不要以为我故意拿空泛的话来安慰你们,你们应该相信我,对于你们我是没有欺骗的。不管我怎样跟着你们叹息,呻吟,不管我怎样像一个心灵的穷人四处飘荡,但是我却常常昂然地说:"我不怕……我有信仰。"甚至在阴云满天的时候,我也不曾失掉我的信仰。

这一年来我说过我要沉默,我果然变得沉静了。我几乎被活埋进了坟墓里去。朋友,在那时候我曾经违背过你们的劝告。但是如今我要站起来,我要在人前大声叫号。我要使人相信目前的黑暗只是假象,跨过那黑暗就立着黎明的将来。我要使人人有这个信仰。我要使人人有这个希望。

热情在我的心里汹涌。我的身子快要燃烧了。朋友,给我一个火种,来把它点燃罢。只要我能够贡献出一点温暖,我也愿意早一天使自己粉身碎骨。像木柴一样,一次就痛快地燃烧干净,总比冻僵在坚冰下面好些。

朋友,明天我又要搭火车往前面走了,你们的手还在我的眼前晃动,它们把我抓得很牢,它们就像要把我抓回去似的。但是我仍然要往前面走了。在那边也还有我的朋友,他们也像你们那样系住我的心。我现在又得看你们怎样在焦急中过日子。我真不知道我应该怎样地分配我的这一颗心。我到现在才明白我的心确实是太小，太小了。所以朋友，我希望你们给我一把火，让它化为灰烬，飞到你们每个人的身边罢。

别了，朋友，明天的事情如何是没有人能够知道的。然而不管我们遇到怎样的命运，我绝不会失掉信仰。那么我也绝不会忘记你们，我说甚至在阴云满天的时候，我还相信有一天我们能够在一起看见黎明的将来。记住：所有的黑暗都是假象。

"我不怕……我有信仰。"那么让我来祝福你们。

去年十一月我在北平住了将近三个星期。这个月三十日下午三点钟我搭平沪通车回南方。一些朋友到车站送行，火车开动时我还看见他们的挥动着的手。那一天落着大雪，全个古城被一种恐怖的气氛笼罩着，我的心差不多冷了，就靠着这些手它才得到一点温暖。在车厢里我想起了种种的事情。回忆使我苦恼，现实使我悲愤，未来使我耽心。但是甚至在那时候我还没有失掉信仰。我觉得我应该对朋友们说几句话。我中途下车在天津我哥哥的宿舍里住了两天，我说我要看这个大城市怎样在强敌的手里毁灭，结果我看了一些令人发呕的丑剧走了。在离开天津的前夜我写了这篇文章。每一句话都是从我的心里吐出来的。现在我重读在天津《大公报》上发表的这篇文章，我的耳边还响着人们的呼喊，但这已经不是去年的了。那只魔手更逼近了我们的咽喉，我们除了更勇敢地斗争外别无生路。甚至在这时候我还可以坚定地重复着去年说过的话："我不怕……我有信仰。"

1936年6月附记

《短简》选
（1936）

我的幼年

窗外落着大雨，屋檐上的水槽早坏了，这些时候都不曾修理过，雨水就沿着窗户从缝隙浸入屋里，又从窗台流到了地板上。

我的书桌的一端正靠在窗台下面，一部分的雨水就滴在书桌上，把堆在那一角的书、信和稿件全打湿了。

我已经躺在床上，听见滴水的声音才慌忙地爬起来，扭燃电灯。啊，地板上积了那么一大滩水！我一个人吃力地把书桌移开，使它离窗台远一些。我又搬开了那些水湿的书籍，这时候我无意间发现了你的信。

你那整齐的字迹和信封上的香港邮票吸引了我的眼光，我拿起信封抽出了那四张西式信笺。我才记起四个月以前我在怎样的心情下面收到你的来信。我那时没有写什么话，就把你的信放在书堆里，以后也就忘记了它。直到今天，在这样的一个雨夜，你的信又突然在我的眼前出现了。朋友，你想，这时候我还能够把它放在一边、自己安静地躺回到床上闭着眼睛睡觉吗？

为了这书，我曾在黑暗中走了九英里的路，而且还经过三个冷僻荒凉的墓场。那是在去年九月二十三日夜，我去香港，无意中见到这书，便把袋中仅有的钱拿来买了。这钱我原本打算留来坐Bus回鸭巴甸的。

在你的信里我读到这样的话。它们在四个月以前曾经感动了我。

就在今天我第二次读到它们，我还仿佛跟着你在黑暗中走路，走过那些荒凉的墓场。你得把我看作你的一个同伴，因为我是一个和你一样的人，而且我也有过和这类似的经验。这样的经验我确实有的太多了。从你的话里我看到了一个时期的我的面影。年光在我的面前倒流过去，你的话使我又落在一些回忆里面了。

你说，你希望能够更深切地了解我。你奇怪是什么东西把我养育大的？朋友，这并不是什么可惊奇的事，因为我一生过的是"极平凡的生活"。我说过，我生在一个古老的家庭里，有将近二十个的长辈，有三十个以上的兄弟姊妹，有四五十个男女仆人，但这样简单的话是不够的。我说过我从小就爱和仆人在一起，我是在仆人中间长大的。但这样简单的话也还是不够的。我写出了一部分的回忆，但我同时也埋葬了另一部分的回忆。我应该写出的还有许多、许多的事情。

是什么东西把我养育大的？我常常拿这个问题问我自己。当我这样问的时候，最先在我的脑子里浮动的就是一个"爱"字。父母的爱，骨肉的爱，人间的爱，家庭生活的温暖，我的确是一个被人爱着的孩子。在那时候一所公馆便是我的世界，我的天堂。我爱一切的生物，我讨好所有的人。我愿意揩干每张脸上的眼泪，我希望看见幸福的微笑挂在每个人的嘴边。

然而死在我的面前走过了。我的母亲闭着眼睛让人把她封在棺材里。从此我的生活里缺少了一样东西。父亲的房间突然变得空阔了。我常常在几间屋子里跑进跑出，唤着"妈"这个亲爱的字。我的声音白白地被寂寞吞食了，墙壁上母亲的照片也不看我一眼。死第一次在我的心上投下了阴影。我开始似懂非懂地了解恐怖和悲痛的意义了。

我渐渐地变成了一个爱思想的孩子。但是孩子的心究竟容易忘记，我不会整天垂泪。我依旧带笑带吵地过日子。孩子的心就像一只羽毛刚刚长成的小鸟，它要飞，飞，只想飞往广阔的天空去。

幼稚的眼睛常常看不清楚。小鸟怀着热烈的希望展翅向天空飞去，但是一下子就碰着铁丝网落了下来。这时我才知道，自己并不是在自由的天空下面，却被人关在一个铁丝笼里。家庭如今换上了一个面目，它就是阻碍我飞翔的囚笼。

然而孩子的心是不怕碰壁的。它不知道绝望，它不知道困难，一次做失败的事情，还要接二连三地重做。铁丝的坚硬并不能够毁灭小鸟的雄心。经过几次的碰壁以后，连安静的孩子也知道反抗了。

同时在狭小的马房里，我躺在那些病弱的轿夫的烟灯旁边，听他们叙述悲痛的经历；或者在寒冷的门房里，傍着黯淡的清油灯光，听衰老的仆人绝望地倾诉他们的胸怀。那些没有希望只是忍受苦刑般地生活着的人的故事，在我的心上投下了第二个阴影。而且我的眼睛还看得见周围的一切。一个抽大烟的仆人周贵偷了祖父的字画被赶出去做了乞丐，每逢过年过节，偷偷地跑来，躲在公馆门前石狮子旁边，等着机会央求一个从前的同事向旧主人讨一点赏钱，后来终于冻馁地死在街头。老仆人袁成在外面烟馆里被警察接连捉去两次，关了几天才放出来。另一个老仆人病死在门房里。我看见他的瘦得像一捆柴的身子躺在大门外石板上，盖着一张破席。一个老轿夫出去在斜对面一个亲戚的家里做看门人，因为别人硬说他偷东西，便在一个冬天的晚上用了一根裤带吊死在大门内。当这一切在我的眼前发生的时候，我含着眼泪，心里起了火一般的反抗的思想。我说我不要做一个少爷，我要做一个站在他们一边，帮助他们的人。

反抗的思想鼓舞着这只不知天高地厚的小鸟用力往上面飞，要冲破那个铁丝网。但铁丝网并不是软弱的翅膀所能够冲破的。碰壁的次数更多了。这其间我失掉了第二个爱我的人——父亲。

我悲痛我的不能补偿的损失。但是我的生活使我没有时间专为个人的损失悲哀了，因为这个富裕的大家庭在我的眼前变成了一个专制的王国。仇恨的倾轧和斗争掀开平静的表面爆发了。势力代替了公道。许多可爱的年轻的生命在虚伪的礼教的囚牢里挣扎，受苦，憔悴，呻吟以至于死亡。然而我站在旁边不能够帮助他们。同时在我的渴望发展的青年的灵魂上，陈旧的观念和长辈的威权像磐石一样沉重地压下来。"憎恨"的苗于是在我的心上发芽生叶了。接着"爱"来的就是这个"恨"字。

年轻的灵魂是不能相信上天和命运的。我开始觉得现在社会制度的不合理了。我常常狂妄地想：我们是不是能够改造它，把一切事情安排得更好一点。但是别人并不了解我。我只有在书本上去找寻朋友。

在这种环境中我的大哥渐渐地现出了疯狂的倾向。我的房间离大厅很近，在静夜，大厅里的任何微弱的声音我也可以听见。大厅里放着五六乘轿子，其中有一乘是大哥的。这些时候大哥常常一个人深夜跑到大厅上，坐到他的轿子里面去，用什么东西打碎轿帘上的玻璃。我因为读书睡得很晚，这类声音我不会错过。我一听见玻璃破碎声，我的心就因为痛苦和愤怒痛起来了。我不能够再把心关在书上，我绝望地拿起笔在纸上涂写一些愤怒的字眼，或者捏紧拳头在桌上捶。

后来我得到了一本小册子，就是克鲁泡特金的《告少年》（这是节译本）。我想不到世界上还有这样的书！这里面全是我想说而没法说得清楚的话。它们是多么明显，多么合理，多么雄辩。而且那种带煽动性的笔调简直要把一个十五岁的孩子的心烧成灰了。我把这本小册子放在床头，每夜都拿出来，读了流泪，流过泪又笑。那本书后面附印着一些警句，里面有这样的一句话："天下第一乐事，无过于雪夜闭门读禁书。"我觉得这是千真万确的。从这时起，我才开始明白什么是正义。这正义把我的爱和恨调和起来。

但是不久，我就不能以"闭门读禁书"为满足了。我需要活动来发散我的热情；需要事实来证实我的理想。我想做点事情，可是我又不知道应该怎样地开头去做。没有人引导我。我反复地翻阅那本小册子，译者的名字是真民，书上又没有出版者的地址。不过给我这本小册子的人告诉我可以写信到上海新青年社去打听。我把新青年社的地址抄了下来，晚上我郑重地摊开信纸，怀着一颗战栗的心和求助的心情，给《新青年》的编者写信。这是我一生写的第一封信，我把我的全心灵都放在这里面，我像一个谦卑的孩子，我恳求他给我指一条路，我等着他来吩咐我怎样献出我个人的一切。

信发出了。我每天不能忍耐地等待着，我等着机会来牺牲自己，来消耗我的活力。但是回信始终没有来。我并不抱怨别人，我想或者是我还不配做这种事情。然而我的心并不曾死掉，我看见上海报纸上载有赠送《夜未央》的广告，便寄了邮票去。在我的记忆还不曾淡去时，书来了，是一个剧本。我形容不出这本书给我的激动。它给我打开了一个新的眼界。我第一次在另一个国家的青年为人民争自由谋幸福的斗争里找到了我的梦境中的英雄，找到了我的终身的事业。

大概在两月以后，我读到一份本地出版的《半月》，在那上面我看见一篇《适社的旨趣和组织大纲》，这是转载的文章。那意见和那组织正是我朝夕所梦想的。我读完了它，我的心跳得很厉害。我无论如何不能够安静下去。两种冲突的思想在我的脑子里争斗了一些时候。到夜深，我听见大哥的脚步声在大厅上响了，我不能自主地取出信纸摊在桌上，一面听着玻璃打碎的声音，一面写着愿意加入"适社"的信给那个《半月》的编辑，要求他作我的介绍人。

这信是第二天发出的，第三天回信就来了。一个姓章的编辑亲自送了回信来，他约我在一个指定的时间到他的家里去谈话。我毫不迟疑地去了。在那里我会见了三四个青年，他们谈话的态度和我家里的人完全不同。他们充满了热情、信仰和牺牲的决心。我把我的胸怀，我的痛苦，我的渴望完全吐露给他们。作为回答，他们给我友情，给我信任，给我勇气。他们把我当作一个知己朋友。从他们的谈话里我知道"适社"是重庆的团体，但是他们也想在这里成立一个类似的组织。他们答应将来让我加入他们的组织，和他们一起工作。我告辞的时候，他们送给我几本"适社"出版的宣传册子，并且写了信介绍我给那边的负责人通信。

事情在今天也许不会是这么简单,这个时候人对人也许不会这么轻易地相信,然而在当时一切都是非常自然。这个小小的客厅简直成了我的天堂。在那里的两小时的谈话照彻了我的灵魂。我好像一只被风暴打破的船找到了停泊的港口。我的心情昂扬,我带着幸福的微笑回到家里。就在这天的夜里,我怀着佛教徒朝山进香时的虔诚,给"适社"的负责人写了信。

我的生活方式渐渐地改变了,我和那几个青年结了亲密的友谊。我做了那个半月刊的同人,后来也做了编辑。此外我们还组织了一个团体:均社。我自称为"安那其主义者",就是从那时候开始的,团体成立以后就来了工作。办刊物、通讯、散传单、印书,都是我们所能够做的事情。我们有时候也开秘密会议,时间是夜里,地点总是在僻静的街道,参加会议的人并不多,但大家都是怀着严肃而紧张的心情赴会的。每次我一个人或者和一个朋友故意东弯西拐,在黑暗中走了许多路,听厌了单调的狗叫和树叶飘动声,以后走到作为会议地点的朋友的家,看见那些紧张的亲切的面孔,我们相对微微地一笑,那时候我的心真要从口腔里跳了出来。我感动得几乎不觉到自己的存在了。友情和信仰在这个阴暗的房间里开放了花朵。

但这样的会议是不常举行的,一个月也不过召集两三次,会议之后是工作。我们先后办了几种刊物,印了几本小册子。我们抄写了许多地址,亲手把刊物或小册子一一地包卷起来,然后几个人捧着它们到邮局去寄发。五一节来到的时候,我们印了一种传单,派定几个人到各处去散发。那一天天气很好,我挟了一大卷传单,在离我们公馆很远的一带街巷里走来走去,直到把它们散发光了,又在街上闲步一回,知道自己没有被人跟着,才放心地到约定集合的地方去。每个人愉快地叙述各自的经验。这一天我们就像在过节。又有一次我们为了一件事情印了传单攻击当时统治省城的某军阀。这传单应该贴在几条大街的墙壁上。我分得一大卷传单回到家里。晚上我悄悄地叫一个小听差跟我一起到十字街口去。他拿着一碗浆糊。我挟了一卷传单,我们看见墙上有空白的地方就把传单贴上去。没有人干涉我们。有几次我们贴完传单走开了,回头看时,一两个黑影子站在那里读我们刚才贴上去的东西。我相信在夜里他们要一字一字地读完它,并不是容易的事情。

《半月》是一种公开的刊物,社员比较多而复杂。但主持的仍是我们几个人。白天我们中间有的人要上学,有的人要做事,夜晚我们才有空聚在一起。每天晚上我总要走过几条黑暗的街巷到"半月社"去。那是在一个商场的楼上。我们四五个人到了那里就忙着卸下铺板,打扫房间,回答一些读者的信件,办理种种的杂事,等候那些来借阅书报的人,因为我们预备了一批新书报免费借给读者。我们期待着忙碌的生活,宁愿忙得透不过气来。共同的牺牲的渴望把我们大家如此坚牢地系在一起。那时候我们只等着一个机会来交出我们个人的一切,而且相信在这样的牺牲之后,理想的新世界就会跟着明天的太阳一同升起来。这样的幻梦固然带着孩子气,但这是多么美丽的幻梦啊!

我就是这样地开始了我的社会生活的。从那时起,我就把我的幼年深深地埋葬了。……

窗外刮起大风,关住的窗门突然大开了。雨点跟着飘了进来。我面前的信笺上也溅了水。写好的信笺被风吹起,散落在四处。我不能够继续写下去了,虽然我还有许多话没有向你吐露。我想,我不久还有机会给你写信,叙述那些未说到的事情。我不知道我上面的话能不能够帮助你更了解我。但是我应该感谢你,因为你的信给我唤起了这许多可宝贵的回忆。那么就让这风把我的祝福带给你罢。现在我也该躺一会儿了。

1936年8月深夜

我的几个先生

我接到了你的信函,这的确是意外的,然而它使我更高兴。不过要请你原谅我,我失掉了你的通信地址,没法直接寄信给你,那么就让我在这里回答你几句,我相信你能够看见它们。

那天我站在开明书店的货摊旁边翻看刚出版的《中流》半月刊创刊号,你走过来问我一两件事,你的话很短,但是那急促而颤抖的声音却达到了我的心的深处。我和你谈了几句话,我买了一本《中流》,你也买了一本。我看见你到柜上去付钱,我又看见你匆匆地走出书店,我的眼前还现着你的诚恳的面貌。我后来才想起我忘记问你的姓名,我又因为这件事情而懊恼了。

第二天意外地来了你的信,你一开头就提起《我的幼年》这篇文章,你说了一些令人感动的话。朋友,我将怎样回答你呢?我的话对你能够有什么帮助呢?我的一番话并不能够解除谁的苦闷;我的一封信也不能给谁带来光明。我不能说:"我是世界的光,跟从我的就不在黑暗里走,必要得着生命的光。"因为我是一个平凡到极点的人。

朋友,相信我,我说的全是真话。我不能够给你指出一条明确的路,叫你马上去交出生命。你当然明白我们生活在什么样的时代,处在什么样的环境;你当然知道我们说一句什么样的话,或者做一件什么样的事,就会有什么样的结果。要交出生命是很容易的事情,但是困难却在如何使这生命像落红一样化着春泥,还可以培养花树,使来春再开出灿烂的花朵。这一切你一定比我更明白。路是有的，到光明去的路就摆在我们的面前，不过什么时候才能够达到光明，那就是问题了。这一点你一定也很清楚。路你自己也会找到。这些都用不着我来告诉你。但是对于你的来信我觉得我仍然应该写几句回答的话。你谈起我的幼年，你以为你比从前更了解我，你说我说出了你很久就想说而未说出的话，你告诉我你读我的《家》读了一个通夜，你在书里见到你自己的面影——你说了那许多话。你现在完全知道我是在怎样的环境里长成的了。你的环境和我的差不多，所以你容易了解我。

我可以坦白地说，《我的幼年》是一篇真实的东西。然而它不是一篇完整的文章，它不过是一篇长的作品的第一段。我想写的事情太多了，而我的拙劣的笔却只许我写出这么一点点。我是那么仓促地把它结束了的。现在我应该利用给你写信的机会接着写下去。我要来对你谈谈关于我的先生的话，因为你在来信里隐约地问起"是些什么人把你教育成了这样的？"

在给香港朋友的信里，我说明了"是什么东西把我养育大的"。现在我应该接着来回答"是些什么人把我教育成了这样的"这个问题了。这些人不是在私塾里教我识字读书的教书先生，也不是在学校里授给我新知识的教员。我并没有受到他们的什么影响，所以我很快地忘记了他们。给了我较大影响的还是另外一些人，倘使没有他们，我也许不会成为现在这个样子。

我的第一个先生就是我的母亲。我已经说过使我认识"爱"字的是她。在我幼小的时候，她是我的世界的中心。她很完满地体现了一个"爱"字。她使我知道人间的温暖；她使我知道爱与被爱的幸福。她常常用温和的口气，对我解释种种的事情。她教我爱一切的人，不管他们贫或富；她教我帮助那些在困苦中需要扶持的人；她教我同情那些境遇不好的婢仆，怜恤他们，不要把自己看得比他们高，动辄将他们打骂。母亲自己也处过不少的逆境。在大家庭里做媳妇，这苦处是不难想到的。①但是母亲从不曾在我的眼前淌过泪,或者说过什么悲伤的话。她给我看见的永远是温和的、带着微笑的脸。我在一篇短文里说过:"我们爱夜晚在花园上面天空中照耀的星群,我们爱春天在桃柳枝上鸣叫的小鸟,我们爱那从树梢洒到草地上面的月光,我们爱那使水面现出明亮珠子的太阳。我们爱一只猫,一只小鸟。我们爱一切的人。"这个爱字就是母亲教给我的。

因为受到了爱,认识了爱,才知道把爱分给别人,才想对自己以外的人做一些事情。把我和这个社会联系起来的也正是这个爱字,这是我的全性格的根柢。

因为我有这样的母亲,我才能够得到允许(而且有这种习惯)和仆人、轿夫们一起生活。我的第二个先生就是一个轿夫。

轿夫住在马房里,那里从前养过马,后来就专门住人。有三四间窄小的屋子。没有窗,是用竹篱笆隔成的,有一段缝隙,可以透进一点阳光,每间房里只能放一张床,还留一小块地方做过道。轿夫们白天在外面奔跑,晚上回来在破席上摆了烟盘,把身子缩成一堆,挨着鬼火似的灯光慢慢地烧烟泡。起初在马房里抽大烟的轿夫有好几个,后来渐渐地少了。公馆里的轿夫时常更换。新来的年轻人不抽烟,境遇较好的便到烟馆里去,只有那个年老瘦弱的老周还留在马房里。我喜欢这个人,我常常到马房里去,躺在他的烟灯旁边,听他讲种种的故事。他有一段虽是悲痛的却又是丰富的经历。他知道许多、许多的事情,他也走过不少的地方,接触过不少的人。他的老婆跟一个朋友跑了,他的儿子当兵死在战场上。他孤零零的活着,在这个公馆里他

---

① 《家》里面有一段关于母亲的话,还是从大哥给我的信里摘录下来的:"她又含着眼泪把她嫁到我们家来做媳妇所受的气——告诉我。……爹以过班知县的身份进京引见去了。她在家里日夜焦急地等着……这时爹在北京因验看被驳,陷居京城。消息传来,爷爷时常发气,家里的人也不时揶揄。妈心里非常难过。……她每接到爹的信总要流一两天的眼泪。"

比谁更知道社会，而且受到这个社会不公平的待遇。他活着也只是痛苦地捱日子。但是他并不憎恨社会，他还保持着一个坚定的信仰：忠实地生活。用他自己的话来说："火要空心，人要忠心。"他这"忠心"并不是指奴隶般地服从主人。他的意思是忠实地依照自己的所信而活下去。他的话和我的母亲的话完全两样。他告诉我的都是些连我母亲也不知道的事情。他并不曾拿"爱"字教我。然而他在对我描绘了这个社会的黑暗面，或者叙说了他自己的悲痛的经历以后，就说教似地劝告我："要好好地做人，对人要真实，不管别人待你怎样，自己总不要走错脚步。自己不要骗人，不要亏待人，不要占别人的便宜。……"我一面听他这一类的话，一面看他的黑瘦的脸，陷落的眼睛和破衣服裹住的瘦得见骨的身体，我看见他用力从烟斗里挖出烧过两次的烟灰去拌新的烟膏，我心里一阵难受，但是以后禁不住想是什么力量使他到了这样的境地还说出这种话来！

马房里还有一个天井，跨过天井便是轿夫们的饭厅，也就是他们的厨房。那里有两个柴灶。他们做饭的时候，我常常跑去帮忙他们烧火。我坐在灶前一块石头上，不停地把干草或者柴放进灶孔里去。我起初不会烧火，看看要把火弄灭了，老周便把我拉开，他用火钳在灶孔里弄几下，火就熊熊地燃了起来。他放下火钳得意地对我说："你记住，火要空心，人要忠心。"的确，我到今天还记得这样的话。

我从这个先生那里略略知道了一点社会情况。他使我知道在家庭以外还有所谓社会，而且他还传给我他那种生活态度。日子一天一天像流星似地过去。我渐渐地长大起来。我的脚终于跨出了家庭的门限。我认识了一些朋友，我也有了新的经历，在这些朋友中间我找到了我的第三个先生。

我在一篇题作《家庭的环境》的回忆里，曾经提到对于我的智力的最初发展有帮助的两个人，那就是我的大哥和一个表哥。我跟表哥学过三年的英文；大哥买了不少的新书报，使我能够贪婪地读它们。

但是我现在不把他们列在我的先生里面,因为我在这里说的是那些在生活态度上(不是知识上)给了我很大的影响的人。

在《我的幼年》里,我叙说过我怎样认识那些青年朋友。这位先生就是那些人中间的一个。他是《半月》的一个编辑,我们举行会议时总有他在场;我们每天晚上在商场楼上半月报社办事的时候,他又是最热心的一个。他还是我在外国语专门学校的同学,班次比我高。我刚进去不久,他就中途辍了学。他辍学的原因是要到裁缝店去当学徒。他的家境虽不宽裕,可是还有钱供他读书。但是他认为"不劳动者不得食",说"劳动是神圣的事"①。他为了使他的言行一致,毅然脱离了学生生活,真的跑到一家裁缝店规规矩矩地行了拜师礼,订了当徒弟的契约。每天他坐在裁缝铺里勤苦地学着做衣服,傍晚下工后才到报社来服务。他是一个近视眼,又是初学手艺,所以每晚他到报社来的时候,手指上密密麻麻地满是针眼。他自己倒高兴,毫不在乎地带着笑容向我们叙述他这一天的有趣的经历。我们不由得暗暗地佩服他。他不但这样,同时还实行素食。我们并不赞成他的这种苦行,但是他实行的毅力和刻苦的精神却使我们齐声赞美。

他还做过一件使我们十分感动的事,我曾把它写进了我的小说《家》。事情是这样的:他是《半月》的四个创办人之一,他担负大部分的经费。刊物每期销一千册,收回的钱很少。同时我们又另外筹钱刊印别的小册子,他也得捐一笔钱。这两笔款子都是应当按期缴纳不能拖延的。他家里是姐姐管家,不许他"乱用"钱。他找不到钱就只好拿衣服去押当,或是当棉袍,或是当皮袍。他怕他姐姐知道这件事,他出去时总是把拿去当的衣服穿在身上,走进了当铺以后才脱下来。当了钱就拿去缴月捐。他常常这样办,所以他闹过热天穿棉袍的

---

① 他很喜欢当时一个流行的标语:"人的道德为劳动与互助;唯劳动乃能生活;唯互助乃能进化。"

笑话,也有过冬天穿夹袍的事情。

　　我这个先生的牺牲精神和言行一致的决心,以及他不顾一切毅然实行自己主张的勇气和毅力,在我的生活里留下了不可磨灭的影响。我第一次在他的身上看见了信仰所开放的花朵。他使我第一次知道一个人的毅力会做出什么样的事情。母亲教给我"爱";轿夫老周教给我"忠实"(公道);朋友吴教给我"自己牺牲"。我虽然到现在还不能够做到像他那样地"否定自己",但是我的行为却始终受着这个影响的支配。

　　朋友,我把我的三个先生都简略地告诉你了。你现在大概可以明白是些什么人把我教育到现在这个样子的罢。我自己相当高兴,我毕竟告诉了你一些事情,这封信不算是白白地写了。

1936年9月

《读自己的创作》选

(1957–1961)

小 序

我幼年时候学习作文,老师不惮烦地教导我,文章应当怎样开头,如何结束。中外古今的文学巨匠常常苦口婆心地劝告人,尽可能少写废话,要写得短,写得深,写得精。这些都是至理名言。

可是轮到我来谈自己的创作,我却拉拉杂杂地写了一大堆。自己出了题目,写起来,遣辞造句,开头结尾,全不讲究;想到哪里就写到哪里;有话便长,无话就短;从不该起头的地方开始,在不应结束的地方收场。我不是一个文章家,我不止一次地说过:"我真羡慕那些能够做到'惜墨如金'的人。"我有时的确想向他们学习。然而我常常不能控制自己。在过去那些黑暗的年代里,我有话讲不出来,有感情无法宣泄,有爱憎必须倾吐,因此我不能不多写,越多越好。我在旧社会里整整写了二十年,练就了我这管爱唠叨的笔。真是积习难改,拿起笔,就像扭开了龙头,水荷荷地流个不停,等到我把龙头关上,水已经流了那么一大滩。

我这十篇"漫谈"就像是这样流出来的十滩水。严格地说,它们不会有多大的用处。倘使没有人管它们,过一个时候,它们连一点痕迹也留不下来。不过要是有人拿坛坛罐罐一类的东西放到龙头下面接住水,也许可以派一点点用场。

我称后面的十篇文章为"漫谈",我还给集子起了一个名字:《谈自己的创作》,它们倒是名副其实的漫谈。我在这些"漫谈"中曾经坦率地承认:我在向我的读者讲"私话",告诉他们这些作品是怎样写成的。我还说:"我好像在对亲近的人谈个人的秘密。"我刚巧在最近编完了我的《文集》,便把这本《谈自己的创作》当作我过去作品的注解,附印在《文集》的最后一卷中,不另印单行本。

　　流在地上的水到时候自己干掉,这是很自然的事情。不过倘使有人能用什么东西留起一点一滴来,我将会感到十分荣幸。

1961年11月29日

谈《灭亡》

每一个作家走向文学，都有他自己的道路。在发表《灭亡》之前，我做梦也想不到我会成为"作家"。《灭亡》是我的第一本小说。我开始写它的时候，我并没有写小说的心思。当时我不是一个文科学生。我的大哥希望我做工程师，我自己打算在巴黎研究经济学。结果我什么也没有学，连法文也不曾念好，只是毫无系统地读了一大堆书，写了一本《灭亡》。

我动身去法国的时候，的确抱着闭户读书的决心，准备在课堂上和图书馆里度过几年的光阴。我为这个旅行准备了将近一年，可是等到我办好手续上船的时候，正在北伐中的国民革命军已经逐渐逼近上海，全国革命浪潮一天天在高涨，孙传芳血腥统治的白色恐怖也越来越猖狂。我一个二十三岁的青年，却在这个时候，到外国去过寂寞的书斋生活！所以我刚刚在巴黎的小旅馆里住下，白天翻看几本破书，晚上到夜校去补习法文，我的年轻的心就反抗起来了：它受不了这种隐士的生活。在这人地生疏的巴黎，在这忧郁、寂寞的环境，过去的回忆折磨我，我想念我的祖国，我想念我的两个哥哥，我想念国内的朋友，我想到过去的爱和恨，悲哀和欢乐，受苦和同情，斗争和希望，我的心就像被刀子割着一样，那股不能扑灭的火又在我的心里燃烧起来。在这种时候我好像常常听见从祖国传来的战斗的呐喊。我越来越为自己感到惭愧：对于在祖国进行的革命斗争，我始终袖手旁观；我空有一腔热情，却只能在书本上消耗自己年轻的生命。每天晚上十一点以后,我从夜校出来,走在小雨打湿了的清静的街上,望着巴黎的燃烧一般的杏红色天空,望着两块墓碑似地高耸在天空中的巴黎圣母院的钟楼,想起了许多关于这个"圣母院"的传说。我回到旅馆里,在煤气灶上煮好了茶,刚把茶喝完,巴黎圣母院的悲哀的钟声又响了,一声一声沉重地打在我的心上。

在这种时候我实在没法安静下来,上床睡觉。我有感情必须发泄,有爱憎必须倾吐,否则我这颗年轻的心就会枯死。所以我拿起笔,在一个练习本上写下一些东西来发泄我的感情,倾吐我的爱憎。每天晚上我感到寂寞时,就摊开练习本,一面听巴黎圣母院的钟声,一面挥笔,一直写到我觉得脑筋迟钝,才上床睡去。我写的不能说是小说。它们只是一些场面或者心理的描写,例如汽车轧死人,李冷遇见那个奇怪的诗人等等。我下笔的时候,并没有想到要写出这样的东西,但是它们却适合我当时的心情。我有时写了又涂掉,有时就让它们留下来。在一个月中间我写了后来编成《灭亡》头四章的那些文字。它们原先只是些并不连贯的片段,我后来才用一个"杜大心"把它们贯串起来。我以前见过汽车轧死人;我在成都听别人讲起土匪杀死农民的事,想根据故事写一首诗,苦思了好久,只写出一两段再也写不下去,就丢开了;我住在上海康悌路康益里某号亭子间里的时候,常常睡在床上,听到房东夫妇在楼下打架。我无意间把这些全写下来了。倘使我没有见过、听过、经历过这些,我一定会写出别的东西。至于杜大心失恋的故事,我在成都不止一次地听见人摆过这样的"龙门阵"。而且像我们这样的家庭里更不会缺少这种"古已有之"的悲剧。

以后我又写了像《爱与憎》(第十章)和《一个平淡的早晨》(第五章)那两章。我是在暴露我的灵魂,倾吐我的苦闷,表示我的希望。这里面也有我自己的经历,譬如在广元县衙门里养大花鸡;也有我自己的爱与憎的矛盾;我在跟我自己辩论。

那些日子正是萨柯（N.Sacco）与樊塞蒂（B.Vanzetti）的案件①激动全世界人心的时候。这两个意大利工人在美国的死囚牢中关了六年。他们在六年前受到诬告被判决死刑，上诉八次都遭驳斥。那个时候刚刚宣布了最后的决定——七月十日在电椅上烧死。整个巴黎都因为这件事情骚动起来了。我住在拉丁区一家旅馆的五层楼上，下面是一条清静的小街，街角有一家小咖啡店。咖啡店门口就贴了《死囚牢中的六年》的大幅广告，印着"讲演会"、"援救会"、"抗议会"的开会日期。报纸上每天也用不小的篇幅刊载关于他们的事情，他们写的书信和文化界人士联名发表的请求重审或减刑的声请书。工人们到处开会发出抗议的吼声，到美国大使馆门前示威。我有一天读到了樊塞蒂自传《我的生活的故事》的摘录，有几句话使我的心万分激动：

我希望每个家庭都有住宅，每张口都有面包，每个心灵都受到教育，每个人的智慧都有机会发展。

我不再徒然地借纸笔消愁了。我坐在那间清静的小屋子里，把我的痛苦、我的寂寞、我的挣扎、我的希望……全写在信纸上，好像对着一个亲人诉苦一样，我给美国死囚牢中的犯人樊塞蒂写了一封长信。信寄到波士顿，请萨樊援救委员会转交。信寄发以后我也参加了援救这两个意大利工人的斗争。报纸上不断地刊出从全世界各地发出来的援救萨樊的呼声，不少的妇女和儿童都给报纸写了动人的信。巴黎的每个区都经常举行"抗议会"。然而美国"民主"政府的态度始终非常强硬。我怀着恐惧等着七月十日的到来。

那个时候还发生了一件令人震惊、愤怒的大事：蒋介石背叛革

---

① 我回国后为这个案件写过两个短篇《我的眼泪》和《电椅》。

命、屠杀优秀的革命青年。我远在法国也听到一些消息,朋友们来信也简单地讲到一点。对我这个空嚷革命的幻想家来说,这又是一个大的灾祸。真是苦恼处处都有。我感到极大的空虚。我立在卢骚的像前,对他诉说我的绝望,就是在那些夜里。……

一个阴雨的早晨我意外地收到了从波士顿寄来的邮件:一包书和一封信。信纸一共四大张,还是两面写的。这是樊塞蒂在死囚牢中写的回信。他用恳切的话来安慰、勉励我,叫我"不要灰心,要高兴"。他接着对我谈起人类的进化和将来的趋势,他谈到但丁,莎士比亚,巴尔扎克以及别的许多人。他说他应当使我明白这些,增加我的勇气来应付生活的斗争。他教我:要忠实地生活,要爱人,要帮助人。

我把这封信接连读了几遍,我的感动是可以想象到的。我马上写了回信去。在这几天里我兴奋得没有办法的时候,又在练习本上写了一点东西,那就是《立誓献身的一瞬间》(第十一章)了。

不久我因为身体不好,听从医生的劝告,又得到一位学哲学的安徽朋友的介绍,到玛伦河畔的小城沙多-吉里去休养,顺便在沙城中学念法文。在这个地方我认识了几个中国朋友。有一个姓巴的北方同学(巴恩波)跟我相处不到一个月,就到巴黎去了。第二年听说他在项热投水自杀。我和他不熟,但是他自杀的消息使我痛苦。我的笔名中的"巴"字就是因他而联想起来的。从他那里我才知道"百家姓"中有个"巴"字。"金"字是学哲学的安徽朋友替我起的,那个时候我译完克鲁泡特金的《伦理学》前半部不多久,这部书的英译本还放在我的书桌上,他听见我说要找个容易记住的字,便半开玩笑地说出了"金"。还有一个姓桂的安徽同学跟我在一起学了好几个月的法文,后来到另一个地方去进大学。有一次他在来信中讲起他认识一个法国少女的事。以后他又写了一些。《一个爱情的故事》就是根据他的来信写成的。那是第二年(即一九二八年)的事情了。他住在学校里的时候,跟一个普通的女朋友通过几封信。那个安徽女同学在里昂念书,名字叫吕淑良。我喜欢这个名字。我就根据它给我的女主人公起了名字:李淑良。后来我才把淑良改成了静淑。

我在那个小城里得到樊塞蒂的第二封信。他开头就说:"青年是人类的希望。"他仍然用乐观的调子谈到未来的变革和人类的前途。信是七月二十三日写的。他们两人的刑期已经被麻省的省长推迟了一个月。在八月十日的晚上我焦急地等待着从美国来的消息。那个小城里没有晚报。我除了三四个中国同学外就没有一个熟人,我无法打听消息。我坐在书桌前翻读旧报纸。我看到前些天法国援救会的两个电报。一个是给萨柯的:"刚刚读了你给你小女儿的告别信,它使得一切有良心的人都感动了。人家读了这封信以后还能够杀你吗?我们爱你,我们怀着希望。"另一个电报是给樊塞蒂的:"我们很悲痛,然而全世界都站在你们这一边,我们不相信美国就会立在反对的地位。你们要活着。你妹妹今晚上船,她应该来得及跟你拥抱,并且替我们吻你。"我的心好像给放在火上煎熬一样,我没法安静下来。我又找出练习本,在空白页上胡乱地写下一些句子,我不假思索地写了许多。有些字句连我自己也认不清楚,有些我以后就用在我的小说里面,《灭亡》第十三章中"革命什么时候才会来"的问题,第二十章中"爱与憎"的争论等等都是后来根据这些片段重写的。

八月十一日下午我读到当天巴黎的日报,才知道昨夜临刑前二十六分钟麻省省长又把两个意大利工人的死刑执行期推迟了十二天。报纸上更掀起了抗议的高潮。在这个小城里我看不到较大的骚动。可是巴黎的报纸都把萨樊事件当作头条新闻,而且用整版的篇幅报导有关他们的消息和文章,《人道报》上还发表了大幅的漫画。二十二日的夜里我不再像十二天以前那样地痛苦了。我相信美国政府不敢杀死这两个人。我想他们很可能用缓刑或者减刑的办法来缓和全世界人民尤其是工人阶级的愤怒,因为这些日子里正如美国的《民族》周报所说:"在国外任何一个地方只要挂起美国国旗,就得找人保护。"在世界各大城市的美国使馆或者美国领事馆都受到示威群众的包围。

但是我完全想错了。波士顿的午夜是巴黎的早晨五点钟。二十二日午夜萨柯和樊塞蒂的死刑是否准时执行,二十三日的巴黎日报上来不及刊登消息。巴黎的几家报纸在二十三日都出过号外,报导那两个人上电椅的情况。可是我住在小城里,一直到二十四日下午才在当天的巴黎《每日新闻》上读到那个可怕的消息。我第一眼就看到这样的句子:

罪恶完成了。……两个无罪的人为着增加美国官僚的光荣牺牲了……

同时我收到一个朋友从巴黎寄来的一张明信片,写着:"两个无罪的人已经死了!现在所等的是那有罪的人的死!我告诉你:不会久候的!"

合法的谋杀终于成功了(二十六年后罗森堡夫妇的事件便是萨樊事件的翻版)。我所敬爱的人终于死在电椅上面了。我绝望地在屋子里踱了半天。那个时候我一个人住在中学校饭厅楼上一个大房间里面。学校还没有开学,整个学校里除了一对年老的门房夫妇外,就只有四五个中国同学。我写了一天的信,寄到各处去,提出我对那个"金圆国家"的控诉。但是我仍然无法使我的心安静。我又翻出那个练习本把我的心情全写在纸上。一连几天里面我写成了《杀头的盛典》,《两个世界》和《决心》三章,又写了一些我后来没有收进小说里的片段。

当时我除了念法文外,已经开始根据英译本翻译克鲁泡特金的《伦理学的起源和发展》。说老实话,这部书除了讲自然界和原始人的前四章外,我自己也不大明白,尤其是后半部。作者引用的许多深奥的哲学著作我全没有读过。为了翻译它,我读了一些柏拉图、亚里斯多德的著作,后来也翻看过斯宾诺莎、康德这些哲学家的著作(不用说也没有全看懂),而且我还读了《新旧约圣经》。我做的是硬译的工作。就是按照原文,按照外国文文法一个字一个字地硬搬。当时我用来作参考的内山贤次的日文译本便采用了这种硬搬法。它几乎成了我学习的榜样。这种工作容易使我的脑筋变迟钝,并且使我的文字越来越欧化。我实在没法再写小说之类的东西了。不用说,我当时受克鲁泡特金的影响很深。但是后来仔细想想,我那个时候翻译这部伦理学的著作,其实是逃避现实。我曾经写信告诉朋友:"在中国人大开杀戒的时候,我埋头翻译讲道德的书……"大开杀戒,当然是指蒋介石屠杀青年。我不能参加斗争和同代的年轻人站在一起,也无力量阻止中国和美国的刽子手惨杀无辜,我内心得不到安宁,为了避免良心的痛苦,我像逃佛参禅的人那样,教自己的心钻进道德学说里面去。所以我会那么有耐心地翻阅斯宾诺莎和康德的著作,不久又把它们忘得一干二净。

到第二年我结束了翻译工作(指《伦理学》前半部)以后,脑筋得到了解放。我有时间读小说,读诗,读托尔斯泰、莎士比亚和惠特曼了。我仍然住在玛伦河上那个小城里,过着安静的生活。有一天我接到了我大哥的来信。他的信里常常充满感伤的话。他不断地谈到他的痛苦和他对我的期望。我们间的友爱越来越深,但是我们的思想的距离越来越远。他不但要我和三哥扬名显亲,还盼望我们同他一起维持我们那个家庭和连他自己也并不满意的那种生活方式。我觉得我要走自己选择的道路,终于要跟他分开。我应当把我心里的话写给他。然而我又担心他不能了解。我又怕他受不了这个打击。想来想去,我想得很痛苦。但是最后我想出办法来了。我从箱子里取出了那个练习本(可能是两本或三本了),我翻看了两三遍。我决定把过去写的那许多场面，心理描写和没头没尾的片段改写成一部小说，给我的大哥看，让他更深地了解我。就像我后来在《灭亡·自序》上所说的那样："我为他写这本书。我愿意跪在他的面前，把书献给他。如果他读完以后能够抚着我的头说：'孩子，我懂得你了，去罢，从今以后你无论走到什么地方，你哥哥的爱总是跟着你的。'那么我就十分满足了。"

这样我就认真地写起小说来了。我写了《李冷和他的妹妹》（第六章），我写了《生日的庆祝》（第七章），我写了《杜大心和李静淑》（第九章）。每天早晨我常常一个人到学校后面那个树林里散步。林子外是一片麦田，空气里充满了麦子香。我踏着柔软的土地，听着鸟声，我的脑子里出现了小说中的世界，一些人物不停地在我的眼前活动，他们帮助我想到一些细小的情节。傍晚我和朋友重来这里散步的时候，我又常常修正了这些情节。散步回校，我就坐在书桌前，一口气把它们全写下来。不到半个月的工夫我写完了《灭亡》的其余各章。这样我的小说就算完成了。在整理和抄写它的时候，我又增加了一章《八日》（第十六章），和最后一章的最后一段。我用五个硬纸面的练习本抄写了我的第一本小说。我还在前面写了一篇《自序》和"献给我的哥哥"的一句献辞。《自序》上提到的"我的先生"就是樊塞蒂。他坐上电椅以后说过好几句话，最后的一句是："我愿意宽恕那些对我不好的人。"所以我在序文里写了这样的一句话："就是在电椅上他还说他愿意宽恕那些烧死他的人。"我自然不能同意他的这种"大量"。

这篇序说明了我的小说的主要内容。我写小说的时候，我自己的思想上、生活上都充满了矛盾：这就是爱与憎的矛盾，思想与行为的矛盾，理智与感情的矛盾。这些矛盾在我的身上一直没有得到解决。所以我后来回忆我的创作生活的时候，我还说："我的生活是痛苦的挣扎，我的作品也是的。"我不说"斗争"，而说"挣扎"，这就说明我没有力量冲破那个矛盾的网,自己一直在两者之间不停地碰来撞去,而终于不能用快刀斩乱麻的办法一下子彻底解决。我为了要求我的大哥更深地了解我起见,我在小说里毫无隐瞒地暴露了我自己的全部矛盾。我在序上说"横贯全书的悲哀是我自己的悲哀",这是真话。《灭亡》不是一本革命的书,但它是一本诚实的作品。它没有给人指出革命的道路,但是它真实地暴露了一个想革命而又没有找到正确道路的小知识分子的灵魂。

我专为我大哥写书,这不是第一次。以前在国内就写过几本游记。在赴法途中的《海行杂记》,也是写给他和三哥两个人看的。在大哥自杀以后,我才向嫂嫂要回《海行杂记》的原稿整理出版。但是《灭亡》写好以后,我并没有直接寄给大哥,却把原稿寄给一个在上海开明书店工作的朋友,因为我忽然想起了一个主意,打算自己花钱把小说印成书,寄给我的大哥。我估计印二三百本,并不要花多少钱,我只要翻译一本书就可以换来全部印费。稿本寄出以后,过了两个月我才得到朋友的回信。他说,稿本收到,他正在翻阅。当时我已经在作回国的准备了,也就不曾去信催问。直到这年十二月我回到上海,那个朋友才告诉我他把我的小说介绍给《小说月报》的编者叶圣陶[①]、郑振铎两位前辈,他们决定在《小说月报》上发表它。《灭亡》的发表似乎并没有增加大哥对我的了解,可是替我选定了一种职业。我的文学生活就从此开始了。

《灭亡》当然不是一部成功的作品。而且我的写作方法也大有问题。这不像一个作家在进行创作,倒像一位电影导演在拍摄影片。其实电影导演拍故事片,也是胸有成竹。我最后决定认真写这本小说,也不过做些剪接修补的工作。我以后写别的小说,不论是短篇、中

[①] 《小说月报》的主编是郑振铎同志,一九二八年他出国的时候由叶圣陶同志代理他的职务。

篇、长篇，有的写得顺利，几乎是一口气写完，有的时写时辍，但它们都是从开头依次序写下去的。例如我的第二部中篇小说《死去的太阳》就是一口气写完的。这部作品的初稿我曾经投给《小说月报》，但很快就被退回，说是写得不好。编者的处理是很公平的。《死去的太阳》的失败并非由于一气呵成，而是生活单薄。更重要的原因是：硬要写小说，这里面多少有点为做作家而写小说的味道了。这个中篇初稿的题名是《新生》，退回以后，我就把它锁在抽屉里，过了几个月偶然想起，拿出来改写一遍。那时我翻译的阿·托尔斯泰的剧本《丹东之死》刚刚出版，我就引用了《丹东之死》中的一段话放在小说前面，根据这段话改写了小说的结尾，把书名改作了《死去的太阳》。但是即使做了这些加工的工作，我仍然没法给我的失败的作品添一点光彩。为了退稿，我至今还感激《小说月报》的编者。一个人不论通过什么样的道路走进"文坛"，他需要的总是辛勤的劳动、刻苦的锻炼和认真的督促。任何的"捧场"都只能助长一个人的骄傲而促成他不断地后退。但这都是题外的话了。

　　《灭亡》出版以后我读到了读者们的各种不同的意见。我也常常在分析自己的作品。我常常讲起我的作品中的"忧郁性"，我也曾研究这"忧郁性"来自什么地方。我知道它来自我前面说过的那些矛盾。我的思想中充满着矛盾，自己解决不了的矛盾。所以我的作品里也有相当浓的"忧郁性"。倘使我找到了正确的道路，参加了火热的实际斗争，我便不会再有矛盾了，我也不会再有"忧郁"了。《灭亡》的主人公杜大心也是一个充满矛盾的人。在他的遗著中有这样的一句话："矛盾，矛盾，矛盾构成了我的全部生活。"他的朋友李冷说："他的灭亡就是在消灭这种矛盾。"（见《新生》）杜大心没有找到正确的革命道路消灭他的矛盾，所以他选择了死亡。他疲倦了。"他想休息，他想永久地休息"。他觉得"只有死才能够带来他心境的和平，只有死才能够使他享受安静的幸福"。他很自然地采取了用暴力毁灭自己生命的一条路：报仇泄愤，杀人、被杀。杜大心并非一般人所说的"浪漫的革命家"，他只是一个患着第二期肺病的革命者。我写杜大心患肺病，也许因为我自己曾经害过肺病，而且当时我的身体也不大好，我自己也很容易激动，容易发怒。倘使杜大心不患肺病，倘使他找到了正确的革命道路，例如说找到了共产党，他就不会感觉到"他是一个最孤独的人"，他是在单独地进行绝望的斗争；他就不会"憎恨一切的人"，甚至憎恨他自己。因为孤独，因为绝望，他的肺病就不断地加重。他的肺病加重，他更容易激动，更容易发怒，更不能够冷静地考虑问题。倘使有一个组织在领导他，在支持他，他绝不会感到孤独，更不会感到绝望，也不会有那么多的矛盾，更不会用死亡来消灭矛盾。

我不能说杜大心的身上就没有我自己的东西。但是我们两个人（作者和他的主人公）相同的地方也不太多。杜大心是单独地在进行革命的斗争，我却是想革命，而终于没有能参加实际的革命活动。但是我们两个都没有找到正确的革命道路，这一点是最重要的。所以我会写出杜大心这个人物来。要是我走了另一条道路，也许我就不会写小说，至少我不会写出像《灭亡》这样的作品。有些细心的读者，只要读过几本我的作品，很可能注意到我一直在追求什么东西。我自己也说过我的每篇小说都是我追求光明的呼号。事实上我缺少一种能够消灭我的矛盾的东西。我不断地追求，却始终没有得到。我脱离了现实生活，又不曾跟群众接近，我只是在自己的书房里或者少数几个朋友的小圈子里海阔天空地幻想一番，当然不可能找到正确的道路。但是自己当时并不曾明确地认识到这个，也不想办法去解决自己的那些矛盾。逃避、诉苦和呼号当然不会有用处。我的矛盾越来越多，越无法解决。我在寂寞、痛苦、绝望的时候，只好求助于欧美革命者的自传，想从英雄、志士的壮烈事迹中找到鼓舞和支持。我也读过一些关于俄国十二月党人和十九世纪六七十年代俄国民粹派或者别的革命者的书,例如《牛虻》作者丽莲·伏尼契的朋友斯捷普尼雅克的《地下的俄罗斯》和小说《安德列依·科茹霍夫》,以及妃格念尔的《回忆录》。我还读过赫尔岑的《往事与随想》。读了这许多人的充满热情的文字,我开始懂得怎样表达自己的感情。在《灭亡》里面斯捷普尼雅克的影响是突出的,虽然科茹霍夫[①]和杜大心并不是一类的人。我记得斯捷普尼雅克的小说里也有《告别》的一章,描写科茹霍夫在刺杀沙皇之前向他的爱人(不是妻子)告别的情景。

《灭亡》里的人物并不多。除了杜大心,就应该提到李静淑和她的哥哥李冷,还有张为群和别的几个人。所有这些人全是虚构的。我为了发泄自己的感情,倾吐自己的爱憎,编造了这样的几个人。自然我在生活里也或多或少地看见过这些人的影子,至少是他们的服装和外形。像王秉钧那样的国民党右派我倒见过两三个。他们过去也曾自称为"革命者",后来却换上招牌做了反动的官僚,我带着极大的厌恶描写了这样的人。"杀头的盛典"我没有参加过。但是我十几岁的时候见过绑赴刑场的犯人和挂在电杆上示众的人头。我也听见人有声有色地谈起刽子手杀人的情形。《革命党被捕》和《八日》两章多少有些根据。我去法国之前住在上海旧法租界马浪路一个弄堂里。我和两个朋友同住在三楼的前后楼。房东可能是旧政客或者旧军人,他和几个朋友正在找出路,准备招兵买马,迎接快要打到上海来的北伐军。不知道怎样,有一天他的一个姓张的部下在华界被孙传芳的人捉去了,据说是去南市刻字店取什么司令的关防给便衣侦探抓去的。他的妻子到房东家来过一两次,她是一个善良的年轻女人。她流着泪讲过一番话。后来房东一家人全躲到别处去了,只留下一位老太太看家。不久我就在报上看到那位张先生被杀头的消息,接着又听说他在

---

① 科茹霍夫:С.М.Степняк-Кравченский(1851-1895)著长篇小说《Аннрей Кожухов》中的男主人公。

牢里托人带话给房东：他受了刑，并未供出同谋，要房东以后照顾他的妻子兄弟。过两天我就上法国邮船去马赛了。两三个月以后我偶然在巴黎的中法联谊会或者这一类的地方看到几张《申报》，在报上又发现那房东的一个朋友也被孙传芳捉住杀头示众了。孙传芳退出上海之前不知道砍了多少人的头。要不是接连地看到杀头的消息，我也不会想到写《杀头的盛典》。那位张先生的砍头帮助我描写了张为群的英勇的牺牲和悲惨的死亡。

关于李静淑我讲得很少，因为她也是一个虚构的人物。我只见过她的外形、服装和动作。我指的是一个朋友的新婚的太太。我创造李静淑出来给我解决爱与憎的问题。结果问题仍然没有得到解决。我曾经同一位年纪较大的朋友辩论过这个问题，《最后的爱》一章中李静淑讲的一段话就是根据他的来信写成的。

关于《灭亡》我已经讲了不少的话。我谈创作的过程谈得多，谈人物谈得少。我在前面说过我创造人物来发泄我的感情，解决我的问题，暴露我的灵魂。那么我在小说里主要地想说明什么呢？不用说，我集中全力攻击的目标就是一切不合理的旧制度；我所期待的就是：革命早日到来。贯串全书的响亮的呼声就是这样的一句话："凡是曾经把自己的幸福建筑在别人的痛苦上面的人都应该灭亡。"

《灭亡》这个书名有双重的意义。除了控诉、攻击和诅咒外，还有歌颂。《灭亡》歌颂了革命者为理想英勇牺牲的献身精神。书名是从过去印在小说扉页上的主题诗（或者歌词）来的。这八句关于"最先起来反抗压迫的人"的诗绝非表现"革命也灭亡不革命也灭亡"的虚无悲观的思想。唯一的证据就是：这八句诗并非我的创作，它们是我根据俄国诗人雷列叶夫①的几句诗改作成的。②雷列叶夫的确说过

---

① К.Ф.Рылеев（1759-1826），十二月党五烈士之一，被沙皇尼古拉一世处绞刑。

② 见雷列叶夫著叙事诗《Найливако》第八篇《纳里瓦依科的自白》。

"我知道：灭亡（погибепъ）等待着第一个起来反抗压制人民的暴君的人。"而且他自己就因为"起来反抗压制人民的暴君"，领导十二月党人的起义，死在尼古拉一世的绞刑架上。他是为了追求自由、追求民主"甘愿灭亡"的英雄。我这几句改译的诗不仅歌颂了十七世纪俄国农民革命的领袖哥萨克英雄拉辛，也歌颂了为俄国民主革命英勇战斗的十二月党人，也歌颂了一切"起来反抗压迫的人"，一切的革命者。

1958年3月

谈《新生》及其他

我一九二八年八月初在法国沙多-吉里城邮局寄出《灭亡》的原稿以后，有一个短时期我完全忘记了写小说的事情。当时我和两个中国朋友在本地中学里过暑假。我已经在这里住了一年了。那个学哲学的安徽朋友比我来得早。另一个朋友是山西省人，以前在这个学校里念过法文，后来在巴黎一家上等玻璃灯罩工厂里做绘图的工作，因为神经衰弱，到这里来休养几个星期。整个学校里冷清清的，人都走了，只剩下看门人老古然和他的妻子。古然夫人早已过了六十，可是身体健康。假期中她还要为我们准备每日的三餐。我们在传达室（也就是古然夫妇的小客室）里坐得舒适，吃得愉快。那一对整天劳动的夫妇是非常和善的人，他们待我们十分亲切，就像待亲人一样。从巴黎来的山西朋友不曾见到我的小说。学哲学的朋友却是《灭亡》的第一个读者。我最初在袁润身教授的故事里用了一个不适当的字眼"幽会"，还是接受了安徽朋友的意见才改成"约会"的。一年来他一直在我隔壁的房间里朗读中国古诗，陆游的《剑南诗稿》经常在他的手边。我和他都住在大饭厅的楼上，我住的是一个较大的房间。山西朋友则住在学监宿舍旁边的阁楼上。学校前面有一个大院子。后面也有一大块空地，种了不少的苦栗树，篱笆外面有一条小路通到河边。整个学校里大概只有我们五个人。校长全家到别处去了。总学监住在这个小城里，每隔七八天到学校里来看看。我们对他没有好感。他就是我的短篇小说《狮子》里的总学监。那个中学便是我住了一年的沙城中学。我初期的好几个短篇像《洛伯尔先生》等等都是以这个可爱的又安静又朴素的法国小城作背景的。这里的人和这里的生活,我返国后多年回想起来,还有如在眼前的感觉。

在那三四个星期里面,我们起得早,睡得早。早晨,天刚亮,我们三个中国人先后走到学校后院空地上,在那里散步聊天。吃过早饭,我们便走出校门,有时走到古堡脚下,有时在街上逛逛,有时顺着河岸,走到田畔小路,有时便走上古堡,在那里喝瓶啤酒……我们回到学校以后,便回各人的房间,看书写信。晚饭后我们又到河边田畔,散步闲谈,常常谈到夜幕落下、星星出现的时候。路上我们又会遇到一些熟人,互相道一声"晚安"。我们走到校门,古然夫人已经在那里等候,听到她那声亲热的"晚安",我仿佛到了家一样。那位好心的贫苦老太太,她今天不会在这个世界上了。可是我写到她的姓名,还像听见她的声音,见到她的面颜,虽然有些模糊了,但是"麦歇李"①这两个字(两个法国字)和满是皱纹的十分和善的瘦脸仍然鲜明地留在我的脑子里。她那慈母似的声音伴着我写完《灭亡》,现在又在这清凉如水的静夜里伴着我写这篇回忆。愿她和她那位经常穿着围裙劳动的丈夫在公墓里得到安息。

桥头一家花店和正街上一家书店是我们一年来常去的地方。我和那位安徽朋友过一些时候便要去买一束花,或者买几本书。在校长夫人和小姐的生日,我们也要到花店买花束送礼。校长姓"赖威格",他那个十二岁的女儿叫"玛丽-波尔"。我后来在短篇《老年》里借用过校长的姓,还把"玛丽-波尔"这个名字写进了另一个短篇《洛伯尔先生》。书店里有些什么人,我记不起来了。花店里有一个十七岁的金头发、苹果脸的姑娘,名叫曼丽,是我们的熟人。我们走过花店门前或者在路上遇见她,她总要含笑地轻轻招呼一声:"先生,日

---

① 麦歇李:即"李先生"。

安", 或者"先生, 晚安"。

在巴黎, 我们作为中国人不止一次地遭受人们的白眼。可是在这个小城, 许多朴实、善良的人把我们看作远方来的亲戚。我为了那一个时期的安静而愉快的生活, 至今还感激、怀念那些姓名不曾上过报章的小人物。在那种友好的气氛中, 我写完了我的第一本小说, 又在正街格南书店里先后买到十本硬纸面的练习簿, 用整整五本的篇幅抄录了它。《灭亡》的原稿早已毁掉, 可是那样的练习簿我手边仍有两册, 我偶尔翻出来, 它们仿佛还在向我叙述法国小城生活的往事。

我在沙多-吉里最后两三星期安静的日子里, 看了好些小说, 我在这里不用"读", 却照我们的老习惯用个"看"字, 因为我当时的确是匆匆地翻看, 并非逐字细读。此外我和那两个中国朋友在一起聊天, 虽然海阔天空无所不谈, 但是我们谈得最多的还是小说。那个山西朋友在法国住得久, 看过不少的戏, 他还向我们介绍那些戏的内容。有一次他谈起根据左拉的同名小说改编的《酒馆》, 他讲到柔尔瓦丝的丈夫, 那个盖屋顶的锌板匠, 听见女儿在人行道上叫"爸爸", 失脚从屋顶上摔下地来, 他讲得有声有色: 幕怎样轻轻地落下, 报告灾祸的音乐还在观众的心上回响……好像那个惨剧就发生在我们的眼前一样。我以前读过两三本左拉的小说, 这时又让朋友的谈话引起了兴趣。下一天我就到格南书店去买了《酒馆》。我在饭厅楼上我那个房间里看完了它。我接着还看过左拉的另外两部作品《萌芽》和《工作》那两部小说的主人公就是柔尔瓦丝的两个私生子)。因此我一连几天向朋友介绍左拉的连续性的故事。安徽朋友不久以前才读过我的小说稿本, 便带笑问我, 是不是也想写有连续性的小说。他也许是开玩笑, 然而这对我却是一个启发。这以后我就起了写《新生》的念头。故事倒还不曾认真考虑, 书名却早想好了。这是很自然的事情: 人死了, 理想还存在, 会有新的人站出来举起理想的大旗前进。那么《灭亡》之后接着出现的当然是《新生》。我在那些日子里想来想去也不出以上的范围。《新生》里应当有些什么人物,连我自己也不知道,但是有一个人是少不了的,那是李静淑,我在《灭亡》的最后就预告过她的行动了。

后来我从沙多-吉里到了巴黎,在巴黎住了一个时期,又看了好几本左拉的小说,都是收在《卢贡-马加尔家族》这套书里面,讲两家子女的故事的。从那个时候起一直到现在,我都是这样:多读了几本小说,我的手就痒了,我的脑子也痒了,换句话,我也想写小说了。在那个短时期里,我的确也写了一点东西,它们只是些写在一本廉价练习簿上面的不成篇的片段。我当时忽然想学左拉,扩大了我的计划,打算在《灭亡》前后各加两部,写成连续的五部小说,连书名都想出来了:《春梦》、《一生》、《灭亡》、《新生》、《黎明》。《春梦》写杜大心的父母,《一生》写李静淑的双亲。我在廉价练习簿上写的片段大都是《春梦》里的细节。我后来在马赛的旅馆里又写了一些,在海轮的四等舱中我还写了好几段。这些细节中有一部分我以后用在《死去的太阳》里面,还有一大段我在三年后加以修改,作为《家》的一部分,那就是瑞珏搬到城外生产、觉新在房门外捶门的一章。照我当时的想法,杜大心的父亲便是觉新一类的人,他带着杜大心到城外去看自己的妻子,妻子在房内喊"痛",别人都不许他进去。他不知道反抗,只好带着小孩在院子里徘徊;他的妻子并不曾死去,可是他不久便丢下爱妻和两个儿子离开了人世。

我在十月十八日早晨到了马赛,准备搭船回国,下了火车赶到轮船公司去买票,才知道海员罢工、往东方去的船一律停开。我只好到一家旅馆里开了房间,放下行李,安静地住了下来。这样一住,便是十二天。马赛的生活我已经老老实实地写在短篇《马赛的夜》里面了。连海滨的旅馆和关了门的中国饭馆也是真实的。我在贫民区里的中国饭馆吃饭,在风景优美的"美景旅馆"五层楼上一个小房间里读(其实是"看")左拉的《卢贡-马加尔家族》,整套书中的二十部长篇我先后读过了一半以上,在马赛我读完了它们。我不相信左拉的遗传规律,也不喜欢他那种自然主义的写法,可是他的小说抓住了我的心,小说中那么多的人物活在我的眼前。我不仅一本接一本热心地读着那些小说,它们还常常引起我的"创作的欲望"。在等待轮船的期间,我只能写一些细节或片段,因为我每天必须把行李收拾好出去打听消息,海员罢工的问题一旦解决,我就得买票上船,否则我会在马赛老等。然而我的思想并不曾受到任何的限制。我写得少,却想得多。有时在清晨,有时太阳刚刚落下去,我站在窗前看马赛的海景;有时我晚饭后回到旅馆之前,在海滨散步。虽然我看到海的各样颜色,听见海的各种声音,可是我的思想却跟着我那几个小说中的人物跑来跑去。我的思想像飞鸟一样,在我那个隐在浓雾里的小说世界中盘旋。我有点像《白夜》①里的"梦想家",渐渐地给自己创造了一个小小世界。《春梦》等四本小说的内容就这样地形成了。《春梦》写一个苟安怕事的人终于接连遭逢不幸而毁灭;《一生》写一个官僚地主荒淫无耻的生活,他最后丧失人性而发狂;《新生》写理想不死,一个人倒下去,好些人站了起来;《黎明》写我的理想社会,写若干年以后人们怎样地过着幸福的日子。

但是我回国以后,始终没有能把《春梦》和《一生》写成。我不止一次地翻看我在法国和海轮上写的那些片段,我对自己的写作才能完全丧失了信心。《灭亡》的发表也不能带给我多少鼓励。我写不好小说,便继续做翻译的工作。《伦理学》的后半部教我伤透了脑筋,我咬紧牙关拼命硬译,越译越糊涂,但是总算把它译完了。我还翻译了克鲁泡特金的自传《革命者的回忆录》和斯捷普尼雅克的特写集《地下的俄罗斯》,这两本书不像《伦理学》那样难解释,书中热情的句子和流畅的文笔倒适合我的口味,我在翻译时一再揣摩、体会,

---

① 《白夜》:中篇小说,旧俄作家陀思妥耶夫斯基的早期作品。

无意间受了一些影响。我还从世界语翻译了意大利亚米契斯和日本秋田雨雀的短剧和苏联阿·托尔斯泰的多幕剧《丹东之死》。总之，我还不曾灰心断念，我借翻译来练习我的笔。

一九二九年七月我大哥来上海，我和他在一起过了一个月愉快的生活。他对我并没有更多的了解，却表示了更大的友爱。他常常对我谈起过去的事情，我也因他而想起许多往事。我有一次对他说，我要拿他作主人公写一部《春梦》。他大概以为我在开玩笑，不置可否。那个时期我好像在死胡同里面看见了一线亮光，我找到真正的主人公了，而且还有一个有声有色的背景和一个丰富的材料库。我下了决心丢开杜家的事改写李家的事。过了几个月我写信给他又提起《春梦》。我手边还有他在一九三〇年三月四日寄来的回信，他很坦白地说："《春梦》你要写，我很赞成，并且以我家人物为主人翁，尤其赞成。……我自从得到《新青年》等等书报读过以后，就想写一部书，但是我实在写不出来。现在你要写，我简直喜欢得了不得。希望你有余暇把它写成罢……"他没有想到我写的小说同他想写的并不一样：他想谴责的是人；我要鞭挞的是制度。他也没有想到我会把他老老实实地写进我的小说。我更不会想到他连读这部小说一行一字的机会也没有。一九三一年四月十八日起我的小说在上海《时报》上连载，我把《春梦》的名字改成了《激流》（一九三三年我把小说交给开明书店印单行本的时候，才改用《家》作书名）。第二天下午我得到了报告他去世的电报，原来他死在《激流》开始发表的那一天，当时我的小说只写到第六章。我每隔一个星期向报馆送一次稿；我还不曾想好整个的结构，脑子里更没有那许多细节。说实话，我还有一些顾虑。可是大哥意外地死了，我的主人公死了，我不用害怕我的小说会刺伤他，或者给他带来他所忍受不了的悲痛的回忆……不久我读到了成都寄来的我大哥的遗书，才知道他服毒自杀。我想起一年前他来信中那一段话："我也是陷于矛盾而不能自拔的人，奈何。……

此时暂不自辩，将来弟总知道兄非虚语，恐到那时你却忘记兄了，唉！……"我的悲愤更大了，我的悔恨也更大了。我责备自己为什么不早把小说写出来，让他看清楚面前的深渊，他也许还有勒马回头的可能。我不曾好好地劝告他，帮助他。现在太迟了！我不能把他从坟墓里拉出来了。我只好把我的感情、我的爱憎、我要对他讲的话全写到我的小说里去。

《新生》的写作也是在这个时期。不过我开始写《新生》比写《激流》早几个月，大约在一九三〇年年底或者一九三一年年初；我结束它在一九三一年八月，也比结束《家》早些。那时我早已抛弃了写五部连续的长篇小说的计划，而且把从法国带回的廉价练习簿中一部分可用的细节用在《死去的太阳》里面了。《新生》的内容、结构以及人物也逐渐地形成而固定了。我想写一个人的转变，从个人主义到集体主义。我选择了李冷作主人公，主要的原因是，我在《灭亡》里已经预告了李静淑的道路和作用，我不便改动它们，写李静淑附带写她的哥哥，或者由李冷的眼中看出妹妹的精神面貌，用一管笔可以写出两个人的言行同他们的思想活动，对于像我这样学习写作的人，的确有不少的便利。况且我前不久有过失败的经验，我指的是《死去的太阳》，我写完它，自己不但感到疲倦，还有失望的情绪，这并非由于小说的调子低沉（我在小说初稿的结尾还说："经过了短时间的休息以后，太阳又会以同样的活力新生于人间。"），而是因为我发现自己无力、无才来适当地表达我的思想感情。我把那个中篇小说的初稿题作《新生》，也可以说明我当时的心境。我完全失掉了写作的兴趣和信心。我连李静淑的故事也放弃了，我想拿那个失败的作品来结束我的文学生活。

不用说，这只是一时的沮丧。过了若干时候我又有了拿笔的勇气。我先写了几个短篇，后来我就用日记的形式，让自己作为李冷写起《新生》来。因为我打定了主意要写主人公从个人主义到集体主义的大转变，便不得不先教和平主义者的李冷转变为否定一切的个人主义者。虽然杜大心的惨死让李冷受到很大的刺激，但是这个转变总有些勉强。同样，写另一个女主人公张文珠由《灭亡》里的陈太太转变而来，也显得不自然。张文珠的转变本来是多余的，倘使把她作为新出场的人来写可能更好，我还可以在她的身上加一些色彩。至于我那样写法，也不过是加强人物同前一本书的联系而已。

　　我写《新生》，一共写了两遍。第一稿是在一九三一年八月写完的。我九月里把稿子送到小说月报社去，后来见到一九三二年一月号《小说月报》的"目录预告"，知道我的小说在这期《月报》上开始连载。我听见一位朋友说杂志已经印好，在装订中，却没有想到"一·二八"的炮声一响，闸北商务印书馆的厂房全给日本侵略军的炮火和炸弹毁得一干二净。当天的号外上就刊出这样的消息：纸灰飞满了闸北的天空。我看见不少人遭受了家破人亡的灾祸，仍然勇敢地站起来跟侵略者作斗争，我不会为自己这本小说感到痛惜。我说，我的精力是侵略者的炸弹毁灭不了的，我要把《新生》重写出来。我在一九三二年七月，花了两个多星期的工夫，第二次写完了《新生》。这一次我是一口气写完它的。我从早写到晚，什么事都不做。第一稿的内容和文字还很清楚地印在我的脑子里，我必须趁我不曾忘记的时候，把它们记录在纸上。我写得快，因为我的脑子里装满了东西，用不着我停笔苦思。我的确写得痛快，因为那许多东西自己要从我的脑子里跳出来。我写第一稿的时候却不是这样，我当初写得很吃力，写得很痛苦。

　　《新生》的第一稿和第二稿大致相同，但也不能说没有差别。我凭着记忆重写十万字的旧作，我不可能把行行字字安排得跟过去一模一样，况且时间隔了一年多，我的环境改变了，我的心境也改变了。写第一稿的时候，我住在闸北宝山路宝光里；写第二稿的时候，我已经搬进当时的"法租界",住在环龙路①花园别墅我舅父家的二楼,脑子里还装了不少日本军人的暴行。第一次,我是一个字一个字慢慢地写下去,我好像在挖自己的心、挤自己的血一样。有些时候我仿佛在写自己的日记,虽然更多的时候我是在设身处地替李冷写他的见闻。我说过《新生》第一稿在商务印书馆的大火中全部焚毁。可是仍然有两三节给保留了下来。那两三节是在全稿完成以前由我摘出来作为随笔或者作者的日记在刊物上发表了的。那是我在北四川路和顾家宅公园②里的见闻。在李冷的日记里的确有我自己的东西。他常常叫嚷:"孤寂,矛盾",那是我自己的痛苦的呼声。我在那个时候写的《复仇·序》中第一句便是:"每夜每夜我的心痛着。"(一九三一年四月)在《新生》里面,李冷在四月十五日的日记中说:"我快要被自己毒害到不能挽救的地步了。"在十九日他又写道:"我真的被个人主义毒害到不可挽救的地步了。"文珠也批评过李冷的"空虚的个人主义"。我并不是李冷那样的个人主义者,但是我常常像他那样感到"孤寂"和"空虚",因为我正像他那样有很多的矛盾。其实他的"否定一切"和"个人主义"也是假的。他在外表上好像很倔强,可是心里空得很。除了渺茫的理想外,他还有一种对什么都不相信的"怀疑"。这种怀疑可能影响他的行动。不过我想这样说,要不是小资产阶级的空架子支持着他,他早就跟着妹妹李静淑和爱人(未婚妻)张文珠走新的路了。我也见过有人一直顽强到底,逐渐走上毁灭的路,当然不仅是由于"怀疑"和"空架子",同时也因为替自己考虑太多。我们那一代的资产阶级和小资产阶级的知识青年都或多或少地跟个人主义有关系。我当然也不是例外。我向往革命,而不能抛弃个人主义;我盼望变革早日到来,而自己又不去参加变革;我追求光

---

① 环龙路:即现在的南昌路。
② 顾家宅公园:即现在的复兴公园,当时一般人叫它做"法国公园"。

明，却又常常沉溺在因怀念黑暗里冤死的熟人而感到的痛苦中；我大声嚷着要前进，过去的阴影却死死地把我拖住……其他种种自己克服不了的内心的斗争、思想与行为的冲突、理智与感情的冲突等等，我也不想在这里提说了。我只想提一下，那几年中间我不但深陷在矛盾中不能自拔，我还沉溺在骨肉的感情里面，个人的悲欢离合常常搅乱了我的心。我前不久在旧书中找到了两页残信，那是我从前寄给我大哥、在他死后又回到我手里来的旧信的极小部分。我记得在一九三二年整理《海行杂记》的时候我把那些旧信全撕毁了，不知道怎样却留下了这两页。在一九二七年三月初我刚到巴黎不久寄出的信上有这样的话：

……我永远是冷冷清清，永远是孤独，这热闹的繁华世界好像与我没有丝毫的关系。……大哥！我永远这样地叫你。然而这声音能渡过大的洋、高的山而达到你的耳里么？窗外永远只有那一线的天，房间也永远只是那样的大，人生便是这样寂寞的么？没有你在，纵有千万的人，对于我也是寂寞……

我就是在那个时候开始写《灭亡》的一些章节的。在一九二九年八月从上海寄出的信上，我又写了如下的话：

这几年很少哭过的我今天却流了眼泪了。在暮色苍茫中我们离开了你。一只小小的木船载着我们四个人向外滩码头划去。蓝空中有几颗明星，凉风吹动我的衣服。前面是万盏灯光的上海，后面是载着你们的"其平"。我离你愈远了。这时多年的旧事一齐涌上心头。……你的流着泪的脸至今还在我的眼前，上码头时，分明四个人都上了岸，我却东张西望，寻找你在哪里。"大哥，这边走。"这句话几乎要说出口来，自己才陡然明白你不在上海了。一种从来不曾感到过的凄凉侵袭过来，我觉得在这么大的上海市,我只是一个孤独的人。……这几年来我在表面上似乎变得不像从前那样的孤僻了,其实在心里我依然造了一个囚笼锁住了自己。……

我不再抄下去了。今天我还珍惜这份感情,可是我不能不责备自己的偏执、软弱、感伤、孤僻和近视……我写《新生》第一稿的时候还没有能摆脱那种有时突然袭来的孤独、凄凉的感觉,我甚至还不曾打破那个囚笼。所以我能够那么有耐心地描写李冷的孤寂而痛苦的不正常的心境,我仿佛在受一次审问或者受一次考验,我又好像在解剖自己,看看自己身上究竟有些什么东西。总之,我绝不是冲锋陷阵、斩将搴旗的战士,也不是对症下药、妙手回春的医生。

我写《新生》第二稿的时候,刚从南方旅行回来,发表了《春天里的秋天》,"孤寂"和"空虚"的感觉已经开始减淡,过去二十八年的阴影也逐渐消失,而且那个时候我有一种坚定的信心,我要证明:日本侵略军的炮火"不能毁灭我的创造的冲动";帝国主义的炸弹毁灭不了我的精力和作品。所以我当时兴奋多于痛苦,不吃力,却感到痛快。虽然前半部中仍然充满阴郁的调子,但大半是过去心境的追忆和旧日文字的默写,我脑子里常常响着一个声音,就是我在《春天里的秋天·序》中说的:"这应该终结了。""这"字指的是不合理的社会制度。我在那篇序文的结尾甚至说:"向着这垂死的社会发出我的坚决的呼声:'我控诉'。"我这样说,未免太狂妄。我除了一管幼稚、无力的秃笔,什么武器也没有,又不曾找到正确的革命理论把自己武装起来,而且整天关在屋子里写文章,不参加实际的斗争,我怎么能够损害我的敌人呢?我当时也知道自己的弱点,我始终没有能够解决自己的矛盾,反而放任矛盾发展下去。我不断地说,我要放弃文学生活(写作的确带给我不少的痛苦,像我在《灵魂的呼号》中所说的那样),可是我反而捏紧笔让自己越陷越深;我因为

"在白纸上写黑字廉价地浪费了年轻的生命"而感到不幸，而不断地诉苦，可是我反而日也写、夜也写，愈写愈多，好像一旦放下笔我的生命就会从此完结。我写完《新生》第二稿后，两个多月便写了像《灵魂的呼号》那样的诉苦文章。《新生》的第二稿里当然也有我自己的那些矛盾。不过倘使我的记忆力不算太坏，那么《新生》第二稿中阴郁的调子比第一稿中的淡了些；第二稿的字数也稍微多了些，大约增加了万把字罢：全书一共三篇，第一篇加了些，第二篇减了些，第三篇只有一句话，还是从《约翰福音》中引来的，因此不增也不减；至于增减了些什么，我当时就记不清楚，现在更说不上来了。

我再仔细一想，第二篇中减少的可能是李冷在禾山牢房里回忆往事的片段，这不是我有意删去的。我记得我曾经在一篇文章里说过，《新生》的第二篇是根据一个朋友的日记写成的，这是真话。我写第二稿的时候，那本狱中日记还在我的手边，可是后来却找不到了。我不知它是在我几次迁居中遗失了，还是朋友把它拿了回去，因为那位朋友并不曾遭枪决，他让熟人花了点钱保释出来了。我把朋友的经历借给李冷，但是我还得把一、二两篇连接起来，把人物的性格统一起来，因此我虽借用了一些事实，却无法借用文字，我还得加上李冷自己的东西，回忆往事的片段便是这样地加上去的。这种地方可多可少，我第一次从容地执笔，构思的功夫较多，便写得长些；第二次我一口气写下去，当然容易跳过一些不重要的细节。但是当时如果没有朋友的日记，我绝不可能想到资本家勾结军阀所干的杀害工人的勾当和在禾山进行的事情。这些事实在第二稿中也不会有多大的改变。连王炳这个人也是原来有的，我不过改变了他的姓名和结局。他既不曾越狱逃走，更没有中弹身亡。原来的日记里也有那个同情"犯人"的北方看守。"用驳壳枪打死三个，得赏十元"的话也是从日记里抄下来的。我增加的只是他奉命枪毙李冷的事情。我增加的还有李冷就义前那个"把个体的生命联系在群众的生命上……在人类的向上繁荣中找到个人的新生"的信念。这个信念不仅是李冷的，它也是我的。尽管我的作品里有多少"阴郁性"，尽管我常常沉溺在个人的感情里，尽管我有时感觉到"孤寂"和"空虚"，甚至发出"灵魂的呼号"，可是我始终不曾失去这个信念。因此我才没有让"绝望"和"悲观"压倒，我才相当健康地（我指的是身体，不是思想）活到现在。我在充满矛盾的痛苦生活中不断地叫嚷："我不怕，我有信仰！"我凭借的便是这个。

我两次写了李冷的"新生"，我自己在感情上也得到一些鼓舞。但是我既不曾走到"灭亡"的边缘，也没有得到"新生"的光明。所以我一直在无数的矛盾中间苦苦地挣扎。《新生》以后的许多作品都是在这样的挣扎中写成的。例如一九三三年写成的《萌芽》（后来改名为《雪》），这个中篇也暴露了我的思想、感情上的矛盾。我在写作的时候，宣泄了自己的感情：我当时的确有鲜明的爱憎：一方面是作威作福、荒淫无耻；另一方面是辛勤劳动、受辱受苦。我当初写了两个不同的《结尾》：——一个是：工人的起义胜利了，曹科员夫妇搭火车离开了大煤山，男的说："我不能等着看他们灭亡……所以我走了……"；另一个是：工人的起义给镇压了，曹科员夫妇离开了大煤山，在车上男的说："倘使赵科员能够活起来……他又会责备我逃避现实了。他真倔强，临死……还说种子已经落在地下……"在两个《结尾》中，女的都是"低声叹了一口气慢慢地说：'这几个月就像做了一场梦，可怕的梦！……现在落雪了。'……"调子是同样地低沉。虽然我是在批评那一对改良主义的年轻夫妇，可是我无意地把他们的思想感情向读者宣传了，可能有一些读者会受到感染。

为什么会这样呢？我刚才还说过我是相信未来的光明的。但是从当时到那未来的光明究竟要走多长的路？而且怎样才能够走到？我自己却茫然了。所以在我的作品中，黑暗给暴露了以后，未来的光明却被写成了渺茫的希望，当然不会有昂扬的调子了。在《雪》的《结尾》中只有"种子已经落在地下"这句话。在《砂丁》的《结尾》里我也只写了"……到将来一切都翻转过来的时候。那个时候是会到来的……"这样的希望。在《新生》第二稿之前完成的中篇小说《砂丁》的调子更低沉。砂丁们的静悄悄的惨死和少女的徒然的等待……小说带给读者的,不是哀愁大于希望么?我说过,我也想过,我要用笔做武器,控告不合理的旧社会,可是在我不少的小说中我都充当了束手无策、摇头叹息的旁观者的角色。

  《砂丁》是根据一位朋友的谈话,加上我自己大胆的想象写成的。当时我没有到过云南的个旧,也不曾看见一个砂丁。我那位朋友在矿上住过一个短时期,他亲眼看见砂丁们受到的非人的待遇,他不能够在那个"人间地狱"里待下去,后来就跑到上海来了。他对我谈了不少,他谈的只是砂丁们的生活。故事是我编造的。我的同情,我的愤怒……逼着我拿起笔,替那般"现代的奴隶"喊冤。我没有实际的生活,甚至连背景也不熟悉,因此我只好凭空造出一个"死城"来。小说出版后二十八年,我才到了我从前写的那个城市和矿山。去年三月在个旧迎接我的却是金湖上一片灿烂的阳光和一个欣欣向荣的现代城市。"砂丁"已经成了历史上的名词,我只能在文化馆的"矿工今昔展览室"里看到我所描写的那种生活了。

  我在《雪》里写的是浙江长兴煤矿工人的生活。背景是真实的,人物和故事却是编造的。我一九三一年初冬同一位朋友坐小火车到过那个矿山,在那里住了一个星期。朋友在矿局当科长,我作为他的客人在矿山得到不少的方便。我一天到处看看,还跟着一个机工下窑去待了两个多钟点。在这个窑里,一个多月前发生过一次爆炸事件,死了十五个人,要不是靠那位朋友帮忙,我一定下去不了。我并非去找小说材料,我只是想尝尝生活的各种味道,体验体验生活。过了两年我答应别人写一部连载小说,才想到了这个题材。我可以说是充分地利用了两年前的"生活体验",我把知道的全写进小说里了。不知道的能避开就避开，没法避开的只好靠自己编造。我那个朋友早已离开长兴，我无法再到矿山去体验生活，连参观的机会也得不到，我怎么能够写得更真实呢？我平日同工人接触的机会极少，那一个星期中间虽然常同矿工们交谈，但是谈得不深，我又没有把谈话记录下来，两年后我要塑造工人的形象，当然连"貌似"也办不到了。小说最后写到矿工们的起义，不用说也是出自我的想象。不过当初我在矿山作客的时候，也曾听见朋友讲起两个月前（？）"土匪"打进矿局的故事。他说是"土匪"，又说里面有开除了的矿工。他们大清早冲进了局长（或者叫"经理"）的寝室，当着妻子的面打死了丈夫。我的朋友当时听到消息，打开房门，正要出去，看见有人奔向他的房间，马上退回关上房门，又拉过方桌将门抵住。外面的人推不开房门，也就走了。所谓的"土匪"在矿山只待了很短的时间，军队开到他们就散了，又说是远走了。我在矿山的时候，人们还暗暗担心"土匪"会再来。新的局长（或者经理）刚刚就职，同事们正为他举行贺宴，朋友要我参加，我推辞了。小说的那个胜利的《结尾》便是根据上面的真实的故事想出来的。矿局职员口中的"土匪"很可能是起义的工人。

《新生》发表以后，我几次想写它的续篇《黎明》，一直没有动笔。一九四七年《寒夜》出版了，我又想到预告了多年的《黎明》，我打算在那一年内完成它。可是我考虑了很久，仍然不敢写一个字。我自己的脑子里还没有一个比较明确、比较具体的未来社会的轮廓，我怎么能写那个时候人们的生活呢？我找了几本西方人讲乌托邦的书，翻看了一下，觉得不对头，我不想在二十世纪的四十年代写乌托邦的小说。因此我终于把《黎明》搁了下来。这是十四年前的事。我现在谈《新生》，又想到了那个未了的旧债，我的思想活动了，信心也有一些了。我觉得在新社会里试一试过去干不了的那个工作，也不见得毫无成功的可能，至少方向明确了，道路清楚了。今天拿起笔写未来社会、理想社会，绝不会像在写童话；正相反，我会觉得自己在写真实的生活,在写明天便要发生的事情,多么亲切,多么新鲜,多么令人兴奋!

我真想试一试,而且我相信一定会得到我写从《灭亡》到《寒夜》十四卷文集的当时所未曾有过的"写作的快乐"。

1961年11月27日

谈《家》

一般的小说家都喜欢把自己要对读者讲的话完全放在作品里面，但是也有人愿意在作品以外发表意见。我大概属于后者。在我的每一部长篇小说或者短篇小说集中都有我自己写的《序》或者《跋》。有些偏爱我的读者并不讨厌我的唠叨。还有关心小说中一些人物的命运的读者甚至写信来探询那些人的下落。就拿这部我在二十六年前写的《家》来说罢，今天还有读者来信要我介绍他跟书中人通信，他要知道书中人能够活到现在、看见新中国的光明才放心。二十六年来读者们常常来信指出书中的觉慧就是作者，我反复解释都没有用，昨天我还接到这样的信。主要的原因是读者们希望这个人活在他们中间，跟他们同享今天的幸福。

读者的好心使我感动，但是也使我痛苦。我并不为觉慧惋惜，我知道有多少"觉慧"活到现在，而且热情地为新中国的社会主义建设事业献出自己的精力和才能。然而觉新不能见到今天的阳光，不能使他的年轻的生命发出一点点光和热，却是一件使我痛心的事。觉新不仅是书中人物，他还是一个真实的人，他就是我的大哥。二十六年前我在上海写《家》，刚刚写到第六章，报告他去世的电报就来了。读者可以想象我是怀着怎样的心情写完这本小说的。

我很早就声明过，我不是一个冷静的作者，我不是为了要做作家才写小说，是过去的生活逼着我拿起笔来。我也说过："书中人物都是我所爱过和我所恨过的。许多场面都是我亲眼见过或者亲身经历过的。"的确,我写《家》的时候,我仿佛在跟一些人一同受苦,一同在魔爪下面挣扎。我陪着那些可爱的年轻生命欢笑,也陪着他们哀哭。我一个字一个字地写下去,我好像在挖开我的记忆的坟墓,我又看见了曾经使我的心灵激动过的一切。在我还是一个孩子的时候,我就常常目睹一些可爱的年轻生命横遭摧残,以至于得到悲惨的结局。那个时候我的心由于爱怜而痛苦,但同时它又充满憎恨和诅咒。我有过觉慧在他的死去的表姐(梅)的灵前倾吐的那种感情,我甚至说过觉慧在他哥哥面前说的话:"让他们来做一次牺牲品罢。"一直到我在一九三一年年底写完了《家》,我对于封建大家庭制度的愤恨才有机会倾吐出来。所以我在一九三七年写的一篇《代序》中大胆地说:"我要向这个垂死的制度叫出我的J'accuse(我控诉)。"我还说,封建大家庭制度必然崩溃的信念鼓舞我写出这部封建大家庭的历史,写出这个正在崩溃中的地主阶级的封建大家庭的悲欢离合的故事。我把这个故事叫作《激流三部曲》,《家》之后还有两个续篇:《春》和《秋》。

我可以说,我熟悉我所描写的人物和生活,因为我在那样的家庭里度过了我最初的十九年的岁月,那些人都是我当时朝夕相见的,也是我所爱过和我所恨过的。然而我并不是写我自己家庭的历史,我写了一般的官僚地主家庭的历史。川西盆地的成都当时正是这种封建大家庭聚集的城市。这一类的家庭有的基础雄厚,有的坐吃山空,有的四世同堂,有的分居几处。高高的围墙,石狮子看守的黑漆大门,宽敞的天井,幽静的花园,明窗净几的房间,高敞的堂屋……几乎每一条街都有这样的大公馆。在这些家庭中长一辈是前清的官员,下一辈靠父亲或者祖父的财产过奢侈、闲懒的生活,年轻的一代却想冲出这种"象牙的监牢"。在大小军阀割据地方、小规模战争时起时停的局面下,长一辈的人希望清朝复辟;下一辈不是"关起门做皇帝",就是吃喝嫖赌,无所不为;年轻的一代却立誓要用自己的双手来创造新的生活,他们甚至有"为祖先赎罪"的想法。今天长一辈的已经死了;下一辈的连维持自己生活的能力也没有;年轻的一代中有的为中国革命流尽了自己的鲜血,有的作了建设新中国的工作者。然而在一九二〇年到一九二一年(这就是《家》的年代),虽然五四运动已经发生,爱国热潮使多数中国青年的血沸腾,可是在高家仍然是祖父统治整个家庭的时代。高老太爷就是封建统治的君主。他还有整个旧礼教作他的统治的理论根据。他是我的祖父,也是我们一些亲戚家庭中的祖父。经济权捏在他的手里。他每年收入那么多的田租,靠剥削便可以养活整整一大家人,所以一大家人都得听他的话。处理年轻人生死的大权也捏在他的手里。女人的命运更不必提了。用钱买来的年轻的婢女,在他的眼睛里也只是他的财产的一部分,他可以随意赠送朋友。他认为钱可以解决一切问题,他想不到年轻人还有灵魂。他靠田租吃饭,却连农民怎样生活也弄不清楚。甚至在军阀横征暴敛、一年征几年粮税的时候,他的收入还可以使整个家过得富裕、舒服。他相信这个家是万世不败的。他以为他的儿子们会学他的榜样,他的孙子们会走他的道路。他并不知道他的钱只会促使儿子们灵魂的堕落,他的专制只会把孙子们逼上革命的路。他更不知道是他自己亲手在给这个家庭挖坟。他创造了这份家业,他又来毁坏这个家业。他至多也就只做到四世同堂的好梦(有一些大家庭也许维持到五代)。不单是我的祖父,高老太爷们全走这样的路。他们以为看到了和睦的家庭,可是和平的表面下掩盖着多少倾轧、斗争和悲剧。有多少年轻的生命在那里受苦、挣扎而终于不免灭亡。特别是那些终年关在家里的年轻女人,她们就像一些养在笼中的小鸟,永远见不到广阔的天空。她们一生都是男人的玩物。不论是少女或者少妇,小姐或者丫头,她们一个一个地给逼着做了牺牲品。她们的不幸的遭遇更值得人同情。但是幼稚而大胆的叛徒毕竟冲出去了,他们找到了新的天地,同时给快要闷死人的旧家庭带来一点新鲜的空气。

我的祖父虽然又保守、又顽固，但是并不愚蠢。他死前已经感到幻灭，他是怀着寂寞、空虚之感死去的。我的二叔以正人君子的姿态把祖父留下的家业勉强维持了几年，他虽然也是封建制度的拥护者，从我祖父那里继承了统治权，可是这个权力到他的手里已经打了一个大折扣。即使大家承认他是家长，他也只是一个形式上的家长，因为分了家以后，他捏在手里的就只有他本房的经济权，他还兼管一笔作祭（祀）扫（墓）用的"蒸尝账"。除了他的妻儿以外，他便无法教别人服从他的任何命令。他终于带着无可奈何的凄凉感觉进了坟墓。以后房子卖掉了，人也散了，死的死，走的走。一九四一年初我回到成都的时候，我的五叔又穷又病地死在监牢里面。他花光了从祖父那里得到的一切，又花光了他的妻子给他带来的一切以后，没有脸再见他的妻儿，就做了一个无家可归的流浪人。这个人的另一面我在《家》中很少写到：他面貌清秀，能诗能文，换一个时代他也许会显出他的才华。可是封建旧家庭的环境戕害了他的生机，他只能做损人害己的事情。我后来在中篇小说《憩园》里写到了他的悲惨的结局。

我在前面说过，觉新是我的大哥，他是我一生爱得最多的人。我常常这样想：要是我早把《家》写出来，他也许会看见横在他面前的深渊，那么他可能不会落到那里面去。然而太迟了。我的小说刚刚开始在上海《时报》上连载，他就在成都服毒自杀了。十四年以后（一九四五年）我的另一个哥哥在上海病故。我们三弟兄跟觉新、觉民、觉慧一样，有三个不同的性格，因此也有三种不同的结局。我说过好几次，过去十几年的生活像梦魇一般压在我的心上。这梦魇无情地摧毁了许多同辈的年轻人的灵魂，我几乎也成了受害者中的一个。然而"幼稚"和"大胆"救了我。在这一点我也许像觉慧。我凭着一个单纯的信仰，踏着大步向一个目标走去：我要做我自己的主人；我偏要做别人不许我做的事。我在自己办的刊物上发表过几篇内容浅薄而且有抄袭嫌疑的文章，我不能说已经有了成熟的思想。但是我牢牢记住佐治·丹东的话："大胆，大胆，永远大胆！"这三个大胆在那种环境里意外地收到了效果，帮助我得到了初步的解放。觉慧也正是靠着他的"大胆"才能够逃出那个正在崩溃的家庭，寻找自己的新天地；而"作揖主义"和"无抵抗主义"却把觉新活生生地断送了。

有些读者关心小说中的几个女主人公：瑞珏、梅、鸣凤、琴，希望多知道一点关于她们的事情。她们四个人代表四种不同的性格，也有四种不同的结局。瑞珏的性格跟我嫂嫂的不同，虽然我祖父死后我嫂嫂给逼着搬到城外茅屋里去生产，可是她并未像瑞珏那样悲惨地死在那里。我也有过一个像梅那样年纪的表姐，她当初跟我大哥感情很好，她常常到我们家来玩，我们这一辈人不论男女都喜欢她。我们都盼望她能够成为我们的嫂嫂，后来听说姑母不愿意"亲上加亲"（她说，自己已经受够亲上加亲的痛苦了，我的三婶是我姑母夫家的小姐），因此这一对有情人不能成为眷属。听说我大哥结婚后，还用一个精致的小盒子珍藏着凤表姐送给他的头发和指甲。四五年后我的表姐做了富家的填房少奶奶，以后的十几年内她生了一大群儿女。一九四二年我在成都重见她的时候，她已经成了一个爱钱如命的可笑的胖女人。我们从前都喜欢这位表姐。她年轻的时候很好看，待人也很亲切，摆龙门阵有条有理。然而钱梅芬的外表却不是从她那里借来的。我在那封给我表哥（即凤表姐的胞弟香表哥）的长信（一九三七年）里说过："我把三四个人合在一起拼成了一个钱梅芬。……梅穿着'一件玄青缎子的背心'，也是有原因的。许多年前我还是八九岁的时候，我第一次看见了一个像梅那样的女子，她穿了一件玄青缎子的背心。她是我们的远房亲戚。她死了父亲，境遇又不好，说是要去'带发修行'……"这个女子就是我表姐和表哥的堂房阿姨（我们那里称"孃孃"），也就是我三婶娘家的堂妹。她年纪已经过了二十，生得眉清目秀，脸上却不见笑容。她在我六姐的房里住了几天就走了，以后再不听见人谈起她。我写梅的时候借用了她的外貌和她的"背心"。在当时的旧社会里,在封建家庭的环境中,她毫无谋生的能力和手段;想结婚,她一生见不到几个男人,见到的又都是些亲戚长辈,没有"父母之命媒妁之言",便毫无办法。而且过了二十,嫁出去也只能给人家"填房"。没有人来提亲,她除了"带发修行"外,还有什么出路呢?我六姐的结局其实也比她好不了多少。一个是带发修行,一个是在家念佛。六姐不是没有钱,可是她母亲死后,父亲不替她找一个合意的女婿,她也只好独身下去。我在后面还要谈到她。但是我们房里那个叫作翠凤的丫头却比她们幸运得多。关于翠凤,我什么记忆也没有了,我只记得一件事情:我们有一个远房的亲戚托人来说亲,要讨她做姨太太,她的叔父征求她本人的意见,她坚决地拒绝。虽然她并没有爱上哪一位少爷,她倒宁愿后来嫁一个贫家丈夫。她的性格跟鸣凤的不同,而且她是一个"寄饭"的丫头。所谓"寄饭",就是用劳动换来她的饮食和居住,她仍然有权做自己的主人。她的叔父苏升是我们家的老听差,他不会虐待她。所以她不像鸣凤,用不着在湖水里去找归宿。

我写梅,写瑞珏,写鸣凤,我心里充满了同情、悲愤和怜惜。我庆幸我把自己的感情放进了我的小说,我替那许多白白地牺牲了的可爱的年轻女人叫出了一声:"冤枉!"

我的悲愤的确太大了。我记得我还是五六岁的小孩的时候,我在两个姐姐的房里找到了一本有插图的《列女传》。下栏是图,上栏是字。我在家里很少见到图画书,所以我把这本翻旧了的线装书当作宝贝。我一页一页地翻看。尽是些美丽的古装女人。有的用刀砍断自己的手,有的在烈火中烧死,有的在水上漂浮,有的拿剪刀刺自己的咽喉。还有一个年轻女人在高楼上投缳自尽。全是可怕的故事!为什么这样的命运专落在女人的身上?我不明白!我问两个姐姐,她们说这些女人都是古代的贞烈女子,年轻姑娘应当学习她们。我还是不明白,又问母亲。母亲说这都是历代节烈妇女的故事。我不懂"列女"

二字的意义，求母亲给我讲解。她告诉我：那一个是寡妇，因为一个陌生男子拉了她的手，她便当着那个人砍下手来；这一位是王妃，宫里发生火灾，但是陪伴她的人没有来，她不能一个人走出宫去抛头露面，便甘心烧死在宫中；这是孝女投江，那是节妇自缢……为什么女人，特别是年轻的女人，就应该为那些可笑的陈旧观念，为那种人造的礼教忍受种种痛苦，甚至牺牲自己的生命？为什么那本充满血腥味的《列女传》就是女人学习的榜样？连母亲也不能使我心服。我不相信那个充满血腥味的可怕的"道理"。不久这种"道理"就被一九一一年的辛亥革命打垮了，《列女传》被我翻破以后，甚至在我们家里也难找出第二本来。但是我们家里仍然充满那种带血腥味的空气。我一个表姐（姨母的女儿）在民国初年还有过抱牌位成亲的"壮举"。她大概读《列女传》入了迷，或者受到了父母的鼓励，居然甘愿到她从未见过面的亡故的未婚夫家中去守节。可惜没有人为她立一座贞节牌坊。甚至在五四运动以后，北京大学已经开始招收女生，三个剪了辫子的女学生在成都还站不住脚，只得逃往上海和北京去。更不用说，我的姐姐、妹妹们享受不到人的权利。一九二三年我的三姐，还让人用花轿抬到一个陌生的人家，做填房妻子，忍受公婆的折磨，一年以后就寂寞地死在医院里。她的结局跟《春》里面蕙的结局一样。她丈夫把她的灵柩抛在尼姑庵里，自己忙着张灯结彩做第三次的新郎。后来还是我的大哥花钱埋葬了她。我三次回成都，都没有找到她埋骨的地方。

我真不忍挖开我的回忆的坟墓。那里面不知道埋葬了多少令人伤心断肠的痛史。

然而在我们家庭的暗夜中，琴出现了。这是我的一个堂姐的影子，我另外还把当时我见过的少数新女性的血液注射在她的身上。我这位堂姐就是我在前面提过的三房的六姐。在我离家前的两三年中，她很有可能做一个像琴那样的女子。她热心地读了不少传播新思想的书刊，我的三哥每天晚上都要跟她在一起坐上两个钟头读书、谈话。可是后来她的母亲跟我的继母闹翻了，不久她又跟着她父母搬出公馆去了。虽然同住在一条街上，可是我们始终没有机会相见。三哥还跟她通过好多封信。我们弟兄离开成都的那天早晨到她家里去过一次，总算见到了她一面。①这就是我在小说的最后写的那个场面。我大哥在一九二四年三月十一日来信中还说："六妹虽是女子，见解却甚高。"可是环境薄待了这个聪明的少女。没有人帮忙她像淑英那样地逃出囚笼。她被父母用感情做铁栏关在古庙似的家里，连一个陌生的男人也没法看见。有人说她母亲死后，父亲舍不得花一笔嫁女费，故意让她守在家里，不给她找一位夫婿。我一九四一年和一九四二年两次回成都，见到了她，她已经成了一个干枯的"老太婆"了。其实她还不到四十岁。我在小说里借用了她从前写的两句诗，那是由梅讲出来的："往事依稀浑似梦，都随风雨到心头。"她像一朵没有盛开就枯萎了的花。她那一点点锋芒终于被"家庭牢狱生活"磨洗干净了。她成了一个性情乖僻的老处女，到死都没法走出家门，连一个同情她的人也没有。她剩下从父亲遗产中分到的三四十亩田，留给她两个兄弟的小孩。我一九五六年年底第三次回到成都，就不曾听见任何人谈起她，好像她从未存在过似的。

我用这许多话谈我二十七岁时写的长篇小说，这样地反复解释也许可以帮助今天的读者了解作者当时的心情。我最近重读了《家》，仍然很激动。我自己喜欢这本小说，因为它同我过去的一段生活有密

---

① 我最近翻读旧信，无意间发现了我的记忆的错误。大哥在一九二四年三月二日来信说："正月二十四日的晚上，六妹在我房里说起，你们走了许久，她信也难得写……你们去年临行那一天到她那里去辞行，她本来接到你（三弟）的信，早起来了。……她揭起窗帘一看……又听到你（三弟）喊她的声音，她眼泪几乎流了下来，所以她不愿意（实在是不忍）出来看……"原来我们那天并不曾看见她，我把想象当成事实了。

切的关系，因为它保存了不少我幼年时期和少年时期的回忆，因为我在小说里又看到了自己的青春。青春，不管我的回忆中充满痛苦，我仍然爱我那消逝了的青春，我仍然要说：青春是美丽的东西。

我始终记住：青春是美丽的东西。而且对我来说，它永远是鼓舞的泉源。

1956年10月作
1957年6月改写

谈《春》

我那篇谈《家》的短文发表以后,有些读者来信要我继续谈谈《春》和《秋》。我的小说都是失败之作,我的创作经验更不值得多谈。读者们关心小说中几个人物的命运,希望多知道一点关于他们的事情。有些热心的读者甚至希望那些书中人物全是真实的人,而且一直活在读者中间,跟读者们共同呼吸新中国的健康空气,为祖国的社会主义建设事业服务。我不忍辜负这些读者的好心,便要求《收获》编辑部的同志们允许我占用杂志的几页篇幅,谈一些我自己快要忘记了的琐碎事情。

我在一九三五年十月写过一篇《爱情三部曲》的《总序》,在那篇长序的最后,我引用了"一个青年读者"的来信。我接着说:"这个'青年读者'不但没有告诉我她的姓名,她甚至不曾写下通信地址,使我无法回信。她要我写'一篇新文章来答复'她。事实上这样的文章我已经计划过了,这是一本以一个女子为主人公的'家',写一个女子怎样经过自杀、逃亡……种种方法,终于获得求知识与自由的权利,而离开了她的专制腐败的大家庭。这是一个真实的故事……"三年以后(就是在一九三八年七月),我第一次修改《爱情三部曲》,在这一段文章的后面加了一个小注:"这就是最近出版的《春》",因为《春》刚刚在三四个月以前出版。

我当初计划写的那本小说并不是《春》。淑英的故事是虚构的,连淑英这个人也是虚构的。我所说的"真实的故事"是我在日本从一个四川女学生的嘴里听来的。这位四川姑娘有一次对我谈起她自己出川求学的经过,她怎样跟她父亲进行斗争。她自杀未遂,逃亡又被找回家,最后她终于得到父亲的同意,又得到哥哥的帮助,顺利地离开了家乡。她的话非常生动,而且有感情。我说我要把她的故事写成长篇小说,她并不反对。可是不久我就动身回国,在上海忙着别的事情,连这个长篇的计划也搁起来了。

一九三六年《文季月刊》在上海创刊,由我和靳以主编。其实是靳以一个人负责,我不过在旁边呐喊助威。靳以刚刚在北平编过大型刊物《文学季刊》,气魄很大,一开目录就是三个长篇连载:曹禺的四幕剧《日出》,鲁彦的长篇小说《野火》,第三个题目他派定我担任。那个时候,我的小说《萌芽》被禁止发卖,《电》虽然出版,却被国民党的审查老爷删得七零八落,而且良友图书公司为了我这本小说和几本别人著作的顺利出版,还花过几百元稿费买下某一位审查老爷的一部不能用的大作。我一方面不愿意给新刊物招来麻烦,另一方面又要认真地完成新刊物交给我的任务。我忽然想起了那个四川姑娘的故事,我也想到了《春》这个题目。接着我又想到了《家》的续篇。于是我找到了"淑英"这个人物。轮到我拿起笔写小说的时候,我就把四川姑娘的故事改成了淑英的故事。一个在花园里长大的深闺小姐总不是什么图谋不轨的危险人物罢。我想用她来骗过审查老爷的眼睛。我不仅写了淑英的故事,我还创造了另一个少女蕙的故事。但是刊物出到第七期,终于同其他十二种刊物同时被禁止了。没有什么理由,反正审查老爷看不顺眼。我的小说只发表了十章。其实我就只写了那么多。刊物按期出版的时候,我每个月至少要写一万多字。刊物一停,没有人催稿,我也不再写下去。这时我又忙着做丛书编辑的工作,也写一点别的文章。后来稍有空闲,我翻出发表过的那十章旧稿,信笔增删了一些,高兴时接下去写一点,有时写得较多,有时写得少。小说还没有写完,一九三七年八月淞沪抗日战争爆发,我又把小说放在一边，和朋友们一起办《呐喊》、《烽火》，印小册子。后来中国军队从上海撤退，租界当局改变态度，朋友们相继离去。我也曾有意离开上海，又知道不能把《春》的原稿带在身边，想来想去，终于抽出十几天的时间，日也写，夜也写，让小说告了一个小段落，作为第一部，交给开明书店。我心想短时间内不会续写第二部了。

倘使我当时真的走出了被称为"孤岛"的上海，《春》的第二部也许就不会完成了。可是我终于没有走。开明书店也准备在上海排印、出版这本书。我便重新拿起放下的笔，将淑英同蕙这两个少女的故事继续发展下去。那些日子的确不是容易度过的。正如我在《春》的《序》上所说，我好几次丢开笔，想走；好几次望着面前摊开的稿纸写不出一个字；好几次我几乎失去控制自己的力量。但是我终于写完了《春》，写下了"春天是我们的"这句话。我觉得我的身上充满了力量。

这些力量是成千成万的青年给我的。在那个时候不断地给我鼓舞、使我能够支持下去的，是千万青年的纯洁心灵，是我对青年们的爱。那个时候我除了写作外常常在霞飞路①上散步，我喜欢看那些充满朝气的年轻面孔。每次看见青年学生抱着书从新开办的学校和从别处迁来的学校里走出来，我就想到为他们写点东西。回到自己的房间拿起笔写小说，我就看见平日在人行道上见到的那些天真、纯洁的脸。我觉得能够带给他们一点点温暖和希望是我最大的幸福。

写完了《春》，看完了全书的校样，我就坐上海船，经过香港到广州去了。我在《序》上写着："我一定是怀着离愁而去的，因为在这个地方还有着成千成万的男女青年……我关心他们，我常常想念那无数纯洁的年轻的心灵，以后我也不能把他们忘记。我不配做他们的朋友，我却愿意将这本书作为一个小小的礼物献给他们。"

---

① 霞飞路：即现在的淮海中路。

我在这里用了"不配"两个字，并非谦虚。甚至在今天这一点真挚的感情还使我的心十分激动。倘使我的作品果真能够给当时的青年带来一点点温暖和希望，那么我这一生便不是白活了。作品能够帮助人，鼓舞人前进，激发人们身上的美好的东西，这才是作家的光荣。我没有做到，但是我愿意我能够做到。

在《春》的扉页的背面我预告了《秋》。我开始写《春》的时候没有想到写《秋》，正如开始写《家》的时候我并没有想到写《春》。《春》和《家》一样都是匆匆地结束的。《春》是《家》的补充，《秋》又是《春》的补充，三本书合在一起便是一本叫作《激流》的大书。《家》在《时报》（一九三一年）上面发表的时候就用《激流》这个名字。

我在《时报》上发表长篇连载是完全意外的事情。我并不认识《时报》的编者，不知道因为什么缘故，他忽然托一位我在宝山路鸿兴坊上海世界语学会里常常遇见的朋友来跟我商量，要我替《时报》写一部长篇小说，每天发表一千字左右。我感谢朋友推荐的好意（可能是由于他的推荐），就答应了编者的要求。我写了《总序》和小说的前二章，交给那位朋友转送报馆。编者同意先发表它们。以后我每隔一星期的光景送一次稿到报馆，随写随送。（小说的每一章原本都有小标题：第一章是《两兄弟》；第二章是《琴》。开明书店的单行本也保留了它们。一九三七年《家》改排新五号字本的时候，我才把它们删去。但是这个本子刚印好就被"八·一三"日本侵略军的炮火毁掉了。以后重排的新版本里也就没有了小标题。）后来"九·一八"事变发生，日本帝国主义者侵占我国东北领土，义勇军在冰天雪地上艰苦作战，全国人民纷纷起来参加救亡运动。我和别人一样，也"动"了一个时候。《时报》上发表小说的地位也被更重要的东北消息占去了。但是那些时候国民党政府不仅一味退让，而且千方百计阻挠和压制人民的爱国运动。日本侵略者得寸进尺，气焰越来越高。在上海的日本海军陆战队也经常在虹口演习作战，威胁当时所谓"华界"的安全。我住在闸北宝山路宝光里（离商务印书馆的印刷工厂不远），有时候一天中间谣言四起，居民携儿带女搬进租界，不到一个月工夫弄堂里的住户竟然迁走了一小半。住在我楼上的朋友全家也搬进租界去了。我一个人住一所二层楼房，石库门里非常清静。白天我不常在家。晚上回来，我受不了那样的静寂，对着一张方桌和一盏孤灯，我又翻出来几个月的小说剪报，重新拿起我那支自来水笔，接着一两个月前中断的地方续写下去。我写得快，也写得匆忙。哪怕我这两扇石库门内静得像一座古庙，我也不能从容落笔。日本的兵营就在这附近，静夜里海军陆战队很可能来一个"奇袭"，我也不能不作万一的准备。所以我决定趁早结束我的小说。

那个时候《时报》也换了编辑，原来的那一位编者请假回乡去了。我的小说停刊了一个时期之后，时报馆忽然写来一封信，抱怨我的小说太长，说是比原先讲定的字数多了许多。他们并没有明白地拒绝续登我的小说，但好像有这样的暗示。这封信自然不会使我高兴。不过我也不好意思跟时报馆打官司。好在我的小说也可以收场了。过了几天我写完了《家》的最后一章，我就把剩下的好几万字原稿送到时报馆，还附去一封信，向编辑先生道歉：我的小说字数超过了他们的需要。我说他们不登续稿，我无意见。现在送上这批原稿，请他们过目；倘使他们愿意继续刊登，我可以放弃稿酬。结果我的小说终于在《时报》上全部刊完。不用说，报馆省掉了几万字的稿费。这种做法并不公平。但是我总算尽了我做作家的责任。我不是为稿费写作，我是为读者写作的。

我的第一部长篇小说就这样地结束了。这时候我才想到《家》和《群》这两个书名。我结束的是《家》，不是《激流》。《家》并没有把我所要写的东西完全包括在内，我后来才有写《春》的可能。《春》固然写完了蕙和淑英的故事，但是还漏掉了高家的许多事情，我并没有写到"树倒猢狲散"的场面。觉新的故事也需要告一个小段落。因此我在结束《春》的时候，就想到再写一部《秋》。我并非卖弄技巧，我不过想用辛勤的劳动来弥补自己作品的漏洞。

我唠唠叨叨地叙述这些琐碎事情，无非说明：我不是艺术家，也不曾写出完整的作品。我的几部小说写成现在的这个样子，也并非苦心构思的结果。一些偶然的事情对我的作品的面目都有很大的影响。但是有一点却是始终如一的，那就是我认为艺术应当为政治服务。我一直把我的笔当作攻击旧社会、旧制度的武器来使用。倘使不是为了向不合理的制度进攻，我绝不会写小说。倘使我没有在封建大家庭里生活过十九年，不曾身受过旧社会中的种种痛苦，不曾目睹人吃人的惨剧；倘使我对剥削人、压迫人的制度并不深恶痛恨，对真诚、纯洁的男女青年并无热爱，那么我绝不会写《家》、《春》、《秋》那样的书。我曾经多次声明，我不是为了要做作家才拿起笔写小说。倘使小说不能作为我作战的武器，我何必花那么多的工夫转弯抹角、忸怩作态、供人们欣赏来换取作家的头衔？我能够花那么多的笔墨描写觉新这个人物，并非我掌握了一种描写人物的技巧和秘诀。我能够描写觉新，只是因为我熟悉这个人，我对他有感情。我为他花了那么多的笔墨，也无非想通过这个人来鞭挞旧制度。

我想借这些话来说明我的创作方法，来说明我怎样写《激流三部曲》，让读者们知道我的浅薄和我的作品的缺点。有人不了解我为什么要不断地修改自己的作品，其实一句话就可以说明白：我不断地发现它们的缺点。我去年又把《家》修改一次。最近我改完了《春》，补写了婉儿回到高家给太太拜寿的一章。补写的一章更清楚地说明冯乐山究竟是怎样的人。在这一点曹禺改编的剧本对我有很大的启发。我提到了冯乐山打骂婉儿的事，不用说，这是看了曹禺的戏以后才想到的。但是我们两个人心目中的冯乐山并不完全一样。曹禺写的是他见过的"冯乐山"；我写的是我见过的"冯乐山"。我见过的那个冯乐山高兴起来也会把婉儿当成宝贝。他害怕他的太太,因为他的太太知道他欺负孤儿寡妇的丑事。我还把《春》的第一部同第二部合并成一部。我从前觉得把小说分成两部好,现在却认为合并成一部也未尝不可。这说明:一则我手中并无秘诀;二则像分章、分卷,这些小节与一部作品的主要内容并无多大关系。屠格涅夫在《父与子》里面记错了人物的年龄,托尔斯泰在《战争与和平》里面也有把时间弄错的事。可是一直到现在也没有人去改正这些"错误",而且那两部伟大的作品也并不曾因此减色。我即使在这些小节上花了很多工夫,也不能使我的几部作品成为杰作。一部作品的主要东西在于它的思想内容,在于作者对生活、对社会了解的深度,在于作品反映时代的深度等等。

现在我又回到《春》上面来。应当首先提到的人是淑英和蕙。这两个少女性格相似而结局不同。环境决定了她们的命运。蕙被人虐待痛苦地死去,淑英得到堂哥哥们的帮助逃出了囚笼。这两个人物都是虚构的。但是我也并非完全无中生有,凭空创造。我在我的姐姐妹妹和表姊妹们的身上看见过她们的影子,我东拼西凑地把影子改变成活人。我写蕙的时候,我常常想到我死去的三姐。我离开成都的前一个月参加了三姐的婚礼。三姐上轿的情形就跟我在小说中描写的蕙的出嫁差不多。不过三姐心目中并没有一位表哥,而且她出嫁的时候已经有二十几岁,只能做人家的填房妻子。不知道为什么缘故,她上轿时挣扎得很厉害,看见的人都有点心酸。在那个时代男人娶妻、女子出嫁都好像抓彩一样,尤其是从来脚不出户的少女,去到一个陌生人家,一切都得听别人支配,是好是坏,全碰运气,自己作不了一点主。旧式女子上花轿前的痛哭不是没有原因的。据说三姐相当满意她的丈夫。三姐夫并不是郑国光那样的人,然而他的父母却很像郑国光的父母。我根据三姐的病和死写了蕙的病和死,连觉新写给觉慧报告蕙的死讯的信也是从大哥写给我和三哥的信中摘录下来的。觉新所说"三叔代兄拟挽联一副"也是我的二叔替大哥拟的挽联。觉民想的一副对联："临死无言，在生可想"，其实是我的六叔想出来的。他在来信中提到这八个字，给我留下了很深的印象。原信早已遗失，可是这八个字到现在我还记得。三姐去世的时候，我同三哥都在南京读书。要是那个时候我在成都，我一定知道更多的事情，我也会写得更详细，更具体。

我的三姐夫姓陈。我同他见面一共不到十次。他给我的印象，比我的一位堂姐夫给我的印象好。郑国光的作文中"我刘公川人也……我戴公黔人也……"这两句就是从我堂姐夫的作文里借来的。他把作文送给他的岳父（我的二叔）批改。我在二叔的书房里看到这篇有趣的文章，到今天还记得那两句，就把它们写进《秋》里面了。我的姐夫像一个文弱的书生，我的堂姐夫像一个土财主。我把他们揉在一起写成了郑国光。《春》里面的郑国光像我的堂姐夫，《秋》里面的郑国光就是我的姐夫的写照了。我这位姐夫让我三姐的棺材停在古庙里，连看也不去看一眼。他还找我大哥替他借了好几笔钱，不但不还，甚至避不见面。后来大哥终于设法把他请到我们家里去开过一次谈判。那个场面跟我在《秋》里描写的相差不太远。我当然没有参加谈判的机会。好几年以后我才听到那些详情，我把它们写了下来。《秋》出版后第二年我头一次回到成都，才听见人说，我那位姐夫的第三次结婚也没有给他带来幸福。他后来抽鸦片烟上了瘾，落魄地死在西康。

我的堂姐夫是一个不折不扣的大地主。他现在还在劳动改造中。这个人又像土财主，又像暴发户，一生靠剥削享福。他只懂得买田，田越买越多。他从不想用这种"不义之财"做一两件有益的事。他不读书，不学技能。他花钱在华西坝修了一所别墅，却不懂如何布置房间。他需要一个儿子来继承他的财产，拼命讨小老婆，却什么也生不出来。他每年过生日，想到自己无儿无女，没有人接续香烟，一定要发一通脾气，然后伤心地哭一场。他讨过几个小老婆，一个服毒自杀，一个跟人跑掉，最后的一个在他被捕以后也找到一位门当户对的丈夫另外结婚。听说他在劳动改造中倒学会了一种技能，以后期满出来大概可以独立生活了。

我在《家》和《春》里都提到陈克家父子共同欺负丫头的故事。这就是我堂姐夫的胞兄和他们父亲的"德政"。当初我的四姐还没有嫁过去的时候，我们就听见了这个故事。不过堂姐夫一家是成都南门的首富。他们有的是钱。我的二叔虽然熟读《春秋》，但是对于钱的看法，也未能免俗，所以他终于把自己的第一个女儿嫁到了那样的人家。接着我堂姐夫的那位胞兄又变做了我的表姐夫。我们亲戚中间对他们弟兄并无多大的好感。我们弟兄因为都喜欢凤表姐，对这门亲事的反感更大。但是使我感到惊奇的是在我们亲戚中间那样的人家常常成了羡慕的对象。即使人品不可取，金钱却能通神。

从上面这一段话看来，淑英可能就是我那位堂姐。其实论性格我的四姐完全不像淑英。在我的记忆中四姐是一个并不可爱的人。但是关于四姐婚姻的回忆帮助我想出来《春》的一部分的情节。从这里我创造出周伯涛这个人物，我也想出了高克明的另一面。既然做父亲的忍心把女儿嫁到那种人家去，那么让我们看看这种忍心的父亲究竟是怎样的人。我一笔一笔地画出周伯涛和高克明的面貌。这种旧式的父亲我看得不少。不用说他们中间有的人面带慈祥的笑容。可是照我分析起来，他们不见得比周伯涛或者高克明慈祥。读者也看得出我写周伯涛时，心里充满憎恨。我恨这样的父亲，我愿意用我的笔刺伤他。我常说我恨的是制度，不是人。但是这些人凭借制度来作恶。多少年轻、可爱的生命的毁灭都应当由他们负责。我不能宽恕他们。

我在前面说过，淑英不是四姐。但淑英的父亲高克明却是我的二叔，也就是四姐的父亲。我这次修改《家》和《春》，给高克明和陈克家两位都添上名律师的头衔，又把他们两人的律师事务所放在同一个公馆里面。堂姐夫的父亲不是律师，他一生只做过一件陈克家大律师做过的事，那就是父子共同欺负一个丫头。有人说，他在分家的时候欺骗了自己的哥哥。那样的事冯乐山干得出来，我在补写的一章中已经提过了。高克明做律师是他的本分。我的二叔就是一位有名的律师，他的事务所设在我们公馆里。高克明在高家的地位和处境也就是二叔在我们李家的地位和处境。我五叔并没有把喜儿收房。不过他和三叔都干过偷偷摸摸勾引老妈子的"风流"韵事。他包了一个娼妓在外面租了小公馆。女人的名字是"礼拜六"，他还给她起了一个大号叫"芳纹"。我意外地在商业场后门口见过"礼拜六"一面，她的相貌跟我在《春》里描写的差不多。倘使没有"礼拜六"这个真名字，我纵有"天才"，也想不出"礼拜一"三个字来。倘使我没有遇见她一面，那么《春》里面淑英姊妹们也许就不会遇见她了。连五叔、五婶吵架彼此相骂的话中也有一两句是他们当时骂过的话。我把它们记在心里，并非为了日后好写小说。其实我并不要记住它们，可是它们自己印在我的心上了。大家庭中那些吵吵闹闹的琐碎事情，像克安同陈姨太吵嘴、觉群把刀丢进房里去砍弟弟等等都是真事。克明在那些事情中扮演的角色也就是我二叔扮演的角色。觉民打了觉群被王氏告到周氏同克明那里去，这也是真正发生过的事情。这还是我自己亲身经历的。我扮演了觉民的角色。王氏应当改成我的五婶。五婶并不是淑贞的母亲，她一共生过三个男孩，活下来的就只有我的一个堂弟。五婶那一晚从外面回家，大概打"麻将"输了钱，心里不高兴，她自己打肿了儿子的脸却说是我打肿的。我大哥起初希望我能够认错，后来又希望二叔能主持公道。他后来在二叔那里挨了骂，含着眼泪来到我的房间呜咽地说："四弟，你要发狠读书，给我们争一口气。"这个场面跟我在小说里所描写的完全一样。我大哥就是这样的人。他代我挨骂，我并不感激他，本来就用不着他跑到二叔那里去替我挨骂。他希望我光耀门庭，我那个时候就在打算将来有一天把李家的丑事公开出来，让大家丢脸。

不用说，觉新仍然是我大哥的写照。大哥的生活中似乎并没有一个蕙，但是也不能说完全没有蕙的影子。《家》的《初版代序》中曾经有过这样的话："我相信这一个女人是一定有的，你曾经向我谈到你对她的灵的爱……"这是我的另一位表姐，她的相貌和性格跟蕙的完全不同。但是我小时候的记忆中保留着的这位表姐的印象和我大哥在去世前一年半对我谈起的"灵的爱"，使我想到应当创造一个像蕙这样的少女。后来我才把三姐的事加在蕙的身上。三姐的凄凉的死帮助我写成蕙的悲惨的结局。

海儿是我大哥的第一个儿子。孩子的小名叫庆斯。海儿的病和死亡都是按照真实情形写下来的。连"今天把你们吓倒了"这句话也是庆儿亲口对我说过的。祝医官也是一个真实的人。到今天我还仿佛见那个胖大的法国医生把光着身子的庆儿捧在手里的情景，我还仿佛看见那个大花圈，和"嘉兴李国嘉之墓"七个大字。我为什么记得这么清楚，到现在还不能忘记？因为我非常爱这个四岁多的孩子。"嘉兴李国嘉"在《春》里面就变成"金陵高海臣"了。

我二叔并没有像克明对待淑英那样对待他的女儿。听说我的四姐出嫁、花轿抬出大门后，二叔一个人在堂屋里对着他亡妻的神主牌流过眼泪。我二叔中过举，在日本留过学，做过清朝的官，最后他又是有名的律师。他喜欢读《聊斋志异》，说蒲松龄的文章有《左传》笔法，他为我同三哥讲解过一年的《春秋·左传》。可是他会同意教我的嫂嫂搬到城外去生产，会同意教他的女儿缠脚。他续弦两次，头一位二婶我也许没有见过。他的两个女儿都是第二个二婶生的。缠脚很可能是那位二婶的主意。我们小时候听见那个堂妹的哭声，看见她举步艰难的情形，大家都可怜这个小妹妹，因此也不满意她的父母。过了两年她的母亲就死了。二叔又接了一位新的二婶来。我们都喜欢这位新的婶娘，她是一位忠厚老实、讲话不多、身材高高的年轻女人。缠脚的事似乎也取消了。淑贞就是我那个堂妹的影子。但是我那位堂妹并没有受到父母的虐待,因此也并不曾投井自杀,像我在《秋》里面所描写的那样。然而我也想说,她并不曾受到父母的钟爱。我有这样的印象:那个时期在官僚地主的家庭里做父母的人似乎就不懂得爱自己的儿女。孩子生下来就交给奶妈。母亲高兴时还抱一下,父亲是不抱孩子的。孩子稍微长大,父亲就得板起面孔教训他。对女儿父亲连话也不愿意多说。我的父亲在他的最后几年中间常常带我逛街看戏,那是非常特殊的事情。我的三叔习惯用鞭子教育子弟,打得儿子看见他就发抖,连话也说不出来。我庆幸没有遇到这样的一位严父,否则我今天不会在这里饶舌了。

重读我的《激流三部曲》,我为自己的许多缺点感到惭愧。在我的这三部小说中到处都有或大或小的毛病。大的毛病是没法治好的了,小的还可以施行手术治疗。我一次一次地修改,也无非想治好一些小疮小疤。把克安丑化和简化,也是《三部曲》中的一个小毛病。丑化和简化不能写活一个人物。这个人即使在书中常常见面,也只是一些影子。这次我有意给克安添上几笔,我让他进克明的律师事务所给他的哥哥帮忙,我还写出他擅长书法,又点明他做过县官,在辛亥革命时逃回省城……这都是从我的三叔那里借来的。我的三叔虽然在外面玩小旦,搞女人,抽大烟,可是他写得一笔好字,又能诗能文,也熟悉法律,在二叔的事务所里还替当事人写过不少的上诉状子。人原来是复杂的。丑化和简化在作者虽然容易,却不能解决问题。然而我也应当说老实话,我添的几笔并没有把克安写活。可见我并非真正的艺术家。艺术家只消用简单的几笔就可以写活一个人物。

在《春》里我还写了年轻人的活动。这也是我当时亲身经历的事情。有人责备我把活动面写得很窄,有人责备我没有写到工人运动。我没有话替自己辩护。我只能说,当时我们这一群青年的活动范围窄,也没有人来领导我们。觉民散发五一节传单的经验是我自己的经验。觉民在周报社的活动也是我自己的活动(不过我并没有参加演戏）。张惠如是我的一个老朋友，现在还在成都担任中学校长。方继舜的真名是袁诗尧。他编辑《学生潮》、为了梨园榜痛骂某名流的时候，还是高师的学生。他同我们在一起工作过一个时期，我们都喜欢他。他后来加入共产党，在某中学当教员。在一九二八年的白色恐怖中他在成都被某军阀枪毙了。

我那些朋友当时的确演过《夜未央》。这是一个波兰人写的描写一九〇五年俄国革命的三幕剧。一九〇七年在巴黎公演，轰动一时，后来有人译成中文在法国出版。一九二〇年有人在上海翻印了这个剧本。我当时看见报上的广告，用邮票代价买了一本来。朋友们见到它，便拿去抄了几份，作为排演的底本。在《春》里我本来不想多写《夜未央》的演出。其实，描写淑英的成长和觉悟，不用《夜未央》的启发，也未始不可。一九三八年年初我在孤岛上写《春》的后半部，当时日寇势力开始侵入租界，汉奸横行，爱国人士的头颅常常悬在电灯杆上。我想带给上海青年一点鼓舞和温暖，我想点燃他们的反抗的热情，激发他们的革命的精神，所以特地添写了琴请淑英看《夜未央》的一章，详细地叙述了那个革命故事，把"向前进"的声音传达给我的读者。也许有人会责备我为什么不给当时的青年指出一条更明显的路。我无法掩饰自己的缺点，我在别处不止一次地声明：我自己并不曾找到正确的路。而且我当时还有这样一个简单的想法：要是写得太明显，也许书就不能送到孤岛青年的手中。其实，就是在二十年前我写下"春天是我们的"这句话的时候，我也不曾料到"我们的"春天会来得这么快，并且在二十年后会有这样一个生产大跃进、革命干劲大发挥的空前的春天！

关于《春》我写了这么多的话，我也应当在这里结束了。以后有机会我还想写一篇谈《秋》的文章。今天还没有谈到的有些人和有些事情，我想留在下一篇文章里详谈。

1958年1月27日

谈《秋》

有一位读者写信问我：用《秋》字作书名，除了"秋天过了，春天就会来的"这个意思以外，还有没有别的？我因此想到《家》里面钱梅芬说过的那句话："我已经过了绿叶成荫的时节，现在是走飘落的路了。"在《秋》的最后，觉新也想起了这句话，他自己解释道："我的生命也像是到了秋天，现在是飘落的时候了。"《秋》里面写的就是高家的飘落的路，高家的飘落的时候。高家好比一棵落叶树，一到秋天叶子开始变黄变枯，一片一片地从枝上落下，最后只剩下光秃的树枝和树身。这种落叶树，有些根扎得不深，有些根扎得深，却被虫吃空了树干，也有些树会被台风连根拔起，那么树叶落尽以后，树也就渐渐地死亡。不用说，绝大多数的落叶树在春天会照样地发芽、生叶，甚至开花、结果。然而高家不是这样的落叶树。高家这棵树在落光叶子以后就会逐渐枯死。琴说过"秋天过了，春天会来……到了明年，树上不是一样地盖满绿叶"的话。这是像她那样的年轻人的看法。琴永远乐观，而且有理由乐观。她绝不会像一片枯叶随风飘落，她也不会枯死。觉民也是如此。但是他们必须脱离枯树。而且他们也一定会脱离枯树（高家）。所以即使像琴和觉民那样的高家青年会看见第二个春天、第三个春天，乃至三十五年以后的这个一马当先、万马奔腾、空前明媚的春天，但这早已不是高家的春天了。高家早已垮了，完了。克明和觉新想挽救它，也没有办法。克明是被它拖死的。他死在它毁灭之前。觉新多活了若干时候，也可能一直活到今天，接受改造，因为究竟还有新的力量拉了他几下。在小说的最后觉新好像站起来了。其实他并没有决心要做一个"反抗者"。他不过给人逼得没有办法，终于掉转身，朝着活路走了一步，表示自己的"上进之心并未死去"。以后或死或活，或者灭亡或者得到新生，那要看他自己怎样努力了。

《秋》只写了高家的"木叶黄落"的时节。下一步就是"死亡"。"死亡"已经到了高家的门口。不用我来描写，读者也看得见。高家一定会灭亡。但是我在那个时候不愿意用低沉的调子结束我的小说。当时连我自己也受不了灰色的结局。所以我把觉新从自杀的危机中救了出来，还把翠环交给他，让两个不幸的人终于结合在一起，互相安慰，互相支持地活下去。我曾经说过觉新是我大哥的化身。我大哥在一九三一年春天自杀。这才是真的事实。然而我是在写小说，我不是在拍纪录片，也不是在写历史。

关于《秋》的结尾，我曾经想了好久。我也有过内心的斗争。有时候我决定让觉新自杀，觉民被捕；有时候我又反对这样的结局。我常常想：为什么一定要写出这样的结局呢？在近百年来欧美的文学作品里像这样的结局难道还嫌太少？我读过好些批判的现实主义的作品，里面有不少传世的佳作或者不朽的巨著，作者暴露了资本主义社会的阴暗的现实，对不合理的人剥削人的制度提出了强烈的控诉，这些都是值得我佩服的。我知道他们写出了真实，我知道那样的社会，那样的制度一定会毁灭。但是作为读者，我受不了那接连不断的黑漆一团的结尾。我二十四岁的时候，在三四个月中一口气读完了左拉描写卢贡-马加尔家族兴衰的二十部小说。我崇拜过这位自然主义的大师，我尊敬他的光辉的人格，我喜欢他的另外几本非自然主义的作品，例如《巴黎》和《劳动》，但是我并不喜爱那二十部小说，尽管像《酒馆》、《大地》等等都成了世人推崇的"古典名著"。我只有在《萌芽》里面看到一点点希望。坏人得志，好人受苦，这且不说；

那些正直、善良、勤劳的主人公，不管怎样奋斗，最后终于失败，悲惨地死去，不是由于酒精中毒，就是遗传作祟。我去年又读过一遍《大地》（这次读的是新出的英译本），我好几天不舒服。善良、勇敢、纯洁的少女死亡了，害死她的人（就是她的姐夫）反而继承了她的茅屋和小块土地，她的丈夫倒被人赶走了。我受不了这个结局，正如三十年前我读完莫泊桑《漂亮朋友》，那个小人得志的结局使我发呕一样。我并不是在批评那些伟大前辈的名著；我也不否认在旧社会里，坏人容易得志，好人往往碰壁；我也了解他们带着多大的憎恶写出这样的结局，而且他们正是在鞭挞法国资产阶级社会的罪恶。我不过在这里说明一个读者的感受和体会。我读别人的小说有那样的感受，那么我自己写起小说来，总不会每次都写出自己所不能忍受的结局。固然实际生活里的觉新自杀了，固然像觉新那样生活下去很可能走上自杀的路，但是他多活几年或者甚至活到现在也并非完全不可能。事实上也有像觉新那样的人活到现在的。而且我自己不止一次地想过，在我的性格中究竟有没有觉新的东西？我的回答是肯定的。我至今还没有把它完全去掉，虽然我不断地跟它斗争。我在封建地主的家庭里生活过十九年，怎么能说没有一点点觉新的性格呢？我在旧社会中生活了四十几年，怎么能说没有旧知识分子的许多缺点呢？只要有觉悟，有决心，缺点也可以改正；人可以改造，浪子可以回头。觉新自然也可以不死。

我常常说我用我大哥作模特儿写了觉新。觉新没有死，但是我大哥死了。我好几次翻读他的遗书，最近我还读过一次，我实在找不到他必须死的理由。如果要我勉强找出一个，那就是他没有勇气改变自己的生活。这当然是我的看法。他自己的看法跟我的看法完全不同，所以他选择了自杀的路。他自己说得很明白：

卖田以后……我即另谋出路。无如求速之心太切，以为投机事业虽险，却很容易成功。前此我之所以失败，全是因为本钱是借贷来的，要受时间和大利的影响。现在我们自己的钱放在外边一样收利，我何不借自己的钱来做，一则利息也轻些，二则不受时间影响。用自己的钱来做，果然得了小利。于是通盘一算，账上每月只有九十元的入项，平均每月不敷五十元，每年不敷六百元。不到几年还是完了。所以陆续把存放的款子提回来，作贴现之用，每月可收百数十元。做了几个月，很顺利。于是我就放心大胆地做去了。……哪晓得年底一病就把我毁了。……等我病好出外一看，才知道我们的养命根源已经化成了水。好，好！既是这样，有什么话说！所以我生日那天，请大家看戏后，就想自杀。但是我实在舍不得家里的人。多看一天算一天，混一天。现在混不下去了。我也不想向别人骗钱来用。算了罢。如果活下去，那才是骗人呢。……我只恨我为什么不早死两三个月，或早病两三个月，也就没有这场事了。总结一句，我受人累，我累家庭和家人。但是没有人能相信我，因为我拿不出证据来。证据到哪里去了呢？有一夜我独自一算，来看看究竟损失若干。因为大病才好，神经受此重大刺激，忽然把我以前的痰病引发，顺手将贴现的票子扯成碎纸，弃于字纸篓内，上床睡觉。到了第二天一想不对，连忙一找，哪晓得已经被人倒了。完了，完了。……

遗书里所提到的"痰病"，就是我们现在所谓的"神经病"。我大哥的确发过神经病，但也并不怎么厉害，而且也不久，大约有一两个月的光景。我记得是在一九二〇年，那就是《家》的年代。在《春》里觉民写信告诉觉慧（一九二二年）："大哥……最近又好像要得神经病了。有一天晚上已经打过三更……他一个人忽然跑到大厅上他的轿子里面坐起来，一声不响地坐了许久，用一根棍子把轿帘上的玻璃都打碎了。妈叫我去劝他。他却只对我摇摇头说：'我不想活了。我要死。我死了大家都会高兴的。'后来我费了许多唇舌，才把他说动了。他慢慢地走下轿来，垂头丧气地回到房里去。……以后他就没有再做这样的事情。"这是一件真事。我今天还记得三十八年前的情景,觉新仅仅有过两次这样的发作。还有一次就是在《秋》里面,他突然跪倒在他姑母的面前,两只手蒙住脸,带哭说:"姑妈,请你作主,我也不想活了。"又说:"都是我错,我该死……请你们都来杀死我……"这次他被陈姨太和王氏逼得没有办法,才一下子发了病。这是小说里的事情。觉新休息了半天也就好了。我大哥不像觉新,在一九二〇年冬天的晚上,电灯已经灭了,他常常一个人坐进他的轿子,用什么东西打碎轿帘上的玻璃。我那时已经不住在觉民弟兄住的那个房间。我和我三哥搬到那间利用大厅上通内天井的侧门新建的小屋里面了。这样的装了大玻璃窗的小屋一共有两间。我们住的是左面的一间,离所谓"拐门"最近,离大厅也最近(右面的一间我们一个堂兄弟住过,他后来就跟着他的父母搬出去了,他父亲便是我的三叔)。轿子就放在大厅,大厅上一点轻微的声音也会传到我的小屋里来。我自来睡得晚,常常读书到深夜。我听见大哥摸索进了轿子,接着又听见玻璃破碎声,我静静地不敢发出任何的声音。但是我的心痛得厉害,书也读不下去了。我绝望地拿起笔在纸上写一些愤怒的字句,或者捏紧拳头在桌上擦来擦去。我那个时候就知道大哥的这个病是给家里人的闲言蜚语和阴谋陷害逼出来的。他自己在我们离家后写给我的信里也说:"那是神经太受刺激逼而出此。"有一封信里还说:"到父亲去世后,才知道人心险诈,世道凶恶,才知道寡妇孤儿最苦。"他后来也还有比较详细的说明,不过总离不了"刺激"两个字。觉新受到的刺激不会比我大哥受的少。但是他并没有发过神经病。我大哥自杀跟他所谓的"痰病"有关系。

我大哥是我们这一房的"管家"。他看见这一房人不敷出,坐吃山空,知道不到几年就要破产。他自己因为身体不好辞掉了商业场电灯公司的事情,个人的收入也没有了。他不愿意让别人了解这种情形。我们写信向他建议放下空架子改变生活方式。他心里情愿,却又没有勇气实行。他既不想让家人知道内部的空虚，又担心会丧失死去的祖父和父亲的面子。他宁肯有病装健康人，打肿脸充胖子，不让任何一个人知道真实情况。钱不够花，也不想勤俭持家，却仍然置身在阔亲戚中间充硬汉。没有办法就想到做投机生意。他做的是所谓"贴现"，这种生意只要有本钱，赚钱也很容易。他卖了田把钱全押在这笔"赌注"上。当时在军阀统治下的成都，谁都可以开办银行、发行钞票。趁浑水摸鱼的人多得很。他也想凭个人的信用在浑水里抓一把，解决自己的问题。其实这是一种妄想，跟赌博下注差不多。不久他害了一场大病。在他的病中，那个本来就很混乱的市场发生了大波动，一连倒闭了好些银行。等他病好出去一看，才知道他的钱已经损失了一大半。他回到家里，等着夜深人静，拿出票据来细算，一时气恼，又急又悔，神经病发作了，他把票据全扯碎丢在字纸篓里。第二天他想起来，字纸已经倒掉了。连剩下的一点钱也完蛋了。他就这样地丢掉了我们这一房人"赖以活命"的全部"财产"，连一点证据也没有！他瞒着别人偷偷地做了这一切，连他的妻子也不知道。他懂一点医学，认识不少中医界和西医界的朋友，也可以给熟人拿脉开方。他半夜服毒药自杀，早晨安安静静地睡在床上，一个小女儿睡在他的身边。他的身体已经冰凉，可是他的脸上并无死相，只有嘴角粘了一点白粉。家里的人找到了他的遗书，才知道他有意割断自己的生命。柜子里只有十六个银圆，这就是我们这一房的全部财产了。他留下一个妻子和一男四女。除遗书外他还留下一张人欠欠人的账单。人欠的债大都没法收回，欠人的债却必须还清。我那位独身的堂姐逼得最厉害。她甚至说过："人在人情在，人死人情两丢开。"她就是写过"往事依稀浑似梦，都随风雨到心头"的那个少女！我的继母终于用字画偿清了大哥欠她的钱。她这样一来，别的债主更有话说了："你们自己人都是这样！不能怪我们！"我的继母给逼得走投无路，终于卖尽一切还清了大哥经手的债，有的债还是他为了赌气争面子代别人承担的。

这是一九三一年四月里的事情。我正在写《家》,而且刚刚写完《做大哥的人》那一章(第六章)。《秋》结束在一九二三年的秋天,正是我从成都到上海的那一年。《尾声》里觉新在一九二四年三月和七月写给觉慧的两封信是根据我大哥一九二七年十一月的来信改写的。自然,我增加了许多材料:例如琴和觉民的事情,例如沈氏的事情,例如芸的事情,尤其是翠环的事情。翠环是一个完全虚构的人物。我那位新的二婶有一个陪嫁丫头,叫作翠环。她是一个身材短小的女孩。一九四二年我回成都意外地见到她一次。我嫂嫂告诉我这是翠环。她已经是一个中年妇人了。我只借用了她的名字。在另一个"翠环"的身上并没有一点她的东西。人们读我的小说不一定会注意到那个身材苗条的少女。前年香港影片《秋》在四川放映以后,有些观众对红线女同志的演技感到兴趣,居然有人问我的侄女:"你是不是翠环生的?"还有人特地找到我的嫂嫂问她:"你是不是翠环?"这是把文艺作品跟真实混在一起了。

我拿我大哥作模特儿来写觉新,只是借用他的性格,他的一些遭遇,一些言行。觉新的身上有很多我大哥的东西,然而他跟我大哥不是一个人。即使我想完全根据我大哥的一切来描写觉新,但是我既然把他放在高公馆里面,高家又有不少的虚构人物,又有那么一个大花园,他不能不跟那些虚构的人物接触,在那些人中间生活,因此他一定会做出一些我大哥并未做过的事情,做出一些连作者事先也没有想到的事情。倘使我拿笔以前就完全想好觉新的一举一动,一言一行,按照计划机械地写下去,那么除了觉新外,其他的人都会变成木偶了。自然,这是拿我的写作方法来说的。别的作者仍然可以写好大纲按照计划从容地写下去,而且写得很好。我在这里只说明一件事:我大哥虽然死了,小说中的觉新仍旧可以活下去,甚至活到今天。

高家比我们李家有钱。《秋》结束的时候,觉民已经毕业,可以靠自己生活。此外，高家大房也只有周氏、觉新、淑华、翠环几个人。即使他们放不下太太、少爷的架子，每月开支也不会"入不敷出"。觉新在商业场被焚以后虽然失掉工作，还可以靠遗产过活。他用不着做投机生意，更不会干"孤注一掷"的冒险事情。公馆卖掉搬到新居以后，觉新反而觉得"生活倒比从前愉快"。他"在家看书"过着"安静的日子"，他不愿意自杀，也很近人情。我再解释一次：我让觉新活下去，并非我过分地同情他，而是他本人想活。写到那里，我收不住自己的笔，而且说实话，在那个时候我自己也受不了阴暗的结局。

在《秋》里面真事并不多。我仔细地想了一下，也举不出几件大事来。商业场烧光是一件事，卖公馆是一件事。前一件事发生在《家》的时代以前，是我亲眼见到的；后一件事发生在《秋》的时代以后，是我在法国接到了大哥的信才知道的。那是我二叔去世后两年的事情了。利群周报社的工作也只是前一年工作（见《春》）的继续和发展。三姐灵柩的安葬，我在谈《春》的文章里就已经提到了。其余全是由我虚构出来的。我应该说虚构那些事情，那些场面，并不十分困难。因为那些人物在我的小说里生活了几年，他们已经能够照他们的脾气，照他们的生活方式行动了。所以我常常说，是他们自己在生活，不是我在写他们。我在这里随便举一个例子，觉新弟兄把郑国光请到周家谈话。周伯涛夫妇也在周老太太的房里。他们谈的是蕙的灵柩下葬的事情。周老太太、陈氏和觉新弟兄都逼着郑国光给一个明确的答复。郑国光拼命躲闪，周伯涛暗中替女婿帮忙。我只消写出周老太太的几句话，郑国光的答话就自然地出来了。周伯涛马上讲话，他想帮忙郑国光结束这个问题。周老太太得不到满意的答复，自然要生气地追问。周伯涛还想掩饰。郑国光还想逃避。陈氏气得讲出心里的话来。女婿还要虚言解释，惹得岳母气上加气。周伯涛反而不满意自己的妻子，郑国光也恼羞成怒想借这个机会溜走。于是觉民怂恿觉新出来说话……最后郑国光不得不写了定期安葬的字据。我写完一个人讲话，第二个人的话就很自然地从我的笔下流出来。我一定要写出了第二个人的话，才会想到第三个人的一言一语。我在这些话上面，并没有花过多少功夫。但是在我写《秋》的那一段长时间里，那些人物常常占据了我的脑筋，我想到他们，就像想到一些活人一样。

《秋》跟《家》、跟《春》都不同，它是一口气写成的。我在一九三九年十月开始写《秋》，一直写到第二年五月，每天晚上从九点或十点写到两点或三点，有时还写到四点，没有一天间断过，也不曾在报刊上发表过一章、一节。白天我或者读书，或者看稿子，或者翻译赫尔岑的《回忆录》。那个时候上海是所谓的"孤岛"，四面都是日本侵略军占据的地区，公共租界和法租界被围在当中。我的住处就在法租界的霞飞路霞飞坊（淮海中路淮海坊）。我住在一个朋友家的三楼，我三哥从天津来养病，就住在三楼亭子间。他刚刚开始翻译冈查洛夫的小说《悬崖》。星期天下午我们两个照例到兰心戏院（上海艺术剧场）听音乐会。他喜欢去电影院，我也喜欢看电影，但我常常去的地方却是巨籁达路（巨鹿路）的文化生活出版社，因为我兼管那个出版社的编辑工作。别的地方我不大敢去，害怕碰见认得我的人，更害怕碰到当时在租界上相当活动的文化界汉奸。所以我在家的时候多。我除了做上面提到的那些事情以外，空下来我就想《秋》的情节。我想的跟我写的不一定相同。但是我想得多，人物就跟我越来越熟了，他们不停地在我的脑子里活动。他们跟着我的笔在生活。我常常说我的人物自己在生活，有些读者不大了解。然而这的确是事实，譬如我开始写《秋》的时候，我并没有想到淑贞会投井自杀，我倒想让她在十五岁就嫁出去，这倒是更可能办到的事。但是我越往下写，淑贞的路越窄，写到第三十九章（新版第四十二章），淑贞朝花园跑去，我才想到了那口井，才想到淑贞要投井自杀，好像这是很自然的事情。其实它完全是虚构的。只有井是真实的东西，它今天还在原来的地方。前年（一九五六年）十二月我到那里去过一趟。我跟那口井分别了三十三年，它还是那个老样子。井边有一棵松树，树上有一根短而粗的枯枝，原是我们家伙夫挑水时，挂带钩扁担的地方。松树像一位忠实的老朋友，今天仍然陪伴着这口老井。可是花园连一点痕迹也没有了。当初我写到觉新和觉民抬着淑贞尸首的时候，我流了眼泪，我几乎要哭出声来了。也许会有人笑我："上了自己编造的故事的当。"我的解释却是：我在跟书中人物一起生活。据说旧俄作家符·迦尔洵写一个短篇，写一个不幸女人的遭遇，写到中途就伏在书桌上伤心地哭起来。我翻译过他的作品，我觉得我了解他的心情。

我写这些话无非说明：我写《秋》的时候，虽然有从容构思的时间，但是正如我在序上所说："《秋》的写作也不是愉快的事。"我当时曾写信给一个朋友说："这本书把我苦够了。"我所谓"苦"，并不是"苦思"，"苦吟"，我不会为了推敲一个字花去整天整夜的工夫，也不会因为想不出一字一句，就废寝忘食。我是把自己的感情放在书上，跟书中人物一同受苦，一起受考验，一块儿奋斗。我在跟书中人一块儿生活，当时出版《秋》的开明书店又没有催我限期交稿（虽然前半部的原稿已经送到印刷所去排版了），我只管每夜每夜地写下去，所以文章越写越长，已经写到四十万字，离预定的结局还远得很。那个时候我在上海越住越烦，局势越来越坏，谣言越来越多。单是耳闻目睹的一切就够使人不能安心工作。朋友们又接连来信催我到内地去，也有人不赞成我关在上海埋头写《秋》。最后我就用快刀斩乱麻的办法，像现在这样地结束了我的小说。但它至今仍然是我的最长的作品。下半部原稿交出去以后，不到两个月，我就离开上海经过越南的海防，坐滇越路的火车到了昆明。我在上海上船的时候，《秋》已经出版了。书出得这样快，其实对作者并没有多少好处。我倘使能把这部小说仔细地修改两遍然后付印，《秋》的内容也许会比现在的好一点。这个月我正在慢慢地校改我这部长篇小说（我补写了最后分家的一章），我自己发现了不少的缺点，但是我找不到好的挽救办法，譬如修整房屋，我今天只能做些补漏刷新的工作，要翻造已经不可能了。我揽了一大堆事情在手边，却没有那么多的时间处理它们。所以我很佩服比我年长十三岁的李　人同志重写《大波》的决心和毅力。我在新中国生活、工作、学习了九年，即使进步不大，但是看问题总比以前清楚些，从前所不了解的今天也有点了解了。今天要是能够好好地把《秋》从头到尾改写一遍，我也许会写出一部较好的作品。但是无论如何，修改一次总比不修改好，至少可以减少一些毛病。我愿意做一个"写到死，改到死"的作家。

现在又回到人物上面来。关于觉新我已经谈得很多了。我还想再谈一件事情，就是"卜南失"的跌碎。有好些读者写信问我，"卜南失"究竟是什么东西。我写过几封回信。这次我打算在《秋》里面加上一个小注。一九一七年或者一九一八年我们家得到一个"卜南失"，可能是我大哥找来的，也可能是某个年轻的亲戚送来的。这是从日本输入的东西。"卜南失"大概是法文"木板"的译音。这种心形的木板有两只脚，脚上装得有小轮，心形的尖端上有个小孔，孔里插了一支铅笔。人坐在桌子前面，闭上两眼，双手按住木板，他慢慢地进入了催眠状态，木板也就渐渐地动起来，铅笔就在纸上写字。旁边有人问话，纸上就写出答语。这是一种催眠作用。纸上写的全是按"卜南失"的人平日心里所想的话，他进入了催眠状态，经人一问，就不自觉地写在纸上了，连他自己也不知道。在一九一七年（或者一九一八年），我们玩这种把戏一连玩了两个月。总是我那个表哥按着"卜南失"，我在旁边辨认铅笔在纸上写的那些难认的字。有一个晚上继母知道了，要我们把"卜南失"拿到她的房里试一下。她把我死去的父亲请来了，问了几句话，答语跟我父亲的口气差不多。我祖父听说我父亲的灵魂回来了，也颤巍巍地走到我继母的房里来。他一开口就落泪。那时我第二个二婶的坟在不久以前被盗，始终查不出盗墓人。我二叔也找我表哥来按"卜南失",把二婶的灵魂请来问个明白。结果什么也讲不出来。以后我们对这个把戏就失掉了兴趣,"卜南失"也不知让我们扔到哪里去了。当时我们并不相信鬼,也知道这只是一种把戏。但是我们讲不出什么道理。后来我读到《新青年》杂志上发表的陈大齐的《辟灵学》,才知道这是一种下意识作用。我早已忘记了"卜南失"的事情,一直到一九三九年写《秋》的时候才想起了它,我把它写进小说里面,无非说明觉新对死者的怀念。蕙的灵柩不入土,觉新始终不能安心。觉新也想借用这个东西来刺激周家的人。"卜南失"在纸上写的话全是觉新一直憋在心里的话,例如"枚弟苦","只求早葬"。还有"人事无常,前途渺茫,早救自己"这几句其实就是觉新本人当时的思想:他对前途悲观,看不到希望。但是他仍然想从苦海里救出自己。

蕙死在《春》里面,可是到了《秋》,她的灵柩才入了土。我在谈《春》的文章里就说过,蕙的安葬就是写我三姐的安葬。要是没有我姐夫不肯安葬我三姐的事情,郑国光也许就不会让蕙的灵柩烂在莲花庵里。我既然想不到,也就写不出。我今天翻看我大哥三十二年前写给我的旧信,还读到这一段话:

三姐之事,尤令人寒心。三姐死后即寄殡于离城二十余里的莲花庵,简直无人管她。阴历腊月二十二日我命老赵出城给她烧了两口箱子,两扎金银锭。老赵回来述说一切,更令人悲愤无已。当与蓉泉大开谈判,但是毫无结果。现已想好一种办法,拟于年节后找他交涉。……

我大哥信里所说的"办法"我已经在《秋》里面写出来了。蓉泉便是我那位姐夫的大号。他正在准备举行新的婚礼的时候,让我大哥设法请到我们家里,谈了好久,终于不得不答应安葬三姐。所以两个多月以后,大哥来信便说:"三姐定于三月初八日下葬。她可怜的一生算是结束了。"《秋》的读者单单从这里也可以知道我不过是一个加工工人，用生活的原料来进行了加工的工作。生活里的东西比我写出来的更丰富，更动人。没有从生活里来的原料，我写不出任何动人的东西！

谈过了觉新，就应该谈觉民，但是关于这个年轻人，我似乎没有多少话可说。在《家》里面，觉民很像我的三哥（我第二个哥哥）；在《春》里面他改变了，他的性格发展了。主要的原因是觉慧走了以后，高家不能没有一个充满朝气的年轻人。否则我的小说里就只有一片灰色，或者它的结局就会像托马斯·曼的《布登勃洛克一家》的结局。人死了，房子卖了，失掉丈夫和儿子的主妇空手回娘家去了，留下离婚两次的姑太太和老小姐们寂寞地谈着过去的日子。两年半以前去世的托马斯·曼被称为批判的现实主义最后的一位大师，他这部在二十六岁写成的关于德国资产阶级家族的小说已经成为近代文学中不朽的名著。他写了一个家族的四代人，写了这个家族的最兴盛的时期，也写到最后一个继承人的夭亡。他写了几十年中间社会的变化，篇幅可能比《秋》多一倍或者多一半。他的确是一个伟大的艺术家。我的作品只能说是一个年轻人的热情的自白和控诉。所以我必须在小说里写一个像觉慧或觉民那样的人。在《秋》里面写觉民比在《春》里面写觉民容易多了。在《春》的上半部觉民对家庭和长辈还有顾虑，他还不能决定要不要参加秘密团体，要不要演戏。但是经过王氏那次吵闹以后，他的顾虑完全消除了，他把心交给那些年轻的朋友。好些年轻人的智慧结合在一起，造成了一股力量，居然能帮助堂妹淑英脱离旧家庭逃往上海。对觉民来说淑英的逃走是一个大胜仗。在这次胜利之后觉民的道路也就更加确定了。他只消挺起身子向前走就行了，何况还有那些年轻朋友给他帮忙！在觉民的身上有我三哥的东西，也有我的东西。但是在那些时候我三哥比我沉着，比我乐观，而且比我会生活，会安排时间。他会唱歌，会玩。所以在高家觉民并不说教，他用各种方法使妹妹们高兴，鼓起她们的勇气。但是觉民在外面的活动就只好借用我当时的经历了。我写得简单，因为我当时的经历并不丰富，而且像我这个没有经过锻炼的十七八岁的青年除了怀着满腔热情、准备牺牲一切为祖先赎罪外，也不知道应当干些什么事情。办刊物，散传单，演戏，开会，宣传……这就是我们那些年轻人当时的工作（其实我自己也没有演过戏，不过看朋友们演戏罢了）。我最近修改《秋》，很想给觉民们的活动添一点色彩，但是我的本领有限，我只能够在觉民的几个朋友身上多加几笔。张惠如拜师傅学裁缝倒是真事。我在前一篇文章里已经讲过，张惠如今天还在成都当中学校长。他大热天穿皮袍，走进当铺脱下来换钱办刊物，也是真事。可惜他离开"外专"后只做了几个月的裁缝，又考进华西大学去念书了。他有一个兄弟，跟张还如差不多。但是我们在一起不到两年，他的兄弟就离开了成都。一九二三年我和三哥一路出川经过重庆，还得到这个朋友的帮忙，我绝没有想到两个月后他就害伤寒症死在那里了。

  关于琴我不想多说什么。到了《春》和《秋》，琴完全是虚构的人物了。但是她的性格已经形成，她的影响逐渐扩大，她可以靠自己活下去了。不用说，她的影响只限于高家，只限于她的两个表妹，或者加上两个丫头。觉新和觉民也常常受到她的鼓舞。我很想把我青年时期见到的一些美好的东西全加在她的身上。但是她不需要。她仍然是一个平凡的少女。她不是"五四"时期某一种解放的女性，《家》里面的许倩如倒有点像。许倩如在课堂中写给琴的字条上有这样的一句话："你便抛弃你所爱的人给人家做发泄兽欲的工具吗？"我现在删去了它，因为有人认为这不像一个少女的口气。其实当时有些少女不仅说话连行动也非常开通，只为了表示女人是跟男人"完全"一样的人。许倩如写出那样的话也是很寻常的。但是从旧家庭里出来的琴绝不会写。我觉得琴跟觉民有许多相同的地方，他们的确是情投意合的一对。我在《秋》里写琴,也就只注意到这一点。

觉民和琴两人都喜欢淑华。淑华也可以说是一个虚构的人物。她的性格有一面很像我的一个妹妹,就是心直口快,对什么都没有顾忌,也不怕别人说长论短。但是淑华比我那个妹妹开朗,乐观。在这个家里的确也需要这样一个天不怕、地不怕、爱说爱笑的少女。倘使全是像淑贞那样的女子,我自己也没法写下去了。

在克明、克安、克定三个"长辈"的身上有不少我那三个叔父的东西。我在前一篇文章里已经谈过他们。我二叔生前并没有一个像觉英那样的儿子。他是我二哥、五弟和十六弟的父亲。五弟只比我小几个月。一九一七年成都发生巷战,二哥和五弟害白喉,请不到医生,同时死去。再过几年十六弟也害病死了。以后新的二婶又给他生了两个小弟弟。二叔去世的时候,这两个弟弟年纪都很小。但是二叔留下的田产害了我较大的堂兄弟。他的母亲死后,姐姐们相信金钱万能,不放他好好地念书,却给他接来一位年纪比他大的少奶奶,把他关在家里。结果他在外面胡作非为,花光了钱,比觉英做出更多的丢脸的事情。然而这是我一九三九—四〇年写《秋》的时候所没有想到的。我当时只是这样地想:高家的那种家庭教育只能培养出像觉英、觉群这样的子弟。

克安有点像我的三叔,但也只能说是"像"而已。因为三叔的性格比克安的复杂得多。我在前一篇文章里已经讲过了丑化克安的缺点。我在这里只想讲两件事情:一是克安邀张碧秀到高家来游园;二是觉新到克安的小公馆问病。这都是有根据的。我三叔喜欢过一个叫作李凤卿的川班小旦。有一次他把李凤卿带到我们花园里来照相,我看见李凤卿在客厅里化妆。他先扮成一位小脚的女将,后来又改扮一位旗装贵妇。这两张照片都挂在三叔的房里,三叔还在照片上题了诗。还有一次有名的旦角陈碧秀和另一个小旦到我们家来玩,主人可能是我祖父,自然三叔也在场。他们下轿的情形跟我在《秋》里写的差不多。至于觉新问病的故事，那是从大哥给我的信上联想起来的。一九二三年七月大哥写给我的信上有这样几句话："至三叔寄寓视疾。至则王三巧在焉。另有所谓烟堂倌之妇在床上为三叔烧烟，累进不已。三叔人甚委顿，脚心生一水疗。"我根据这几句话写了一章小说。我把王三巧换成了张碧秀。张碧秀的悲惨的遭遇就是李凤卿的。李凤卿在小时候被叔父买通旁人拐去卖给戏班学唱小旦。辛亥年三叔在南充做知县，看见他演戏，很喜欢他，就把他带到成都来。他以后在成都演戏，常常到我们家来找三叔。有时三叔不在，他便在律师房（就是二叔的律师事务所）等候。我常常跟律师事务所的郑书记员下象棋。他就在旁边看我们下棋。他是个非常温和、沉静的人。我们都喜欢他。他在我祖父死后不久病故，剩下一个妻子，连埋葬费也没有。三叔正在居丧期间，但是听见人来报信，也坐轿出去料理他的后事，把他安葬了。三叔还做了一副挽联送去，上联有"……也当忍死须臾，待侬一诀"的句子。

这种事情在今天的青年读者看来是很难理解的了，但是我十几岁时候看得不少，它们一直深深地印在我的脑子里。这次改《秋》，我本来想把关于张碧秀的三章完全删去，然而我又想留下它们，好让人知道旧社会中竟然有那样不合理的古怪事情。我看它们，好像是过去了的梦魇一样。

克定还是我五叔的写照。但是他并没有一个喜儿，也没有淑贞。我五婶也并没有离开他到她哥哥那里去（她根本就没有哥哥）。五叔在公馆卖掉以后，把"礼拜六"接到新居跟五婶同住，"天天吵嘴。而五叔的烟也吃成大瘾了。"（见大哥的信，一九二七年十一月。）他最后的结局我已在谈《家》的文章里讲过，以后我在谈《憩园》时还要谈他。

《秋》里面写到枚少爷的地方不算少。枚少爷的悲剧同时加强了他姐姐蕙的悲剧，另外还加重了他父亲周伯涛的罪行。枚是一个虚构的人物，但是这一类的年轻人我看得太多了。自然，吐血死掉的还是占少数。多数的枚少爷会糊里糊涂地活下去，生儿育女，坐吃山空，最后只好靠他们的儿女来养活。我好些过去的阔亲戚今天就是靠儿女养活的。从前是父亲养他们，现在是儿女养他们，他们始终没有对社会尽一点力。这就是另一类的枚少爷的悲剧了。

最后我还想谈谈陈姨太。我写这个人物的时候，我脑子出现了另一个真实的人，那就是我祖父的"黄姨太"。我们小时候叫她"黄黄"，年纪大起来就叫她"黄老姨太"。她的确是一个"语言无味、面目可憎"的女人。一九一四年我的生母去世的时候，我弟弟还很小。她通过祖父要我父亲把我那个弟弟抱给她。十二年以后我大哥要管教那个弟弟念书，她却认为我大哥有反悔的意思，竟然向法院递状子控告他。后来我们家开了一个亲族会议才解决了这个纠纷。那时我已离开成都，我后来看到一张字据才知道了详情。这个"永敦和好"的字据上第一条便是：

开麐之废继并无其事，系属误会，经亲族会议敦劝，双方言归于好。原控之案由黄老姨太自行呈请撤销。

开麐是我弟弟的小名。我那个弟弟自然一直做她的孙儿，不过并没有在她死后继承她的遗产。她的股票（小说里写成了银行股票）在商业场烧掉以后已经成了废纸。她的公馆由三叔自行接管变卖了。那个时候三叔是家长。他自己说他替她还债，又安葬她，卖掉那所公馆还是得不偿失。但是有一位亲戚说他连一块好好的碑也不给人家立，未免太对不起死者。这已是题外的话了。

过去陈姨太的外形跟黄老姨太的外形完全一样。但是我这次把它稍微修改了一下：陈姨太渐渐长胖了，脸也显得丰满了。老太爷活着的时候，她经常浓妆艳抹，香气扑鼻。我去年写过一篇谈电影的短文，里面也谈到陈姨太。我现在还想把那段话重复地说一遍:"我在陈姨太的身上增加了一些教人厌恶的东西。但即使是这样,我仍然不能说陈姨太就是一个'丧尽天良'的坏女人。她没有理由一定要害死瑞珏。她平日所作所为,无非'提防别人,保护自己'。因为她出身贫贱,又不识字,而且处在小老婆的地位,始终受人轻视。在高家,老太爷虽然喜欢她,但是除了老太爷就没有一个人对她友好。因此她不得不靠老太爷的威势过日子,更不能不趁老太爷在世时替自己打算。她不曾生儿育女,老太爷是她的靠山,她当然比别人更关心老太爷。她没有知识,当然比别人更容易为迷信所俘虏。她相信'血光之灾',她不能想象老太爷死后满身浴血的惨状。高家的太太们不一定真相信,也不一定不相信,但是她们'宁可信其有,不可信其无'。克明三弟兄当然不会相信'血光之灾',不过他们也不愿意承担不孝的恶名,反正搬出去的又不是自己的妻子。这才是我控诉的那个'家'。在那个家里,暴君是旧社会中的'好人'高老太爷,那些年轻人的命运都掌握在他的手里。他把丫头当作礼物送人,把孙儿孙女看成没有灵魂的东西。克明是他的儿子兼学生。克安和克定都是他培养出来的'不肖子弟'。陈姨太也得拿他做护身符。陈姨太其实是一个旧社会的牺牲者。事实的确是这样:在坏的制度中'好人'也往往做坏事。倘使把一切坏事全推在出身贫贱的陈姨太的身上,让她替官僚地主家庭的罪恶负责,这不但不公平,而且也不合事实。这样就等于鞭挞了人却宽恕了制度。"

我的本意是:通过人来鞭挞制度。许多作恶的人都是依靠制度作恶的。我在大家庭里生活了十九年,在旧社会里生活了几十年,我这方面的体会太深了。

关于《秋》我还有不少的话想说。但是我怀疑,一个人唠唠叨叨对读者究竟有多大的好处?我写了这么多的字,也应该让读者的疲倦的眼睛休息了。

然而在我放下我这支"幸福金笔"之前,我还想引起我的读者注意:《激流三部曲》是为当时的年轻读者写的。除了那个封建旧家庭的灭亡外,我还写了年轻的同年老的两代人的斗争,新的与旧的斗争。虽然这样的斗争大半是在高家的小圈子里进行的,虽然小说中有那么多的阴暗的场面和惨痛的牺牲,但是年轻人终于得到了胜利。旧的、老的死亡了;新的、年轻的在生长,发展,逐渐成熟。"春天是我们的!"这是当时的青年的呼声,它仍然是今天的青年的呼声,所不同的是今天的青年已经看到了无限美好的春天,而且在用自己的脑子和双手给春天增加更多的光彩。因此我的许多未说的话也成了多余的了。

1958年4月1日

谈《憩园》

前一阵子有人写文章指出我的中篇小说《憩园》和其他作品的缺点，我今天还要向人们推荐那些文章。一个人不大容易知道自己的病，所以要请医生来诊断开方。我连一点点医理也不懂，更不用提给自己拿脉看病了。我是个喜欢唠叨的作者，有时情不自禁会向读者谈起自己的创作，但绝无替自己吹嘘或者给作品做广告的意思。我只有一个用意：向那些读过我的作品的人讲几句"私房话"，告诉他们这些作品是怎样写成的。这也算是一种职业上的秘密罢。我好像只是在对亲近的人谈个人的"秘密"。

讲私话，谈秘密，难免要犯信口开河的毛病，而且事过境迁，记忆力又衰退，更不免有记错讲错的事。但是现在不讲，将来要讲也会不知道从哪里开头。就拿《憩园》来说罢，我在贵阳一家旅馆楼上客房里开始写小说第一页的情景仿佛还在眼前，可是一晃就是十七年。我连旅馆的名字也记不起来了。我记得的是小说的大部分是在贵阳郊外花溪的"花溪小憩"里写的。我把未完的小说稿带到重庆，在那里写完了它。倘使我在十五年前或者十年前谈这本小说，我可能多谈一些事情，也许谈得更清楚。我现在才深切地感觉到记忆力是多么可贵的了。

《憩园》是拿一叠西式信笺当稿纸写成的。我早习惯了用自来水笔写文章。我并非不爱毛笔字，恰恰相反，我很喜欢。只是我年轻时候不曾认真学习书法（几十年来我一直为这件事责备自己），我的字实在难看，用自来水笔既可以藏拙，又能写快。所有我的作品几乎全是用自来水笔写成的，只有《憩园》和《第四病室》两个中篇除外。《寒夜》的最初若干页也是用毛笔写的，因为在那些用嘉乐纸印的稿纸上墨笔字倒更显眼，后来我找到较好的稿纸，也就丢开了毛笔。我写《第四病室》的时候，手边连嘉乐纸稿纸也没有，我用一种通行纸，写起字来不受拘束，倒很痛快。可惜这种纸见不得水，即使落上一滴深色的墨水，也会浸成一大团。我只好用毛笔蘸浓浓的墨汁在那种纸上写字了。我写《憩园》时用的西式信笺上倒宜于写钢笔字。可是那个时候我不便带墨水瓶旅行。当时我只在皮包里放一锭墨、一支小字笔和一大叠信笺，到了一个地方，住下来，借到一个小碟子，水到处都有，拿出墨在碟子上磨几下，便可以坐下来写文章。要是找不到碟子就用茶碗盖，没有茶碗盖，只好把茶杯翻过来在小小的茶杯底上磨墨。整部小说就是这样写成的。我在贵阳的旅馆里写，在花溪的旅舍里写，在渝筑道上的小客栈里也写。最后到了重庆也不是一下子就安定下来，我还到过几个地方，我记得有一夜在北碚一个旅馆里续写《憩园》，电灯不亮，我找到一小段蜡烛，我的文思未尽，烛油却流光了。我多么希望得到一支蜡烛，或者一盏油灯，让我从容地写下去。可是在那样的黑夜，要找到一线亮光也实在不容易啊。……那种日子的确一去不再来了。

我在一九四四年五月开始写《憩园》。小说刚刚开了头，我就进医院了。病房的生活我后来老老实实地写在《第四病室》里面。我六月出院后，先在中国旅行社招待所、后在"花溪小憩"住了一个短时期，每天从早写到晚，只有在两顿饭以后散步休息。旅行社招待所的房间内电灯明亮，茶水方便，院子里相当静，离大街又不远。我写倦了时，便冒着小雨走到冠生园去吃碗汤面，或者喝碗猪肝粥，外加两个包子，算是解决了一顿饭。住在"花溪小憩"的时候，不论吃点心吃饭，都得走半个钟头到镇上去请教饭馆。"小憩"是一所很漂亮的花园洋房，位置在一个大公园里面。没有楼，却有一间又宽大又华丽的客厅。"小憩"虽是对外营业的招待所，客房却不多，客人更少。我在那里住了不到一个星期，常常只有我一个客人。白天静，夜里更静，日里也难得听见几声人语。然而不分昼夜都有水声。水流得急，声音很大，从来不停，但是单调没有变化，听惯了就好像没有声音一样。总之，它不会妨碍我写小说。"小憩"里没有电灯，我不得不靠一盏清油灯的微光埋头写作。我在这里也是从早写到晚，除了一天两次步行到镇上吃饭以外，我有时感到疲乏，还要在这个公园里散步。我的眼睛常常有小毛病，在油灯的微光下写字较多，会发生视线模糊的情况，因此我睡得较早，也起得不迟。当时我正在壮年，每天伏案十小时以上，并不感到文思枯竭。在"小憩"的短短几天中我的确写得不少。我写小说也有像《苦难的历程》的作者那样的习惯，想到了一个细节就坐下来，动着笔让这个细节慢慢地引出了全部的故事。阿历克赛·托尔斯泰曾经作过这样的自白："我在工作极其紧张的时候，不知道人物在五分钟以后会说什么。我惊奇地跟着他们。"我过去常常是这样进行创作的。我开始写《憩园》的时候，我的脑子里也只有一个很简单的杨老三的故事，和"我"回到久别的家乡、在街上遇见旧友、接受邀请住到他家花园里去的一些细节。说实话，我写了头一段，还不知道以后怎样安插杨老三的故事，把它放在什么地方。可是我从容地写下去，一切难题都解决了，人物自己在说话，在行动，在斗争，我需要的什么东西都像喷泉一样，很自然地出来了。

　　我并不是在编故事，也无意把创作讲得十分神秘，我只是解释我个人的习惯。每个作家都有他自己的习惯。据说列夫·托尔斯泰只在早晨工作，他认为在晚上作家容易写出大量的废话。我们的冰心大姐也说："我爱在早上写作，早上头脑清醒些，晚上我是写不出东西的。"还有人说陀斯妥耶夫斯基"写得累赘"，有一个原因便是他在夜里写作，又不断地喝茶。那么我的唠叨也有了解释了：我常常工作到夜深,而且手里捧着一杯热茶,我更感到舒适。

现在我还是谈《憩园》罢。我有心写杨老三的故事,还是在一九四一年一月我第一次回到成都的时候。我十九岁离开家乡,一去便是十八年,回来住了五十天,"似乎一切全变了,又似乎都没有改变;死了许多人,毁了许多家,许多可爱的生命埋进黄土,又有许多新的人接着来演那不必要的悲剧",正如我在一篇短文里所说的那样。在短短的五十天中间我的确有很多的感触。两件事情给我留下的印象最深。第一件便是五叔的死。我回成都不过几天便听到五叔病死的消息。就在那天晚上一个亲戚邀我在一家菜馆里吃便饭,大家刚刚坐好,我一个堂兄弟忽然走进楼上房间来,一句话也不说,就朝着我跪倒叩头。我大吃一惊,但是不到一分钟也就恍然大悟了。这是旧礼节、老规矩。从前我父母去世的时候,我不知道向人们叩过多少头。没有想到这种封建的糟粕还原封不动地保存着。我当时仍然谈笑自若,五叔的死亡丝毫不曾引起我的哀痛和惋惜,我对他始终没有好感。在我的心目中他早已是一个死人了。在饭桌上人们不断地讲笑话。我那个堂兄弟也是有说有笑。我听见人讲过他和他母亲一起把他父亲赶了出去。事实可能是这样:他父亲用够了妻子的钱,抛弃了家,不顾母子二人的死活,后来自己无法度日,便厚着脸皮回去,妻儿不肯接待这个已经成为"惯窃"的丈夫和父亲。也许有人因此责备我那个堂兄弟,可是我倒赞成他的做法。为什么不应当让高克定那样的人尝尝他自己栽的树上结出来的苦果?那种人一辈子除了剥削和浪费以外,还干过什么呢?只有在他给"赶出去"以后,只有在他给关起来以后,他才劳动过一个极短的时期,但是不久他由装病而传染到真病,接着就是糊里糊涂的死亡。据有些亲戚说,我五叔就是在这个冬天给警察抓起来,关在牢里的。他当时并没有犯什么罪,不过他是个出名的小偷,又抽大烟,平日手脚不干净,冬防期间更有可能到处做点小买卖。治安当局认为,索性教他在牢里过一个冬季,倒可以省却一些麻烦。像他这样地给关起来的人当然不止一个。后来他不得不和同伴们一块儿出去抬东西干重活,他害怕让亲友们看见丢脸,便装病,不肯上街,因此同有病的人睡在一起,可能是得了传染病,也可能是烟瘾发了,无法过瘾,总之他很快地就死了。他的妻儿领回他的尸首,收殓了他。棺材停在一所破庙里,一个下午我到了那里。一间小屋,一副廉价的棺材,一张旧供桌,桌上一个灵位,还有普通的香烛。一切都显得阴暗。我鞠了一个躬,我那个堂兄弟在旁边答礼。没有哭声,也无人为死者掉一滴眼泪。我和同来的人(可能是我的一个侄女,也可能是另一个年纪同我差不远的堂兄弟)谈了几句跟死者毫不相干的闲话,便坦然地走了。我一点也不难过,我倒觉得这些事好像早已发生了一样,我毫无意外的感觉。我来到庙里,并非向死者表示敬意,我只想看看他的应有的结局。

  当天晚上我同嫂嫂、妹妹和侄女们谈起我在庙里的见闻,没有人怜悯死者,似乎大家都有一种关上一本看厌了的旧书的感觉。夜深人静,我躺在老式架子床上,忽然想起若干年前我十四五岁的时候,我五叔拉着我要我花几角钱买他一本《清宫二年记》的事情。我起初只觉得好笑,以后渐渐地严肃起来了。我并不打算多想他的事,可是开了头就没完没了。嫂嫂她们对我谈过的许多事情都上了我的心头。我五叔是我第二个祖母唯一的孩子,他长得清秀,人又聪明,所以我祖父特别宠他。当时要是有人批评他,哪怕是一句话,也会引起我祖父发脾气。他就是在阿谀和称赞中间长大的。官僚地主封建家庭的环境,加上那种毫无原则的溺爱毁了这个年轻人。他后来又交了一些坏朋友,有的是像他那样的阔少爷,有的想从他的身上得一点好处。总之,人们拿他在家里找不到的种种享乐去引诱他。他甘心情愿地朝那个陷阱跳下去。他的母亲早死,那位一向偏爱他的父亲盲目地相信他那张能说会道的嘴。旁人的忠告对他和他父亲都不会起什么作用。在短短的时间里,他学会了许多事情,嫖、赌、吃、喝,无一不精。他父亲不相信他会花钱，也不曾按月交给他若干钱让他乱花。他先花他妻子的钱，拿他妻子的陪奁换钱花，后来就偷，就骗，就借。只要能弄到钱，他不惜使用一切手段。他用他父亲的名义在外面借了不少的钱，他包下一个叫作"礼拜六"的私娼，租了一所小公馆。"定情之夕"还洋洋洒洒写了一篇海誓山盟的大文，仿佛要昭告于皇天后土与万代子孙："某年某月某日忏影盦与芳纹定情于×××……"文章的确写得不错，我无意间在我们家大厅上拾到一份草稿，我不喜欢这种艳丽的文章，也不想代他保存，匆匆看了一遍，不是当面交还给他，就是丢进字纸篓去了。现在就只记得这么半句。忏影盦是我五叔的"室名"，芳纹便是他的意中人。"礼拜六"这样的名字当然不便在这种堂而皇之的文章里出现，因此他给她另外起了个雅致的名字：芳纹。小公馆弄好之后，他在外面的开支更大了。他不久就因为骗去妻子的首饰无法交还，引起妻子大吵大闹，终于在父亲面前露出马脚，现了原形。

我在《家》里描写的那个场面完全是真实的。真实比我的小说丰富得多，许多细节都是我想象不出来的。总之，我祖父睁开了眼睛，看见他所不愿意看见的事情。真实使他吃惊，使他愤怒，可是并没有使他觉悟，也不可能使他认识自己的错误。他只认为他的儿子不学好，对不起他，却始终没有想到是他自己害了他的儿子。他以为自己有的是钱，钱是万能的东西。等到他发现钱并不能解决一切问题的时候，他又改用他的另一个武器：骂。他不但骂，而且命令五叔跪在地上，伸起双手左右开弓地打自己的耳光。五叔任何丑态都做得出来，父亲叫做什么就做什么，只图混过眼前这个难关，最后赌咒发誓地答应从这天起守在家中读书习字，不再出去找那些"不三不四的人"。祖父居然相信了这种誓言，不过他还吩咐父亲注意五叔的行动，不让五叔出去。

谁都知道五叔的誓言不可靠。他过不了三天就偷偷地溜出去了。

天刚黑，我正在大门口，他即使像一阵风那样地跑得快，也逃不过我的眼睛。我常常到门房找听差、到大门口找看门人李老汉闲谈，其实是请他们讲讲各自的经历。那个时候我不过十一岁，他们都喜欢我，在我面前用不着顾忌，无话不谈。我也真心地喜欢他们，我从他们那里学到不少的知识。他们里面也有抽鸦片烟的，年纪大一点的轿夫多数抽大烟，因为他们的体力不够，不得不用这种兴奋剂来刺激，明知这是饮鸩止渴，但是也无其他办法。我常常躺在老年轿夫（其实他们的年纪不过四十左右，可是已经衰老了）的烟灯旁边，听那些讲不完的充满人世艰辛的故事。我跟这些人很亲近，我喜欢他们，我觉得我连他们的心也看得清楚。我一点不了解我那几位叔父，也无法跟他们接近，只有在我父亲去世以后，二叔才开始关心我们，虽然只是一般的关心，但在我们这已经是十分意外的了。至于祖父，全家不论大小，早晚都要到他房里去请安，我们弟兄看见他便感到拘束，连话也不敢多讲，所以我们都不喜欢祖父。可是在他临死前半年（我父亲死后两年的光景），他忽然变得温和，对我也表示了很大的关心。只有在这短短的时间里面，他对我讲了些亲切、和善的话。不久他就露出精神错乱的现象。他的健康也越来越坏，一直到死，他头脑完全清醒的时候并不多。我还记得他坐在轿子里面教人抬在天井里转来转去；我还记得一天上午他坐在上花厅里把我叫了去，他正在写一张字条："我在花厅冷得很，可催邵、方二公速来救命。"他写到"来"字，忽然一本正经地问我"救命"的"救"字怎样写。……他的发狂跟五叔的事情有很大的关系。五叔大现原形，对祖父应当是第一个沉重的打击。不用说以后还有别的。祖父死的时候我伤心地哭过一场。然而就是在当时我也认为错在他自己。四十多年前的十五岁少年当然没有像今天十五岁少年这样的思想感情，况且我又是地主家庭的"少爷"，所以我只有这样一个看法：人应当靠自己的劳动生活；把金钱留给子孙让他们过寄生生活，这是最愚蠢的事情，因此封建家庭里培养不出有用的好人来。我自己很幼稚,我懂得的事情极少,但是我蔑视那些靠遗产生活的人,我蔑视那些不劳而获的人。我对五叔当然不会有好感。

我跑了一趟野马,现在又回到五叔溜走的事情上面来。这件事让我看见了,我当然不会保守沉默。我进去告诉了父亲。父亲一听着了急,但是也没有出去找回五叔,更不敢让祖父知道,只有等他悄悄地回来以后,把他找来认真地告诫一番。五叔不会重视我父亲的话,过了两天又溜出去了。然而他每次在外面耽搁的时间并不长,好像还用了花言巧语骗得五婶在家中一声不响。我祖父照常威风凛凛地做他那一家之主,却不清楚五叔究竟在干什么事情。不到一个月五叔居然不回家了。大家找不到他,也并不热心去找,只是不让祖父知道这件事情。过了若干时候,五叔忽然从上海打电报给我父亲。我父亲翻译电码的时候,我在他的身边,像我这样爱管闲事的孩子当然不会放过这个机会。电文中有两句话我至今还没有忘记:"望念手足之情,速汇三百元来。"

不用说,钱照数汇出了,人也终于回来了。五叔可能又挨了一顿骂,也可能靠着他哥哥们多方掩饰不曾让他父亲发觉他这次的旅行,也有可能他根本就不曾离开四川,只是靠朋友们帮忙玩了一个大花招,我现在说不上来了,人的记忆力毕竟是有限度的。总之,这以后五叔的胆子越来越大,花招越来越多,动作越来越熟练。撒谎、骗人、偷钱、偷东西、打牌作弊,他无一不精,一切为了个人的享乐。但是不劳而获的钱也有用尽的时候。"礼拜六"终于离开他逃跑了(她后来给某军阀讨去当小老婆,听说我五叔穷了,还送钱给他),他妻子的钱也快要让他花光了,他仍然不肯改变他的生活方式。据说就是在那个时候,他到任何地方都要来一下"顺手牵羊"[①]的表演。

---

① 过去我们那里有一句俗话:"顺手牵羊不为偷"。

他不但在所有亲戚的家里成了不受欢迎的人，连他的妻子也讨厌他，恨他，最后把他从他们家里赶了出去。甚至到了这种时候，他还不肯放下老爷架子，靠自己两只手劳动度日，重新做人。他还是照样地偷，骗，混，再加上讨。生活水平越来越降低，最后他真正成为"惯窃"，在冬防期间给关在牢里，由装病而变为真病，终于丧尽面子病死在监中。盖棺论定，这个人一生不曾做过一件对人有益的事情，他活着只是为了自己。他白白吃了几十年的大米，再没有比这个更大的浪费了。

我躺在那张几经沧桑的破床上，想着我五叔的可耻的一生，我并没有怀旧的感情，他的这个结局是我早就料到了的。但是我不能没有愤慨，因为在当时成都的社会中，我到处看见过去的幽灵，在我们亲戚的圈子里，还有人继续走我祖父的路和我五叔的路，有些地主靠着剥削越来越富，越无顾忌地作威作福；在不少的人中间金钱仍然是万能的宝贝，为了它他们甚至愿意出卖自己的灵魂。我在《憩园》里写过这样一段话："……你以为赵家现在有钱，那么他们就永远有钱，永远看着别人连饭都吃不饱，他们自己一事不做，年年买田，他们儿子、孙子、曾孙、重孙都永远有钱，都永远赌钱，看戏……吗？你以为我们人吃的是钱，睡的是钱，把钱当作父母，一辈子抱住钱啃吗？"我的确动了感情，这不是"黎先生"对"姚国栋"说的话，这是我对许多亲戚讲的话。那个时候我早已不是地主家庭的少爷，我的思想水平也比十五岁的少年高了些。不过我虽然一文莫名靠稿费生活，却也不能说自己不是小资产阶级知识分子，所以我会由五叔的死想出了一个杨老三的故事。

最初的杨老三的故事并不像我后来写出的那样，而且我那时还想把它编进一本叫作《冬》的中篇小说里面。那个冬天的深夜，我躺在架子床上想到的中篇小说《冬》应当是《秋》的续篇，《激流三部曲》的尾声。我写《冬》的念头并非如夏日的电光一闪即逝，它存在了一个较长的时期。另一件事甚至帮助我想出了中篇小说的一些具体情节。它就是我在前面提到的第二件事情：有一天傍晚，我走过正通顺街我们老家的门前。

我走过我离开了十八年的故居。街道的面貌有了改变，房屋的面貌也有了改变。但是它们在我的眼里仍然十分亲切。我认识它们，就像见到旧雨故知一样。石板道变成了马路，巍峨的门墙赶走了那一对背脊光滑的石狮子，包铁皮，钉铜钉的门槛也给人锯掉了。我再也找不到矮矮的台阶下、门前路旁那两个盛满水的长方形大石缸。我八九岁的时候常常拿"国恩家庆、人寿年丰"木板对联下面的石狮子做我的坐骑。黄昏时分我和堂弟兄们常常站在石缸旁边闲谈，或者吃着刚刚买来的水果或糖炒板栗。我们称石缸为"太平缸"。但是一九一七年军阀们在成都进行巷战的时候，我家对门（或者隔壁人家）一个年轻听差就在右面那个太平缸旁边中弹身亡。我只见到小小的一滩血，尸体已经抬走了。据说那个人正在跟人谈话，一颗枪弹落在街心，它跳起来，钻进了他的身体。他只轻轻地叫了一声，就按住伤口倒了下去。我对太平缸并无感情，可是我倒希望能在原处见到那一对石狮子。我不觉暗笑自己这种孩子气的梦想，我明明知道石狮子早在我离家不太久、成都街道改修马路的时候就给人搬走了。那是第一次的改变。我见过一张照片，还是在我二叔去世后不久摄的。门面焕然一新了。但有人在门口烧纸钱、冥器，看起来教人不愉快。其实门面的设计不中不西，既不朴素，又不大方，花花绿绿，不像住宅。"国恩家庆、人寿年丰"的对联没有了，连门框也变了样，换上西装。门楣题上"怡庐"二字，颇似上等茶馆。大门两边的高墙也不见了，代替它们的是两排出租的铺面。听说我们家一位大师傅还在这里开过饭馆。这一天我来到门前，看到的不知道是第几次的改变。有人对我讲起，这所公馆曾经是某某中学的校舍。我一个侄女在那里上过学，我的姑母也曾进去参观，还对着花园里的茶花和桂树垂过泪。可是我看见的不再是"怡庐",却变成"藜阁"了。门前还有武装的兵在守卫。铺面都没有了,仍然是高不可攀的砖墙。新主人是保安处处长,他想用自己的名字来确定他的所有权。他的卫兵也用凶恶的眼光注视每个走近的行人。我无法在门前多站片刻,我来回看了两次。大门开了,我看见原来的照壁,壁上仍然有那四个篆体的图案字:"长宜子孙"。完全是我十八年前见过的那个样子。它们唤起了我的回忆。我用留恋的眼光注意地多看了照壁一眼,我昂起头走了。对门楣上那两个字,我不感兴趣。我相信下一次再来这里,我一定会看到另一个人名。过了一年多,我第二次来到这里,门楣上仍然是那两个字。过了将近十六年,我又到这里,"藜阁"依然,而那个作威作福的主人已经完蛋。我终于得到了进去参观的机会。又过四年我再到这条街,不但"藜阁"二字无踪无影,连那个花花绿绿的门面和有彩色玻璃窗的门也都拆掉了。又干净、又简单、又大方的西式大门使我有一种新鲜的感觉。门墙上钉着"战旗文工团"的牌子。我看见这个新的景象,真是满心高兴。找到了适当的新主人,连这所老屋也终于得到彻底的改造了。不消说,这是后话。当时我一边走一边想。我想的只是那四个字:"长宜子孙"。它们又把我引到那个稍有眉目的中篇小说《冬》上面去。我的信心更大了。十九天以后我离开了成都。当时我写过一篇散文《爱尔克的灯光》,我说:"财富并不'长宜子孙',倘使不给他们一个生活技能,不向他们指示一条生活道路!'家'这个小圈子只能摧毁年轻心灵的发育成长,倘使不同时让他们睁起眼睛去看广大世界;财富只能毁灭崇高的理想和善良的气质,要是它只消耗在个人的利益上面。"我想在中篇小说《冬》里说明的不外乎这个意见,后来写在《憩园》里面的也跟这样的意见差不多。今天的年轻人读到我上面那些关于"家"的话,关于"钱"的话,可能觉得好笑,但是若干年前我们许多亲戚连那种话也听不进去。我们这一房人都靠自己的劳动生活,反而遭受那些用祖先"遗产"养肥自己的新式老爷、少爷的轻视和欺侮。我一九四一年一月和一九四二年五月两次回川，都看到金钱的威风，和钱滚钱、利滚利、坐吃山高的丑恶大表演。成都正是寄生虫和剥削鬼的安乐窝，培养各式各样不劳而获者的温床。有钱的地主收了租用不完，田越买越多。头脑灵敏点的或者更贪心的老爷们还要干点囤积居奇的"生意"，因为他们看见做黄（金）、白（米）、黑（烟土）买卖的暴发户钱来得更加容易，而且那种挥金如土的阔气也着实教他们羡慕。至于那些靠枪杆子发财的大小军阀之流，在地主老爷们的眼里固然很了不起，可是他们学不上，办不到。人家可以买尽一个县的田地，可以在家里私设水牢，可以在自己辖区内为所欲为。他们却躲在家中靠"狗腿子"奔跑，过剥削的生活。心思虽多，欲望虽大，可是能力差，胆子小，他们除了靠祖宗吃饭（当然是靠农民生活）外，什么事也干不了，换句话说，他们是些低能的废物。然而在解放以前，在旧社会里，他们却过着极舒服的日子，而且趾高气扬，不可一世。他们认为他们的家业是万世不朽的。其实头脑清醒的人都看得出来，他们已经走到灭亡的边缘了。

我头一次回成都住了五十天，以后仍旧到重庆去写了《火》第二部；第二次由桂林回到成都住了两个多月，以后仍旧去桂林写了《火》第三部。这其间我还写了别的文章。可是关于《冬》我一字未写。一九四四年五月初我由桂林去贵阳，在火车和汽车上我东想西想，偶尔想到那个尚未动笔的中篇小说，忽然激动起来，再也丢不开它。接连几天（当然不是整天）我的思想都在一些情节上转来转去。我五叔这个人物不断地在我的脑子里出现，他把那些情节贯串起来。有头有尾的故事形成了。这就是杨老三的故事，不过"杨梦痴"的名字却是以后想出来的。此外，我还想到了两个人：离家十五年归来的小说家"黎先生"和他的旧友"姚老爷"。

到了贵阳，我无意间买到三叠西式信纸，在当时的大后方，这算是很好的纸了。我拿在手里翻了几下，非常高兴，下决心要好好地利用它。怎样利用呢？我不用多考虑，已经有了主意了。我要在短时间内开始我的中篇小说。我甚至想好了书名：《憩园》。我决定拿我们老家那个小小的花园作背景。我曾经在那里消磨过多少年轻人的岁月，有一年在一次军阀混战之后，听说军队要来驻扎（先是一个马弁护送连长太太进来找房子，给挡了驾，发脾气走了。他说要引军队来驻扎，果然当天就来了一排人，但是只住了一夜。我们家里的人都担心军队再来），我二叔要我和三哥临时搬到园里去住几天。我们两人在所谓"下花厅"里大约住了两个多星期。军队并未再来，省城里秩序逐渐恢复，我们也没有在这冷清清的客厅里住下去的必要，便搬回原处。连长太太光临的场面我已经写在《家》里了（第二十三章）。至于两个多星期的"下花厅"里的生活，它对《憩园》里小说家"黎先生"倒有用处。因此我让"姚老爷"邀请他住到"憩园"里来。那么我不但可以把自己过去若干见闻和亲身感受借给他，而且我对"憩园"非常熟悉又有感情，写起来可以挥毫自如不受拘束。"憩园"正是我们家那个花园的名字。我后来在小说里有这样的描写："右边一排门全闭得紧紧的，在靠大厅的阶上有两扇小门，门楣上贴着一张白纸横条，上面黑黑的两个大字，还是那篆体的'憩园'……"我们家花园的入口就是这样。不单是这个入口，连整个花园，上花厅，下花厅，以及从"长宜子孙"的照壁到大厅上一排金色的门，那一切都是照着我十九岁离家时看见的原样描写的。拿我这样的作家来说，对着范本描绘毕竟比凭空创造容易些。只有大厅上那三部包车是新添的，过去放在那里的是轿子。还有大门和门面也改变了，我是照"藜阁"或者"怡庐"的样子，改写了它们，因为门槛不去掉，包车便拉不进去，而那两位"手执大刀的顶天立地的彩色门神"又过时了，我也不便留他们长住。但是我不喜欢那种花花绿绿的门面，所以只用了这样简单的句子："灰砖的高门墙，发亮的黑漆大门，两个脸盆大的红色篆体字'憩园'傲慢地从门楣上看下来。"我早已说过我们老家大门上没有题字。然而堂皇地题上"憩园"二字的住宅也是有的。它是我三叔后来在玉皇观街修建的住宅，字也是我三叔自己写的。我在一九四一年一月头一次走进这所房子，当时我一个堂姐和一个堂兄弟住在那里。房子坐落在一个窄巷里面，都是平房，地方小，没有花园，一共不过几间屋子。我对房屋不会感到兴趣，倒是"憩园"两个字唤起了我不少的回忆。我想说，倘使我不是在那两年中间到"憩园"里去过若干次，我的中篇小说一定不会有那个书名。背景用不着改变，因为花园我至今还记得清清楚楚，但是门楣上的题字即使不曾忘却，也不会时时在我的脑子里出现。那所房屋现在还在成都。我今年一月某一个上午散步到玉皇观街，还弯进那个巷子。我看见灰色的"憩园"二字仍然留在灰色的门墙上。可是房屋的主人早已改换，如今住在那里的应当是更适当的住户了。关于我三叔，我也曾听到各种各样的说法，总之，人们对他似乎并无好感。据说他荒唐地花去了自己分到的遗产（可能只是遗产的大部分）之后，挖空心思，发挥剥削的才能，抓回来一些东西，修建了这个新居。他念着"南无阿弥陀佛"死在他的"憩园"里面，还留下一个年轻的小老婆，那是他在一九二五年十二月花钱买来的，她当时还只有十六岁。他相信自己的灵位在这里会得到长期的供养。可是我头一次走进"憩园"的小院，就感觉到我的堂姐和堂兄弟都不会在"憩园"里久住。我并不是预言家。然而道理很浅显，谁也看得出那个就要到来的社会变革，这是任何人、任何力量抵挡不住的。其实我那个堂兄弟也有些知道自己不过是"憩园"中的旅客，他只是在这里捱着日子。亲戚们都说他是个糊涂的老实人。他比我小两岁。我自小就同情他，我是亲眼看见他挨着他父亲的鞭子长大的。我只提鞭子，还是替他父亲掩饰。他父亲发起脾气来就喜欢打人，尤其是打他，不管他有错无错，而且不择武器，有时也用棍子打，倘使手边没有棍子、鞭子等等，那位父亲甚至会将椅子、凳子朝儿子丢过去。所以我在家的时候,我那个堂兄弟只要看见他父亲板起面孔就会发抖。然而甚至这样一位严父也没法教会儿子继承自己那一身本领。他的脑子里永远留着父亲的鞭痕。他虽然也在工作,却不能养活他一大家人,已经走上了坐吃山空的下坡路。但是解放拯救了他。现在他的住处虽然不及从前,身体也逐渐衰老,可是他心情舒畅,没有精神负担,而且他的子女一个接一个地走上了正路,他们都会有光明的前途。不用说,这又是以后的事了。

我唠唠不休地讲了这许多琐细的往事,我觉得它们和我那本中篇小说都有关系。我开始写作的时候,虽然只想好一个杨家的故事和一些细节,而且都很简单,可是我写起来十分顺利,因为我近旁还有一个取之不尽的仓库,仿佛有一根输送带从那里一直通到我的案头,把材料源源不绝地送到我的笔端。我带着原稿旅行,从贵阳搭长途汽车到重庆,写作不能不常常中断。然而我始终不曾遇到写不下去的困难或者停笔苦思的愁闷。我倒有这样一种感觉:好像笔带着我在走路。人物自己在生活,在成长,他们常常要推翻我的计划。我也有斗争的时候,我跟我自己的缺点、我的温情作斗争,因为我动了感情,我爱上了小说中的人物,我替姚太太和杨家小孩想得太多。我更偏袒杨家小孩,由于他我对他父亲也很宽大了。最初的杨老三故事并不是这样,可是我写出来的却不同了。我本来应当对杨老三作更严厉的谴责和更沉重的鞭笞的。可见我在这场斗争中并未得到胜利。会有人认为这是立场问题,我的说法是在替自己开脱。我不能否认。我并没有无产阶级的立场,这是当时的读者都知道的事实。否则我也不会让笔带着自己走路,更不会让理智迁就感情。我常说我鞭挞的是制度,旁人却看到我放松了人。因此有些读者就弄不明白作者的意图何在了。

小说的叙述者黎先生可能是我,也可能不是我。我当时已经写了几篇"小人小事";我从前也常在朋友家中做"食客";我一九三四年十一月去日本,改名为"黎德瑞",回国以后也常用这个名字。小说里有我自己的感情，也有我自己的爱憎。像关于钱的话，我在前面已经提过了；还有黎先生关于"那个有钱的叔父"的话，关于"卖掉的房子"的话，都是我对人讲过的。小说里有这么一句话："这个唯一可以使我记起我幼年的东西也给他们毁掉了。"二十年前我头一次回成都，的确因为不能看一眼埋葬我的童年的地方感到遗憾。虽然我明白地写道："用留恋的眼光看我出生的房屋，这应该是最后的一次了，"可是我开始写《憩园》的时候，我还不能说没有怀旧的感情。所以我每次重读那个中篇，我都觉得"黎先生"就是一九四一年一月到二月和一九四二年五月到七月的我。我知道"憩园"会卖掉，杨老三会惨死，姚诵诗也保不住他的儿子和他的公馆，我觉得事情应当这样发生。但是我讲起这些事情，无意间会露出几分惋惜。这种惋惜是不对的，我过去这样想，今天更不能不这样想。

我刚刚说过"黎先生"是我。现在我又得补充说：他并不是我。甚至在二十年前我也不会温情到他那个程度，为了迁就心地单纯的杨家小孩，居然心甘情愿把拯救那个无可救药的寄生虫的担子挑到自己肩上。我曾经反复地说，我的生活里、我的作品里都充满了矛盾。这样的矛盾在《憩园》里更容易看出来。"黎先生"虽然替我讲过不少的话，可是他有些言行我并不满意。

"黎先生"的朋友姚诵诗夫妇都是虚构的。姚诵诗的大名是国栋，他父亲希望他做国家的栋梁。这个人自命不凡，眼高手低，自以为比什么人都清高，却靠着父亲留下的将近一千亩田的遗产过安闲日子；他平日喜欢发几句无关痛痒的牢骚，批评旁人，宽待自己；他留过洋，做过官，当过教授，翻译过半本没有能出版的小说，却不曾认真地做过一件对人、对社会有益的事。他固然不会公开主张有钱就可以解决任何问题，可是他断送了自己那个独养子的性命，就因为他相信金钱可以保障一切。说实话，我写到他儿子的死亡，写到他的眼泪，我感到痛快，感到满足。我说过我当时太温情，我不会带着过多的憎恨写这个人。但是我不喜欢他身上的许多东西，我也不喜欢他为人的态度，我更恨他岳母赵老太太一家人。这些人在小说里始终没有露面，"黎先生"甚至没有机会听到他们的声音。但是他们像一个鬼影笼罩在整个姚公馆的上空。其实不止是在这里，那个鬼影还在许多地方兴妖作怪，一直到解放以后鬼才让人捉住，得到了应有的惩罚。一九四一年和一九四二年我两次回到成都，都见过那样的鬼影。我指的不一定是"赵老太太"。在那些时候像赵老太太那样的人有男有女，数目不会太小，我感觉到空气都被他们弄脏了，他们吐出了那么多的铜臭，教人给憋得透不过气来。可是一九五六年我再到成都，空气干净多了，鬼影也消失了。姚国栋也感觉到作寄生虫的可耻，老老实实地依靠自己的劳动度日了。但这不过是第一步，过去的"姚老爷"是否能得到彻底的改造，我还无法作一个肯定的回答。

姚太太万昭华也是一个虚构的人物。她聪明美丽，性情温柔，心地善良，在小圈子里度过了二十几年，她自己说得明白："我的天地却只有这么一点点大：两个家，一个学堂，十几条街。"她好像是温室里的花朵，她只有在书本中见到广大的世界和复杂的生活，她只有在书本中"才认识那许多的不幸同痛苦"。她承认自己"像一只在笼子里长大的鸟"，她也想过飞到外面世界里去，她想"帮助人，把自己的东西拿给人家，让哭的发笑，饿的饱足，冷的温暖"。可是她空有好心，却缺乏勇气。最后她不得不承认自己"飞不起来。现在更不敢想飞了"。其实她在姚家不正是一只笼中小鸟吗？不正是一个"玩偶"吗？倘使没有大的社会变革，或者家庭事故、个人灾祸，她很可能安静地或者憔悴地死在笼子里面，白白地活了这一辈子。像她这样寂寞地死去的女人在旧社会里不知道有过多少。我写《憩园》的时候，对这些好心女人的命运的确惋惜，我甚至痛苦地想，倘使她们生在另一个社会里，活在另一种制度下，她们的青春可能开放出美丽的花朵，她们的智慧和才能也有机会得到发展和发挥，总之她们不会像在旧社会里那样做一辈子的寄生虫。的确从前办不到的事，在新社会里办到了。解放后我亲眼看见好些"小鸟"破笼飞去，像万昭华那样的女人也走出了家庭的小圈子，改变了自己的生活方式，开始做一点对旁人有益的事情，甚至对社会有用的事情。去年十月到今年二月我在成都住了四个月，我颇想写一本《憩园》的续篇，写一些家庭的变化，写万昭华个人的改变。

杨家小孩当然也是虚构的人物。我创造他，只是为了帮助杨老三。这句话的意思不过是：有了这样一个小孩，我更容易把杨梦痴的性格写得明显。没有配角或"下手"，主角的好些看家本领都使不出来。我五叔不会有这样的儿子，连像寒儿的哥哥那样的儿子也没有！我在熟人家里也不曾见过类似的人物。不消说，他身上的某些东西别的儿童的身上也有。儿子爱父亲也是人之常情。可是像"寒儿"那样依恋父亲、原谅父亲、痴心盼望父亲回心转意、苦苦地四处寻找父亲、一心一意要改变父亲的命运，这就不是"常情"了。然而我也不能说那种古怪的没落地主的家庭不会产生"寒儿"。正相反，很有可能，但并不常见。拿我自己来说，我喜欢这个小孩的"死心眼"。不过我不喜欢他对父亲那样宽容。我倒愿意他父亲得到自己应得的惩罚，所以我不严厉地谴责他哥哥赶走父亲的行为。这在清朝，就是一桩了不起的"逆伦案"。倘使我的小说在清王朝兴盛的时期写出、印出（这当然是不可能的），一定会引起"文字大狱"，连累若干人失掉生命。甚至在"五四"前后还有少数人认为"父要子亡，不死不孝"。若干个"家长"的确任意毁掉了年轻人的生命和幸福。据我所知，在一九三二年还有父亲因为女儿不遵父母之命毁弃婚约同别人恋爱，逼着女儿自杀。但是女儿并不曾使用父亲交给她的刀和麻绳，她跟所爱的人一块儿逃到了别的地方，安稳地过着幸福的生活。也就是在那一年我还在另一个地方看见一位因为父亲干涉她的婚姻而发狂的少女。一个反抗了父亲的命令，不承认父亲的权威而取得了幸福；另一个忍受痛苦顺从了父亲的意志而终于发狂。虽然我在小说里对待杨老三过于宽大,杨家"寒儿"讲起他哥哥对待父亲的态度也颇有"微词",但是他哥哥仍然在自己那个小圈子里愉快地工作和生活,这说明时代究竟不同了。封建势力在当时已经成了纸老虎,它不可能强迫多数年轻人在愚忠愚孝的招牌下牺牲自己所宝贵的一切了。然而要说像这样的年轻人就能够长久愉快地工作和生活下去,连我也不相信。在旧社会大崩溃的前夕,还想靠一些人事关系和一点事务才干来保全自己这种苟安的生活,简直是梦想。他要是不动,就没有前途。事实上他也有老老实实接受改造的可能。他同我那位堂兄弟(我五叔的儿子)一样,一直埋怨自己父亲把祖先遗下的田产卖光,教自己过不了阔日子。解放以后他倒应当感谢他父亲不曾留给他这样的遗产,他今天还可以用自己两只手工作度日;否则他就只有步我另一个堂兄弟的后尘了。那是我一个远房的兄弟。他比我小两岁,他父亲在日,他是个阔少爷。他父亲死后留给他不少的田产。成都解放的时候,他已经过了四十。可是他除了花钱以外,什么事都不会干。我当初在家,他不过十六七岁,就听见人说他在外面荒唐。他婚后多年果然一个孩子也没有,退了押以后他们夫妇毫无办法,他只好靠卖烟丝跑茶馆过日子。他的妻子受不了苦发了精神病。他自己也熬不下去,悄悄地投河而死。我写《憩园》的时候,他正过得很舒适,也有少数亲戚因为他有钱常常跟在他后面拍他的马屁。他当时沉醉在金钱万能的好梦里,绝不会想到十年以后有这样的下场。我对他的死毫不惋惜,我觉得这是他自己挑选的路,也是他父亲替他挑选的路。种瓜得瓜,种豆得豆,这是很公平的事。不过论为人,他倒胜过他两个哥哥几分,他不及他们狡猾,也没有他们那些害人的心思。但是他们有儿有女,还可以勉强继续过寄生的生活。……

我讲到这里,也许有人要问:"杨梦痴呢?"读者们一定明白我是拿我五叔作模特儿写了他的。但是我写出来的杨梦痴跟我脑子里想的那个人并不完全相同。我的笔给那个人增加了一些东西,我把他写得比我五叔好。他最后毕竟关心别人了。我五叔却始终只顾到自己(卖公馆分到的钱当然也是他花光的),倘使完全照我五叔的性格写下去,杨梦痴的故事可能缩短一半。人物自己向前跑,改变了故事,打破了作者脑子里的那个框子,教作者的笔跟着他跑,这样的事在有些作家中间也常常发生。他们把这个叫作"人物的背叛"。有一些根据提纲写作的作家也会遇到这种事情,何况我这个习惯了信笔直书的人。其实这里并没有神秘不可理解的地方,作者的思想、感情、立场、观点在这里起了很大的作用。我的缺点无可掩盖地暴露出来了。我感到遗憾的是,我的小说带了挽歌的调子。

任何事情都有结束的时候,我一个人自言自语地发表了以上的长篇大论,也应该休息了。反正话是说不完的。有人认为作者不应当在作品以外发言,那么我写的全是废话罢。废话当然也有穷有尽。请允许我在"闭嘴"之前讲一讲李老汉和老文这些人。话不会多,但是怀念很深。我是照着他们的本来面目写下来的。这所谓"本来面目"也只限于我当时看见的。我承认我的了解很浅。然而我爱他们,我的确曾经把他们当作我的好朋友,我至今还想念他们。虽然他们早已逝世,可是我闭上眼睛,好像他们还在我的眼前。作家也有为自己写作的时候,我写这些人,可以说是为我自己留一个纪念品。我衷心地感激他们,他们给我幼年的回忆增加了色彩。善良的人的纪念是永远不会褪色的。人死了,花园成为平地,在废墟上建起新的房屋。旧时代、旧社会的垃圾逐渐地扫除干净了。今天新社会的灿烂阳光照亮我的书桌的时候,李老汉这般人仍然活在我的脑子里。但这不一定是读者们所关心的事情了。

1961年11月12日

谈《第四病室》

我最近翻出一九四五年在重庆写的《第四病室》的原稿。那些用毛笔写下的歪歪斜斜的字在我的眼里显得非常亲切。我想起我那个时候的生活,我想起小说中的故事,我想起"第四病室"本身。我的确住过这样的病室。小说《第四病室》其实是真实生活的记录。

一九四四年五月到六月我在贵阳中央医院的三等病房"第三病室"里住了一个时候。我记不起正确的日期,也忘记了我究竟做了多少天的病人。可是"第三病室"的情景和病人的日常生活,还有某几位医生和护士的面貌以及言语动作,我闭上眼睛就看得清清楚楚。我并不愿意把这些人和事情长久记住。然而太深了的印象是无法轻易抹去的。我在一九四五年五月开始写《第四病室》的时候,因为"记忆犹新",我的确有"重温旧梦"的感觉。不过这不是"好梦",这是一连串的噩梦。无怪乎我当时为小说中许多繁琐的细节十分激动。读者们有理由不喜欢这本书,因为小说中来来往往的人物较多,而病室里人们又喜欢用号码代替病人的姓名。匆忙的读者翻开书只见"第×床"、"第×床"在活动,却弄不清楚那些病人"姓甚名谁"。我们的祖先有个好习惯:自报姓名。我自小爱好戏曲,看见人物上场,自言自语,几句话就把自己介绍得明明白白,故事讲得清清楚楚,我不但当时很满意,到现在我仍然佩服剧作者那种十分出色的简练手法。不幸我没有学到这个本领,因此我一开头就把读者引进迷宫去了。更可笑的是我竟然"赐"给某一个病人两个姓,过了十五年我才发现自己的错误，在《文集》付印时改正了。

我一开头就谈这个，无非老实告诉读者《第四病室》是失败之作。尽管这样，我还是要说，我颇喜欢它。小说写出了我过去的那段生活。不过任何时候我翻开书，我看到的都不是自己，都是当时同我在一起受苦的那些人，还有我们在其中受苦的那个社会。我还记得小说写好交出去的时候，出版公司要我写一个简短的《内容提要》作广告的底本，我便写了这样的话：

> 作者让一个简单、朴实的年轻人为我们叙述一些痛苦的故事。第四病室，一个阴暗的角落，人们在受苦、挣扎、死亡，不管另一些人怎样企图改善他们的命运。但是友情也在这环境中生长，人与人互相接近，甚至死亡和离别也不能分开他们，阴暗的病室被这友情照亮了。……①

我记得《提要》里还有"小小的第四病室就是我们这个社会的缩影"这一类的句子，出版者大概害怕得罪人招来麻烦，没有采用它们。其实我写出那一段真实的生活，我的动机便是控诉当时的社会。出版者虽然在广告上删去那句主要的话，可是读者们仍旧了解作者的用意。要不是为了控诉，我为什么不惮烦地把过去的生活那么详尽地记录下来，拿它折磨别人，折磨自己呢？

我一再地提到"记录"二字，只是因为小说中的人物和事情百分之九十都是真实的。经过作者加工的人物只有两个，一是书中的"我"，二十三岁的陆怀民；另一个不用说便是年轻女医生杨木华。第六床朱云标最后的死也是我增加的，我当时只看到朱云标给人用担架抬到内科病室去，并不知道他是死是活，他搬走后两天我就出院

---

① 这是广告辞的初稿，与解放后重版的《第四病室》的《内容提要》或《内容说明》不同。

了。至于烧伤工人悲惨的死亡，患梅毒、吃长素的老人静悄悄的去世，摔断了手的司机的受尽折磨……全是真人真事。我在这里做的不过是照相师的工作。生活本身已经够丰富了，还用得着我这管破笔为它加一些颜色？既然有人从一滴水中看出了一个世界，为什么不能在一个病室里看到当时半壁江山的中国社会呢？

第四病室同我在十七年前住过的第三病室完全一样。唯一不同的是我在小说里取消了十张病床。那间真实的外科男病房一共有三十四张床位，因此也显得更拥挤，更嘈杂，更不干净。在那里的生活也可能更不舒适。我记得自己在病房里睡的就是小说中陆怀民睡的那张第五床。原来的病人死在我入院那天的早晨，听说他是个害传染病的内科病人。我住院的时期中，整整有两天我左右两张病床上都是斑疹伤寒的患者。我虽然患着另一种病（我的胆囊并未发炎），虽然我的年龄比陆怀民的大得多，我们的思想感情也并不相同，可是我们两个住的是同样的病床，接触的是同样的一些人，我们同样是远离家乡的单身旅客——我把自己的一部分经历借给陆怀民了。我并不是头一个，一般的小说家都喜欢干这种事情。有些"好事者"因此常常把小说人物同作者扯在一起，热心地做什么考证或者索隐的工作。我不怕别人说陆怀民是我的化身，因为我并不是陆怀民。我不止一次地把自己的经历写在小说里面，并无特别的用意，我觉得这样写更方便，更真实，也更亲切。我的确有这样的体会：耳闻不如目睹，目睹不如身受。然而我的"身受"毕竟有限，我写一个人物的时候，也不可能完全"包办代替"。所以陆怀民的身世就不同于我的。他也另有他的结局。我还害怕有人误会，又在小说的前面加上一篇《小引》，发表了陆怀民写给我的信和我的回信，让读者相信陆怀民这人并非虚构。不消说，不会有人上当，正如没有人相信《狂人日记》的作者真是狂人。

话说回来，我当初住进这个病室，它的拥挤、嘈杂、不干净等等都不曾使我感到惊奇。这一切都在我的意料之中。我觉得奇怪的倒是，住进了医院，还得自己花钱买药。在这里并不是对症下药。你虽然害着可治之症，你没有钱买药，医生们也会眼睁睁看着你死去。那个烧伤的工人就是这样地断气的。断手司机的病也是这样地给耽误了的。有的人没有钱买胶布，便不能及时换药，更不用提营养品等等了。其实不仅医生和护士，不仅院长和工友，连病人和家属也知道医院的职责在于治病救人，在于减轻病人的痛苦。可是这一切在当时的病房里都成了空话。我亲眼看见病人在这里受到多大的折磨，医院里的人怎样给病人带来本来可以避免的痛苦。我躺在病床上常常问自己："这种种不合理的事情怎么可能发生？"回答十分简单："在不合理的政治制度下，在不合理的社会里，天天处处都在发生不合理的事情。"我并非不知道这个，我也明白这个小小的病室跟蒋介石统治下的地区是分不开的：在这里发生的事在外面也一样地发生。可是看到任何一件不合理的事情，我仍然会愤慨，痛苦，会因为自己束手无策而感到痛苦。我相信在医生和护士的脑子里一定发生过这样的疑问，而且我也曾听见他们（他和她，我特别提出"她"字，我觉得那些十七八岁的护士小姐都是很纯洁、很善良的）不止一次地发过牢骚。然而像杨木华那样的医生却不是真实的人，至少我没有见过，也不曾听见任何人讲起她。

好罢，我就先从杨木华大夫谈起。拿外貌说，我在病室里常常看见这样一个浓发大眼的女医生，连举止、连服装都同我所描写的一样。我不知道她的姓名，我也没有机会跟她谈话，因为我不是她的病人。只是我常常看到她的笑容，在这个阴暗的病室里，这样的笑容也能带给人一点希望和亮光。当时在贵阳我的朋友少，而且没有人知道我住进了医院，所以从入院到出院，我始终是孤零零一个人。我在医院里施过两次手术，两次开刀都是局部麻醉，我的脑子始终是清醒的。虽然没有剧痛，但是那种小的痛楚和不舒服也会达到难熬的地步，那些时候，我除了背诵唐诗以外，还常常幻想听见一两句温言暖语。手术完毕，给人抬回病室，麻醉药性已过，我感到极不舒服，那时我多么希望有人对我讲两句安慰和鼓舞的话。在疼痛难熬的时候，在头痛心烦不能睡眠的时候，我会单纯得像一个少年，就像陆怀民那样，我的确把医生当作救星，盼望他给我灵药，使我的心灵得到休息和安宁。可是医生们并不注意病人的心灵，他们倒习惯于把病人当成机器，认为只有用科学医治百病，甚至于吝啬一个好意的微笑或者一声亲切的招呼。我若说我所遇到的医生有点像冷冰冰的机器，一定有人责备我有成见，不然便说我根据片面的观察。而我自己的解释却是这样：我对他们的期望太高，所以失望也很大。不过小说中写的一个医生粗暴地批评病人、另一个医生跟病人吵架的事情却是千真万确，这是我亲眼看见的。我在那些时候只有把期望寄托在幻想上，我想象出一位"爱跟病人讲话"的杨木华大夫。每逢我体力较差、心烦意乱，我常常把幻想同真实混在一起，在现实的环境里放上那个虚构的人物。反正外形是现成的。我看到那位貌似豪爽的实习医生（我甚至不曾跟她谈过话，也难得听见她讲话，因此我只能用"貌似"二字），就好像看见小说中的杨大夫，她渐渐地在我的眼前和我的脑子里活动起来。读者同志不要笑我在做"白日梦"。请原谅，受到疾病折磨的人的心灵仿佛干枯的禾苗，多么需要甘霖。我就这样一天一夜、一点一滴地创造了杨大夫的心灵。今天看来她的心灵也极不丰富。可是当时她却给了我一些安慰和鼓舞。不然，要我那么寂寞地在这样的病室里度过二十天，可把我憋死了！我在这里只说到心灵，因为我在这个人物身上所创造、加工的也就只有这么一点点。相貌是现成的，我天天看见；至于举动、工作等等，也不需要我凭空创造。这个病室里还有一位姓洪的女医生，身材高高，面孔白白，爱讲话。她好像是外科的值班医生，一天相当忙，像后颈生疮的老人、骑自行车摔伤腿的少年……都是她的病人。小说里杨大夫的病人除了陆怀民以外都是由洪医生治疗的。我把洪医生诊病、上药、换药等等的动作和讲话完全真实地写了下来,而且全记在杨大夫的账上。所以也可以说,杨大夫是由那两位女医生拼凑成功的。这就是说:一个出外形,一个出技术。心灵和感情呢?那得由作者拿出来了。至于身世等等,作者也可以随意编造。我把她的家放在衡阳,只是为了安排她回家去把母亲、兄弟接到比较安全的地方,以便造成她在金城江火车站大爆炸中的死亡。

在小说的《小引》里我终于写出了杨大夫死亡的消息。但是我并未肯定地说她已经死亡。我只是暗示,我又声明这是道听途说。我还说要继续打听她的消息。其实我最初的企图并不是这样。我很想明确地说像杨木华大夫那样善良的知识分子在当时的社会里活不下去,她一定会得到悲惨的结局。然而写到最后我的想法变了,我愿意留下一点希望,哪怕是渺茫的希望也好。去年年底我在成都校改《第四病室》,我自己也受不了那种等于空虚的渺茫的希望,我要让她活下去。我又把《小引》中我那封回信改了一遍。改动虽然不大,但是她不死的可能性更大了。我愿意让这样一个人长久地、健康地活下去。她要是活到今天,一定能够认真地改造自己。

是的,杨大夫一定会接受改造的。过去她不是革命者,也不是一位进步的民主人士。然而她是一个热心帮助人的心地善良的医生,也热爱她这个治病救人的职业。她不仅关心病人的肉体,也常常注意他们的心灵。她爱读书,也喜欢把自己读过的书介绍给病人。她一共借了两部书给陆怀民。第一部是《唐诗三百首》。我当时进医院就只带了这一部书。我常常读它,第六床也借去朗读过。我在手术台上心里难受的时候,也不断地暗暗背诵唐人的绝句,那些诗可以把我带到另一种境界里去,也可以使我的心平静。我觉得好诗对病人有益处,爱读书的杨大夫一定会注意到这个。所以我把《唐诗三百首》写上了。第二部书本来是《在甘地先生左右》,这是一个崇拜甘地的中国青年写的一本薄薄的小书。在小说的原稿中杨大夫还说过这样的话："我喜欢这本书,它把甘地写得可爱极了。他多么善良,多么近人情,他真像一个慈爱的母亲。真正的伟人应该是这样的。"我自己当然不是甘地的信徒,我也不想替他宣传。我在写小说的时期中,无意间读到这本书,便想起了杨大夫。我开始想象她读了这本书有什么意见。我想来想去,就写出了上面的话。用那一段话来说明杨大夫的思想和她的性格,也并非不适当。那本书和那段话在头几版的《第四病室》里原封不动地保存着。后来我这本小说换了出版的地方,好心的编辑同志认为替甘地宣传,可能引起读者的误会。我听到这样的意见以后,又想起知道那本小书的人既然很少,我为什么要替它做广告呢?来不及仔细考虑,我匆匆地替杨大夫换上另一本书:商务印书馆出版的《约翰·克利斯多夫》第一卷。我不过设身处地替杨大夫想:这本书可以给病人一些安慰和忍受痛苦的勇气。罗曼·罗兰当初是人道主义者,杨木华大夫也是一个人道主义者,不用说,还得加上"资产阶级的"这个形容词。我还得声明,我自己有一个时期也喜欢《克利斯多夫》,我从它那里得过益处,所以我一想就想到了它。我为什么不换上另外的书呢?有的书我一时想不起来,有的书对杨大夫不合适。要是杨大夫常常把进步书报借给病人,她可能早就给人抓起来或者赶出医院去了。那么她也不会是资产阶级的人道主义者了。

谈过了杨大夫,我还想提一提陆怀民。我已经说过,这个二十三岁的失业青年完全是虚构的。他在小说里也不起什么作用。我仅仅借用了他的一对眼睛,让它们看出病室里种种不合理的现象和那些平凡人物的生活的悲剧。但是我为什么写他入院来割胆囊呢?我自己也不曾有过那样的经验,连"全身麻醉"是什么滋味我也弄不清楚。要不是睡在我右面第三床的病人因为胆囊发炎住院来"施大手术",那么我做梦也想不到让陆怀民进医院来割胆囊。第三床跟我离得近,他一言一语、一举一动都逃不过我的耳朵和眼睛。医生给他施了手术,却来不及拿掉胆囊,这也是真事。甚至病人和实习医生关于头等病房那个病人的谈话也有一半是真话。不消说,感激的话是我加的。医生也不是像杨大夫那样的女医生,他的确好意地向病人解释头等病房那个人身体好,受得住,并非大夫另眼看待。只是第三床始终不满意,虽然他当时精神差,不曾大发牢骚。至于是否另眼看待,连我也怀疑那位医生的解释。头等病房和三等病房明明是两个世界,我在小说中描写的都是我亲眼看见的,要说不是分别待遇,怎么能教人相信呢?难道头等病房的病人也常常让"老郑"骂来骂去吗?

  在病室里我眼睁睁看见两个病人的死亡。那个烧伤工人的惨死给我的印象特别深。我至今还不曾忘记他那充满痛苦的叫号。他在断气之前不知道叫了多少声,却始终没有人为他做任何事情,就只见工友来把他那只鲜血淋淋的胳膊牢牢地绑在板凳脚上。在我的小说里第十一床怨气冲天地向他的朋友诉苦道:"我没有钱,哪里有药吃?我的伤怎么好得了?天天打针受罪……他们就让我死在医院里不来管我……"我的确听见那个烧伤工人说过这样的话。大夫天天给他打针,打的是医院里制造的盐水针。至于要花钱的治病和止痛的针药,他当然享受不到。医院里一位年轻大夫对他说:"你是替公司做事烧坏了的,论情理,凭良心,他们都应该出钱把你医好。"可是公司里的"股长"却答复他的朋友和同事道:"他受伤是他自己不小心,公司并没有责任,上次给的医药费已经很够。现在一个钱也不给!"公司完全不管,医院不认真管,他一个钱也没有,就只好受尽痛苦地死去。这是我亲眼看见的真人真事。我当时的愤慨是很大的。可是我睡在病床上又能做什么呢?十四年以后,一九五八年六月到八月我到上海广慈医院去采访丘财康同志的事迹。我和几位外科医生谈过话,我也看到烧伤工人丘财康同志的病房和他在医院里受到的医疗和看护。十一床的病比丘财康同志的病轻,他的烧伤面积也小得多。可是丘财康同志今天健康地活着,十一床却死得那么悲惨。今天整个社会同心协力救活一个烧伤工人，要药有药，要血有血，要皮有皮；十四年前一个烧伤工人在三等病房里受尽冷落和侮辱，得不到治疗，甚至没有人为他尽一点力。这就说明了新旧社会的不同。两个制度的优劣是一眼就看得出的。我还记得丘财康同志在广慈医院中有一次病势恶化，右下肢感染厉害，发生了截除右下肢的问题，一天晚上我到医院去，在那间专门为丘财康同志布置的隔离病房附近的一个较大的阳台上，医生和专家们正在举行会诊，严肃认真地研究怎样保存病人的右腿。情况严重，病人的痛苦增加，医生、护士们脸上都带着愁容，但是没有一个人放弃希望，大家都在贡献自己的力量进行战斗。我们称这个为"挽救生命的战斗"。这的确是一场艰苦的战斗。然而胜利来了。丘财康同志的生命保全了，他的腿也保全了。后来有一部关于这个战斗的纪录电影片，叫作《生命的凯歌》，又有一部故事片叫作《春满人间》。它们感动了、教育了多少人。其实真实的生活比艺术更丰富，更激动人心。广慈医院一位医生谈到他那个烧伤的病人，他情不自禁地说："我们爱他。"一个护士说："病人每一次痛都痛在我的心上。"另一个护士在日记里写着："时间真快，夜班又要下班了，真想在病人旁边多留一会。"第三个护士报名献皮以后在日记里写道："只要能为老丘做一点有益的事情都是光荣的。"这种人与人之间美好的关系在旧社会里连做梦也想不到。我惭愧我这管无力的笔没有能替过去时代许多屈死的冤魂报仇雪恨，我只做了一个袖手旁观的空头作家。

此外，我还想谈谈第二床那个生疮的老病人和他的儿子。我在这父子两人身上并没有增加过什么。连他们的谈话，连"李三爷的地"，连"四宝"母子的探病，连漱口盅和猪肝汤，连最后静静的死亡……无一不是真实的。在小说最初的版本里第三章有一段杨大夫拉着儿子扎耳朵取血的描写。过了几年忽然有人提意见，说要输血不能靠扎耳朵取血去化验。这明明是我目睹的事实。然而我考虑了一下还是把那一小段删去了。我从前看见那位姓洪的女医生"捉住他的左耳，拿针往肉里扎"。后来我把这笔账记在杨大夫的名下了。这是我的粗心。我当时不曾想到，洪医生可以干那件事，杨大夫却不可以。杨大夫纵然不同情那个小公务员，她至少会可怜他，无论如何总不会不得到他同意就捉住他扎耳朵取血。杨大夫不是那样的人。我应当删去那些不适当的描写。这说明虚心对待别人的意见，总有好处，即使他指的是东，我若认真考虑，也有可能看出西面的绊脚石来。

　　从上面这几句话，细心的读者也看得出我并不像洪医生那样厌恶那个小公务员。刚相反，我倒有点同情他，我至今还责备老病人的自私。但是可能有许多读者另有不同的意见。我当初写文章，喜欢说个痛快，本来用两句话便说得明白的，我往往写上四五句。稍后我懂得了一点"惜墨"的道理，话也渐渐地少起来。可是积习难改，我还会重犯唠叨的旧病。所以在我后期的小说《第四病室》中，我有时说了又说，还怕人不明白；有时又省去一句两句，让读者自己去体会、论断或者下结论。我写那个儿子到病房一次要洗几回手，我写他不断地向人诉苦……这都是他自己做过的事，而且也有权利这样做，谁也没有理由批评他。愚孝的时代已经一去不复返了。他父亲只关心自己，丝毫不顾儿子的死活。老人的这场病和丧事一定会缩短儿子的生命。他要偿还那笔债并不是容易的事情。应当受谴责的是不合理的社会制度，是国民党的反动统治，不是那个靠薪水度日朝不保夕的小公务员！但也有人认为我字里行间流露出对儿子的不满，甚至有人说我有意批评儿子的不孝，这要怪我不曾说得痛快，没有讲得明白。我省去了当讲的话，只好在这里向读者认错了。

　　写到这里，我觉得可以打住了，关于那些用英国粗话骂病人的架子十足的名医，我本来还有不少的话可说，然而在那个时期，他们过的生活还不如任何一个偷带黄鱼、盗卖汽油的货车司机，更比不上做黄（金子）、白（大米）、黑（鸦片烟）生意的商人。他们的气派只是在外表，回到家里他们一样地叫苦，走到外面也一样地遭白眼、受冷落。我不忍心再让他们出洋相了。我在《小引》里讽刺了当时重庆的卫生局局长，我至今还因为挖苦过那种不负责任的道地官僚感到高兴；我也因为骂过当时充满"陪都"书店的色情读物感到十分痛快。那些我无法写进小说里的话，总得找个地方记下来，所以我很重视《序》、《跋》、《后记》、《小引》等等别的作者不一定喜欢的东西。我这个人缺乏口才，不善词令，因此拿起笔就唠唠不休。倘使能治愈这个毛病，当然也不是坏事。

1961年10月25日

谈《寒夜》

我最近看过苏联影片《外套》，那是根据果戈理的小说改编摄制的。影片的确不错，强烈地打动了观众的心。可是我看完电影，整个晚上不舒服，总觉得有什么东西压在心上，而且有透不过气的感觉。眼前有一个影子晃来晃去，不用说，就是那个小公务员阿加基·巴什马金。过了一天他的影子才渐渐淡去。但是另一个人的面颜又在我的脑子里出现了。我想起了我的主人公汪文宣，一个患肺病死掉的小公务员。

汪文宣并不是真实的人，然而我总觉得他是我极熟的朋友。在过去我天天看见他，处处看见他。他总是脸色苍白，眼睛无光，两颊少肉，埋着头，垂着手，小声咳嗽，轻轻走路，好像害怕惊动旁人一样。他心地善良，从来不想伤害别人，只希望自己能够无病无灾、简简单单地活下去。像这样的人我的确看得太多，也认识不少。他们在旧社会里到处遭受白眼，不声不响地忍受种种不合理的待遇，终日终年辛辛苦苦地认真工作，却无法让一家人得到温饱。他们一步一步地走向悲惨的死亡，只有在断气的时候才得到休息。可是妻儿的生活不曾得到安排和保障，他们到死还不能瞑目。

在旧社会里有多少人害肺病受尽痛苦死去，多少家庭在贫困中过着朝不保夕的非人生活。像汪文宣那样的人实在太多了。从前一般的忠厚老实人都有这样一个信仰："好人好报"。可是在旧社会里好人偏偏得不到好报，"坏人得志"倒是常见的现象。一九四四年初冬我在重庆民国路文化生活出版社一间楼梯下面小得不可再小的屋子里开始写《寒夜》，正是坏人得志的时候。我写了几页就搁下了，一九四五年初冬我又拿起笔接着一年前中断的地方写下去，那时在重庆，在国统区仍然是坏人得志的时候。我写这部小说正是想说明：好人得不到好报。我的目的无非要让人看见蒋介石国民党统治下的社会是个什么样子。我进行写作的时候，好像常常听见一个声音在我耳边说："我要替那些小人物伸冤。"不用说，这是我自己的声音，因为我有不少像汪文宣那样惨死的朋友和亲戚。我对他们有感情。我虽然不赞成他们安分守己、忍辱苟安，可是我也因为自己眼看他们走向死亡无法帮助而感到痛苦。我如果不能替他们伸冤，至少也得绘下他们的影像，留作纪念，让我永远记住他们，让旁人不要学他们的榜样。

　　《寒夜》中的几个人物都是虚构的。可是背景、事件等等却十分真实。我并不是说，我在这里用照相机整天摄影；我也不是说我写的是真人真事的通讯报导。我想说，整个故事就在我当时住处的四周进行，在我住房的楼上，在这座大楼的大门口，在民国路和附近的几条街。人们躲警报，喝酒，吵架，生病……这一类的事每天都在发生。物价飞涨，生活困难，战场失利，人心惶惶……我不论到哪里，甚至坐在小屋内，也听得见一般"小人物"的诉苦和呼吁。尽管不是有名有姓、家喻户晓的真人，尽管不是人人目睹可以载之史册的大事，然而我在那些时候的确常常见到、听到那样的人和那样的事。那些人在生活，那些事继续发生，一切都是那么自然，我好像活在我自己的小说中，又好像在旁观我周围那些人在扮演一本悲欢离合的苦戏。冷酒馆是我熟悉的，咖啡店是我熟悉的，"半官半商"的图书公司也是我熟悉的。小说中的每个地点我都熟悉。我住在那间与老鼠、臭虫和平共处的小屋里，不断地观察在我上下四方发生的一切，我选择了其中的一部分写进小说里面。我经常出入汪文宣夫妇每天进出若干次的大门，早晚都在小说里那几条街上散步；我是"炒米糖开水"

的老主顾，整夜停电也引起我不少的牢骚，我受不了那种死气沉沉的阴暗环境。《寒夜》第一章里汪文宣躲警报的冷清清的场面正是我在执笔前一两小时中亲眼见到的。从这里开始，虽然过了一年我才继续写下去，而且写一段又停一个时期，后面三分之二的原稿还是回到上海以后在淮海坊写成的，脱稿的日期是一九四六年十二月三十一日深夜。虽然时写时辍，而且中间插进一次由重庆回上海的"大搬家"，可是我写得很顺利，好像在信笔直书，替一个熟朋友写传记一样；好像在写关于那一对夫妇的回忆录一样。我仿佛跟那一家人在一块儿生活，每天都要经过狭长的甬道走上三楼，到他们房里坐一会儿，安安静静地坐在一个角上听他们谈话、发牢骚、吵架、和解；我仿佛天天都有机会送汪文宣上班，和曾树生同路走到银行，陪老太太到菜场买菜……他们每个人都对我坦白地讲出自己的希望和痛苦。

我的确有这样的感觉：我写第一章的时候，汪文宣一家人虽然跟我同在一所大楼里住了几个月，可是我们最近才开始交谈。我写下去，便同他们渐渐地熟起来。我愈往下写，愈了解他们，我们中间的友谊也愈深。他们三个人都是我的朋友。我听够了他们的争吵。我看到每个人的缺点，我了解他们争吵的原因，我知道他们每个人都迈着大步朝一个不幸的结局走去，我也向他们每个人进过忠告。我批评过他们，但是我同情他们，同情他们每个人。我对他们发生了感情。我写到汪文宣断气，我心里非常难过，我真想大叫几声，吐尽我满腹的怨愤。我写到曾树生孤零零地走在阴暗的街上，我真想拉住她，劝她不要再往前走，免得她有一天会掉进深渊里去。但是我没法改变他们的结局，所以我为他们的不幸感到痛苦。

我知道有人会批评我浪费了同情，认为那三个人都有错，值不得惋惜。也有读者写信来问：那三个人中间究竟谁是谁非？哪一个是正面人物？哪一个是反面的？作者究竟同情什么人？我的回答是：三个人都不是正面人物，也都不是反面人物；每个人有是也有非；我全同情。我想说，不能责备他们三个人，罪在蒋介石和国民党反动政府，罪在当时重庆的和国统区的社会。他们都是无辜的受害者。我不是在这里替自己辩护。有作品在，作者自己的吹嘘和掩饰都毫无用处。我只是说明我执笔写那一家人的时候，我究竟是怎样的想法。

我已经说明《寒夜》的背景在重庆，汪文宣一家人住的地方就是我当时住的民国路那个三层"大楼"。我住在楼下文化生活出版社里面，他们住在三楼。一九四二年七月我头一次到民国路，也曾在三楼住过。一九四五年年底我续写《寒夜》时，已经搬到了二楼临街的房间。这座"大楼"破破烂烂，是不久以前将就轰炸后的断壁颓垣改修的。不过在当时的重庆，像这样的"大楼"已经是不错的了，况且还装上了有弹簧的镂花的大门。楼下是商店和写字间。楼上有写字间，有职员宿舍，也有私人住家。有些屋子干净整齐，有些屋子摇摇晃晃，用木板隔成的房间常常听得见四面八方的声音。这种房间要是出租的话，租金绝不会少，而且也不易租到。但也有人在"大楼"改修的时候，出了一笔钱，便可以搬进来住几年，不再付房租。汪文宣一家人住进来，不用说，还是靠曾树生的社会关系，钱也是由她付出的。他们搬到这里来住，当然不是喜欢这里的嘈杂和混乱，这一切只能增加他们的烦躁，却无法减少他们的寂寞。唯一的原因是他们夫妇工作的地点就在这附近。汪文宣在一个"半官半商的图书公司"里当校对，我不曾写出那个公司的招牌，我想告诉人图书公司就是国民党的正中书局。我对正中书局的内部情况并不了解。不过我不是在写它的丑史，真实情况只有比汪文宣看到的、身受到的一切更丑恶，而且丑恶若干倍。我写的是汪文宣，在国民党统治下比什么都不如的一个忠厚、善良的小知识分子，一个像巴什马金那样到处受侮辱的小公务员。他老老实实地辛苦工作，从不偷懒，可是薪水不高，地位很低，受人轻视。至于他的妻子曾树生，她在私立大川银行里当职员，大川银行也在民国路附近。她在银行里其实是所谓的"花瓶"，就是作摆设用的。每天上班，工作并不重要，只要打扮得漂漂亮亮，能说会笑，让经理、主任们高兴就算是尽职了。收入不会太少，还有机会找人帮忙做点投机生意。她靠这些收入养活了半个家（另一半费用由她的丈夫担任），供给了儿子上学，还可以使自己过着比较舒适的生活。还有汪文宣的母亲，她从前念过书，应当是云南昆明的才女，战前在上海过的也是安闲愉快的日子；抗战初期跟着儿子回到四川（儿子原籍四川），没有几年的工夫却变成了一个"二等老妈子"，像她的媳妇批评她那样，她看不惯媳妇那种"花瓶"的生活，她不愿意靠媳妇的收入度日，却又不能不间接地花媳妇的钱。她爱她的儿子，她为他的处境感到不平。她越是爱儿子，就越是不满意媳妇，因为媳妇不能像她那样把整个心放在那一个人身上。

我在小说里写的就是这样的一个家庭。两个善良的小资产阶级知识分子，两个上海某某大学教育系毕业生靠做校对和做"花瓶"勉强度日。不死不活的困苦生活增加了意见不合的婆媳间的纠纷，夹在中间受气的又是丈夫又是儿子的小公务员默默地吞着眼泪，让生命之血一滴一滴地流出去。这便是国民党统治下善良的知识分子的悲剧，悲剧的形式虽然不止这样一种，但都不能避免家破人亡的结局。汪文宣一家四口包括祖孙三代，可是十三岁的初中学生在学校寄宿，他身体弱，功课紧，回家来不常讲话，他在家也不会引起人注意；所以我在小说里只着重地写了三个人，就是上面讲过的那三个人。关于他们，我还想声明一次：生活是真实的，人物却是拼凑拢来的。当初我脑子里并没有一个真实的汪文宣。只有在小说脱稿以后我才看清了他的面颜。四年前吴楚帆先生到上海，请我去看他带来的香港粤语片《寒夜》，他为我担任翻译。我觉得我脑子里的汪文宣就是他扮演的那个人。汪文宣在我的眼前活起来了。我赞美他的出色的演技，他居然缩短了自己的身材！一般地说，身材高大的人常常使人望而生畏，至少别人不敢随意欺侮他。其实在金钱和地位占绝对优势的旧社会里，形象早已是无关重要的了。要是汪文宣忽然得到某某人的提拔任正中书局经理、主任，或者当上银行经理、公司老板等等，他即使骨瘦如柴、弯腰驼背，也会到处受人尊敬，谁管他有没有渊博的学问，有没有崇高的理想，过去在大学里书念得好不好。汪文宣应当知道这个"真相"。可是他并不知道。他天真地相信着坏蛋们的谎言，他有耐心地等待着好日子的到来。结果，他究竟得到了什么呢？

我在前面说过对于小说中那三个主要人物，我全同情。但是我也批评了他们每一个人。他们都有缺点，当然也有好处。他们彼此相爱（婆媳两人间是有隔阂的），却又互相损害。他们都在追求幸福，可是反而努力走向灭亡。对汪文宣的死，他的母亲和他的妻子都有责任。她们不愿意他病死，她们想尽办法挽救他，然而她们实际做到的却是逼着他、推着他早日接近死亡。汪文宣自己也是一样，他愿意活下去，甚至在受尽痛苦之后，他仍然热爱生活。可是他终于违背了自己的意志，不听母亲和妻子的劝告，有意无意地糟蹋自己的身体，大步奔向毁灭。这些都是为了什么呢？难道三个人都发了狂？

不，三个人都没有发狂。他们都是不由自主的。他们的一举一动都不是出于本心，快要崩溃的旧社会、旧制度、旧势力在后面指挥他们。他们不反抗，所以都做了牺牲者。旧势力要毁灭他们，他们不想保护自己。其实他们并不知道怎样才能保护自己。这些可怜人，他们的确像某一个批评家所说的那样，始终不曾"站起来为改造生活而斗争过"。他们中间有的完全忍受，像汪文宣和他的母亲；有的并不甘心屈服，还在另找出路，如曾树生。然而曾树生一直坐在"花瓶"的位子上，会有什么出路呢？她想摆脱毁灭的命运，可是人朝南走绝不会走到北方。

我又想起吴楚帆主演的影片了。影片里的女主角跟我想象中的曾树生差不多。只是她有一点跟我的人物不同。影片里的曾树生害怕她的婆母。她因为不曾举行婚礼便和汪文宣同居，一直受到婆母的轻视，自己也感到惭愧，只要婆母肯原谅她，她甘愿做个孝顺媳妇。可是婆母偏偏不肯原谅，把不行婚礼当作一件大罪，甚至因为它，宁愿毁掉儿子的家庭幸福。香港影片的编导这样处理，可能有他们的苦衷。我的小说人物却不是这样。在我的小说里造成汪文宣家庭悲剧的主犯是蒋介石国民党，是这个反动政权的统治。我写那几个人物的时候，我的小说情节逐渐发展的时候，我这样地了解他们，认识他们：

汪文宣的母亲的确非常爱儿子，也愿意跟着儿子吃苦。然而她的爱是自私的，正如她的媳妇曾树生所说，是一个"自私而又顽固、保守"的女人。她不喜欢媳妇，因为一则，媳妇不是像她年轻时候那样的女人，不是对婆母十分恭顺的孝顺媳妇；二则，她看不惯媳妇"一天打扮得妖形怪状"，上馆子，参加舞会，过那种"花瓶"的生活；三则，儿子爱媳妇胜过爱她。至于"你不过是我儿子的'姘头'。我是拿花轿接来的"，不过是在盛怒时候的一个作战的武器，一句伤害对方的咒骂而已。因为在一九四四年，已经没有人计较什么"结婚仪式"了。儿子连家都养不活，做母亲的哪里还会念念不忘那种奢侈的仪式？她希望恢复的，是过去婆母的权威和舒适的生活。虽然她自己也知道过去的日子不会再来，还是靠媳妇当"花瓶"，一家人才能够勉强地过日子，可是她仍然不自觉地常常向媳妇摆架子发脾气；而且正因为自己间接地花了媳妇的钱更不高兴媳妇，常常借故在媳妇身上发泄自己的怨气。媳妇并不是逆来顺受的女人，只会给这位婆母碰钉子。生活苦，环境不好，每个人都有满肚皮的牢骚，一碰就发，发的次数愈多，愈不能控制自己。因此婆媳间的不合越来越深，谁也不肯让步。这个平日钟爱儿子的母亲到了怒火上升的时候，连儿子的话也听不进去了。结果儿子的家庭幸福也给破坏了。虽然她常常想而且愿意交出自己的一切来挽救儿子的生命，可是她的怒火却只能加重儿子的病，促使死亡早日到来。

汪文宣，这个忠厚老实的旧知识分子，在大学念教育系的时候，

"满脑子都是理想",有不少救人济世的宏愿。可是他在旧社会里工作了这么些年,地位越来越低,生活越来越苦,意气越来越消沉,他后来竟然变成了一个胆小怕事、见人低头、懦弱安分、甘受欺侮的小公务员。他为了那个吃不饱穿不暖的位置,为了那不死不活的生活,不惜牺牲了自己年轻时候所宝贵的一切,甚至自己的意志;然而苟安的局面也不能维持多久,他终于害肺病、失业、吐尽血、失掉声音痛苦地死去。他"要活",他"要求公平"。可是旧社会不让他活,不给他公平。他念念不忘他的妻子,可是他始终没有能等到她回来再见一面。

曾树生和她的丈夫一样,从前也是有理想的。他们夫妇离开学校的时候,都有为教育事业献身的决心。可是到了《寒夜》里,她却把什么都抛弃了。她靠自己生得漂亮,会打扮,会应酬,得到一个薪金较高的位置,来"提高"自己的生活水平,来培养儿子读书,来补贴家用。她并不愿意做"花瓶",她因此常常苦闷、发牢骚。可是为了解决生活上的困难,为了避免吃苦,她竟然甘心做"花瓶"。她口口声声嚷着追求自由,其实她所追求的"自由"也是很空虚的,用她自己的话来解释,就是:"我爱动,爱热闹,我需要过热情的生活。"换句话说,她追求的也只是个人的享乐。她写信给她丈夫说:"我……想活得痛快。我要自由。"其实,她除了那有限度的享乐以外,究竟有什么"痛快"呢?她又有过什么"自由"呢?她有时也知道自己的缺点,有时也会感到苦闷和空虚。她或许以为这是无名的惆怅,绝不会想到,也不肯承认,这是没有出路的苦闷和她无法解决的矛盾,因为她从来就不曾为着改变生活进行过斗争。她那些追求也不过是一种逃避。她离开汪文宣以后,也并不想离开"花瓶"的生活。她很可能答应陈经理的要求同他结婚,即使结了婚她仍然是一个"花瓶"。固然她并不十分愿意嫁给年纪比她小两岁的陈经理,但是除非她改变生活方式,她便难摆脱陈经理的纠缠。他们在经济上已经有密切的联系了，她靠他帮忙，搭伙做了点囤积、投机的生意，赚了一点钱。她要跟他决裂，就得离开大川银行，另外安排生活。然而她缺乏这样的勇气和决心。她丈夫一死，她在感情上更"自由"了。她很有可能在陈经理的爱情里寻找安慰和陶醉。但是他也不会带给她多大的幸福。对她来说，年老色衰的日子已经不太远了。陈经理不会长久守在她的身边。这样的事在当时也是常见的。她不能改变生活，生活就会改变她。她不站起来进行斗争，就只有永远处在被动的地位。她有一个十三岁的儿子。她不像一般母亲关心儿子那样地关心他，他对她也并不亲热。儿子像父亲，又喜欢祖母，当然不会得到她的欢心。她花一笔不算小的款子供给儿子到所谓"贵族学校"念书，好像只是在尽自己的责任。她在享受她所谓"自由"的时候，头脑里连儿子的影子也没有。最后在小说的《尾声》里，她从兰州回到重庆民国路的旧居，只看见一片阴暗和凄凉，丈夫死了，儿子跟着祖母不知走到哪里去了。影片中曾树生在汪文宣的墓前放上一个金戒指，表示自己跟墓中人永不分离，她在那里意外地见到了她的儿子和婆母。婆母对她温和地讲了一句话，她居然感激地答应跟着祖孙二人回到家乡去，只要婆母肯收留她，她做什么都可以。这绝不是我写的曾树生。曾树生不会向她的婆母低头认错，也不会放弃她的"追求"。她更不会亲手将"花瓶"打碎。而且在一九四五年的暮秋或初冬，她们婆媳带着孩子回到家乡，拿什么生活？在国民党反动派统治下，要养活一家三口并不是容易的事。曾树生要是能吃苦，她早就走别的路了。她不会历尽千辛万苦去寻找那两个活着的人。她可能找到丈夫的坟墓，至多也不过痛哭一场。然后她会飞回兰州，打扮得花枝招展，以银行经理夫人的身份，大宴宾客。她和汪文宣的母亲同样是自私的女人。

我当然不会赞扬这两个女人。正相反，我用责备的文笔描写她们。但是我自己也承认我的文章里常常露出原谅和同情的调子。我当时是这样想的：我要通过这些小人物的受苦来谴责旧社会、旧制度。

我有意把结局写得阴暗，绝望，没有出路，使小说成为我所谓的"沉痛的控诉"。国民党反动派宣传抗战胜利后一切都有办法，而汪文宣偏偏死在街头锣鼓喧天、人们正在庆祝胜利的时候。①我的憎恨是强烈的。但是我忘记了这样一个事实：鼓舞人们的战斗热情的是希望，而不是绝望。特别是在小说的最后曾树生孤零零地消失在凄清的寒夜里，那种人去楼空的惆怅感觉，完全是小资产阶级的东西。所以我的"控诉"也是没有出路的，没有力量的，只是一骂为快而已。

我想起来了：在抗战胜利后那些日子里，尤其是在停电的夜晚，我自己常常在民国路一带散步，曾树生所见的也就是我目睹的。我自己想回上海，却走不了。我听够了陌生人的诉苦，我自己闷得发慌，我也体会到一些人的沮丧情绪。我当时发表过一篇小文章，写出我在寒风里地摊前的见闻。过了一年多，我写到《寒夜》的《尾声》时，也曾参考这篇短文。而且那个时候（一九四六年最后两天）我的情绪也很低落。无怪乎我会写出这样的结局来。一九五九年年底我在上海编辑《文集》的最后三卷，一九六〇年年终我在成都校改《寒夜》的校样，两次都有意重写《寒夜》的《尾声》。可是我仔细一想，觉得仅仅改写《尾声》太不够了，要动就得从头改起，那么还不如另写别的。因此我就让它保存了下来。反正是解放前的旧作，当时我的想法是如此，而且作品已经以那样的形式跟读者们见过面了。连我也无法替它掩饰，也不想为它的缺点辩护。

我还想谈谈钟老的事。并不需要很多话，我不谈他这个人，像他那样的好心人在旧社会里也并非罕见。但是在旧社会里钟老起不了作用，他至多只能替那些比他更苦、更不幸的人（如汪文宣）帮一点

---

① 解放后我为《寒夜》新版写的《内容提要》里，有这样的一段话："长篇小说写的是一九四四、四五年国民党统治下的所谓'战时首都'重庆的生活。……男主人公断气时，街头锣鼓喧天，人们正在庆祝胜利，用花炮烧龙灯。这是对国民党反动统治的沉痛的控诉。"

小忙。谁也想不到他会死在汪文宣的前头。我写他死于霍乱症，因为一九四五年夏天在重庆霍乱流行，而重庆市卫生局局长却偏偏大言不惭，公开否认。文化生活出版社烧饭老妈谭嫂的小儿子忽然得了霍乱。那个五十岁光景的女人是个天主教徒，她急得心慌意乱，却跑去向中国菩萨祷告，求来香灰给儿子治病。儿子当时不过十五六岁，躺在厨房附近一张床上，已经奄奄一息了。我们劝谭嫂把儿子送到小龙坎时疫医院。她找了一副"滑竿"把儿子抬去了。过两天儿子便死在医院里面。我听见文化生活出版社的工友讲起时疫医院里的情形，对那位局长我感到极大的憎恶。我在《第四病室》的《小引》里"表扬"了他的"德政"，我又在《寒夜》里介绍了这个"陪都"唯一的时疫医院。倘使没有那位局长的"德政"，钟老也很有可能活下去，他在小说里当然不是非死不可的人。我这些话只是说明作者并不常常凭空编造细节。要不是当时有那么多人害霍乱症死去，要不是有人对我讲过时疫医院的情形，我怎么会想到把钟老送到那里去呢？连钟老的墓地也不是出自我的想象。"斜坡上"的孤坟里埋着我的朋友缪崇群。那位有独特风格的散文作家很早就害肺病。我一九三二年一月第一次看见他，他脸色苍白，经常咳嗽，以后他的身体时好时坏，一九四五年一月他病死在北碚的江苏医院。他的性格有几分像汪文宣，他从来不肯麻烦别人，也害怕伤害别人，到处都不受人重视。他没有家，孤零零的一个人，静悄悄地活着，又有点像钟老。据说他进医院前，病在床上，想喝一口水也喝不到；他不肯开口，也不愿让人知道他的病痛。他断气的时候，没有一个熟人在场。我得了消息连忙赶到北碚，只看见他的新坟，就像我在小说里描写的那样。连两个纸花圈也是原来的样子，我不过把"崇群"二字换成了"又安"。听说他是因别的病致死的。害肺病一直发展到喉结核最后丧失了声音痛苦死去的人我见过不多，但也不是太少。朋友范予（我为他写过一篇《忆范兄》）和鲁彦（一位优秀的小说家，我那篇《写给彦兄》便是纪念他的），还有我一个表弟……他们都是这样悲惨地结束了一生的。我为他们的死感到不平，感到愤怒，又因为自己不曾帮助他们减轻痛苦而感到愧悔。我根据我的耳闻和目见，也根据范予病中寄来的信函，写出汪文宣病势的逐渐发展，一直到最后的死亡。而且我还把我个人的感情也写在书上。汪文宣不应当早死，也不该受这么大的痛苦，但是他终于惨痛地死去了。我那些熟人也不应该受尽痛苦早早死去，可是他们的坟头早已长满青草了。我怀着多么悲痛的心情诅咒旧社会，为他们喊冤叫屈。现在我却万分愉快、心情舒畅地歌颂像初升太阳一样的新社会。那些负屈含冤的善良的"小人物"要是死而有知，他们一定会在九泉含笑的。不断进步的科学和无比优越的新的社会制度已经征服了肺病，它今天不再使人谈虎色变了。这两天我重读《寒夜》，好像做了一个噩梦。但是这样的噩梦已经永远、永远地消失了！

1961年11月20日

谈我的短篇小说

我写过将近一百篇短篇小说,可是没有一篇教我自己感到满意。我读过不少好的短篇作品,普希金的,莫泊桑的,契诃夫的,高尔基的……作者的名字太多了,我无法在这里列举。我年轻时候特别喜欢所谓"被压迫民族"(当时更习惯用"弱小民族"这个并不适当的字眼)的作家们写的短篇小说:它们字数少,意义深,一字一句都是从实际生活里来的。那些作家将笔当作武器,替他们的同胞讲话,不仅诉苦,伸冤,而且提出控诉,攻击敌人。他们的生活里充满了苦难、仇恨和斗争,不仅是一个人的苦难和仇恨,而且是全体人民的,或者整个民族的。那些作家有苦要倾吐,有冤要控诉,他们应当成为人民的或者民族的代言人。他们应当慷慨激昂地发言,可是他们又没有那样的机会和权利,帝国主义者和殖民主义者不让他们讲得多,又不让他们讲得明白。所以他们必须讲得简单,又讲得深,使读到他们作品的人不仅一下子就懂他们的话,而且还要长久记住他们的话。他们还要拿他们的爱憎深深地打动读者们的心,唤起读者们的行动。这些短篇我们中国过去的书报上介绍了一些,对我们的读者和作家都有过影响。它们跟我们很接近,因为那个时期我们也受到内外的压迫,我们人口虽然众多,却被人当作"弱小民族"在"宰割"。不论是在北洋军阀或者蒋介石统治中国的时期,我们在自己的土地上,见到外国人总是抬不起头。我们一方面受到国内反动统治阶级的压迫和剥削,另一方面又受到帝国主义者的剥削和压迫。有一个时期我们的记者对军阀政客说了不恭敬的话就要坐牢、砍头。有人写了得罪外国人的文章也会坐牢、吃官司。一九三五年我在日本住过几个月。当时日本的报纸上天天大骂中国,把中国人骂得狗血喷头。国民党反动政府连屁也不敢放一个。我实在气不过,写了一篇短文回敬几句(题目是《日本的报纸》)。谁知文章寄到国内,已经排好,国民党的检查老爷看不顺眼就把它抽去了。在那年四月溥仪到东京的前一两天,神田区警察署的几个便衣侦探半夜里跑到中华青年会来,不敲门就闯进我的房间,搜查了一阵,无缘无故地把我带到拘留所去关了十多个钟头。中华青年会的职员连话也不敢讲一句。倒是一个日本籍雇员后来带手势对我说:"强盗,强盗。"我出来写过一篇《东京狱中一日记》,寄给上海的《文学》月刊。在这篇文章里我比较心平气和地叙述我那十几个钟头的经历,我甚至删去了一些带感情的句子。我万想不到这篇文章仍然过不了检查老爷这一关。他还是用笔一勾,把文章从编好的刊物中抽去。幸好他还不曾没收原稿。我当然不是一个听话的老百姓,我还要跟那些认贼作父的国民党检查老爷斗法。我在原稿上加了一些虚构的东西,删去东京和日本这一类的专名词,改成了一篇小说。这个短篇没有在刊物上发表,却收在集子里出版了。这就是《神·鬼·人》里的《人》,我还加了一个小标题:"一个人在屋子里做的噩梦"。那个时候国民党的图书杂志审查机构因为《闲话皇帝》的事件①得罪了日本人,已经偷偷地暂时撤销了。倘使它还存在的话,恐怕我连关在屋子里做噩梦的机会也不会有!

我本来在讲所谓"被压迫民族"的短篇小说,讲它们对于像我这样的中国作家的影响,现在却扯到国民党检查老爷的身上了。为了对

---

① 一九三五年五月《新生》周刊第2卷第15期上发表了一篇杂文《闲话皇帝》,文中提到日本天皇裕仁的名字,日本外交当局便以侮辱友邦元首的理由,向国民党政府提出抗议。国民党政府马上查封该刊,并判处该刊主编杜重远一年两个月的徒刑。

付检查老爷,我也学到一点"本事"。这也许跟那些小说有关系。要通过检查,要使文章能够跟读者见面,同时又不写得晦涩难懂,那些小说的确是很好的范本。可惜我没有好好地学习,自己也缺少才能,所以在我的短篇小说里不容易找到它们的影响。我那篇《狗》也许有点像那一类的作品。短篇小说的主人公"我"把自己比作一条狗,希望自己变成一条狗。他"在地上爬",他"汪汪地叫"。他对神像祷告说:"那人上的人,居然叫我做'狗'了。"他最后给人关在"黑暗的洞里"。他说:"我要叫,我要咬!我要咬断绳子跑回我的破庙里去!"今天的年轻读者也许会疑心我有神经病。不然人怎么会愿意变狗呢?怎么会"在地上爬","汪汪地叫"呢?其实我的主人公同我一样,脑子并不糊涂。他是在控诉旧社会。在旧社会中,就像在今天的英、美国家那样,穷人的生活的确比有钱人的狗还不如。几十年前上海租界公园门口就挂着"华人与犬不得入内"的牌子。帝国主义者把普通的中国人当作"狗"看待。小说里那些"白皮肤、黄头发、蓝眼珠、高鼻子"的"人上的人"就是指帝国主义者。小说主人公是在诅咒那些在我们国土上横行霸道的帝国主义者。他并不是真正在地上爬,汪汪叫,想变成一条狗。他在讲气话!"黑暗的洞"就是监牢。主人公最后给捉起来关在牢里了。不过他仍然要反抗,要叫,要咬。我在这篇小说里写的是在内外的压迫与剥削下一个普通中国人的悲惨生活。小说一共不到五千字,是在一个晚上一口气写成的。我拿起笔,用不着多想,手一直没有停过。那天下午《小说月报》的编者托人带来口信,希望我为他们写一个短篇。我吃过晚饭后到北四川路上走了一阵。那条马路当时被称为"神秘之街",人行道上无奇不有。外国水手喝醉了,歪歪倒倒地撞来撞去,调戏妇女,拿酒瓶打人,还骂人为"狗"。那个晚上我又听到了"狗"字。我自然很激动。我已经有了小说的题目。我散步回家就拿起笔写小说。我写的是感情,不是生活。所以我用不着像绘工笔画那样地细致刻画,在五千字里面写出当时普通中国人的生活；我只想写出一个普通中国人的感情。小说的结尾本来不是"要咬断绳子"的那一句。我原来的结尾是"我再也不能够跪在供桌前祷告了"。后来这篇小说翻成英文，英译者把最后这一句改为"我再也不向那个断手的神像祷告了"。我看到了译文才感觉到我原来那个结尾的确太软弱。所以我一九三五年编辑短篇小说集的时候，便改写了结尾，加上"要咬断绳子"的话。

《狗》自然不是我的第一个短篇，不过它是我早期的作品。我在创作的道路上摸索了许多年，寻找最适当地表达自己思想感情的形式，我走了多少弯路，我的作品都是很不成熟的。《狗》也许是我自己比较满意的一篇，可以说是我的"创作"。我在前面说过它有点像当时所谓"被压迫民族"的作家写的小说，也只是就情调而言。我和那些作家有相似的遭遇，也有一种可以说是共同的感情，所以作品的情调很接近。但是各人用来表现感情的形式却不相同。我有我自己的东西。然而哪怕是我的"创作"，它也不是我凭空想出来的，它是从我的生活里来的。连那个"狗"字也是租界上的高等洋人和外国水手们想出来的，我不过把它写在小说里罢了。

广泛地说来，我所有的作品都是从"生活"里来的。不过这所谓生活应当是我所经历的生活和我所了解的生活。生活本身原来极复杂，可能我了解得很简单；生活本身原来极丰富，可能我却只见到一些表面。一个作家了解生活跟他的世界观和立场都有极大的关系。我的生活知识本来就很有限，我的错误的思想又妨碍我深刻地了解生活。所以我的作品有很多的缺点。这些缺点在我的短篇小说里是一眼就看得出来的。我记得有人说过："一个人在二十岁就成了专业作家，这是很危险的。他不可能做好作家，因为他不知道生活。"我觉得我充分了解这句话的意义。倘使拿我的短篇跟我所尊敬的几位前辈和同辈作家的短篇相比，就可以看出我在二十几岁成为专业作家是一件很不幸的事情了。

我在前面讲到我的短篇小说，把它们分成早期的和后期的两部分。我的早期的作品大半是写感情，讲故事。有些通过故事写出我的感情，有些就直接向读者倾吐我的"奔放的感情"。我自己说是在申诉"人们失去青春、活动、自由、幸福、爱情以后的悲哀"，其实也就是在攻击不合理的资本主义社会制度。但是我并没有通过细致的分析和无情的暴露，也没有多摆事实，更没有明白地给读者指路。我只是用自己的感情去打动读者的心，而且我喜欢用忧郁的、甚至哭诉的调子讲故事。这也是我的缺点。我写的生活面广，但是生活并不多。至于我后期的短篇，它们却跟我早期的作品不同。在后期的作品里我不再让我的感情毫无节制地奔放了。我也不再像从前那样唠唠叨叨地讲故事了。我写了一点生活，让那种生活来暗示或者说明我的思想感情，请读者自己作结论。《小人小事》里的《兄与弟》、《猪与鸡》就是这一类的作品。我这样写，还有一个原因，那就是对付检查老爷。我有时也会化装躲开检查老爷或者跟他们斗法，因为抗日战争爆发以后，国民党的图书杂志审查机构不但马上恢复，而且一再扩充、发展，检查老爷们又黑着良心、厚着脸皮拿起朱笔到处勾来勾去，大显威风。但是这样的短篇免不了有一点晦涩，而且它们在我的作品中也占少数。其实我在写作生活的初期也曾写过不倾吐感情、不讲故事的短篇小说。例如《罪与罚》，它写一个普通珠宝商人所犯的"罪"同他自己和他一家人所得到的"罚"。这是根据一九二八年巴黎报纸上的新闻报导和特写改写成的。完全是真人真事。我把好几天的剪报拼凑在一起来说明我自己的看法：资产阶级的法律是盲目的；"罚"往往大于"罪"。但是在这篇小说里我却没有能够指出另一件更重要的事实：有钱有势的人犯了"罪"，却可以得到很轻的"罚"，甚至免于处"罚"。这的确是一个缺点。

话又扯远了。我在这里要说的只是一件事：我的绝大多数的作品都可以归类在早期作品里面。它们中间有的是讲故事，更多的是倾吐感情。我并不是一个冷静的作者,我也没法创造精心结构的艺术品。我写小说不论长短,都是在讲自己想说的话,倾吐自己的感情。人在年轻的时候感情丰富,不知节制,一拿起笔要说尽才肯放下。所以我不断地声明我不是艺术家,也不想做艺术家。这倒是我的真话。

  我在前面谈到《狗》的时候,我说过这篇"创作"不是我"凭空想出"的。其实我那许多讲故事、倾吐感情的短篇小说,也并非无师自通、关起门编造出来的。虽然小说里面生活不多,但也并非完全没有。知道多少写多少,这是我向老师学来的一样"本领"(?)。三年前(一九五五)法国作家萨特访问上海,曾经到我家里闲谈。他对我赞美了鲁迅先生的短篇。我们谈过知识分子写工农兵的问题,然后又转到用第一人称写小说的问题上面来。他问我,如果写自己不大熟悉的人和事情,用第一人称写,是不是更方便些。我回答:"是。"我还说,屠格涅夫喜欢用第一人称讲故事,并不是因为他知道得少,而是因为他知道得太多,不过他认为只要讲出重要的几句话就够了。鲁迅先生也是这样,他对中国旧社会知道得多,也知道得深。我却不然,我喜欢用第一人称写小说,倒是因为我知道的实在有限。自己知道的就提,不知道的就避开,这样写起来,的确更方便。我学写短篇小说,屠格涅夫便是我的一位老师;许多欧美的、甚至日本的短篇小说也都是我的老师。还有,鲁迅先生的短篇集《呐喊》和《彷徨》以及他翻译的好些短篇都可以说是我的启蒙先生。然而我所谓"学",并不是说我写小说之前先找出一些优秀作品仔细地研究分析,看它们第一段写什么,第二段写什么,结尾又怎么写,还有写景怎样,写人物怎样……于是做好笔记,记在心头,然后如法炮制。我并没有这样"学"过,因为我在写小说之前做梦也没有想到自己会成为作家。我以前不过是一个爱好文学的青年,自小就爱读小说,长篇也读,短篇也读,先读中国的,然后读外国的。我读的时候完全没有想到,自己有一天也要写这样的东西,就像小孩喜欢听故事那样,小孩见到人就拉着请讲故事,并不是为了自己要做说故事的人。但是故事听多了,听熟了,小孩也可能自己编起故事来。我读了不少的小说,也就懂得所谓"小说"、所谓"短篇小说"究竟是什么样的东西。虽然不会分析,也讲不出来,但是心里有些明白。我读小说的时候,从来不管第一段怎样,第二段怎样,或者第一章应当写什么,第二章应当写什么。作为读者,我关心的是人物的命运。我喜欢(或者厌恶)一篇作品,主要是喜欢(或者厌恶)它的内容,就像我们喜欢(或者厌恶)一个人,是喜欢(或者厌恶)他本人,他的品质;至于他的高矮、肥瘦以及他的服装打扮等等,那都是次要又次要的事。我向那许多位老师学到的也就是这一点。小说读多了,其中有一些自己非常喜欢,过了好久都不会忘记。脑子里储蓄了几百篇小说,只要有话想说,有生活可写,动起笔来,总不会写出不像小说的东西。至于好坏,那是另外的事情。就拿我自己来说罢,似乎还没有人讲过我那些短篇不是小说,但是它们中间坏的多,好的极少,不用别人讲,我自己也知道。我虽然"请"了许多位高明的老师,但是老师只能给我启发,因为作家进行"创作",不能摹仿,更不能抄袭,他必须写自己的作品。常常有好心的读者过分地信任我,寄作品来要我修改。我不熟悉他所写的人物同生活,就不知道应当从哪里改起。读者们错误地相信我掌握了什么技巧,懂得了一种窍门,因为他们忘记了更重要的东西:充实的生活同对生活的正确的认识和分析。这个最重要的东西却不是能够从几百篇小说和几位作家老师那里学到的。只有一直参加革命斗争、站稳无产阶级立场、而且具有马克思主义世界观的人才可以说是懂得了窍门。但是连这样的人也不能代替别人创作。创作是艰苦的劳动。我到现在还没有找到创作的窍门,只能说是一个学生。每个人都可以写小说。写小说不是难事。但是要写得好,就不容易了。

我常常向人谈到启发。我们读任何的好作品,哪怕只是浏览,也都可以得到启发。我那些早期的讲故事的短篇小说很可能是受到屠格涅夫的启发写成的。屠格涅夫写过好些中短篇小说，有的开头写大家在一起聊天讲故事，轮到某某，他就滔滔不绝地说起来（我那篇《初恋》就是这一类的小说）；有的用第一人称直接叙述主人公的遭遇或者借主人公的嘴写出另一个人的悲剧。作为年轻的读者，我喜欢他这种写法，我觉得容易懂，容易记住。至于有些外国作家的作品，我要仔细读两三遍才了解它的意义。所以我后来写短篇小说，就自然而然地采用了这种写法。写的时候我自己也感觉到亲切、痛快。我当初开始写短篇，喜欢让主人公自己讲故事，像《初恋》、《复仇》、《不幸的人》都是这样。讲故事便于倾吐感情，这就是说作者借主人公的嘴倾吐自己的感情；讲故事用不着多少生活，所以我可以写欧洲人和欧洲事，借外国人的嘴倾吐我这个中国人的感情。我的第一本小说集《复仇》里收的十几个短篇全是写外国人的，而且除了《丁香花下》一篇以外，全是用第一人称写的，不过小说里的"我"有男有女，有老有少，有中国人，也有外国人，有我自己，也有别人。我自己看看，觉得也不能说是完全不像外国人。我在法国住了不到两年，连法文也没有学好。但是我每天都得跟法国人接触，也多少看到一点外国人的生活。我所看到的不用说只是表面。单单根据它来写小说是不够的。我当时并没有想到用第一人称写小说还可以掩盖"生活不够"的缺点，我只要倾吐自己的感情。可是现在想起来，那倒是近乎取巧的办法了。

　　屠格涅夫写小说喜欢用第一人称，可能是他知道得太多，所以喜欢这种简单、朴素的写法。普希金一定也是这样。鲁迅先生更不用说了。他那篇《孔乙己》写得多么好！不过两千几百字。还有《故乡》和《祝福》，都是用第一人称写的。然而我学会用这种写法，恰恰因为我知道得太少，我没法写出我自己所不知道的生活，我把我知道的那一点点东西全讲出来，有何不可。不过这种写法也是无意地"学"到的。我开始写短篇的时候，从法国回来不久，还常常怀念那边的生活同少数的熟人，也颇想在纸上留下一些痕迹。所以拿起笔写小说，倾吐感情，我就采用了法国生活的题材。然而又因为自己对那种生活知道得不多，就自然地采用了第一人称讲故事的写法。例如《初恋》是根据一位留法同学的几封信改写的；非战小说《房东太太》是根据一位留法勤工俭学的朋友的初稿改写的，我还增加了后半篇瞎眼老太太痴等战死的儿子回来的故事。第三个短篇《洛伯尔先生》的背景就是我住过一年多的玛伦河畔的小城沙多-吉里。关于这篇小说，我曾经写过这样的一段话：

在一九三○年七月的某一夜里，我忽然从梦中醒来。在黑暗中我还看见一些悲惨的景象，我的耳边也响着一片哭声。我不能再睡下去，就起来扭开电灯，在清静的夜里一口气写完了那篇题作《洛伯尔先生》的短篇小说。我记得很清楚：我搁笔的时候，天已经大亮了。我走到天井里去呼吸新鲜空气，用我的带睡意的眼睛看天空。浅蓝色天空中挂着大片粉红的云霞……

这一篇开了端，以后我接连地写了好些短篇小说。这种写法其实是"不足为训"的，但我早期的十几篇小说都是这样写成的。我事先并没有想好结构，就动笔写小说，让人物自己在那个环境里生活，通过编造的故事，倾吐我的感情。所以我的好些短篇小说都只讲了故事，没有写出人物。《洛伯尔先生》就是这样。我在那个小城住过一年多，就住在小说里提到的中学校里面。学校后面有桥，有小河，有麦田。音乐家就是学校的音乐教员。卖花店里的确有一个可爱的少女。我把这些全写在小说里面了。又如《复仇》里的莫东先生便是沙城中学的德文教员，我离开学校的时候，他还送给我一本德文书。《爱的摧残》的男主人公是那个在巴黎玻璃灯罩工厂里作绘图工作的山西朋友。《不幸的人》写了贫富恋爱的悲剧，这是极其寻常的故事和写旧了的题材。我偶然在一张外国报上读到关于一九二七年八月在波士顿监狱里受电刑的樊塞蒂的文章，说他从意大利去美国之前有过这样不幸的遭遇。这不过是传闻，更可能是写稿的人故意捏造，樊塞蒂在他的自传里并没有谈到这样的事情。我后来为樊塞蒂一共写过两个短篇：《我的眼泪》和《电椅》。但是我却利用这个捏造的故事写了一位意大利流浪人的悲剧。我的确在法国马赛海滨街的小小广场上见过一个拉小提琴的音乐家，不过我并没有把他请到美景旅馆①来，虽然我曾经在美景旅馆五层楼上住过，也曾经在那里见过日落的壮观，像我在小说中所描写的那样。我把那个捏造的恋爱故事跟我在马赛的见闻拼在一起，写成了《不幸的人》。一九二八年十月下半月我在马赛等船回国，一共住了十二天，每天到一家新近关了门的中国饭店去吃三顿饭。这家饭店在贫民区，老板还兼做别的生意，所以我有机会见到一些古怪的小事情。我那篇《马赛的夜》（一九三二年）就是根据那十二天的见闻写的。再如《亡命》，这篇小说写了政治亡命者的痛苦。在当时的巴黎我见过从波兰、意大利、西班牙等国亡命来的革命者，也听到别人讲过他们的故事，还常常在报上读到他们的文章。意大利的革命者特别怀念蓝天下阳光灿烂的意大利。我虽然跟他们不熟，但是我也能了解他们的思想感情。我去法国以前在中国就常有机会见到从日本或者朝鲜亡命到中国来的革命者，也了解一点他们的生活。所以我后来又为朝鲜的朋友写了《发的故事》。再说，我们中国穷学生在巴黎的生活也跟亡命者的生活有点相似，国内反动势力占上风，一片乌烟瘴气，法国警察可以随便检查我们的居留证，法国的警察厅可以随时驱逐我们出境。我的一个姓吴的朋友就是给驱逐回国的，唯一不同的是我们还可以回国活动，而那些意大利人、那些西班牙人却没法回到他们的阳光明媚的国土。我的脑子里常常有那种人的影子。

---

① 小说里改为"美观旅馆"，我当时住的是"美景旅馆"。

我没法在这篇短文里谈到我所有的短篇小说,把它们一一地详加分析。我在前面举的几个例子就可以说明一切。我讲了我所走过的弯路,我讲了我的一些缺点。我说明我为什么会写出那样的东西。我手边还有一些读者的来信,要我告诉他们我的创作经验。我无法回答那些热心的读者,因为我不相信我的失败的经验会使年轻朋友得到写作的窍门。倘使他们真有学习写作的决心和毅力,请他们投身到火热的斗争生活里面去学。要是他们在"生活"以外还想找一个老师,那么请他们多读作品,多读反映今天新生活的作品;倘使还有多的时间,不妨再读些过去的中外优秀作家的作品。任何作家都可以从好的作品里得到启发。

我在这篇短文里不断地提到"启发"。可能还有人不了解我的意思。那么让我在这里讲一个小故事,来说明我所说的"启发"究竟是怎么一回事。

一八七三年一个春天的夜晚,列夫·托尔斯泰走进他大儿子谢尔盖的屋子里。谢尔盖正在读普希金的《别尔金小说集》给他的老姑母听。托尔斯泰拿起这本书,随便翻了一下,他翻到后面某一章的第一句:"在节日的前夕客人们开始到了。"他大声说:"真好。就应当这样开头。别的人开头一定要描写客人如何,屋子如何,可是他马上就跳到动作上面去了。"托尔斯泰立刻走进书房,坐下来写了《安娜·卡列尼娜》的头一句:"奥布浪斯基家里一切都乱了。"(我们今天读到的《安娜·卡列尼娜》却是以另外的一句开头的:"幸福的家庭都是相似的;不幸的家庭各有各的不幸。"这是作者后来加上去的。)托尔斯泰在前一年就想到了这部小说的内容。一位叫作"安娜"的太太,因为跟她同居的男人爱上了他们的保姆,就躺在铁轨上自杀了。托尔斯泰当时了解了详细情形,也看到了验尸的情况。他想好了小说的情节,却不知道应当怎样开头。写了《战争与和平》的大作家要写第二部长篇小说,居然不知道怎样开头!人们常常谈到托尔斯泰的这个小故事。一九五五年逝世的德国大作家托马斯·曼有一次也提到"这个极动人的小故事",他这样地解释道:"他不停地在屋子里徘徊,寻找向导,不知道应当怎样开头。普希金教会了他,传统教会了他。……"

这个故事把"启发"的意义解释得非常清楚。托尔斯泰受到了普希金的"启发",才写出《安娜·卡列尼娜》的开头。要是他那个晚上没有翻到普希金的小说,《安娜·卡列尼娜》的写作很可能推迟一些时候,而且他也很可能用另外的句子开始他这部不朽的作品。托尔斯泰不是在抄袭,也不是在摹仿,他是在进行创作。但是他也需要"启发"。二十几年前我听见人讲起,有一个中国作家喜欢向人宣传,他不读任何作品,免得受别人的影响。这个人很可能始终没有受到别人的影响,但是他至今没有写出一本好书。对于从事创作的人,虚心总有好处。人的脑子又不是万能的机器,怎么离得了启发?

我刚才引用了托马斯·曼的话:"普希金教会了他,传统教会了他。"说到"传统",我想起了我们的短篇小说。我们也有同样的优秀的传统:朴素、简单、亲切、生动、明白、干净、不拖沓、不啰唆。可惜我并没有学到这些。我过去读"话本"和"三言二拍"之类的短篇不多。笔记小说我倒读过一些,但总觉得跟自己的感情离得太远。我从小时候起就喜欢看戏。我喜欢的倒是一些地方戏的折子戏。我觉得它们都是很好的短篇小说。随便举一个例子,川戏的《周仁耍路》就比我写的那些短篇好得太多。一个人的短短的自述把故事交代得清清楚楚,写内心的斗争和思想的反复变化相当深刻,突出了一个有正义感的人物的性格,有感情,能打动人心。它也有点像西方优秀的短篇作品,其实完全是中国人的东西,而且是从人民中间来的东西。可见我们自己的传统深厚:我们拥有取之不尽的宝山,只等我们虚心地去开发。每一下锄头或者电铲都可以给我们带来丰富的收获。

1958年5月-6月

谈我的散文

有人要我告诉他小说与散文的特点。也有人希望我能够说明散文究竟是什么东西。我不能满足他们的要求,因为我实在讲不出来。我并非故意在这里说假话,也不是过分谦虚。三十年来我一共出版了二十本散文集。我的第一本散文集《海行杂记》[①]还是在我写第一部小说之前写成的。最近我仍然在写类似散文的东西。怎么我会讲不出"散文"的特点呢?其实说出来,理由也很简单:我写文章,因为有话要说。我向杂志投稿,也从没有一位编辑先考问我一遍,看我是否懂得文学。我说这一段话,并非跑野马,开玩笑。我只想说明一件事情:一个人必须先有话要说,才想到写文章;一个人要对人说话,他一定想把话说得动听,说得好,让人家相信他。每个人说话都有自己的方法和声调,写出来的文章也不会完全一样。人是活的,所以文章的形式或者体裁并不能够限制活人。我写文章的时候,并没有事先想到我这篇文章应当有什么样的特点,我想的只是我要在文章里说些什么话,而且怎样把那些话说得明白。

我刚才说过我出版了二十本散文集。其实这二十本都是薄薄的小书,而且里面什么文章都有。有特写,有随笔,有游记,有书信,有感想,有回忆,有通讯报导……总之,只要不是诗歌,又没有完整

---

① 我后来还写过不少这一类的旅行记。这种平铺直叙、毫无修饰的文章并非可以传世的佳作,但是它们保存了某个时间、某些地方或者某些人中间的一点点真实生活。倘使有人拿它们当"资料"看,也许不会上大当。

的故事,也不曾写出什么人物,更不是专门发议论讲道理,却又不太枯燥,而且还有一点点感情,像这样的文章我都叫作"散文"。也许有人认为这样叫法似乎把散文的范围搞得太大了。其实我倒觉得把它缩小了。照欧洲人的说法,除了韵文就是散文,连长篇小说也包括在内。我前不久买到一部德国作家霍普特曼的四卷本《散文集》,里面收的全是长短篇小说。而且拿我个人的经验来说,有时候也不大容易给一篇文章戴上合式的帽子,派定它为"小说"或者"散文"。例如我的《短篇小说选集》里面有一篇《废园外》,不过一千两三百字。写作者走过一个废园,想起几天前敌机轰炸昆明、炸死园内一个深闺少女的事情。我写完它的时候,我把它当作"散文"。后来我却把它收在《短篇小说选集》里,我还在《序》上说:"拿情调来说,它接近短篇小说了。"(其实怎样"接近",我自己也说不出来。不过我也读过好些篇欧美或者日本作家写的这一类没有故事的短篇小说。日本森鸥外的《沉默之塔》〔鲁迅译〕就比《废园外》更不像小说。)但是我后来编辑《文集》,又把《废园外》放进《散文集》里面。又如我一九五二年从朝鲜回来写了一篇叫作《坚强战士》的文章。我写的是"真人真事",可是我把它当作小说发表了。后来《志愿军英雄传》编辑部的一位同志把这篇文章拿去找获得"坚强战士"称号的张渭良同志仔细研究了一番。张渭良同志提了一些意见。我根据他的意见把我那篇文章改得更符合事实。文章后来收在《志愿军英雄传》内,徐迟同志去年编《特写选》又把它选进去了。①小说变成了

---

① 一位读者读过收在《特写选》中的《坚强战士》,向我提出了两个问题:
（一）您是怎样访问这个战士的？您访问了他几次？您长期在朝鲜战场生活,对您写这个人物很有帮助吗？
（二）您是不是能谈谈您的写作经过呢？听说您写这篇文章,改写了几次,才写成现在这样,那么请您告诉我您是怎样改写的,好吗？……
我的回答如下;

特写。固然称《坚强战士》为"特写"也很适当,但是我如果仍然叫它做"短篇小说",也不能说是错误。苏联作家波列伏依的好多"特

第一,您问我访问了张渭良同志几次。其实,到现在我还没有见过张渭良同志一面。我一九五二年第一次到朝鲜,在志愿军某部的一个连队里听见人谈起张渭良同志的英雄事迹,我受到感动。我想为这个坚强的人写一篇通讯报导。张渭良同志当时在国内治病,我又没法见到他的兄弟张渭兴。我只好向每个见过张渭良同志或者知道他的故事的人打听,要求他们把所知道的尽量告诉我.我得到了不少位同志的帮助。他们虽然谈得不多,但是把大家谈的集在一起,我也有了一个简单的轮廓。一位姓朱的年轻同志谈得多些,他见过张渭良同志,这个坚强的人在病床上对他谈过话。另一位同志给我一本志愿军某部印的介绍本军功臣事迹的小册子。上面有一篇介绍"坚强战士"的短文,那时张渭良同志已经获得"坚强战士"的称号了。曾思明同志写的这篇短文对我很有帮助。

我在朝鲜住了七个月,一九五二年十月回国,《文艺月报》在上海创刊,要我写一篇小说.我就写了《坚强战士》。关于张渭良同志的材料我搜集得不多,必须求助于想象,因此我不得不增加一些材料里没有的东西。我称我的作品为小说,便有了放手去写的勇气。但是我仍然不敢凭空想象。我只好利用我在朝鲜战地七个月的生活经验。我对三八线一带的情形还知道一点。动笔以后,小说的写作进行得很慢。英雄在受苦,作者也在受苦。空气沉重,我的文思也迟钝。我在写作的时候好像跟着人物一同生活。那个时候我也曾仰卧在地板上用两只肘拐和一条右腿爬行。我的小孩因此也知道了"坚强战士"的故事,还用铅笔画过一幅志愿军叔叔爬回阵地的幼稚的图画。

小说发表了,好几位同志都说:"写得不好;冗长、沉闷。"还有一位不认识的同志来信责备我不该写得使人读起来感到痛苦。他说了真话。我写的时候自己心里也很痛苦,当然写不出叫人感到舒服的文章。但是我得承认我的小说的确有不少缺点,我应当不断地修改它。我只要找到一点新的材料,就不会忘记用它来充实我的小说,事实上我已经修改过两次了。

第二,前年解放军总政治部新闻处编辑《志愿军英雄传》,决定把我的《坚强战士》收在里面。但是总政表扬功臣,必须完全根据事实。所以新闻处派人访问张渭良同志,拿我的小说去找他核对。张渭良同志根据事实对我的小说提出好多条具体的意见,说明当时真实的情形怎样,我的哪一些描写与事实不合。新闻处把张渭良同志的意见转给我,我根据这些宝贵的材料把小说中某些地方完全重写,这样把《坚强战士》改写成了一篇"特写"。我的文章并不精彩,也不动人。动人的是张渭良同志的坚强的性格和他对祖国、对人民的深厚的爱(这都是在志愿军里培养起来的)。他的英雄事迹教育了我,我也希望有人从我的"特写"中得到益处。……

1957年8月30日

写"就可以称为短篇小说。还有，我的短篇小说《我的眼泪》，要是把它编进《散文集》，也许更恰当，因为它更像散文。

我这些话无非说明文章的体裁和形式都是次要的东西。主要的还是内容。有人认为必须先弄清楚了"散文"的特点才可以动笔写"散文"。我就不同意这种说法。我从前在私塾里念书的时候，我的确学过作文。老师出题目要我写文章。我或者想了一天写不出来，或者写出来不大通顺，老师就叫我到他面前，告诉我文章应当怎样写，第一段写什么，第二段写什么……最后又怎样结束。我当时并不明白，过了几年倒恍然大悟了。老师是在教我在题目上做文章。说来说去无非在题目的上下前后打转。这就叫作"作文"。那些时候不是我要写文章，是老师要我写，不写或者写不出就要挨骂甚至要给老师打手心。当时我的确写过不少这样的文章，里面一半是"什么论"、"什么说"，如《颖考叔纯孝论》、《师说》之类，另一半就是今天所谓的"散文"，如《郊游》、《儿时回忆》、《读书乐》等等。就拿《读书乐》来说罢。我那时背诵古书很感痛苦。老实说，即使背得烂熟，我也讲不清楚那些辞句的意义。我怎么写得出"读书的乐趣"呢？但是作文不交卷，我就走不出书房，要是惹得老师不高兴，说不定还要挨几下板子。我只好照老师的意思写，先说人需要读书，又说读书的乐趣，再讲春、夏、秋、冬四时读书之乐。最后来一个短短的结束。我总算把《读书乐》交卷了。老师在文章旁边打了好几个圈，最后又批了八个字："水静沙明，一清到底"。我还记得文章中有"围炉可以御寒，《汉书》可以下酒"的话，这是写冬天读书的乐趣。老师又给我加上两句"不必红袖添香……"等等。其实一个十二三岁的少年，看见酒就害怕，哪里有读《汉书》下酒的雅兴？更不懂什么叫"红袖添香"了。文章里的句子不是从别处抄来，就是引用典故拼凑成的，跟"书"的内容并无多大关系。这真是为作文而作文，越写越糊涂了。不久我无意间得到一卷《说岳传》的残文，看到"何元庆大骂张用"一句，就接着看下去，居然全懂，因为书是用口语写的。我看完这本破书，就到处求人借《说岳传》的全本来看，看到不想吃饭睡觉，这才懂得所谓"读书乐"。但这种情况跟我在《读书乐》中所写的却又是两样了。

我不仅学过怎样写"散文"，而且我从小就读过不少的"散文"。我刚才还说过老师告诉我文章应当怎样写，如何从第一段讲到结束。其实这样的事情是很少有的。这是在老师特别高兴、有极大的耐心开导学生的时候。老师平日讲得少，而且讲得简单。他唯一的办法是叫学生多读书，多背书。我背得较熟的几部书中间有一部《古文观止》。这是两百多篇散文的选集：从周代到明代，有"传"，有"记"，有"序"，有"书"，有"表"，有"铭"，有"赋"，有"论"，还有"祭文"。里面有一部分我背得出却讲不清楚；有一部分我不但懂而且喜欢，像《桃花源记》、《祭十二郎文》、《赤壁赋》、《报刘一丈书》等等。读多了，读熟了，常常可以顺口背出来，也就能慢慢地体会到它们的好处，也就能慢慢地摸到文章的调子。但在当时也只能说是似懂非懂。可是我有两百多篇文章储蓄在脑子里面了。虽然我对其中任何一篇都没有好好地研究过，但是这么多具体的东西至少可以使我明白所谓"文章"究竟是怎么一回事，可以使我明白文章并非神秘不可思议，它也是有条有理，顺着我们的思路连下来的。这就是说，它不是颠三倒四的胡说，不像我们常常念着玩的颠倒诗："一出门来脚咬狗，捡个狗来打石头……"这样一来，我就觉得写文章比从前容易些了，只要我的确有话说。倘使我连先生出的题目都不懂，或者我实在无话可说，那又当别论。还有一点，我不说大家也想得到：我写的那些作文全是坏文章，因为老师爱出大题目，而我又只懂得那么一点点东西，连知识也说不上，哪里还有资格谈古论今！后来弄得老师也没有办法，只好批"清顺"二字敷衍了事。

但是我仍然得感谢我那两位强迫我硬背《古文观止》的私塾老师。这两百多篇"古文"可以说是我真正的启蒙先生。我后来写了二十本散文，跟这个"启蒙先生"很有关系。自然我后来还读过别的文章，可是并没有机会把它们一一背熟，记在心里了。不过读得多，即使记不住，也有好处。我们有很好的"散文"的传统，好的散文岂止两百篇！十倍百倍也不止！

"五四"以后，从鲁迅先生起又接连出现了不少写新的散文的能手，像朱自清先生、叶圣陶先生、夏丏尊先生，我都受过他们的影响。任何一篇好文章都是容易上口的。哪怕你没有时间读熟，凡是能打动人心的地方，就容易让人记住。我并没有想到要记住它们，它们自己会时时到我的脑子里来游历。有时它们还会帮助我联想到别的事情。我常常说，多读别人的文章，自己的脑子就痒了，自己的手也痒了。读作品常常给我启发。譬如我前面提过的那篇日本作家森鸥外的小说《沉默之塔》，我正是读了它才忽然想起写《长生塔》（童话）的。然而《长生塔》跟《沉默之塔》中间的关系就只有一个"塔"字。我一九三四年十二月在日本横滨写这篇童话骂蒋介石，而森鸥外却把他那篇反对文化压迫的"议论"小说当作一九一一年版尼采著作日文译本（《查拉图斯特拉》）的代序。我有好些篇散文和小说都是读了别人的文章受到"启发"以后才拿起笔写的。我在前面说的"影响"就是指这个。前辈们的长处我学得很少，例如我读过的韩（愈）、柳（宗元）、欧（阳修）、苏（东坡）的古文，或者鲁迅、朱自清、夏丏尊、叶圣陶诸先生的散文，都有一个极显著的特点：文字精练，不拖沓，不啰唆，没有多余的字。而我的文章却像一个多嘴的年轻人，一开口就不肯停，一定要把什么都讲出来才痛快。我从前写文章是这样，现在还是如此。其实我自己是喜欢短文章的。我常常想把文章写得短些，更短些。我觉得越短越好，越有力。然而拿起笔我就无法控制自己。可见我还不能够驾驭文字；可见我还不知道节制。这是我的毛病。

　　自然我也写过一些短的东西,像收在一九四一年出版的《龙·虎·狗》里面的一部分散文。其中如《日》、《月》、《星》三篇不过两百多字、三百多字和四百多字。但它们也只是一时的感想而已。这几百字中仍然有多余的字,更谈不到精练。而且像这样短的散文我也写得并不多。

　　我自己刚才说过,教我写"散文"的"启蒙老师"是中国的作品。但是我并没有学到中国散文的特点,可能有人在我的文章里嗅不出多少中国的味道。然而我说句老实话,外国的"散文"不论是essay(散文)或者sketch(随笔),我都读得很少。在成都学英文,念过半本美国作家华盛顿·欧文的《随笔集》,后来隔了好多年才读到英国作家吉星的《四季随笔》和日本作家厨川白村的essay等等,也不过数得出的几本。这些都是长篇大论的东西,而且都是从从容容地在明窗净几的条件下写出来的,对于只要面前有一尺见方的木板就可以执笔的我不会有多大的影响。倘使有人因为我的散文不中不西,一定要找外国的影响,那么我想提醒他:我读过很多欧美的小说和革命家的自传,我从它们那里学到一些遣辞造句的方法。我十几岁的时候没有机会学中文的修辞学,却念过大半本英文修辞学,也学到一点点东西,例如散文里不应有押韵的句子,我一直在注意。有一个时期我的文字欧化得厉害,我翻译过几本外国书,没有把外国文变成很好的中国话,倒学会了用中国字写外国文。幸好我有个不断地修改自己文章的习惯,我的文章才会有进步。最近我编辑自己的《文集》,我还在过去的作品中找到不少欧化的句子。我自然要把它们修改或者删去。但是有几个欧化的小说题目(例如《爱的摧残》、《爱的十字架》等)却没法改动,就只好让它们留下来了。我过去做翻译工作多少吃了一点"死扣字眼"的亏,有时明知不对,想译得活一点,又害怕有人查对字典来纠正错误,为了偷懒、省事起见,只好完全照外国人遣辞造句的方法使用中国文。在翻译上用惯了，自然会影响写作。这就是我的另一个毛病的由来了。

我的两篇关于中国人民志愿军的小说和几篇在朝鲜写的通讯报导，译为英文印成小书以后，有位英国读者来信说，这种热情的文章英国人不喜欢。还有人反映英国读者不习惯第一人称的文章，说是讲"我"讲得太多。这种说法也打中了我的要害。第一，我的文字毫无含蓄，很少有一句话里包含许多意思，让读者茶余饭后仔细思索、慢慢回味。第二，我喜欢用作者讲话的口气写文章，不论是散文或者短篇小说，里面常常有一个"我"字。虽然我还没有学到托尔斯泰代替马写文章，也没有学到契诃夫和夏目漱石代替狗和猫写文章，我的作品中的"我"总是一个"人"（只有一回"我"是一个"鬼"）。但是这个"我"并不就是作者自己，小说里面的"我"，有时甚至是作者憎恶的人，例如《奴隶的心》里面的"我"。而且我还可以说，这些文章里并没有"自我吹嘘"或者"自我扩张"的臭味。我只是通过"我"写别人，写别人的事情。其实用第一人称写的小说世界上岂止千千万万！每个作家有他自己的嗜好。我喜欢第一人称的文章，因为写起来，读起来都觉得亲切。自然也有人不喜欢这种文章，也有些作家一辈子不让"我"在他的作品中出现。但是我仍然要说，我也并非"生而知之"的，连用"我"的口气写文章也有"老师"。我在这方面的"启蒙老师"是两本小说，而这两本小说偏偏是两位英国小说家写的。①这两部书便是狄更斯的《大卫·科柏菲尔》和司蒂芬孙的《宝岛》。我十几岁学英文的时候念熟了它们，而且《宝岛》这本书还是一个英国教员教我念完的。那个时候我特别喜欢这两本小说。《大卫·科柏菲尔》从"我"的出生写起，写了这个主人公几十年的

---

① 那几位英国读者可能忘记了他们的祖先。但是我没法说狄更斯和司蒂芬孙不是英国人。其实用第一人称写小说的英国作家并不少。

生活，但是更多地写了那几十年中间英国的社会和各种各样的人。《宝岛》是一部所谓的冒险小说，它从"我"在父亲开的客栈里碰见"船长"讲起，一直讲到主人公经历了种种奇奇怪怪的事情，取得宝藏回来为止，书中有文有武，有"一只脚"，有"独眼"，非常热闹。它们不像有些作品开头就是大段的写景，然后才慢慢地介绍出一两个人物，教读者念了十几页还不容易进到书中去。它们却像熟人一样，一开头就把读者带进书中，以后越入越深，教人放不下书。所以它们对于十几岁的年轻人会有那样大的影响。我并不是在这里推荐那两部作品，我只是分析我的文章的各种成分，说明我的文章的各种来源。

我在前面刚刚说过我的文章里面的"我"不一定就是作者自己。然而绝大部分散文里面的"我"却是作者自己，不过这个"我"并不专讲自己的事情。另外一些散文里面的"我"就不是作者自己，写的事情也全是虚构的了。但是我自己有一种看法：我的任何一篇散文里面都有我自己。这个"我"是不出场的，然而他无处不在。这不是说我如何了不起。绝不！这只是说明作者在文章里面诚恳地、负责地对读者讲话，讲作者自己要说的话。我并不是拿起笔就可以写出文章；也不是只要编辑同志来信索稿，我的文思马上潮涌而来。我必须有话要说，有感情要吐露，才能够顺利地下笔。我有时给逼得没办法，坐在书桌前苦思半天，写了又涂、涂了又写，终于留不下一句。《死魂灵》的作者果戈理曾经劝人"每天坐在书桌前写两个钟头"。他说，要是写不出来，你就拿起笔不断地写："我今天什么也写不出来。"但是他在写《死魂灵》的时候，有一次在旅行中，走进一个酒馆，他忽然想写文章，叫人搬来一张小桌子，就坐在角落里，一口气写完了整整一章小说，连座位也没有离过。其实我也有过"一挥而就"的时候。我在二十几岁写文章写得快，写得多，也不留底稿；我拿起笔，文思就来，好像是文章在逼我，不是我在写文章一样。我并无才能，但是我有感情，有爱憎。我的文章里毛病多，但是我写得认真，也写得痛快。……

我拉拉杂杂地讲了这许多，也到了结束的时候了。我不想有系统地仔细分析我的全部散文。我没有理由让它们耗费读者的宝贵时间。在这里我不过讲了我的一些缺点和我所走过的弯路。倘使它们能给今天的年轻读者一点点鼓舞和启发，我就十分满足了。我愿意看到数不尽的年轻作者用他们有力的笔写出反映今天伟大的现实的散文，我愿意读到数不尽的健康的、充满朝气的、不断地鼓舞读者前进的文章！

1958年4月

《创作回忆录》选

（1978–1980）

一　关于《春天里的秋天》

上星期我会见了两位瑞典文化界的朋友。他们送给我一本瑞典文小书，原来是我的旧作《春天里的秋天》的译本。这是出乎我意外的。这本小书出版于一九七二年，那个时候我还在"靠边"，给剥夺了公民的权利，主要原因就是我写了"流毒很广"的十四卷"邪书"，其中也包括这本中篇小说《春天里的秋天》。

我带着这份礼物回家。我找出我的原作翻看到深夜。屋子里气温是摄氏三十三度。我听见远方火车驶过的声音。这是一个多噪音的炎热的夜。我不想睡。我翻开书，一页一页地，翻着，看着……我想起了四十六年前的事情。那是在一九三二年的春天。我在"一·二八"日军侵犯上海闸北地区以后，迁出了宝山路宝光里。不久，我到福建晋江去看朋友，在那里住了不到两个星期。在那个南方古城里，我有好些朋友，有的是本地人，有的是从上海去的，他们在两所学校里当教师。一所叫黎明高中，校址是过去的武庙（关帝庙）；另一所是平民中学，设在文庙（孔子庙）的旧址。还有一家晋江书店，书店的主人姓沈，也是我的朋友。他常常跟我谈文化界的情况。他几次提到一个生病的少女的名字，简单地讲了她的故事。他希望我去看看这个年轻的读者。我同意了。

在一个雨后的晴天，沈和另一个教书的朋友陪我走过泥泞的田畔小路，去访问这个陌生的姑娘。在本地有钱人家的庄院里，在一间阴暗的屋子里，我看见了那个相貌端正的少女。她躺在宽大的架子床上,身上盖了一幅薄被,看见我们进去,便坐了起来。我们三个人坐在一条长板凳上,沈说明了来意。

姑娘只是微笑。我讲了两三句鼓励的话,沈又重复解释一遍。她看看我,好像要说什么,却只说了两声"谢谢!"再也没有讲别的话。我们在她这里停留了半个小时,谈话不到十句以上。我们告辞的时候,她仍然默默地笑。但是我看见从她的眼里流下了泪珠。……

她的名字我早已忘记。她当时不过二十左右,听说一两年后她就逝世了。她的病一直没有治好。使她疯狂的原因是:父亲逼她同她所不爱的男人结婚,不许她继续上学念书。

这位疯狂的少女的故事折磨着我的心。我太熟悉了!不自由的婚姻,传统观念的束缚,家庭的专制,一句话,不合理的社会制度,摧残了千千万万年轻的心灵。我说,我要替他们鸣冤。

我回到上海,一口气写成一部中篇小说。放下笔,吐了一口气,我才感到轻松。我觉得我替疯姑娘讲了话了。

其实,我在小说里写的并不是疯姑娘的事情。我不熟悉她的家庭环境和故事的细节,也没有进行过调查或者采访。我想,我也不需要知道那些细节,我的脑子里已经有了人物和情节了。我把小说的背景放在厦门鼓浪屿,因为我从上海到晋江,来回都在鼓浪屿小住。我喜欢那个风景如画的小岛。我常常坐划子来去厦门,晚上也在海上看到星星。鼓浪屿的春天给我留下很深的印象。在这里我想起了另一个南国的姑娘,她没有发疯,却默默地憔悴死去。我把她的悲剧写在小说里面了。郑佩瑢就是她。不同的是小说里的郑佩瑢向父亲屈服,免得父亲用手枪打死她的恋人,而生活中的那个姑娘却不顾一切要求跟恋人一起远走高飞。

她姓吴,是归国华侨,我见过她,却并不认识她。可是我知道她的不幸的遭遇,而且在四十七八年后我写这篇《回忆》时,我还满怀同情地想到她。我看见她是在一九三〇年我第一次到晋江的时候,那一次我在黎明高中作客,就住在武庙里面。我是到晋江过暑假的。学校的校长是我的朋友,还有两三个熟人在那里教书。学校附近公园里有几株龙眼树,正是龙眼熟了的时候。我有时到大街小巷闲走,有时同两三个朋友逛公园;更多的时间则用来写短篇小说,或者做翻译工作,或者向一位姓陈的朋友学习:白天我观察显微镜下草履虫、阿米巴之类的生活,晚上坐在高高的露台上看秋夜的星星。偶尔我也坐坐办公室,帮助办一点杂事,因为开学的日期近了,校长又患了伤寒症。吴来报到的时候,我正在办公室。以后我还见过她一两面。她是一个活泼、秀丽的姑娘。

不久,校长住进医院,我也回上海了。学期结束,一位在那里教书的朋友来到上海,在我们闲谈中他讲起了吴。吴爱上了学校的英语教师,事情被家里知道了,进行干涉。家里早替她作了安排,挑选的未婚夫就是这个学校的校董,本省一位有钱的绅士。英语教师也是我的朋友。他姓郭,爱好文学,喜欢写散文,年纪不过二十三四。他唤起一个少女的爱、接受这个热情少女的爱,也是寻常的事。他们之间就只有这样一种感情的交流。然而压力来了。女的不肯屈服;男的先是受到批评,后来给赶出学校,逃到鼓浪屿,住在友人家中。校董胜利了。婚礼提前举行。姑娘还不甘心投降。但是她有什么办法冲出樊笼呢?在结婚的前夕她还冒着大雨偷偷跑到鼓浪屿去找我那个朋友,表示要跟随他流浪到天涯海角,永不分离。我那个朋友一则没有胆量,二则不愿意让她跟他一起吃苦,他婉辞谢绝了她的爱。她绝望地回到家中,不再作任何冲出去的尝试了。寂寞的死亡在等待她。

我写的就是这样的爱情故事。我把两个少女不幸的遭遇合在一起了。其实,我奋笔写作的时候,在我脑子里活动的人物形象并不止这两个,我可以举出许多名字。我有一种习惯:小说写成了,常常没有题目。这部中篇写完,我也想不出题目来。当时我翻译的中篇小说《秋天里的春天》刚刚在《中学生》月刊上连载完毕,我准备交给开明书店印单行本。我把全书重读一遍,忽然"灵机一动",给我的中篇想好了一个题目:《春天里的秋天》。我根据这个题目和小说的内容写了一篇序。这年十月,两本小说同时在开明书店出版发行。《秋天里的春天》是匈牙利作家尤利·巴基用世界语写的小说。中译本借用了原书的封面,突出一个人物的画像。我的小说的封面则是钱君匋同志参照这个格式设计的。译本中有一幅插图,表现中学生雇吉卜赛人在"小太阳姑娘"的帐篷外奏小夜曲,这是照原书的插图翻印的。钱君匋同志也为我的小说绘了一幅《海上看星》的插图。到一九四〇年,开明书店同时重排两本小说,封面一律简单化,插图也就给取消了。

  关于《春天里的秋天》,我就写到这里。但是我的故事并没有完结。那位姓郭的朋友离开福建以后,又到别处教书。在那些日子里,人要找一个铁饭碗,很不容易。一个普通的知识分子找工作更困难。没有靠山,没有"来头",纵然精通英语,会写散文,也不得不东奔西跑,求人帮忙,找一碗饭吃。我写完《春天里的秋天》的时候,听说郭在武汉美专教书,又遇到了麻烦。他爱上了一个女学生,也可以说是他们彼此相爱。女学生姓许,她的未婚夫在国外留学,是校长的兄弟。事情明朗化以后,校长出来干涉。女的不屈服,她父亲就把她关起来,交给她一盘粗绳和一把利刀,要她自杀。不然她就得断绝同郭的往来。女儿不肯听话,父亲也是十分顽固。在这紧要的关头,靠了母亲和哥哥的帮忙,许逃出了家,拿了一张船票,上了长江轮船到南京去投靠亲戚。许动身的时候,郭到船上送行,两个人都很激动,谈着,谈着,郭就不下去了。他把许一直送到南京。他们就在南京结了婚,当时住在南京的一位姓陈的朋友家里(就是我在晋江黎明高中认识的那位"范兄")。陈后来告诉我:郭和许到南京,一起去找他,打算托他照料许。陈听了他们的故事,非常感动,主动地让出屋子,把郭留下来,安排他们结了婚。陈后来又到福建工作。他患肺结核,后来病情恶化,一九四一年初死在武夷山。他几次对我谈起郭和许的事情，总是用赞叹的口气，而且很满意自己让出屋子成全了他们。

故事到这里还不曾结束。这一对夫妇有了两个女儿，生活虽不算宽裕，家庭中却没有纠纷。他们到过好些地方，后来在上海住了下来。郭写了不少篇散文，翻译了几部西方文学名著，生活比较安定了。但是一九三七年"八·一三"日本侵略军的炮火打散了他们那个小小的家庭，他们又开始到处转移。全国解放后几年，他们到北京，在西单区定居下来。五十年代中我也曾到那里看望过他们。他老了，话也少了，但笑容却多了些。我想他们可以"白头偕老"了。

但是林彪、"四人帮"的魔爪也伸到了他们的头上。他们在北京西单区有五间小屋，是一个院子里的一排上房，这是郭用他的稿费买下来的。他翻译的《贵族之家》和《前夜》在全国有不少的读者。打击来的时候，许一个人在家，郭在广州暨南大学教书，女儿在别处工作。于是房屋没收，扫地出门，许给送到广州。她的丈夫已经给关进了"牛棚"，连见一面也不可能。广州没有地方收留她。他们又把她送回湖北老家。她后来才到了女儿那里。我去年年底意外地收到她一封信，告诉我她在一九六八年夏天得到学校通知，说她丈夫"因天气炎热劳动时晕倒而死"。那么郭死在一九六八年夏天了。这才是我的故事的结束。但是我在一九三二年春天写那个"温和地哭泣的故事"的时候会想到这样的结局吗？不仅是我，便是那个一盘粗绳和一把刀子没有能使她低头的姑娘，她想得到四十五年以后会给我写这样一封信吗？

过去的终于过去了。今天我重读这部旧作，四十几年前的往事还历历在目。我用什么来安慰亡友的家属呢？听说郭的问题至今尚未彻底解决[①]，可能人们已经忘记了他。但是现代中国文学史的研究者不

[①] 一九七八年九月十四日暨南大学在广州举行了追悼会为郭和其他七位同志平反、昭雪，恢复名誉。

会忘记他在现代散文的发展上所作的贡献。他在三十年代写的三本散文集《黄昏之献》、《鹰之歌》和《白夜》都还在我的手边，他翻译的小说《贵族之家》、《前夜》和他校改过的小说《罗亭》也都在我的手边。我会常常翻看它们。它们有权利存在。那么这个善良的人的纪念也会跟着它们存在下去吧。

1978年7月14日

二 关于《长生塔》

我在前一篇回忆里，讲到瑞典朋友送我小书的事。那天晚上除了小书，外宾还送给我一本大十六开本的杂志《人民写实报》，是今年的"夏季特大号"，上面有我的童话《长生塔》的译文和大幅插图。真没有想到在北欧还有人记得我一九三四年写的那篇童话！

当时我住在日本横滨本牧町小山上一个高等商业学校副教授武田的家里。他是汉语教师，我本来不知道他。我有几个留学日本的朋友同他熟，我去日本，他们把我介绍给他。那个时候去日本非常方便，不用办护照，买船票很容易，随时可以买，不要交出证件。我买的是"浅间丸"的二等舱票，船上服务周到，到横滨上岸也不受检查。我动身前由朋友去信通知武田我到达的日期。船靠岸时武田夫妇带着两个女儿，打着"欢迎黎德瑞先生"的小旗，在码头上迎接。他的妹妹同我一个朋友讲过短时间的恋爱。他教授中文，也需要找人帮忙。因此我就做了他家的客人。我把副教授的书房借用了三个月。朋友们的介绍信上说我是一个书店职员，我用的名字是黎德瑞。我改名换姓，也不过是想免去一些麻烦。早就听说日本警察厉害，我也作了一点准备。为什么叫"德瑞"呢？一九三四年上半年我和章靳以、陆孝曾住在北平三座门大街十四号时，常常听见陆孝曾讲他回到天津家中找伍德瑞办什么事。伍德瑞是铁路上的职工。我去日本要换个名字就想到了"德瑞"，这个名字很普通，我改姓为"黎"，因为"黎"和"李"日本人读起来没有区别，用别的姓，我担心自己没有习惯，听见别人突然一叫，可能忘记答应。我住下来以后，果然一连几天大清早警察就跑来问我：多少岁？或者哥哥叫什么名字？我早想好了，哥哥叫黎德麟。吉庆的字眼！或者结婚没有？经过几次这样的"考试"，我并没有露出破绽，日本警察也就不常来麻烦了。

　　副教授武田先生就是我的短篇小说《神》里面的"长谷川君"。也就是《鬼》里面的堀口君。他信神，当然也信鬼。我借住的正是那间"精致的小书房"，我在《神》里面已经详细地描写过了。我在这间书房里一共写了三个短篇：两篇小说和一篇童话。十二月中写成的《长生塔》，是其中的第二篇。我离开上海的前夕答应给开明书店的《中学生》月刊第二年一月号写一个短篇。《神》写成寄出以后，我翻阅《现代日本小说集》消遣，读了森鸥外的《沉默之塔》（鲁迅先生译），忽然想起苏联盲诗人爱罗先珂（一八八九——一九五二）的童话《为跌下而造的塔》（胡愈之译），我对自己说："写篇童话试试吧。"我的眼前出现了一座摇摇晃晃的高塔，只摇晃了几下，塔就崩塌下来了！长生塔的故事我也想好了。

　　我写《长生塔》并不费力，可以说是一口气写成的。不过我也遇到困难：我不能公开地写作，让主人知道我是作家。我只好偷偷地写。我放一本书在手边，听见脚步声就拿书盖着稿纸。在武田去学校教课、孩子上学去的时候，家里非常清静，我也可以放心地写作。但是我记得我写《长生塔》时，武田患感冒请假在家，他脖子上缠了一块毛巾，早晨晚上仍然在紧接书房的客室里念经，不过整天没有进书房聊天，只是推开门探头进来打了个招呼。这样我虽然有点担心，但在两天里也就把童话写成了。一直到我同他告别去东京的时候，副教授还不知道我是一个作家。

　　我在前面提过爱罗先珂的《为跌下而造的塔》。我的《长生塔》就是从爱罗先珂的两座宝塔来的。不过爱罗先珂的塔是两个互相仇恨的阔少爷和阔小姐花钱建筑的，为了夸耀彼此的富裕，为了压倒对方,为了谋取个人幸福。而结果两个人同时从宝塔上跌了下来,跌死了。我的童话里的长生塔是皇帝征用民工修建的,他梦想长生,可是塔刚刚修成,他登上最高的一级,整座塔就崩塌下来,他的尸首给埋在建塔的石头下面。这就是皇帝的结局。皇帝就是指蒋介石。我通过这篇童话咒骂蒋介石。我说,他的统治就像长生塔那样一定要垮下来。童话的结尾有这样一句话:"沙上建筑的楼台从来是立不稳的。"

《长生塔》在一九三五年一月号的《中学生》上发表了。一九三五年八月我从日本回到上海,这年冬天《中学生》月刊社又向我组稿。我就写了第二篇童话《塔的秘密》。这一篇比较长,又有些自己编造的东西。那些细节是从什么地方来的呢?一定是从我小时候听到的故事和读到的童话书里搬来的。开始有些吃力,但写到后面就感到思想顺畅了。这是一篇爱罗先珂式的童话。"'父亲'你来吧,我闭上眼睛不顾一切地向着他手里的刀迎上去。"我的童话中的叙述和爱罗先珂童话里那个要造"全人类都可以乘的幸福的船"的"阿哥"的愿望不是一样的吗?今天我重读它,我还看到《幸福的船》[①]的影响。说实话,我是爱罗先珂的童话的爱读者。二十年代爱罗先珂的童话通过鲁迅先生、夏丏尊先生和胡愈之同志的翻译在我的思想上留下了很深的烙印。上个月(一九七八年八月)以德田六郎先生为首的十多位懂世界语的日本旅游者在上海见到我,其中一位女作家向我问起对爱罗先珂的看法,我说我喜欢他的童话,受过他的影响。现在回想起来,我的"人类爱"的思想一半、甚至大半都是从他那里来的。我的四篇童话中至少有三篇是在爱罗先珂的影响下面写出来的。在本世纪二十年代,爱罗先珂在中国读者中间有过很大的影响。

第三篇童话《隐身珠》是根据古老的四川民间故事改写的,就是

[①] 《幸福的船》:爱罗先珂作,鲁迅、夏丏尊等译。

我小时候听惯了的"孽龙"的故事。这一次我给旧的故事加上了新的内容,把原先用来增加财物的宝珠改成了"隐身珠"。至于孩子变成龙,回头望母亲,母亲拉住脚不肯放,大水淹没全城……这都是旧有的民间传说,要是没有它,我就写不出《隐身珠》来。

《隐身珠》是在一九三六年秋天写成的。当时凌叔华女士在编辑武汉一家报纸的文学副刊,她两次来信要稿。这以前不久她到过上海,萧乾同志介绍我认识了她。我过去是《花之寺》①的读者,谈起来,我觉得她很爽快,很容易就同她相熟了。而且还有一件事情:我在横滨写第一篇童话《长生塔》的时候,那位日本朋友武田几次对我谈起他单恋过一个中国女人,有一回他给我看一封信,原来是一个女作家写给外国读者的回信,写信人的名字是凌叔华。武田当时大概在北平进修,他喜欢她的小说。一直到我住在横滨的那个冬天,他求神念经以后,到小书房来找我聊天,他还说,神告诉他中国女人现在还想念他。我始终没有对凌叔华女士讲过这件事情,但是在一九三六年看见她,我不能不想到她的小说的魅力。我和她见面就只有这一次。全国解放的时候她不在国内。我四十年没有得到她的音信,只有一次听说她五十年代中回过北京。去年读徐迟同志的文章,我才知道她曾经打电话劝李四光同志提前回国。也是在去年,香港《大公报》发表了中国新闻社记者写的关于我的报道,她从伦敦来信说她读了"记事","十分安慰",她说她要回国探亲。她还说:"你或者不会记得我。"我当然记得她,而且我还保存着她四十二年前写给我的几封信。一九三六年八月三十一日的信上说:"你的文章到了。我该怎样高兴。"信里说的文章就是《隐身珠》。

这篇童话写起来更不费力,可以说,我只是把我小时候听惯了的、而且一直使我的心非常激动的故事忠实地记录了下来。我改动不

---

① 《花之寺》:凌叔华的短篇小说集。

大、增加不多，原来的民间故事就很动人。给我讲故事的人虽然大都是老妈妈，但她们讲得有声有色，而且很有感情，因为故事里含有人民的共同心愿，这就是：凡是压迫人民的都要灭亡。我的童话里说明的也就是这个真理。

第四篇童话《能言树》，是为开明书店的《新少年》半月刊写的。我自己很喜欢它。这是一九三六年冬天我在拉都路（襄阳路）敦和里二十一号二楼写成的。当时我替朋友马宗融、罗淑夫妇看房子（宗融在广西大学教书），一个人住一幢房屋。二楼那个房间不算大也不算小，除了桌椅和沙发，好像就没有别的东西。有的是我可以自由活动的空间。我发了狂似地奋笔写了两个晚上，每晚都写到两点钟。屋子里生着火，我心里燃烧着火，头上冒着汗，一边念，一边写，我在控诉国民党军警镇压学生、摧残青年的罪行。我写到"为什么那些同情别人、帮助别人、爱别人的年轻孩子就该戴镣铐、挨皮鞭、坐地牢、给夺去眼睛、给摧残到死？"我丢下笔在屋子里走了好几转。我感到窒息，真想大叫几声，我快要给憋死了。

在这个时候以前我写的是小女孩把脸压在树干上向大神哀告，神一直没有回答，因为神是不存在的。现在，那棵把小女孩的眼泪尽量吸收去了的年轻的树讲话了："凡是把自己的幸福建筑在别人的痛苦上，用镣铐、皮鞭、地牢等等来维持自己的幸福，这样的人是不会活得长久的，他们终于会失掉幸福。"

这就是《能言树》的由来。即使是编童话，我也不愿让树木随便讲话。但是到了非讲话不可的时候我就控制不了我的"人物"，换句话说，我控制不了我的笔了。过去我常说我写小说就像在生活，这是真实的情况（当然不是指所有的作品）。

《能言树》发表以后不到半年，我的童话集《长生塔》也在文化生活出版社出版了。我在书前加了一篇"序"。我说："我勉强称它们为童话，其实把它们叫作'梦话'倒更适当。"没有人表示不同的意见，因为这几篇童话并不曾受到人们的注意。

　　一九五四年初，我从朝鲜回来，北京有一位朋友写信来索取这本小书，说是打算介绍给一家出版社。我感谢他的好意，把书寄去了。过了一段时间，书稿给退了回来。朋友来信说，他读了这本小书，不很了了，拿给孩子读，孩子也说不懂。朋友讲得干脆、老实，我应当感谢他。我虚心地把《长生塔》等四篇重读了一遍放在一边，觉得不印也好。但是过了两个月，另一个朋友偶然向我提起这本书，我又找出来看了一遍，坦然地把它交给另外一家出版社排印了出来。

　　《长生塔》就这样地保存下来了。但是我觉得那位朋友的话也有道理。今天的孩子的确不容易看懂我这四个短篇，它们既非童话，也不能说是"梦话"，它们不过是用"童话"的形式写出来的短篇小说。我的朋友用看安徒生童话的眼光看它们，当然不顺眼。至于孩子不懂，更不能怪孩子，因为他实在不知道三十年代中国的事情。然而历史是不会迁就人的，而任意编造历史、篡改历史的人一定会受到历史的惩罚，林彪和"四人帮"的下场就是很明显的例子。

1978年9月24日
1979年7月25日修改

三　关于《第四病室》

今天下午去医院看病，回来我忽然想起我的小说《第四病室》，就找出来翻了一下，我又回到抗日战争的日子里去了。

小说是一九四五年上半年在重庆沙坪坝写成的，写的是一九四四年六月在贵阳发生的事情。那一段时期中我在贵阳中央医院一个三等病房的"第三病室"里住了十几天，第二年我就根据自己的见闻写了这部小说。

我还记得一九四四年五六月我在贵阳的生活情况。我和萧珊五月上旬从桂林出发，五月八日在贵阳郊外的"花溪小憩"结婚。我们没有举行任何仪式，也不曾办过一桌酒席，只是在离开桂林前委托我的兄弟印发一份"旅行结婚"的通知。在贵阳我们寂寞，但很安静，没有人来打扰我们。"小憩"是对外营业的宾馆，这是修建在一个大公园里面的一座花园洋房，没有楼，房间也不多，那几天看不见什么客人。这里没有食堂，连吃早点也得走半个小时到镇上的饭馆里去。

我们结婚那天的晚上，在镇上小饭馆里要了一份清炖鸡和两样小菜，我们两个在暗淡的灯光下从容地夹菜、碰杯，吃完晚饭，散着步回到宾馆。宾馆里，我们在一盏清油灯的微光下谈着过去的事情和未来的日子。我们当时的打算是这样：萧珊去四川旅行，我回桂林继续写作，并安排我们婚后的生活。我们谈着，谈着，感到宁静的幸福。四周没有一声人语，但是溪水流得很急，整夜都是水声，声音大而且单调。那个时候我对生活并没有什么要求。我只是感觉到自己有不少的精力和感情，需要把它们消耗。我准备写几部长篇或者中篇小说。

我们在花溪住了两三天，又在贵阳住了两三天。然后我拿着我舅父的介绍信买到邮车的票子。我送萧珊上了邮车，看着车子开出车场，上了公路，一个人慢慢走回旅馆。

我对萧珊讲过，我回桂林之前要到中央医院去治鼻子，可能需要进行一次手术。我当天上午就到医院去看门诊，医生同意动手术"矫正鼻中隔"，但要我过一天去登记，因为当时没有床位。我等了两天。我在另外一家小旅馆开了一个小房间，没有窗户，白天也要开灯。这对我毫无不便，我只有晚上回旅馆睡觉。白天我到大街上散步，更多的时间里去小旅馆附近一家茶馆，泡一碗茶在躺椅上躺一两小时，因为我也有坐茶馆的习惯，在那里我还可以观察人。

就在这两天中我开始写《憩园》，只是开了一个头。

两天以后我住进了医院，给安排在第三病室，也就是外科病室。我退了旅馆的小房间，带着一口小箱子坐人力车到了医院，付了规定预付的住院费，这样就解决了全部问题。我在医院里住了十几天，给我动了两次手术，第一次治鼻子，然后又转到外科开"水囊肿"。谁也不知道我睡在医院里，我用的还是"黎德瑞"这个假名。没有朋友来探过病，也没有亲人来照料我。贵阳开明书店办事处里有我的熟人，我的信件都由那里收转。我只对他们说我有事去别处。动过手术后的当天，局部麻醉药的药性尚未解除，心里十分难过。但是我在这间有二十几张床位的三等大病房里，并没有感到什么不便，出院的时候，对病房里的医生、护士和病友，倒有一种惜别之情。

出院后我先在中国旅行社招待所里住了十多天，继续写《憩园》，从早写到晚，只有在三顿饭前后放下笔，到大街散步休息。三顿饭我都在冠生园解决，早晨喝碗猪肝粥，其余的时间里吃汤面。我不再坐茶馆消磨时间了，我恨不得一口气把小说写完。晚上电灯明亮，我写到夜深也没有人打扰。《憩园》里的人物和故事喷泉似地要从我的笔端喷出来。我只是写着，写着，越写越感觉痛快，仿佛在搬走压在头上的石块。在大街上散步的时候，我就丢开了《憩园》的新旧主人和那两个家庭，我的脑子里常常出现中央医院第三病室的情景，那些笑脸，那些痛苦的面颜，那些善良的心……。我忘不了那一切。我对自己说："下一本小说就应该是《第三病室》。对，用不着加工，就照真实写吧。"人物有的是，故事也有。这样一间有二十几张病床的外科病房不就是当时中国社会的缩影吗？在病室里人们怎样受苦，人们怎样死亡，在当时的社会里人们也同样地受苦，同样地死亡。

但是我在贵阳写的仍然是《憩园》，而且没有等到完稿，我就带着原稿走了，这次我不是回桂林，我搭上了去重庆海棠溪的邮车。萧珊在重庆两次写信来要我到那里去，我终于改变了主意，匆匆地到了四川。万想不到以后我就没有机会再踏上桂林的土地，因为不久就发生了"湘桂大撤退"的事情。动身前我还再去花溪在"小憩"住了两天。我在寂寞的公园里找寻我和萧珊的足迹，站在溪畔栏杆前望着急急流去的水。我想得多，我也写得不少。我随身带一锭墨，一支小字笔和一叠西式信笺，用信笺作稿纸，找到一个小碟子或者茶碗盖，倒点水，磨起墨来，毛笔蘸上墨汁在信笺上写字很方便，我在渝筑道上的小客栈里也没有停笔。最后在重庆我才写完这部小说，由出版社送给重庆市图书杂志审查处审查。装订成一本的西式信笺的每一页上都盖了审查处的圆图章，根据这个稿本排印，这年十月小说就同读者见面。这些图章是国民党检查制度的最好的说明，我把原稿保留下来，解放后捐赠给北京图书馆手稿部了。

第二年我开始写《第四病室》。没有稿纸，我买了两刀记账用的纸，比写《憩园》时用的差多了，这种纸只能用毛笔在上面写字。我当时和萧珊住在沙坪坝一个朋友的家里，是土地，楼下一大间，空荡荡的，我白天写，晚上也写，灯光暗，蚊子苍蝇都来打扰。我用葵扇赶走它们，继续写下去。字写得大，而且潦草，一点也不整齐。这说明我写得急，而且条件差。我不是在写作，我是在生活，我回到了一年前我在中央医院三等外科病房里过的日子。我把主人公换成了睡在我旁边床上那个割胆囊的病人。但我只是借用他的病情，我写的仍然是当时用我的眼光看见的一切。当然这不是一个作家的见闻，所以我创造了一个人物陆××（我在这里借用了第六床病人朱云标的本姓），他作为我一个年轻读者给我写了一封信，把我的见闻作为他的日记，这样他就可以睡在我当时睡的那张病床上用我的眼光看病房里的人和事了。

我写得很顺利，因为我在写真实。事实摆在那里，完全按照规律进行。我想这样尝试一次，不加修饰，不添枝加叶，尽可能写得朴素、真实。我只把原来的第三病室同第四病室颠倒一下，连用床位号码称呼病人，我也保留下来了。（我有点奇怪，这不是有点像在监牢里吗？）那几个人物……那个烧伤工人因为公司不肯负担医药费，终于在病房里痛苦地死去；那个小公务员因为父亲患病和死亡给弄得焦头烂额；那个因车祸断了左臂的某器材库员在受尽折磨之后不知由于什么原因得了伤寒病情恶化；还有那个给挖掉一只眼睛的病人等等，等等，我都是按照真实写下来的，没有概括，也没有提高。但我也没有写出真名真姓，因为我不曾得到别人的同意。既然习惯用病床号数称呼病人，就用不着我多编造姓名了。小说里只有几个名字，像医生杨木华，护士林惜华，病人朱云标，当然都是我编出来的。朱云标的真名姓，我完全忘记了。我只记得他姓陆，我把他的姓借给日记（也就是本书）的作者了。可是对他的言语面貌，我还有印象。我初进病房，在病床躺下，第一个同我讲话的就是他。他睡在我左边床上，左臂高高地吊起来，缠着绷带，从肘拐一直缠到手腕，手指弯曲着，给吊在一个铁架上，而铁架又是用麻绳给绑在方木柜上面。这是那位中年医生的创造发明，他来查病房或者换药时几次向人夸耀这个。他欣赏铁架,却从来没有注意那个浙江农村青年的灵魂,他的态度给病人带来多少痛苦。在这个病房里病人得用现款买药,自己不买纱布就不能换药,没有钱买药就只有不停地给打盐水针。这个从浙江来的年轻人在家乡结了婚,同老婆合不来,吵得厉害,就跑了出来。后来在这里国民党军队某某器材库工作。有一天他和一个同事坐车到花溪去玩,翻了车,断了胳膊,给送到陆军医院,然后转到这里。他常常同我谈话,我很少回答。不过我看得出来,他容易烦躁,一直想念他的家乡。他因为身边没有多少钱,不习惯给小费,经常受到工友的虐待,不久他发烧不退,后来查出他得了斑疹伤寒。他是在什么地方传染到斑疹伤寒的呢?医生也说不出。病查出来了,因为没有钱买药,还是得不到及时治疗。他神志不清,讲了好些"胡话"。小说里第八章中他深夜讲的那些话都是真实的,只有给他母亲写信的那几句才是我的"创造"。他并没有死,第二天就给搬到内科病房去了。这以后他怎样我完全不知道,也无法打听。

另一个病人是在我眼前死去的,就是那个烧伤工人。他受伤重,公司给了一点医药费,就不管他。在医院里因为他没有钱不给他用药,只好打盐水针,他终于痛苦哀号地死去。他对朋友说:"没有钱,我的伤怎么好得了?心里烧得难过。天天打针受罪。……我身上一个钱也没有。他们就让我死在医院里,不来管我!"这些话今天还在烧我的心!他第二天就永闭了眼睛。工友用床单裹好他的尸体,打好结,还高高地举起手,朝着死人的胸膛,把断定死亡的单子一巴掌打下去。旁边一个病人批评说:"太过分,拿不到钱,人死了还要挨他一巴掌。"这就是旧社会,这就是旧社会的医院。一九五八年我在上海广慈医院采访了抢救钢铁工人丘财康同志的事迹,这一场挽救烧伤工人的生命的战斗得到了全国人民的支援。丘财康同志活下来了。一个夏天的夜晚,我在医院里一个露台上旁听全市外科名医的会诊,专家们为丘财康同志的治疗方案提供意见,认真地进行讨论。我从医院回家，已经相当迟了，一路上我想着一九四四年惨死的烧伤工人，他的烧伤面积比丘财康同志的小得多，可是在过去那样的社会里哪有他的活路！我多么希望他能活到现在。

还有那个小公务员和他的后颈生疮烂得见骨的老父。这一家人从南京逃难出来，到贵阳已经精疲力尽了。儿子当个小公务员，养活一家六口人很不容易，父亲病了将近一个月，借了债才把他送进医院。我亲耳听见儿子对父亲说："你这场病下来，我们一家人都完了。"父亲不肯吃猪肝汤，说："我吃素。"儿子就说："你吃素！你是在要我的命。你是不是自己不想活，也不要别人活！"我还听见儿子对别人说："今天进医院缴的两千块钱还是换掉我女人那个金戒指才凑够的。"又说："要不是生活这样高，他也不会病到这样；起先他图省钱，不肯医，后来也是想省钱，没有找好医生……"又一次说："今天两针就花了一千六百块钱。我实在花不起。"过两天父亲不行了，还逼着儿子向一个朋友买墓地，说："李三爷那块地我看中了的。你设法给我筹点钱吧。我累了你这几年，这是最后的一回了。"他催促儿子马上跑出去找人办交涉。等到儿子回来，就只看到"白白的一张空床板"。父亲给儿子留下一笔还不清的债，古怪的封建家庭的关系拖着这个小公务员走向死亡。虽然无名无姓，在这里我写的却是真人真事，我什么也没有增加。在这小人小事上面不是看得出来旧社会一天天走向毁灭吗？更奇怪的是，这个吃素的老人偏偏生杨梅疮，真是莫大的讽刺！

我不再谈病人了，上面三个人只是作为例子提到的。我还想谈谈那个年轻的女医生杨木华。她并不是真人，真实的只有她的外形。在这本小说里只有她才是我的创作。我在小说里增加一个她，唯一的原因是，我作为一个病人非常希望有这样一位医生，我编造的是我自己的愿望，也是一般病人的愿望。在病房里我见到各种各样的医生，虽然像杨木华那样的医生我还没有遇见，但她的出现并不是不可能的。

她并不是"高、大、全"的英雄人物。她不过是这样一位年轻医生：她不把病人看作机器或者模型，她知道他们都是有灵魂、有感情的人。我在三等病房里住了十几天，我朝夕盼望的就是这样一位医生在病房里出现。我写这部小说的时候，我也曾这样想过：通过小说，医生们会知道病人的愿望和要求吧。所以我写了杨木华。我说：在这种痛苦、悲惨的生活中闪烁着的一线亮光，那就是一个善良的、热情的年轻女医生，她随时在努力帮助别人减轻痛苦，鼓舞别人的生活的勇气，要别人"变得善良些，纯洁些，对人有用些。……"①

但是像这样一位医生在当时那个社会，当时那个医院里，怎么能长久地生活下去，工作下去呢？所以我给她安排了一个在金城江大爆炸中死亡的结局："一个姓杨的女大夫非常勇敢而且热心地帮忙着抢救受难的人……她自己也死在连续三小时的大爆炸中。"后来我编印《文集》，一九六〇年底在成都校改这部小说，我自己也受不了那个悲惨的结局，我终于在《小引》里增加了一小段，暗示杨大夫到了四川改名"再生"，额上还留着一块小伤疤。她活着，我也感到心安了。

其实我也仔细想过为什么杨大夫就不能在那个医院里工作下去呢？她当时不过是医科大学（湘雅医学院）的学生、实习医生。她要改变思想和她的生活方式，总得在碰了无数次钉子之后，在她离开学校做了多年医生之后。根据我的经验，哪怕旧社会是多大的染缸，要染黑一个人，也不是容易的事。杨大夫的确应当活下去，工作下去。

小说写完了，出版了……在"四害"横行的时期，它受到了严厉的批判，给戴上了"毒草"的帽子，这是无足怪的。我接受批判时，心安理得。我看出来我的确和"四人帮"那一套"对着干"。我希望医生把病人当朋友，"四人帮"之流却把病人当敌人，在医院里实行"群众专政"。在一段长时间里，好几年吧，我没有去医院看病，因

---

① 见我的文集第十三卷的后记。

为我不愿意先到群众专政组去登记，不愿意让别人在我的医疗卡或病历卡上加批"反动学术权威"或者"无产阶级专政的死敌"等等字样。友人王西彦纪念魏金枝的文章里有这样的话："当病人被送到医院急诊室时，医生看到是个气喘嘘嘘的老人，原来态度是很积极的，可是等到机关去了人以后，大概知道病人是个靠边的，医院里的态度就变了。"这是一九七二年年底的事，就在这之前四个月，萧珊患肠癌在上海某医院"动手术"，她一个人住院治病，却需要动员全家的人轮流看护、照顾，晚上也得有人通宵值班。萧珊病情恶化，我们要求医院代请一位较有经验的护理人员，医院也毫无办法。看来一个人生重病就可能拖垮一家。对"四人帮"之类搞的那种让病人（或者及其家属）自力更生的办法，即使在当时我也想不通。我守在萧珊的病榻旁边，等待她需要我做什么事的时候，我几次想起了一九四四年在贵阳医院里的一段经历。难道我是在做梦？难道我没有写过一本叫作《第四病室》的小说？难道我写的真实是假话？当时我一个人睡在病床上，甚至在开刀后不能动弹的时刻，没有家属照顾，也不要我自力更生，我居然活下来了。

今天是萧珊逝世后六年零八个多月[①]，想到她在上海医院中那一段经历，我仍然感到心痛。大概没有人再相信"四人帮"之类的胡说了吧。现在重读三十五年前我写的中篇小说，我还有一种和老友重见的感觉。重读它我更加热爱生活，它仍然鼓舞我前进，鼓舞一个七十五岁的老人前进。即使我前面的日子已经很有限、很有限了，我还是在想："怎样变得善良些，纯洁些，对别人有用些。"

我怀念当时第三病室的医生、护士和病友。

1979年3月

[①] 一九七九年八月十三日萧珊逝世七周年纪念日。

四　关于《海的梦》

最近人民文学出版社编印《文学小丛书》，把我的中篇小说《海的梦》收了进去。我在看校样时重读了它，因此想起了一些事情。说"最近"其实也是九、十个月以前，想起的事有些又给忘记了。我先把不曾忘去的写下来。

我一九二八年十二月上旬从法国回到上海。当时在开明书店工作的朋友索非正要结婚，就同我一起在闸北宝山路宝光里内租了房子，索非夫妇住在楼上，我住楼下，二房东住亭子间。过了不多久，二房东回到乡下，把亭子间也让了给我们。我在宝光里十四号一直住到一九三二年一月下旬，像《家》、《雾》、《新生》（初稿）等等都是在这里写成的。索非比我早离开，在一九三一年"九·一八"事变后，闸北区内几次流传日军侵犯的谣言，索非的第二个孩子快要出世，为了方便，他们全家搬到提篮桥开明书店附近去了。

我留在宝光里。整幢房子里只有我一个人，我便搬到楼上，把楼下当作饭厅。原来那个给我们烧饭洗衣的中年娘姨住在楼下，给我做饭、看家。她会裁剪缝补，经常在楼下替别人做衣服。

在这几个月里面我写完了《家》，翻译了巴基的中篇小说《秋天里的春天》。在这几个月里面，我到浙江长兴煤矿去住了一个星期。有一个姓李的朋友到上海出差，在马路上遇到我。他在长兴煤矿局作科长，他讲了些那边的情况，约我到他那里作客。他和我相当熟，我听说可以下煤坑看看，就一口答应，第二天我同他搭火车去杭州转湖州再转长兴去。当时我完全没有想到写小说,否则我就会在那里多住几个星期,记录下一些见闻。我记得有一本左拉的传记讲左拉为了写《萌芽》在矿山调查了六个月。一九三三年我答应在一份刊物上发表连载小说,也写了《萌芽》,可是我就只有储存在脑子里的那么一点点材料。到了没有办法时,回避不行,我只好动手编造了。

在长兴没有多住,有一个原因就是我在上海还有一个没有人照管的"家"。那个娘姨只知道替别人做衣服挣钱,附带给我看看门,别的事她就办不了。她不会把我的东西搬光,这个我可以相信,而且我除了书,就只有一些简单的家具,一部分还是索非的。但是离开"家"久了,可能会耽误事情,我总有一点不放心。

去长兴是第一次,第二次就是去南京,时间晚一点,是一九三二年一月下旬,二十四五日。这一次是友人陈范予写信约我去的。陈范予就是我在《关于〈春天里的秋天〉》里提到的朋友陈,我后来还写过《忆范兄》纪念他。那个时候他到南京工作不久,他告诉我,我们共同的朋友吴克刚(他在河南百泉教书)最近来了南京,我还有一个好朋友在中央研究院工作,他就是在巴黎同我住了几个月的卫惠林。我也想去看看他。我得到陈的信,立刻决定到南京去玩几天。当时我的表弟高惠生在浦东中学念书,寒假期间住在我这里,我走了,有他替我照管房子。我上了去南京的三等车厢,除了脸帕、牙刷以外,随身带了一小叠稿纸,是开明书店印的四百字一页的稿纸,上面写了不到三页的字,第一页第一行写着一个题目《海的梦》。第二行就是这样的一句:

"我又在甲板上遇见她了,立在船边,身子靠着铁栏杆,望着那海。"

这是一篇小说的开头,是我去南京的前两天写的。但是我当时并没有考虑过什么题材,写怎样的故事。我应该怎样往下写,我也没有想过。我只有一个想法:写海,也写一个女人。就只有这么一点点。

我后来在《序》上说我"开始写了这个中篇小说的第一节",这是笼统的说法,其实那时我并未想到把它写成中篇,而且也不曾想过要写一篇抗日的小说,我去南京的时候不可能写完第一节,因为第一节的后半已经讲到杨的故事了,杨就是小说里那个在抗日斗争中牺牲的"英雄"。

我把这一小叠稿纸塞在衣服口袋里带到南京,本来有争取时间写下去的打算。可是我在南京旅馆里住了几天,一个字也没有写,我哪里有拿笔的时间!一月二十八日的夜晚我按照预定的计划坐火车回上海。火车开到丹阳,停下来,然后开回南京。上海的炮声响了!日本军队侵入闸北,遭到我国十九路军的抵抗。不宣而战的战争开始了。

这样我被迫重到南京,在旅馆里住下来,然后想尽方法搭上长江轮船回到上海。这一段时期的生活情况,我都写在《从南京回上海》这篇文章里面,而且很详细。

我到了上海,回不了我的"家"。宝山路成了一片火海,战争还在进行。我向北望,只见大片的浓烟。我到哪里去呢?

我首先到当时的法租界嵩山路一个朋友开设的私人医院。意外地在那里看到了索非夫妇和他们的两个孩子(里面有一个是新生的婴儿),他们也"逃难"到这里来了。从索非的口里我知道了一些情况。他们的住处并未毁,只是暂时不便出入。他们住在医院的三楼,我就在这里住了一晚。第二天我出去找朋友。两个从日本回来的朋友住在步高里,他们临时从闸北搬出来,在这个弄堂里租了一间"客堂间",他们邀我和他们同住,我当然答应。我每天晚上到步高里,每天早晨出去找朋友打听消息。所以一九三二年六月写的《序》里有这样一句话"一个人走在冷清清的马路上到朋友家里去睡觉。"我也找到了表弟,同他一起去看过我舅父一家,他们本来住在北四川路底,这次"逃难"出来,在环龙路(南昌路)一家白俄开设的公寓里租了一个大房间。

记得那个时候上海文化界出了一份短期的抗日报纸，索非在编副刊，他向我组稿，我就把上海炮声响起以后我在南京的见闻写了给他，那就是《从南京回上海》。至于我带到南京旅行两次的那一小叠开明稿纸，我还没有翻动过它们。

只有在三月二日的夜晚，我知道日军完全占据闸北，看见大半个天空的火光，疲乏地走到步高里五十二号，我和朋友们谈个不停，不想睡觉。后来我找出了《海的梦》的原稿，看来看去。这一夜我不断地做梦，睡得很不好。第二天我开始了中篇小说的创作。我决定把海和那个女人保留下来，就紧接着去南京以前中断的地方写下去。

我每天写几页。有时多，有时少。日本侵略者现在是"胜利者"了。不便公开地攻击他们，我就用"高国军队"来代替。在写这小说的时候，我得到索非的帮忙，打听到宝光里安全的消息。不久闸北居民可以探望旧居的时候，我和索非进入"占领区"，经过瓦砾堆，踏着烧焦的断木、破瓦，路旁有死人的头颅骨，一路上还看见侵略者耀武扬威和老百姓垂头丧气。小说中里娜在"奴隶区域"里的所见就是根据我几次进入"占领区"的亲身经历写的。《序》上说："有一次只要我捏紧拳头就会送掉我的性命"，也是事实。那一次我一个人到旧居去拿东西，走过岗哨跟前，那个年轻的日本兵忽然举起手狠狠地打了一位中年老百姓一个耳光。他不动声色，我也不动声色。这样"忍受下去"，的确"不是一件容易的事"。我把我的感情，我的愤怒都放进我的小说。小说里的感情都是真实的。最后，那两个留学日本的朋友帮助我，我们雇了一辆"搬场汽车"去把我那些没有给烧毁的书籍家具，搬到步高里来。书并不太多，只是因为楼下客堂间地板给烧掉，挖了一个大坑，后门又给堵塞，从楼上搬书下来出前门不方便，整整花了一个上午，还有些零星书本散失在那里。以后再去什么也没有了，房子有了另外的主人。

起初我每晚写几页小说，等到书搬了出来，小说的人物、故事自己在发展,逐渐地吸引了我的注意力。我把感情越来越多地放了进去。白天我也不出去,白天写,晚上写,越写越快。不到一个月我就把《海的梦》写完了。

不久施蛰存同志创办《现代》月刊,托索非向我组稿,我就把写好的《海的梦》交给索非转去。这个中篇在《现代》上连载了三期。这以后我写了一篇序把它交给新中国书局出版,在小说后面附加了那篇同它有关的《从南京回上海》。那个时候已经搬出步高里,住到我舅父家中了。《海的梦》是在步高里写成的。本来我那两个朋友和我都不想再搬家,可是那里的二房东要把房子顶出去。他愿意把房子顶给我们,已经讲好了价钱,但我们筹不够这笔钱,就只好搬家。两个朋友先后离开了上海,我就搬到我舅父住的那个公寓里。我在那里不过住了一个多星期,有个朋友从晋江来约我去闽南旅行,我答应了他,就同他上了海轮,开始了《春天里的秋天》的那次旅行。这其间我舅父在附近的花园别墅租了一幢房子,把我的东西也搬了过去。我回上海就住在舅父家里,舅父在邮局工作,我一直住到第二年(一九三三)春天他给调到湖北宜昌去的时候。

一九三五年下半年我从日本回到上海,向新中国书局收回《海的梦》的版权,交给开明书店"改版重印",我抽去了《从南京回上海》,却加了一篇《改版题记》,又加了一个副标题:《给一个女孩的童话》。《改版题记》中引用了我一九三四年底在日本写的散文《海的梦》里的一段话:

最近我给一个女孩子写信说:"可惜你从来没有见过海。海是那么大,那么深,它包藏了那么多的没有人知道过的秘密;它可以教给你许多东西,尤其是在它起浪的时候。"

新加的副标题就是从这里来的。"女孩"是我舅父的大女儿,名叫陈宗浩，当时不过十八岁，在武昌一所教会女中上学。她念书不一定念得很好，因为她父亲的工作经常调动，她跟着他到过不少地方。但是她十分善良、老实，而且柔顺听话。我不知道她是否在中学毕业，因为不久她又跟随父母回到成都。抗战期间我在成都、在重庆、在贵阳都到过舅父家作客；解放后在上海和北京我也去过他们那里。她习惯了管理家务，成了这个家庭不可缺少的成员。在她父亲身上精神病的症状越来越显著；母亲平日不做事情，整天坐在家里不动，她还要烧菜做饭。我看见她带着微笑渐渐地憔悴下去，也不能给她帮忙。听说她进了什么会计培训班，后来考进人民银行参加工作。他们不愁衣食，但生活条件也不曾有多大的改善。她下班以后还要做家务劳动。父亲回四川住过一段时期。母亲坐着不动，有一天就这样在家里死去。她妹妹在工厂劳动，结了婚走了。她的兄弟们都成了家分居各地。剩下她一个人照料她患精神病的老父。别人后来告诉我，她每天上班前还要做好饭菜留给父亲，而神经失常的父亲也不会体贴这个柔顺的女儿。

父亲死后她也患了不治的病——癌症。她生病，她死亡，我都不知道，那段时期我在靠边或者被宣告为"敌作内处"。她病危时，两个在南方的兄弟都去北京探望、照料，她也许不感寂寞，但死得相当痛苦，留下一笔不大的存款和不多的遗物，分送给几个兄弟。没有听说她留下什么遗言，她默默地活着，也默默地离开这个世界，她还不曾活到六十。我最后一次看见她，是在一九六五年一月初，我在京出席三届全国人大一次会议，刚刚摔了跤，左肩关节脱臼，左膀给绷带吊着。她同她妹妹一起来看我，我请她们在前门饭店附近一家湖北饭馆吃过饭，送她们到车站，看她们上车。在旅馆里她还谈过一些她目前的情况。她应当是在诉苦，但她的声音是那样温和，那样平静，略带倦容的脸上仍然带着微笑。这是最后的一面。十四年后的今天，我重看《海的梦》，想起那个"女孩"，那张略带倦容的笑脸还在我的眼前。我痛苦地问自己：难道还有像她这样善良的人？还有像她这样不为自己活着的人？但是她这一生又有什么意义？没有能够拉她一把，我感到遗憾。一九三四年尾我在信里同她谈海，有意拨开她的眼睛，因为当时我刚从上海到日本，在海上过了三四天。可是她一直到死都没有看到海，可能她也没有读过我这篇《改版题记》。我为什么不提醒她呢？我觉得没有见过大海的人是不幸的。我一个多月前还见过海，而且到过大仲马在小说《基度山伯爵》中描写过的伊弗堡，五十一年前我在马赛住了十二天，只是几次远远地眺望它，这一次我却冒着风浪登上了小岛。我站在岛上望海中起伏的波浪的白沫，我想起《题记》中引用过的话："我还有勇气，我还有活力，而且我还有信仰。"死了的人不能复活，让活着的人活得更好吧。对我来说，就是更好地完成我到八十岁的写作计划，让对死者的纪念鼓舞着我。愿那个平平淡淡、默默无闻地活了一生的人得到安息。

　　以上的话是由《给一个女孩的童话》这个副标题引出来的。为什么我要在一九三五年加上这个副标题呢？为什么这个时候我把《海的梦》称为"童话"，而又在《改版题记》中说"它不大像童话，又不大像小说"呢？它明明是中篇小说，而我在发表了三年以后却又说它不是小说，这是为什么？因为这一年五月发生了《闲话皇帝》的事件，国民党政府因为日本外交当局的抗议马上查封了发表《闲话皇帝》的《新生》周刊，判处周刊主编杜重远一年两个月的徒刑，罪名是"侮辱友邦元首"。我担心小说遭到查禁，又害怕会给出版它的书店老板带来麻烦（不能怪他们有顾虑），就给小说戴上一顶"童话"的帽子，算是化了妆。童话，是莫须有的故事嘛。不让"友邦外交当局"抓到辫子嘛。

　　小说中那个犹太女人里娜是编造出来的，故事的叙述者犹太人席瓦次巴德也是虚构的。本来我没有必要把叙述故事的人写成一个犹太人，唯一的原因就是想介绍一个真实的故事：犹太革命者席瓦次巴德在巴黎用手枪打死白俄将军彼特留拉。人是真的，故事是真的，小说里叙述的那些"波格隆"罪行，都是当时在法庭上揭露出来的。一九二七年十月二十六日席瓦次巴德被判决无罪释放。第二天法国《人道报》的头条新闻便是："席瓦次巴德无罪释放。陪审员谴责乌克兰'波格隆'负责者、反布尔塞维克的匪帮。"

关于屠杀犹太人的"波格隆"罪行，我一九三〇年还写过短篇小说《复仇》。一九五〇年十一月我在波兰奥斯威辛集中营参观了六百万犹太人集体毁灭的惨剧的遗迹，含着眼泪写过一篇详细的报道。这惨剧是我写《海的梦》时所绝对想不到的。今天我仍然诅咒那种灭绝人性的法西斯罪行，我仍然纪念那无数的"波格隆"和奥斯威辛的受害者。他们和犹太复国主义的鼓吹者是毫不相干的。

写到这里我的"回忆"似乎应当结束了。可是我又想起一件事。一个多月前我访问法国时，在巴黎有人问我的作品里是不是有一种提倡受苦的哲学，是一位我见过几次的汉学家提出的问题，大意是这样。（后来我再看见他，他还讲我写过"痛苦是力量"，"痛苦是骄傲"的话。）那一次是在一个类似我接受读者们考试的会上，一个半小时里，我要回答好些问题，因此我答得简单、干脆。我连发问人的原意也没有能弄清楚，就说："我写作品只是反映生活，作品里并没有什么哲学，我并不是陀思朵也夫斯基一类的作家。"这是实话。回到旅馆，我想了一下，我记得好像在小说《雨》里面，主人公说过"痛苦就是我的力量，我的骄傲"一些话。今天在《里娜的日记》里又看到和这类似的语言。小说的最后讲到里娜时也说她是说"……痛苦就是力量，在痛苦中寻找生命"这样的一个女人，这并不是宣传受苦的哲学。我并不提倡为受苦而受苦，我不认为痛苦可以使人净化，我反对禁欲主义者的苦行，不赞成自找苦吃。可是我主张为了革命、为了理想、为了崇高的目的，不怕受苦，甚至甘愿受苦，在那种时候，"痛苦就是力量，痛苦就是骄傲"。这里面并没有什么哲学。

最后可能有人要问：你这篇《回忆》里时而讲《海底梦》，时而谈《海的梦》，是不是你记错、写错了？对，我应该说明一下。《海底梦》并不是"海底下的梦"，它和《海的梦》是同样的意思，是同样的一本书。《海底梦》就是《海的梦》。

我开始写小说的时候，我的文字相当欧化，常常按照英文文法遣词造句。我当时还在翻译克鲁泡特金的一部哲学著作《伦理学》。这部书引用不少相当深奥的哲学名著，我并未读过，临时找来翻阅，似懂非懂，无法译得流畅，只好学习日本文译者内山贤次的办法硬译，就是说按照外国文法一个字一个字地硬搬，结果使我的文字越来越欧化。例如一个"的"字有三种用法，用作副词写成"地"，用作形容词，写成"的"，用作所有格紧接名词我就写成"底"。我用惯了，把凡是连接两个名词的"的"都写成"底"，甚至代名词所有格，我的，你的，都写成"我底"，"你底"。《灭亡》里是这样用法，《家》里是这样用法，《海的梦》里也是这样用法，明明是关于"海"的梦，或者海上的梦，却变成了海底下的梦了。当时还有人写文章把"底"当作形容词词尾使用，记得在这之前鲁迅先生翻译《艺术论》等著作也把"底"字用作形容词词尾。我看，再像我这样使用"底"字，只能给读者带来混乱，就索性不用它了，以前用过的也逐渐改掉。重排一次改一次。《家》、《春》、《秋》改得最晚。《灭亡》至今未改，留着"底"字说明我过去的文风和缺点。我在一九五七年到一九六二年编辑我的《文集》时，的确把我所有的作品修改了一遍。五十年中间我不断修改自己的作品，不知改了多少遍。我认为这是作家的权利，因为作品并不是试卷，写错了不能修改，也不许把它改得更好一点。不少西方文学名著中都有所谓"异文"（lavariant）。要分析我不同时期思想的变化，当然要根据我当时的作品。反正旧版还在，研究者和批判者都可以利用。但倘使一定要把不成熟的初稿作为我每一部作品的定本，那么，今天恐怕不会有多少人"欣赏"我那种欧化的中文、冗长的表白、重复的叙述、没有节制的发泄感情了。说实话，我是在实践中不断地学习、进步的。

我说这些话，只是因为前不久我看到香港出版的英译本《寒夜》，译者在序言里好像说过，我在解放后编文集，为了迎合潮流修改自己的著作，他们认为还是解放前的版本比较可靠。我说"好像"，因为原话我记不清楚了，书又不在我手边，但大意不大会错，他们正是根据旧版《寒夜》翻译的。其实说这话的不仅是他们，有些美国和法国的汉学家也这样说。最近我读过一遍《寒夜》，我还记得一九六〇年尾在成都学道街一座小楼上修改这小说的情景，我也没有忘记一九四四、一九四五两年我在重庆民生路生活的情景，我增加了一些细节，只是为了把几个人物写得更完整些。譬如树生离开重庆的凌晨和丈夫在楼梯口分别，她含着眼泪扑到他的身上去吻他。后来她回重庆探亲，听说丈夫已经死去，又记起了楼梯口分别的情景，她痛苦地想道："我要你保重，为什么病到那样还不让我知道呢？"这更能说明我心目中的曾树生是个什么样的人。我同情她和我同情她的丈夫一样，甚至超过我同情她的婆母，但是我也同情那位老太太，这三个都是受了害的好人。我鞭挞的是当时的社会制度，我鞭挞的是蒋介石国民党的统治。不论作为作者，或者作为读者，我还是要说，我喜欢修改本，它才是我自己的作品。

1979年6月16日

五　关于《神·鬼·人》

最近我在看我的两卷本《选集》的校样。第一卷中选了我在日本写的短篇小说《鬼》，它使我回忆起一些事情，我找出我的短篇集《神·鬼·人》，把另外的两篇也读了。

这三个短篇都是在日本写成的。前两篇写于横滨，后一篇则是我迁到东京以后四月上旬某一天的亲身经历。我是一九三四年十一月下旬到横滨的。我怎样到日本去，在《关于〈长生塔〉》里已经讲过了。至于为什么要去日本？唯一的理由是学习日文。我十六七岁时，就在成都学过日文。我两个叔父在光绪时期留学日本，回国以后常常谈起那边的生活。我对一些新奇事物也颇感兴趣。后来我读到鲁迅、夏丏尊他们翻译的日本小说，对日本文学发生爱好，又开始自学日文，或者请懂日语的朋友教我认些单字，学几句普通的会话，时学时辍，连入门也谈不上。一九三四年我在北平住了好几个月，先是在沈从文家里作客，后来章靳以租了房子办《文学季刊》，邀我同住，我就搬到三座门大街十四号去了。我认识曹禺，就是靳以介绍的。曹禺在清华大学作研究生，春假期间他和同学们到日本旅行。他回来在三座门大街谈起日本的一些情况，引起我到日本看看的兴趣。这年七月我从北平回到上海，同吴朗西、伍禅他们谈起，他们主张我住在日本朋友的家里，认为这样学习日文比较方便。正好他们过去在东京念书时有一个熟人姓武田，这时在横滨高等商业学校教中国话，他可能有条件接待我。吴朗西（不然就是《小川未明童话集》的译者张晓天的兄弟张易）便写了一封信给武田，问他愿意不愿意在家里接待一个叫"黎德瑞"的中国人，还说黎是书店职员，想到日本学习日文。不久回信来了，他欢迎我到他们家作客。

于是我十一月二十四日（大概没有记错吧）到了横滨。我买的是二等舱票，客人不太多，中国人更少，横滨海关人员对二等舱客人非常客气，我们坐在餐厅里，他们打个招呼，也不要办什么手续，就请我们上岸。不用我着急，武田副教授和他的夫人带着两个女儿（一个七岁、一个五岁）打着小旗在码头等候我了。以后的情况，我在《关于〈长生塔〉》里也讲了一些，例如每天大清早警察就来找我，问我的哥哥叫什么名字等等，每次问一两句，都是突然袭击，我早有准备，因此并不感到狼狈。我在当时写的第一个短篇《神》里面还描写了武田家的生活和他那所修建在横滨本牧町小山坡上的"精致的小木屋"。小说里的长谷川君就是生活里的武田君。我把长谷川写成"一个公司职员，办的是笔墨上的事"，唯一的原因是：万一武田君看到了我的小说，他也不会相信长谷川就是他自己。这也说明武田君是一个十分老实的人。我的朋友认识武田的时候，他还不是个信佛念经的人。这样的发现对我是一个意外。我对他那种迷信很有反感，就用他的言行作为小说的题材，我一面写一面观察。我住在他的家里观察他、描写他，困难不大。只是我得留心不让他知道我是作家，不能露出破绽，否则会引起麻烦。他不在家时，我可以放心地写，不过也不能让小孩觉察出来。因此我坐在写字桌前，手边总是放一本书，要是有人推门进屋，我马上用书盖在稿纸上面。但到了夜间他不休止地念经的时候，我就不怕有人进来打扰了。

那个时候我写得很快，像《神》这样的短篇我在几天里便写好了。我自己就在生活里面，小说中的环境就在我的四周，我只是照我的见闻和这一段经历如实地写下去。我住在武田君的书房里，书房的陈设正如我在小说中描写的那样，玻璃书橱里的书全是武田君的藏书，他允许我随意翻看，我的确也翻看了一下。这些书可以说明一件事实：他从无神论者变成了信神的人。至于他信奉的"日莲宗"，念的"法华经"，我一点也不懂，我写的全是他自己讲出来的。对我来说，这一点就够用了。我写的是从我的眼中看出来的那个人，同时也用了他自己讲的话作为补充。我不需要写他的内心活动，生活细节倒并不缺乏。我同他在一起生活，在一起吃饭，他有客人来，我也不用避开。我还和他们一家同到附近朋友家作客。对于像他那样的日本知识分子的日常生活，我多少了解了一点，在小说里可能我对他的分析有错误，但是我用不着编造什么。我短时期的见闻本身就构成了一个完整的故事。我在小说里说："在一个多星期里看透了一个人一生的悲剧"，这是真话。在生活里常有这样的事，有时只需要一天、半天的见闻，就可以写成一个故事，只要说得清楚，不违反真实，怎样写都可以，反正是创作，不一定走别人的老路，不一定要什么权威来批准。

这个无神论者在不久之前相信了宗教，我看，是屈服于政治的压力、社会的压力、家庭的压力。（武田君就说过："在我们这里宗教常常是家传的。"）他想用宗教镇压他的"凡心"。可是"凡心"越压越旺。他的"凡心"就是对现存社会秩序的不满，这是压不死、扑不灭的火焰。"凡心"越旺，他就越用苦行对付它，拼命念经啦，绝食啦，供神啦，总之用绝望的努力和垂死的挣扎进行斗争。结果呢，他只有"跳进深渊"去。我当时是这样判断的。事实上是不是这样就难说了。我在武田君家里不是像小说中描写的那样只住了一个多星期，我在那里住了三个月光景。以后我在东京、在上海还接到他几封来信。我现在记不清楚是在一九三六年下半年还是在一九三七年上半年，他来过上海，到文化生活出版社找过"黎德瑞先生"。他写下一个地址，在北四川路，是他妹妹的家。当时有不少的日本人住在北四川路，但我在日本时，他妹妹不会在上海，否则他一定告诉我。我按照他留的地址去看他,约他出来到南京路永安公司楼上大东茶室吃了一顿晚饭。我们像老朋友似地交谈,也回忆起在横滨过的那些日子。他似乎并未怀疑我的本名不是"黎德瑞",也不打听我的生活情况,很容易地接受了我所讲的一切。他的精神状态比从前开朗,身体也比从前好。我偶尔开玩笑地问他:"还是那样虔诚地念经吧?"他笑笑,简单地回答了一句:"那是过去的事情了。"他不曾讲下去,我也没有追问。我知道他没有"跳进深渊"就够了。以后我还去看望他,他不在家,我把带去的礼物留下便走了。他回国后寄来过感谢的信。再后爆发了战争。抗战初期我发表两封《给日本友人》的公开信,受信人"武田君"就是他。一九四〇年我去昆明、重庆以后,留在上海的好几封武田君的信全给别人烧毁了,现在我手边只有一幅我和他全家合摄的照片,让我记起曾经有过这样的一个人。

我在小说里描写了武田君住宅四周的景物。可能有人要问这些景物和故事的发展有没有关系?作者是不是用景物来衬托主人公的心境的变化?完全不是。我只是写真实。我当时看见什么,就写什么。我喜欢这四周的景物,就把它们全记录下来。没有这些景物,长谷川的故事还不是一样地发展!它们不像另一个短篇《鬼》里面的海,海的变化和故事的发展、和主人公堀口君的心境的变化都有关系。没有海,故事一时完结不了。小说从海开始,到海结束。

我在《鬼》里描写的也是武田君的事情。我写《神》的时候,并没有想到还要写《鬼》。要不是几次同武田君到海边抛掷供物,我也不会写出像《鬼》这样的小说来。《神》是我初到横滨时写的,《鬼》写于我准备离开横滨去东京的时候,因此我把堀口君老实地写作"商业学校的教员",就是说我不怕武田君看到我的小说疑心我在写他了。

《鬼》不过是《神》的补充,写的是同一个人和同一件事。在两篇小说中我充分地利用了我在横滨三个月的生活经验,这是一般人很难体验到的,譬如把供物抛到海里去,向路边"马头观音"的石碑合掌行礼吧,我只有亲眼看见,才知道有这么一回事情。我说:"在堀口君的眼里看来,这家里大概还是鬼比人多吧。"有一个时期在武田君家里的确是这样。我还记得有一个晚上我已经睡下了,他开门进来,连声说:"对不起。"我从地上铺的席子上坐起来,他连忙向我解释:这几天他家里鬼很多,我这间屋子里也有鬼,他来给我念念经,把鬼赶走。我差一点笑出声来,但终于忍住了。我就依他的话埋下头,让他叽哩咕噜地在我头上比划着念了一会经,然后说:"好了,不要紧了,"一本正经地走了出去。我倒下去很快就睡着了,我心中无鬼,在梦里也看不见一个。说实话,我可怜武田君,我觉得他愚蠢。开始写《鬼》的时候,我就下了决心离开武田家搬到东京去。我托一个在早稻田大学念书的广东朋友在东京中华青年会楼上宿舍给我预订了房间。我本来应当在武田君家里住上一年半载,可是我受不了他念经的声音,可以说是神和鬼团结起来把我从他家赶了出去的。我原先学习日文的计划也给神和鬼团结的力量打破了。我向主人说明我要搬去东京的时候,武田君曾经恳切地表示挽留。然而想到在这里同神、鬼和平共处,我实在不甘心。即使有人告诉我,迁到东京,不出两个月我就会给"捉将官里去",我也不改变主张。我当时刚过三十,血气旺盛,毫无顾虑,不怕鬼神,这种精神状态是后来的我所没有的。我今天还怀念那些逝去的日子,我在小说《鬼》里面找到了四十五年前自己的影子。我现在的确衰老了。

　　《鬼》和《神》不同的地方就是:《鬼》的最后暗示了主人公堀口君的觉醒。故事也讲得比较清楚:他同一位姑娘相爱,订了约束,由于两家父亲的反对,断绝了关系。姑娘几次约他一起"情死",他都没有答应。他认为"违抗命运的举动是愚蠢的"。姑娘嫁了一个商人,后来患肺结核死去。这是一个极其普通的故事,多少年前,百年、千年吧,就经常发生了,今天仍然在发生。"四人帮"横行的时期，他们反对恋爱，而且有所创造地用领导和组织代替家长安排别人的婚姻。十几年来，我见了不少奇奇怪怪的事情，婚姻渐渐变成了交易，像日本青年男女的恋爱故事倒显得相当新奇了。不过，武田君并没有这样的经历。但在当时"情死"是普遍的事，在报纸上天天都有这一类的新闻。我们常常开玩笑说，在日本不能随便讲恋爱，搞不好，连命也会送掉。著名的日本小说家有岛武郎在他的创造力十分旺盛的时期，也走上了"情死"的路，因为像堀口君那样几次拒绝女方相约"情死"的建议是丢脸的事。然而要是有岛武郎不死，他一定会留下更多的好作品来。

我现在记不准《鬼》的手稿是从横滨寄出的还是在东京交邮。收件人是黄源，他是上海生活书店发行的《文学》月刊的助理编辑。我寄稿的时候，心血来潮，在手稿第一页上标题后面写了一行字：神——鬼——人。这说明我还要写一个短篇：《人》，这三篇是有关联的，《人》才是结论。我当时想写的短篇小说《人》跟后来发表的不同。我不是要写真实的故事，我想写一个拜神教徒怎样变成了无神论者。我对自己说："不用急，过两个月再写吧，先在东京住下来再说。"在东京我住在中华青年会的宿舍里面，一个人一间屋，房间不大不小，陈设简单，房里有个两层的大壁橱，此外还有一张铁床，一张小小的写字桌和两三把椅子。楼上房间不多，另一面还有一间课堂，白天有一位教员讲授日语，晚上偶尔有人借地方开会。楼下有一间大礼堂，每个月总要在这里举行两次演讲会。我初来的时期杜宣、吴天他们正在大礼堂内排曹禺的《雷雨》，他们通常在晚上排练，我在房里听得见响动。楼下还有食堂，我总是在那里吃客饭。每天三顿饭后我照例出去散步。

中华青年会会所在东京神田区，附近有很多西文旧书店，可以说我每天要去三次，哪一家店有什么书，我都记熟了，而且我也买了不少的旧书，全放在两层的大壁橱里面。我的生活完全改变了。在这里我接触到的日本人就只有一个会说几句中国话的中年职员。后来我又发现几个经常出入的日本人，胖胖的、举动不太灵活，却有一种派头。我向别人打听他们是什么人，有人告诉我，他们是"刑事"，就是便衣侦探、特务警察之类吧。我一方面避开他们，另一方面暗中观察他们。我的观察还没有取得一点结果，我就让这些"刑事"抓到警察署拘留所去了。这是后话，我下面就要谈到它。

到了东京，我对西文旧书发生了浓厚的兴趣，买了书回来常常看一个晚上，却不怎么热心学习日语了。不过我还是到楼下办公室报了名，听陈文澜讲日语课。我记得是念一本岛木健作描写监狱生活的小说，他的讲解还不错，只是我缺少复习的时间，自己又不用功，因此我至今还不曾学好日语。回想起来，我实在惭愧得很。

在东京我有几个中国朋友，除了在早稻田大学念书的广东人外，还有两个福建人，他们租了一幢日本房子，楼上让给两位中国女学生住。这些人非亲非戚，这样住着，引起了日本人的注意。还有，我曾经坐省线电车到逗子，转赴叶山去看梁宗岱、沈樱夫妇，在他们家住过一晚，还有，卞之琳从北平到日本京都，住在一位姓吴的朋友那里，他最近到东京来看我。还有，……我想不起什么了。到东京以后两个月中间我的活动大概就只有这些吧。"刑事"们一定也看在眼里记在账上。幸而只有这短短的两个月，因为所谓"满洲国皇帝"溥仪在四月初就要到东京访问了。日本报纸开始为这场傀儡戏的上演大肆宣传，制造舆论，首先大骂中国人。于是……

一场"大扫除"开始了。就在溥仪到来的前两天，大清早那个同福建人住在一起的四川女学生来找，说我那两个福建朋友半夜里给带走了，"刑事"们在他们那里搜查了一通。她讲了些经过的情形，要我注意一下。她走后我就把自己的书稿、信件检查了一番。两个福建人中姓袁的和我较熟，我是一九三〇年第一次去晋江时认识他的。我抽屉里还有他的来信，连忙找出撕毁了。我也把新买的西文旧书稍微整理了一下。

这样忙碌了之后,我感到疲乏,便躺倒在床上。脑子哪里肯休息,我就利用这一段空闲时间清理思想,把我在日本编造的自己的经历和社会关系也好好理一下,什么事该怎么说,要记清楚,不能露出破绽。我也回忆了梁宗岱夫妇的事和卞之琳到东京看我的事。我想,要是他们问起,我全可以老实地讲出来,用不着害怕。

吃过中饭以后我仍然照常逛西文旧书店。晚饭后我也到旧书店去。吃晚饭时我看见那个姓"二宫"的胖胖的"刑事",但一下子就不见了。我从食堂出来,瞥见他和另一个"刑事"从楼梯上去。我心想:他们上来干什么?我考虑一下,才慢慢地走上楼。他们却不声不响地下来了。我警告自己:夜里要当心啊!

这一夜我心不定,书也看不进去。我估计"他们"会来找我,但是我希望"他们"不要来。我又把信件检查了一番,觉得没有什么破绽,把心一横就上床睡了。这时我们这里非常安静,不过十点多钟,我也出乎意外地睡得很好。

忽然我从梦中惊醒了。我朝房门看,门开了,接着电灯亮了,进来了五个人,二宫就在其中。"他们"果然来了。我马上跳下床来。于是"他们"开始了搜查:信抽出来看了;壁橱里的书也搬出来翻了。他们在我这个小房间里搞了一个多小时,然后叫我锁上门跟他们一起到警察署去。

在警察署里开始了"审讯",审讯倒也简单,"问官"要问的话,我早就猜到了,梁宗岱、卞之琳、叶山、京都……"他们"在我的答话里抓不到辫子,不久就结束了"审讯",向我表示歉意,要我在他们那里睡一晚,就把我带到下面拘留所去,从凌晨两点到下午四点,整整关了十四个小时。

从我半夜里睁开眼睛看见"他们"推门进来,到我昂头走出神田区警察署,"看见落日的余光",这其间的经过情形,我详细地写在短篇《人》里面了，没有必要在这里重述。不过我应当提说一下，这不是我初来东京时计划写的那个短篇。它是作为一篇散文或者回忆写成的，最初的题目是：《东京狱中一日记》，打算发表在一九三五年七月出版的《文学》特大号上。稿子寄出去了，可是就在这年五月在上海发生了所谓"《闲话皇帝》事件"，日本政府提出抗议，发表文章的《新生》周刊被查封，主编被判处徒刑。我的文章编进《文学》，又给抽了出来。我不甘心，把它稍加修改，添上一点伪装，改名《一日记》，准备在北平《水星》月刊上发表，已经看过了清样，谁知书店经济出了问题，刊物印不出来，我看文章无处发表，就改变主意，改写一下，在那个偷书的囚人身上添了几笔，最后加了一句话："我是一个人！"把回忆作为小说，编在《神·鬼·人》这个集子里面了。那个时候我在上海为文化生活出版社编辑《文学丛刊》，有权处理自己的稿子，没有人出来干涉、不准我拿回忆冒充小说，而且通篇文章并没有"日本"的字样，不会有人把我抓去判处徒刑，何况我自己又承认这是"一个人在屋子里做的噩梦"。文章就这样给保全下来，一直到今天。但是当时那些用武力、用暴力、用权力阻止它发表的人连骨灰也找不到了。

　　我从警察署回到中华青年会，只有一个人知道我给抓走的事，就是那个中年的日本职员。他看见我，小声说："我知道，不敢做声。真是强盗！"后来我才知道我给带到警察署去的时候，在叶山、梁宗岱家里也有人进去搜查，在京都下之琳也遇到一点麻烦。这以后再没有人来找过我，但是我在东京住下去的兴趣也不大了。我总感觉到人权没有保障，要是那些人再闯进我的房间，把我带走，有人知道也不敢做声，怎么办？我写信给横滨的武田君发牢骚。他回信说："您要是不去东京，就不会有这种事。我们全家欢迎您回到我们家来。"他的确把事情看得像信神那样简单。我感谢他的邀请，但是我没有再去他的家，过了三四个月，吴朗西、伍禅他们在上海创办文化生活出版社，用我的名义编印《文化生活丛刊》，要我回去参加编辑工作，我就离开日本了。这次我买了"加拿大皇后"的三等舱票，仍然到横滨上船，从东京来送行的人不少，只是我没有通知武田君。

我那两个福建朋友吃了不少的苦头。一个姓叶的因为第一次审问时顶了几句，给关了一个星期。一个姓袁的给关了半个月，放出来，他马上要回国，警察署怀疑起来就把他"驱逐出境"。后来听他说，他坐船到天津，一路上都有人押送。船停在一个城市，他就给带到监牢里囚禁。特别是在大连，他给关在日本监牢里过了一个时期。管牢的汉奸禁子，对同胞特别凶，有时领到一根新的鞭子或者一样新的刑具，就要在同胞的身上试一下，不管你是不是得罪了他们。到了天津，我那个朋友才得到了自由。他吃了那许多苦头，罪行就是：溥仪到东京访问时他住在那里；给带到牛　区警察署审问时他的回答不能使人满意；关了以后给释放出来，就要马上回国。这就是一九三五年一个中国知识分子在日本东京等地的遭遇。我在神田区警察署受到审问的时候，有人问我怎样在晋江认识他，我想起一个姓陈的朋友，就说是姓陈的人介绍，后来才知道他在审问中也是这样说。事实并不是这样，我当时住在黎明高中过暑假，他来找我，我们就熟了。但是审问的人非要我们讲出介绍人不可，我们只好随口回答，凑巧两个人的思路碰到一起，才没有露出马脚，否则他可能还要遇着更多的麻烦。

姓袁的朋友一九五八年患鼻癌死在福州，当地的报上还刊出他的讣告。他不可能讲述他的这段故事了。然而我还没有忘记四十四年前发生的那件事情。这以后我还和"刑事"们打过交道，那就是在一九六一年、一九六二年、一九六三年，我三次访问日本，进行人民友谊的活动，"刑事"们要为我的安全负责。我出门他们坐在车内前座，见到我默默地鞠一个躬。的确时代变了，二宫先生也一定不在人世了。那三年中间我昂着头进出日本现代化旅馆的时候，总是充满信心地想：我绝不会再做那样的"噩梦"了。

我完全没有想到一九三五年我在东京做过的"噩梦"竟然搬到上海来了。那是一九六六年九月的事情,甚至继续了十年之久,各种各样的人代替了日本的"刑事",而且比"刑事"凶残得多,蛮横得多。……我遭受侮辱和迫害的时候,想起了自己的小说《人》,我怀着爱国主义的感情暗中祝愿:不要做得比"刑事"们更坏吧。但是当时许多人好像发了狂一样,好像喝醉了一样。是什么力量在推动他们呢?究竟为了什么呢?这一切究竟是怎样发生的呢?有些人似乎已经忘得干干净净了。这怎么可能呢?让大家重新想一想。这绝不是少数几个人的事情。这绝不是一两个帮派的事情。无论如何我不要再做"噩梦"了!

1979年8月28日

六 关于《龙·虎·狗》

一

《创作回忆录》我准备写十篇,当然能多写更好。关于"回忆录"我的看法常常在改变,最近有一位朋友劝告我丢开一切写作计划,集中精力写自己的"回忆录",他说这是"别人代替不了的工作"。恰恰相反,我认为我的结局应当是:"烧掉拉倒",作家只用作品和读者见面,倘能得到读者的宽容,作品可以多活几年。至于个人所作所为,经过十年的内查外调,也应当弄得一清二楚,一、不需要再拿出来示众,二、不需要自己出来鸣冤叫屈,三、再没有人逼我写检查交代,四、我不想抬高自己也不愿贬低自己,那么为什么我还要啰唆地谈自己的事情呢?因此我不打算写"自传"、"回忆录"之类的东西,即使以前写过,今后也不再写了。

但《创作回忆录》又当别论。我既然写了那许多作品,而且因为它们受到长期的批评和十年的批斗,对这些作品至今还存在着各种各样的议论以至于吱吱喳喳,那么回忆一番它们写作的经过,写出来帮助读者了解我当时的思想感情,自己似乎有这样的责任,因此在我的作品给摘下"毒草"帽子之后,我又写起《创作回忆录》来。这《创作回忆录》和五十年代、六十年代发表的《谈自己的创作》差不多,《谈自己的创作》在十年"文革"中给打成"作者替自己翻案的大毒草",在上海专门开过一次批判它的批斗会。因此今天奋笔写作的时候,我还在想会不会再构成一次翻案的罪行。给蛇咬过的人看见绳子也害怕,我现在的顾虑也许是可以原谅的吧。

在以前几篇《回忆录》里我谈过了中、短篇小说和童话，这次我想谈谈我的散文，我就从《龙·虎·狗》谈起。《龙·虎·狗》是一九四一年八月我在昆明编成，寄给上海文化生活出版社的陆圣泉，由他发排出版的。我手边还有这个集子的两种版本：一九四二年一月的上海"初版"和一九四三年三月的"渝二版"，不用说，重庆版是用很坏的土纸印刷的。重庆版第一辑中少两篇文章（《寂寞的园子》和《狗》），我一时想不起是什么原因，重庆版和当时在重庆出版的一般书刊一样，是经过了所谓"重庆市图书杂志审查处"审查的，封底还印着"审查证图字第二〇三〇号"字样。但是那两篇文章的矛头是对着日本侵略军的，不会得罪重庆市的审查老爷，而且他们也没有胆量抽掉它们。现在想不起不要紧，以后会慢慢想起来的，我用不着在这件小事上多花费脑筋。

我在抗战时期到昆明去过两次，都是去看我的未婚妻萧珊。第一次从上海去，是在一九四〇年七月；第二次隔了一年，也是在七月，是从重庆去的。《龙·虎·狗》中主要的十九篇散文是在一九四一年写的，只有第一辑里收的四篇文章中的前两篇是第一次在昆明小住时写成的，后两篇则是到四川以后的作品了。今天我重读这本集子，昆明的生活又非常鲜明地出现在我的眼前。我当时就住在那个寂寞的园子里，大黄狗是我的一个和善的朋友。

那是将近四十年前的事情。一九三九年年初我和萧珊从桂林回到上海，这年暑假萧珊去昆明上大学，我在上海写小说《秋》。那个时候印一本书不需要多少时间，四十万字的长篇，一九四〇年五月脱稿，七月初就在上海的书店发卖了。我带着一册自己加印的辞典纸精装本《秋》和刚写成的一章《火》的残稿，登上英商怡和公司开往海防的海轮，离开了已经成为孤岛的上海。那天在码头送行的有朋友陆圣泉和我的哥哥李尧林。我在"怡生轮"上向他们频频挥手，心里十分难过。

我一去就是五年。没有想到过了一年多陆圣泉就遭了日本宪兵队的毒手，我回到上海只能翻读他用陆蠡笔名发表的三本散文集：《海星》、《竹刀》、《囚绿记》。而李尧林呢，他已经躺在病床上等着同我诀别，我后来把他的遗体埋葬在虹桥公墓，接着用他自己的稿费给他修了一个不太漂亮的墓。然而十年浩劫一来，整个公墓都不见了，更不用说他的尸骨。

一九四○年从上海去海防毫无困难。需要的护照，可以托中国旅行社代办，船票可以找旅行社代买，签证的手续也用不着我自己费神。那次航行遇到风在福州湾停了一天半，但终于顺利地到达了海防。在海防我住在一家华侨开设的旅馆里。上船时我是单身一个，在旅馆里等待海关检查行李时我已经结交了好几位朋友。我随身带的东西少，一切手续由旅馆代办，我只消出一点手续费。同行的客人中有的东西带得较多，被海关扣留，还得靠旅馆派人交涉，或缴税或没收，由那里的法国官员说了算。还有人穿着新的长统皮靴，给强迫当场从脚上脱下来。总之，当时从上海到所谓"大后方"去的人大都经由海防乘火车进云南，去昆明。我经过海防时法国刚刚战败，日本侵略军正在对法国殖民当局施加压力，要侵占越南，形势紧张，这条路的命运不会长了，但这里还是十分热闹、拥挤，也正是旅馆里的人大显身手的时候。我们等在旅馆里，同行的人被海关扣留的东西都一件一件地给拿了回来。这样大家就动身继续往前走了。

我们自动地组织起来，身强力壮的人帮忙管理行李，对外交涉，购票上车，客栈过夜，只要花少许钱都办得顺利。我们从海防到河内，再由河内坐滇越路的火车到老街，走过铁桥进入中国国境。火车白昼行驶，夜晚休息，行李跟随客人上上下下，不仅在越南境内是这样，在云南境内一直到昆明都是这样。但是靠了这个自发的组织，我在路上毫不感到困难。跟着大家走，自己用不着多考虑，费用不大，由大家公平分担。所谓大家就是同路的人，他们大都是生意人，也有公司职员，还有到昆明寻找丈夫的家庭妇女。和我比较熟悉的是一位轮船公司的职员和一位昆明商行的"副经理"，我们在海轮上住在同一个舱里。"副经理"带了云南太太回上海探亲，这条路上的情况他熟悉，他买了好几瓶法国三星牌白兰地酒要带出去，为了逃税，他贿赂了海关的越南官员，这当然是通过旅馆的服务员即所谓接客人员进行的。我看见他把钞票塞到越南人的手里，越南人毫无表情，却把钞票捏得紧紧的，法国人不曾觉察出来，酒全给放出去了。做得快，也做得干脆，这样的事以后在不同的地方我也常有机会见到。他们真想得出来，也真做得出来。

这以后我们就由河口铁桥进入中国境内。在"孤岛——上海"忍气吞声地生活了一年半，在海防海关那个厅里看够了法国官员的横暴行为，现在踏上我们亲爱的祖国的土地，我的激动是可以想象到的。我们在河口住进了客栈，安顿了行李，就到云南省出入境检查机关去登记。这机关的全名我已经忘记，本来在一九四〇年我用过的护照上盖得有这机关的官印，护照我一直保存着，但到了一九六六年九月十日上海作家协会的"造反派"在抄家的所谓"革命行动"中从我家里拿走后就像石沉大海，因此我连这一段"回忆"差一点也写不出来。机关的衙门并不堂皇，官员不多，然而他们有权威。他们检验了护照，盖了印，签了字，为首的官员姓杨。大家都给放过了，只有我一个人遇到了麻烦。我的护照上写明："李尧棠，四川成都人，三十六岁，书店职员。"长官问我在哪一家书店工作，我答说"开明书店"。他要看证件，我身上没有。他就说："你打个电报给昆明开明书店要他们来电证明吧。"他们把护照留了下来。看情形我不能同大家一起走了。同行的人感到意外，对我表示同情，仿佛我遭到什么不幸似的。我自己当然也有些苦恼，不过我还能动脑筋。我的箱子里有一张在昆明开明书店取款四百元的便条，是上海开明书店写给我的。我便回到客栈找出这张便条，又把精装本《秋》带在身边，再去向姓杨的长官说明我是某某人,给他看书和便条。这次他倒相信,不再留难就在护照上盖了印、签了名,放我过去了。

这是上午的事。下午杨先生和他两位同事到客栈来找我,我正在街上散步,他们见到商行副经理,给我留下一张字条,晚上几点钟请我吃饭,并约了我那两位同行者作陪。到了时候三位主人又来客栈寒暄一通,同我们一起大摇大摆地走过铁桥,拿出准备好的临时通行证进入越南老街,在一家华侨酒家吃了一顿丰盛的晚餐。饭后我们有说有笑地回到河口,主人们还把我们送到客栈门口,友好地握手告别。第二天早晨我就离开那个一片原始森林的小城,以后再也没有同那三位官员见面,他们也没有给我寄来片纸只字。他们真是突然出现,又突然消失了。但是在老街过的那一两个钟头,今天回想起来还觉得愉快。

从河口去昆明仍然是白天行车,晚上宿店,我们还是集体活动,互相照顾,因此很顺利地按时到达了终点站。萧珊和另一位朋友到月台来接我,他们已经替我找到了旅馆。同行者中只有那位轮船公司职员后来不久在昆明同我见过一面,其余的人车站匆匆一别,四十年后什么也没有了,不论是面貌或者名字。

我在旅馆里只住了几天。我去武成路开明书店取款,见到分店的负责人卢先生。闲谈起来,他说他们租得有一所房屋做栈房,相当空,地点就在分店附近,是同一个屋主的房屋,很安静,倘使我想写文章,不妨搬去小住。他还陪我去看了房子。是一间玻璃屋子,坐落在一所花园内,屋子相当宽敞,半间堆满了书,房中还有写字桌和其他家具。我和卢先生虽是初次相见,但我的第一本小说(《灭亡》)和最近一本小说(《秋》)都是在开明书店出版的,开明书店的职员都知道我,因此见一两面,我们就相熟了。我不客气地从旅馆搬了过去,并且受到他们夫妇的照料(他们住在园中另一所屋子里),在那里住了将近三个月,写完了《火》的第一部。

我在武成路住下来，开始了安静的写作生活，这对我也是意外，我在上海动身时并没有想到在昆明还能找到这样清静的住处。《静寂的园子》和《狗》就是在这里写的。我坐在玻璃屋子里，描写窗外的景物和我的思想活动，看见什么就写什么，想到什么就写什么，想怎样结束就怎样结束，我写散文从来就是这样，但绝不是无病呻吟。住下来的头两个月我的生活相当安适，除了萧珊，很少有人来找我。萧珊在西南联合大学念书，暑假期间，她每天来，我们一起出去"游山玩水"，还约一两位朋友同行。武成路上有一间出名的牛肉铺，我们是那里的常客。傍晚或者更迟一些，我送萧珊回到宿舍。早晚我就在屋子里写《火》。我写得快，原先发表过六章，我在上海写了一章带出来，在昆明补写了十一章，不到两个月就把小说写成了。虽然不是成功之作，但也可以说是一个意外的收获。对这本书的完成，卢先生给我帮了不少的忙，他不但替我找来在《文丛》上发表过的那几章，小说脱稿以后他还抄录一份寄往上海。我住在武成路的时候，他早晚常来看望。后来敌机到昆明骚扰、以至于狂炸，他们夫妇还约我（有时还有萧珊）一起在郊外躲警报。我们住处离城门近，经过一阵拥挤出了城就不那么紧张了。我记得有一次我们在郊外躲了两个钟头，在草地上吃了他们带出去的午餐。我在《静寂的园子》里还提到这件事。

这次在昆明我写的散文不过寥寥几篇，但全都和敌机轰炸有关，都是有感而发的。几篇随感和杂文给我编在杂文集《无题》里面了。收在《龙·虎·狗》中的就只有我前面讲过的那两篇（《静寂的园子》和《狗》）。有些数字在我的脑子已经模糊，我说不清楚我是在十月下旬的哪一天去重庆的，只记得是沈从文同志介绍一位在欧亚航空公司工作的朋友（查阜西同志吧？）替我买的飞机票。我离开昆明的时候，日本侵略军对这个城市正在进行狂轰滥炸。日本帝国主义终于挤进了越南（河口铁桥早已炸断），他们的飞机就是从越南飞来的。对于和平城市的受难，我已经有了丰富的经验，一九三七年下半年在上海，一九三八年上半年在广州，下半年在桂林，生命的毁灭、房屋的焚烧、人民的受苦，我看得太多了！但是这一切是不是就把中国人民吓倒了呢？是不是就把中国知识分子吓倒了呢？当然没有。上飞机的前一两天，我和开明书店的卢先生闲谈，我笑着说："我们都是身经百炸的人。"他点头同意。

他的经验更丰富。前一两年他坐公路车在贵阳附近翻车，左膀跌断，在中央医院治疗，左膀上了石膏给绑在架上，发了警报后他不便下洞躲避，人们给他一把剪刀，准备在危急的时候剪断绑带逃命。贵阳市遭大轰炸时，他正在医院里，他不但保全了性命，也保全了胳膊。关于他，我还有话可说。以前我只听见别人谈起他，例如翻车断臂的事。在昆明我们才是第一次见面（也有可能他在上海见过我）。听说他本来研究我国古代文学，在上海开明书店担任编辑一类职务，他的岳父是知名的学者，他的妻子也研究中国文学，不知道怎样他给派到昆明当了分店经理，可能因为他能干，可能因为他可靠。那个时候开明书店发行教科书，销售量大，做一名分店经理，只要不是傻瓜，就不会放过发财的机会，他的生活条件可以不断改善。他们夫妇一直待在昆明。全国解放后他们的情况有改变，后来开明书店与中国青年出版社合并，我就没有再看见他。一九五七年听说他们夫妇给戴上了"右派"帽子，从此什么都完了。果然不到几年，就听说他们都死了。我不曾仔细打听过他们的遭遇，也不知道向哪里打听方便、可靠，而且我没有精力和时间。现在萧珊已经逝世，孩子们都是新时代的人，我即使谈起武成路玻璃屋子的情况，家里也没有人感兴趣了。但是想到那个"身经百炸"的人的归宿，我觉得十分难过，但愿有人为这一对亡灵摘去沉重的"帽子"，让他们在泉下得到安息。

二

我第二次到昆明在第二年（一九四一）七月，也是为了看望萧珊。她已经搬出联大宿舍，和几个同学在先生坡租了房子，记得是楼上的三间屋子，还有平台。我一九四三年在桂林写《火》第三部时，常常想起这个住处，就把它写进小说，作为那个老基督徒田惠世的住家。"这是一排三间的楼房，中间是客厅，两旁是住房，楼房外有一道走廊，两间住房的窗外各有一个长方形的平台，由廊上左右的小门出入。"楼下住着抽鸦片烟的房东。萧珊她们三个女同学住里面的一间，三个男同学住外面的一间。我来的时候，萧珊的一个女同学和两个男同学刚去路南县石林参观，她留下等我，打算邀我同去。谁知我一到昆明，就发烧、头昏、无力，不得不躺下来一连睡了几天。有两天放了空袭警报甚至紧急警报，我跑不动，萧珊坚持留下陪我。敌机好久不来轰炸，大家也就大意了，这两次敌机都没有投弹，我们也不曾受惊。但一个月后（因为正碰到雨季，这中间下了一个月的雨）敌机在这附近扔了炸弹，那天警报解除，我们从郊外回来，楼上三间屋子里满地碎砖断瓦，倘使我躺在床上不出去，今天就不能在这里多嘴了。

我第二次来昆明遇到的轰炸，是在《龙·虎·狗》已经编成、原稿寄往上海之后，因此收在《龙·虎·狗》里的十九篇散文中没有一篇描述炸后昆明的情况。《龙·虎·狗》的《序》是在八月五日写的，当时我还在埋怨"差不多天天落雨"，说"听到淅沥的雨声……真叫人心烦"。还说："这雨不知要下到哪一天为止。"但正是这雨使我能够顺利地写成这些文章、编成集子。在这落雨的日子里我每天早晨坐在窗前，把头埋在一张小书桌上，奋笔写满两三张稿纸，一连写完十九篇。题目是早想好了的：《风》、《云》、《雷》、

《雨》;《日》、《月》、《星》;《狗》、《猪》、《虎》、《龙》;《醉》、《生》、《梦》、《死》;《死去》、《伤害》、《祝福》、《抛弃》(只有最后四个略有改动)。我有的是激情,有的是爱憎。对每个题目,我都有话要说,写起来并不费力。我不是在出题目做文章,我想,我是掏出心跟读者见面。好像我扭开了龙头,水管里畅快地流出水来。那些日子里我的生活很平静,每天至少出去两次到附近小铺吃两碗"米线",那种可口的味道我今天还十分怀念。当然我们也常常去小馆吃饭,或者到繁华的金碧路一带看电影。后来萧珊的同学们游罢石林归来,我们的生活就热闹起来了。虽然雨给我们的生活带来一些不便(我们不是自己烧饭,每天得去外面喂饱肚子;雨下大了,巷子里就淹水;水退了,路又滑,走路不小心会摔倒在泥水地上,因此早晚我不外出),可是在先生坡那座房子的楼上我感到非常安适,特别是在早晨,我面对窗外的平台,让我的思想在过去和未来中海阔天空地往来飞腾。当时并没有人号召我解放思想,但我的思想已经习惯了东奔西跑、横冲直撞。它时而进入回忆、重温旧梦,时而向幻想叩门,闯了进去。在我的文章里回忆和理想交替地出现。在我的笔下活动的是我自己的"意志"。我在当时是没有顾虑的。我写《龙·虎·狗》,我说:"我在地上拾起一块石子,对准它打过去。……从此狗遇到我的石子就逃。"我说:"死了以后还能够使人害怕,使人尊敬,像虎这样的猛兽应该是值得我们热爱的吧。"我又说:"龙说:'我要乘雷飞上天空。然后我要继续去追寻那丰富的充实的生命。'"为了人民,放弃自己的利益,这就是生命的"开花"。我重读三十八年前的旧作,我觉得我没有讲过假话,骗过读者。

《龙·虎·狗》写成后在上海和重庆各印过两版,印数不会多。后来我把它编在《文集》第十卷中抽出了一篇《死去》,这并无深意。自从一九二九年我发表《灭亡》以来,挨的骂实在不少,仿佛我闯进文坛，引起了公愤。我当时年少气盛，又迷信科学，不相信诸葛亮会骂死王朗，因此不但不服，而且常常回敬几句。在这篇散文里我梦见自己死去给埋葬以后，人们在墓前"举行大会，全体围绕棺盖站立，来一个集体唾骂"。他们劈开棺材进行批判，我忍受不了，忽然坐了起来。大家吓得大叫"有鬼"，"马上鸟兽似地逃散了"。一九五九年我删去这篇一九四一年的文章，还暗中责备自己的"小器"和"不虚心"。我万万想不到这种劈棺暴尸的惨剧在"四人帮"时期居然成了"革命的行动"。《人生蛋和蛋生人》的作者生物学家朱洗就是在死后成为"反动学术权威"，既给挖了坟，又受到批判。这样看来我似乎成了预言家了。不过今天想想，还是删去它为好。

　　现在我实在想不起来，那讨厌的雨是在哪一天停止的，大约是在八月十日前后吧，因为我十八日写了一篇叫《废园外》的散文，讲起"八月十四日的惨剧"，至少这个城市在十四日遭到轰炸，先生坡附近就落过弹，我在前面讲到的楼房受震，砖瓦遍地，可能还是那天以后的事，所以散文的结尾有这样的句子："我应该回家了，那是刚刚被震坏的家，屋里到处都漏雨。"一连几天我中午或傍晚出去散步，经常走到那个"灾区"，花园里的防空洞中了弹，精致的楼房只剩下一个空架子，土坡上躺着三具尸首，用草席盖着，中间一张草席下露出一只瘦小的泥腿，有人指着死尸说："陈家三小姐，刚才挖出来。"难道我没有看够这样的惨剧？在我这年年底写成的《还魂草》里也有少女的死亡，那是在重庆沙坪坝发生的事情，我写得比较详细，真真假假，揉在一起。可是在一千多字的《废园外》中"带着旺盛生命的红花绿叶"还在诉说一个少女寂寞生存的悲惨故事。我的叙述虽然带着淡淡哀愁的调子，但我控诉了敌人的暴行，也不曾放过我的老对头——封建家长、传统观念和旧的风习。我不会向任何时期出现的封建幽灵低头。

　　我在昆明住到九月，就同萧珊，还有一个姓王的朋友，三个人一路去桂林旅行。我们都是第二次到桂林。萧珊只住了一个短时期就回联大上学。我和姓王的朋友留了下来，住在新成立的文化生活出版社办事处。我和萧珊谈了八年的恋爱，到一九四四年五月才到贵阳旅行结婚，没有请一桌客，没有添置一床新被，甚至没有做一件新衣服。将近两年的时间我们住在出版社里，住在朋友的家里，无法给自己造个窝，可是我们照样和睦地过日子。关于她，我要在下一篇回忆里多谈一点，在这里我不啰唆了。

1979年12月26日

七 关于《火》

《火》一共三部，全是失败之作。一九三八年上半年我在广州开始写《火》的第一部第一章，第二年九月在昆明完成第一部；一九四一年三月到五月第二部在重庆写成；第三部则是在桂林于一九四三年五月动笔、九月脱稿。作品写得不能叫自己满意，也不能叫读者满意，失败的原因很多，其中之一就是考虑得不深，只看到生活的表面，而且写我自己并不熟悉的生活。我动笔时就知道我的笔下不会生产出完美的艺术品。我想写的也只是打击敌人的东西，也只是向群众宣传的东西，换句话说，也就是为当时斗争服务的东西。我在一九三一年"九·一八"事变后在《小说月报》上发表的诗和散文，在一九三七年"八·一三"事变后写的散文和诗都是这一类的东西，除了在这两个时期外，我再也写不出诗来。仅有的那几首诗我还保留在《文集》里，正如我不曾抽去《火》那样。《火》是为了唤起读者抗战的热情而写的，《火》是为了倾吐我的爱憎而写的。这三部有连续性的小说不是在一个时期写成，在不同时期我的思想也在变化。在一九三七年下半年和一九三八年上半年，我的感情强烈，也单纯，我的憎恨集中在侵略我国的敌人身上，在上海我望见闸北一带的大火，我看见租界铁门外挨饿的南市难民，我写了几篇短文记下当时的见闻和感受，我后来写《火》就用它们写成一些章节。《火》第一部描写"八·一三"上海战争爆发以后到上海成为孤岛的这段时期，写了短短两三个月中的一些事情，而且只是写侧面，只是写几个小人物的活动。

一九三七年上海沦为孤岛后,我还留在那里继续写我在前一年开了头的长篇小说《春》。写完了《春》,第二年三月我和友人靳以就经香港去广州。一九三六年靳以在上海创办《文季月刊》,我为这刊物写了连载小说《春》。他在广州筹备《文丛》的复刊,我答应他再写一部连载小说。这次我写了《火》。《文丛》是半月刊,我每隔半月写一章,刊物顺利地出了三期,就因为敌机连续的大轰炸而中断了。靳以去四川,我也到汉口旅行。我从汉口回广州,又续写了小说的第四章,但是不久,日军就在大亚湾登陆,进攻广州,而且进展很快,最后我和萧珊(她是七月下旬从上海到广州的)靠朋友帮忙,雇了木船在当地报纸上一片"我军大胜"声中狼狈逃离广州。到了桂林,我又续写了两章《火》,续印了两期《文丛》。一九三九年初我同萧珊就经过金华、温州回到上海。在上海我写完了我的最长的小说《秋》,萧珊已在昆明上了一年的大学。本来我想在上海把《火》第一部写出来,可是那个时期在上海租界里敌伪的魔爪正在四处伸展,外面流传着各种谣言,其中之一就是日军要进租界进行大搜查,形势越来越紧张,有一个晚上我接到几次朋友们警告的电话(他们大都在报馆工作),不得不连夜烧掉一些信件和报刊,看来我也难在租界再待下去;何况法国战败投降,日军乘机向法国殖民当局施加压力,一定要挤进印度支那,滇越路的中断是旦夕之事。我不能错过时机,不能延期动身,只好带着刚写成的《火》的残稿离开孤岛,在驶向南方的海轮上,我还暗暗地吟诵诗人海涅的《夜思》中的诗句:"祖国永不会灭亡。"不久我在昆明续写《火》,贯串着全书的思想就是海涅的这个名句。

我在广州写《火》的时候,并未想到要写三部。只是由于第一部仓促结束,未尽言又未尽意,我才打算续写第二部,后来又写了第三部。写完第一部时,我说:"还有第二部和第三部,一写刘波在上海做秘密工作,一写文淑和素贞在内地的遭遇。"但是写出来的作品和当初的打算不同，我放弃了刘波，因为我不了解"秘密工作"，我甚至用"波遇害"这样一个电报结束了那个年轻人的生命，把两部小说的篇幅全留给冯文淑。她一个人将三部小说连在一起。冯文淑也就是萧珊。第一部里的冯文淑是"八·一三"战争爆发后的萧珊。参加青年救亡团和到伤兵医院当护士都是萧珊的事情，她当时写过一篇《在伤兵医院中》，用"慧珠"的笔名发表在茅盾同志编辑的《烽火》周刊上，我根据她的文章写了小说的第二章。这是她的亲身经历，她那时不过是一个高中学生，参加了一些抗战救国的活动。倘使不是因为我留在上海，她可能像冯文淑那样在中国军队撤出以后参加战地服务团去了前方。我一个朋友的小姨原先在开明书店当练习生，后来就参加战地服务团去到前方，再后又到延安。要是萧珊不曾读我的小说，同我通信，要是她不喜欢我，就不会留在上海，那么她也会走这一条路。她的同学中也有人这样去了延安。一九三八年九月我在汉口一家饭馆吃饭，遇见一位姓胡的四川女同志，她曾经带着战地服务团在上海附近的战场上活动过，那天她也和她那十几二十个穿军装的团员在一起，她们都是像冯文淑那样的姑娘。看到那些活泼、勇敢的少女，我不由得想：要是有材料，也可以写冯文淑在战地服务团的活动。我写《火》第一部时手边并没有这样的材料，因此关于冯文淑就只写到她参加服务团坐卡车在"满天的火光"中离开上海。一九四一年初在重庆和几个朋友住在沙坪坝，其中一位一九三八年参加过战地工作团，在当时的"第五战区"做过宣传工作，我们经常一起散步或者坐茶馆。在那些时候他常常谈他在工作团的一些情况，我渐渐地熟悉了一些人和事，于是起了写《火》的第二部的念头：冯文淑可以在战地工作团活动了。

　　《火》第二部就只写这件事情，用的全是那位朋友提供的材料。我仍然住在书店的楼上，不过在附近租了一间空屋子。屋子不在正街上，比较清静，地方不大，里面只放一张白木小桌和一把白木椅子。

我每天上午下午都去，关上门，没有人来打扰，一天大约写五六个小时，从三月底写到五月下旬，我写完小说，重庆的雾季也就结束了。在写作的时候我常常找那位朋友，问一些生活的细节，他随时满足了我。但是根据第二手的材料，写我所不熟悉的生活，即使主人公是我熟悉的朋友，甚至是我的未婚妻，我也写不好，因为环境对我陌生，主人公接触的一些人我也不熟悉，编造出来，当然四不像。我不能保证我写出来的人和事是真实的或者接近真实，因此作品不能感动人。但其中也有一点真实，那就是主人公和多数人物的感情，抗日救国的爱国热情，因为这个我才把小说编入我的《文集》。我的《文集》里有不少"失败之作"，也有很多错误的话，或者把想象当作现实，或者把黑看成紫，那是出于无知，但是我并不曾照我们四川人的说法"睁起眼睛说谎"。当然我也有大言不惭地说假话的时候，那就是十年浩劫的时期，给逼着写了那么多的"思想汇报"和"检查交代"！那十年中间我不知想了多少次：我要是能够写些作品，能够写我熟悉的人物和生活，哪怕是一两部"失败之作"，那也有多好！在我写《火》的时候哪里想得到这样的事情呢！

我能够一口气写完《火》第二部，也应当感谢重庆的雾季。雾季一过，敌机就来骚扰。我离开重庆不久，便开始了所谓"疲劳轰炸"。我虽然夸口说："身经百炸"，却没有尝过这种滋味。后来听人谈起，才知道在那一段时期，敌机全天往来不停，每次来的飞机少，偶尔投两颗炸弹，晚上也来，总之，不让人休息。重庆的居民的确因此十分狼狈，但也不曾产生什么严重的后果，不过个把星期吧，"疲劳轰炸"也就结束了。然而轰炸仍在进行，我在昆明过雨季的时候，我的故乡成都在七月下旬发生了一次血淋淋的大轰炸，有一个我认识的人惨死在公园里。第二年我二次回成都，知道了一些详情。我的印象太深了！一九四三年我在桂林写《火》的第三部，就用轰炸的梦开头：冯文淑在昆明重温她在桂林的噩梦，也就是我在回忆一九三八年我和萧珊在桂林的经历。

今天我在上海住处的书房里写这篇回忆,我写得很慢,首先我的手不灵活了(不是由于天冷)。已经过了四十年,我几次觉得我又回到了四十年前的一个场面:我和萧珊,还有两三个朋友,我们躲在树林里仰望天空。可怕的机声越来越近,蓝色天幕上出现了银白色的敌机,真像银燕一样,三架一组,三组一队。九架过去了,又是九架,再是九架,它们去轰炸昆明。尽管我们当时是在呈贡县,树林里又比较安全,但是轰炸机前进的声音像榔头一样敲打我的脑子。这声音,这景象那些年常常折磨我,我好几次写下我"在轰炸中过的日子",后来又写了小说《还魂草》,仍然无法去掉我心上的重压,最后我写了冯文淑的噩梦。我写了中学生田世清的死亡,冯文淑看见"光秃的短枝上挂了一小片带皮的干肉"。写出了我的积愤,我的控诉,我感觉到心上的石头变轻了。作家也有为自己写作的时候。即使写冯文淑,我也可以把我对大轰炸的感受和见闻写进去。就是在江青说话等于圣旨的时期,我也不相信大观园全是虚构,《红楼梦》里面就没有曹雪芹自己,没有他的亲戚朋友。

在我的小说里到处都找得到我的朋友亲戚,到处都有我自己,连《寒夜》里患肺结核死去的小职员汪文宣的身上也有我的东西。我的人物大都是从熟人身上借来的,常常东拼西凑,生活里的东西多些,拼凑的痕迹就少些,人物也比较像活人。我写冯文淑时借用了萧珊的性格,在第一部《火》里,冯文淑做的事大都是萧珊做过的,她当时还是一个高中生。她在上海爱国女学校毕了业才在暑假里去广州,中间同我一起到过武汉,后来敌军侵占广州,她回不了上海,我们只好包一只木船沿西江逃往广西,同行还有我的兄弟和两个朋友,再加上林憾庐和他的《宇宙风》社同人。我们十个人是在敌军入城前十多个小时离开广州的。关于这次"远征",我在小说中没有描写,却详细地记录在《旅途通讯》里面。这两本小书正如我一位老朋友所说"算什么文章！"，可是它们忠实地记录了当时的一些社会情况，也保留了我们爱情生活中的一段经历，没有虚假，没有修饰，也没有诗意，那个时期我们就是那样生活，那样旅行。我们都是平凡的人，也生活在平凡的人民中间。我的《通讯》写到"桂林的受难"为止。后来我和萧珊又坐火车到金华转温州，搭轮船回上海。在温州我们参观了江心寺，对文天祥的事迹印象很深，我有很多感慨。我在任何时候都是一个爱国者。我后来在《火》第二部初版后记中就写过这样的话："我仍然是一个中国人，我的血管里有的也是中国人的血。有时候我不免要站在中国人的立场上看事情、发议论。"这段话其实就是三部《火》的简要的说明。我编《文集》时删去了它，觉得这说明是多余的。但是我那一颗爱祖国、爱人民的心还是像年轻时候那样地强烈，今天仍然是如此。我过去所有的作品里都有从这颗心滴出来的血。现在我可以说，这颗心就是打开我的全部作品的钥匙。

我们从温州搭船平安地回到上海，过了三四个月，萧珊就去昆明上大学。以后她到过桂林、贵阳、重庆和成都。她不可能有冯文淑在《火》第二部中的经历，我当时只是设想她在那样的环境该怎么办，我就照我想得到的写了出来。萧珊是一个普通人，冯文淑也是。在这三本小说里我就只写了一些普通人，甚至第一部中视死如归的朝鲜革命者和第三部中同敌人进行秘密斗争或被捕或遇害的刘波、朱素贞们也都是普通人，他们在特殊的环境里会做出特殊的事情。总之，没有一个英雄人物，书中却有不少的爱国者。《火》并没有写到抗战的胜利。但是我相信对这胜利贡献最大的是人民，也就是无数的普通人。作为读者，作为作者，我有几十年的经验，一直是普通人正直、善良的品德鼓舞我前进。普通人身上有许多发光的东西。我在朝鲜战场上见到的"英雄"也就是一些普通的年轻人。一九三五年我在日本东京非常想念祖国，感情激动、坐卧不安的时候，我翻译了屠格涅夫的散文诗《俄罗斯语言》。他讲"俄罗斯语言"，我想的是"中国话"，散文诗的最后一句:"这样的语言不是产生在一个伟大的民族中间,这绝不能叫人相信。"我写《火》的时候,常常背诵这首诗,它是我当时"唯一的依靠和支持"。我一直想着我们伟大而善良的人民。

在《火》第三部里我让冯文淑来到了昆明。不像在大别山,萧珊未到过,我也很陌生,昆明是我比较熟悉的地方,她更熟悉了。先生坡,翠湖,大观楼……都写进去了。我是在一九四三年的桂林写一九四一年的昆明。我的信念没有改变,但是我冷静些了。我在小说里写了一些古怪的社会现象,当然我看到的多,感受到的多,写下来的还比较少。冯文淑离开上海将近四年,在昆明出现并不显得成熟多少,其实我写的只是我在一九四一年七八月看见的昆明,到一九四三年情况又有变化了。我记得清楚的是知识分子的地位低下和处境困难。当时最得意的人除了大官,就是囤积居奇,做黑白生意的(黑的是鸦片,白的是大米),此外还有到香港,到仰光跑单帮做买卖的各种发国难财的暴发户。那个社会里一方面是严肃工作,一方面是荒淫无耻。在国统区到处都是这样。我在小说里只写了几个普通的小人物,他们就是在这种空气中生活的。冯文淑在昆明,同她过去的好朋友朱素贞住在一起。萧珊在昆明,从宿舍搬出来以后就和她的好友,她的同学一起生活。那个姓王的女同学是我一位老友的妻子,相貌生得端正,年纪比萧珊大一点,诚实,朴素,大方,讲话不多,是个很好的姑娘。她是我那位朋友自己挑选的,但不知怎样,我的朋友又爱上了别人,要把她推开,她却不肯轻易放手。我那朋友当时在国外,他去欧洲前同我谈过这件事情。我批评他,同他争论过,我看不惯那种单凭个人兴趣、爱好或者冲动,见一个爱一个,见一个换一个的办法,我劝他多多想到自己的责任,应该知道怎样控制感情,等等等等。我谈得多,我想说服他,没有用!但是他也不是一个玩弄女性的人,他无权无势,既然没有理由跟妻子离婚,新的恋爱也就吹了。萧珊的女同学后来终于给了我的朋友以自由。但是那位朋友在恋爱的道路上吃了不少的苦头，离婚——结婚，结婚——离婚，白白消耗了他的精力和才华，几乎弄到身败名裂，现在才得到了安静的幸福，这是后话。我两次在昆明的时候，经常见到萧珊的好友，我同情她的不幸，我尊敬她的为人。我写《火》第三部中的朱素贞时，脑子里常常现出她的面影。她后来结了婚，入了党，解放后当过一个单位的领导干部。"文革"期间有人来找萧珊"外调"她在昆明时期的一些情况，萧珊死后又有人来找我外调，说是要给她恢复工作。六七年没有消息了。我祝她安好。

在朱素贞的身上还有另一个人的感情，那是萧珊的同乡，她的中学时期的朋友，一位善良、纯洁的姑娘。我在广州开始写朱素贞的时候，萧珊还在上海念书，没有见到我朋友的妻子，我那朋友当时可能也还没有开始新的追求。其实不仅是上面提到的两个人，我在那几年中间遇见的，给了我好的印象的年轻女人在朱素贞的身上都留下了痕迹。但朱素贞并不是"三突出"的英雄。她始终是一个普通人。在最初几版的小说（《火》第三部）中朱素贞在昆明西南联合大学念书，忽然接到陌生人从香港寄来的信告诉她：她那分别四年的未婚夫刘波在上海"被敌伪绑架"，关在特务机关里。她决定回上海去营救他。她动身前又接到一封香港发来的电报："波遇害，望节哀。"她决心去替他报仇。她走后大约七个月冯文淑收到从上海寄来的一份剪报，上面有一则消息报道大汉奸特务丁默村遇刺受伤，他的女友朱曼丽是幕后主使人，供认不讳，已被枪决。"这个朱曼丽似乎就是素贞，不过文淑不愿意相信。"我这样写，就是暗示朱曼丽和朱素贞是一个人。在当时的确发生过这样一件事：有一个年轻女人刺杀丁默村未遂遭害。我记得有位朋友写过一篇文章，另一个朋友认识这位女士，对我谈过她，他也讲不出别的原因，大概是一位爱国志士吧。这样的人很难令人忘记，我就让她也留下一点痕迹在朱素贞的身上。在一九三八年春节前后，敌人和汉奸暗杀上海爱国人士，甚至悬头示众这样的事发生过好几起,后来在孤岛也几次出现爱国者惩罚汉奸的大快人心的壮举。我用在上海的朝鲜革命者惩罚朝奸的事实结束了《火》的第一部,又用朱素贞谋刺丁默村的消息作为《火》第三部的《尾声》,也就是全书的结局。当时我是这样想的:用那个年轻女人的英勇牺牲说明中国人民抗战到底、争取胜利的决心。但是一九六〇年我编辑、校改《文集》的时候,改写了这个结尾,正如我在后记的注解中所说:"我让冯文淑离开了昆明,让刘波和朱素贞都活起来,让人们想到这几个朋友将来还有机会在前方见面。"我加上素贞从香港写给文淑的一封信,说明她在上海同朋友们一起营救刘波出狱后结了婚,又陪着"遍体伤痕"的丈夫到香港休养,准备等刘波病好就一同到前线工作。她在信里解释这所谓前线就是"如今一般人朝夕向往的那个圣地",就是说延安。文淑在复信中也说:"三四天后就要动身到前方去",也就是到"那个'圣地'去。"国外有些读者和评论家对我这种改法不满意,说我"迎合潮流",背叛了过去。我不同意他们的说法。几十年来我不断地修改自己的作品,因为我的思想不断地在变化,有时变化小,有时变化大。我不能说我就没有把作品改坏的时候,但是我觉得《火》第三章的结尾改得并不坏,改得合情合理。当时人们唯一的希望就在那里,这是事实。只有这样地结束我的所谓《抗战三部曲》(尽管我写的只是一些侧面),才符合历史的真实。当然我在后记的脚注中也说:"这个小小的改动并不能弥补我这本小说中存在的大缺点。"这是真心话,不过我仍然要重复我说过的那句话:作品不是学生的考卷,交出去就不能改动。按照"四人帮"的逻辑,一个人生下来就坏,一直坏到死,或者从诞生到死亡,这个人无事不好。所以那个时期孩子们在银幕上甚至在生活中看见一个陌生人,就要发问:好人?坏人?不用说,文淑和素贞都是好人吧。

  第三部中另外一个主人公田惠世也是好人。这是我一个老朋友,我把这个基督徒写进我的小说,只是由于一桩意外的事情:他的病故。他大概是患肺炎去世的。他自己懂一些医理，起初自己开方吃药，病重了才找医生，不多久就逝世了。当时他的夫人带着孩子来到他的身边，就住在我的隔壁。看见这位和我一起共过患难的年长朋友在我眼前死去，我感到悲伤。参加了朋友葬礼后两个多月，我开始写《火》的第三部，就把他写了进去，而且让他占了那么多的篇幅。我在一九六〇年一月修改小说的《尾声》时，曾经写道："我们之间有深厚的感情。这感情损害了我的写作计划。……我设身处地替他想得太多了。"我在小说里借用了那位亡友的一部分的生活、思想和性格，我想写一个宗教者和一个非宗教者的思想和情感的交流，可是没有成功。我的思想混乱，我本来想驳倒亡友的说教（他是个虔诚的基督徒，每顿饭前都要暗暗祈祷，我发觉了常常暗笑），可是辩论中我迁就了他，我的人道主义思想同他的合流了。我不想替自己辩护，我的旧作中人道主义和爱国主义差不多占同样的地位。在这一点上萧珊也有些像我。所以小说里年轻姑娘冯文淑同老基督徒田惠世作了朋友，冯文淑甚至答应看《北辰》的校样，暂时到北辰社帮忙。《北辰》是田惠世的刊物。刊物的真名就是前面提到过的《宇宙风》，它是林语堂创办的。林语堂后来带了全家人移居美国，把他哥哥从福建请到上海代管他的事业。他的哥哥原是教师兼医生，在上海参加了《宇宙风》的编辑工作，名叫林憾庐。《宇宙风》本来还有一个合作者，后来在香港退出了。林憾庐在上海和香港都编印过这个散文刊物，一九四二年他第二次到桂林又在那里将它复刊。我一九四〇年在上海，一九四二年在桂林都为《宇宙风》写过散文和旅途杂记。一九三九年萧珊也在这个刊物上用"程慧"的笔名发表了几篇散文。她第一次拿到稿费，便买了一只立灯送给母亲，她高兴地说这是用自己的劳动换来的钱买的。她初到昆明，还写了一篇旅途通讯，叙述经海防去内地沿途的情况，也刊在《宇宙风》上。一年后我踏着她的足迹到昆明，虽然形势改变，但我的印象和她的相差不远，我就没有写什么了。

我和林憾庐相处很好,我们最初见面是在泉州关帝庙黎明高中,那一天他送他的大儿子来上学,虽然谈得不多,但我了解他是个正直、善良的人,而且立志改革社会,这是一九三〇年的事。以后我和他同在轰炸中过日子、同在敌人迫害的阴影下写文章、做编辑工作,产生了深厚的感情。他办的刊物,质量不高,但在当时销路不算少,他是一个忠诚的爱国者。我至今还怀念他。他很崇拜他的兄弟,听他谈起来林语堂对他并不太好,他却很感激他这个远在海外的有名的兄弟。可能是他逝世一年以后吧,林语堂一个人回国了,到桂林东江路福隆园来看他的嫂嫂。我在林太太房里遇见他,他在美国出版了好几本小说,很有一种名人的派头。话不投机,交谈了几句,我就无话可说。以后我也没有再看见他。靳以夫妇从福建南平回重庆复旦大学,经过桂林住了几天,我送他们上火车,在月台上遇见憾庐的孩子,他们跟去重庆的叔父告别,我没有理他。后来林语堂离开重庆返美时在《大公报》上发表了告别中国的诗,我记得是两首或者三首七律,第一首的最后两句是"试看来日平寇后,何人出卖旧家园"。意思很明显。有个熟人在桂林的报上发表了一首和诗,最后两句是:"吾国吾民俱卖尽,何须出卖旧家园。"《吾国吾民》是林语堂在美国出版的头一本"畅销书",是迎合美国读者口味的著作。憾庐曾经对我谈起该书在美国出版的经过,他引以为荣,而我却同意和诗作者的看法,是引以为辱的。

小说中另一个好人洪大文并不是真实的人物,我只借用了一个朋友的外形和他在连云港对日军作战负伤的事实。他年轻时候进了冯玉祥办的军官学校,当过军官,又给派到苏联留过学,一九二六年回国后经过上海,我们见过一面,他回到部队里去了,我也就忘记了他。一九四三年我在桂林忽然接到他的信,是寄到书店转给我的。信上说他到桂林治病,定居下来,要我去看他。我到了他的住处,当时人们住得比较宽敞，他躺在床上，有时拄着双木拐起来活动活动。人变了，湖南口音未变。他告诉我他离开过部队，后来又到税警团（宋子文的税警团吧）当团长，在连云港抗拒日军，战败负伤。小说中洪大文讲的战斗情况就是我那位朋友告诉我的，他还借给我一本他们部队编写的《连云港战史》。小说第八章中洪大文的谈话有些地方便是从所谓《战史》稿本中摘抄来的。一九四四年五月初我和萧珊到贵阳旅行结婚，后来就没有能回桂林，湘桂大撤退后我也不知道他转移到哪里。一九四六年尾或者一九四七年初我在上海，他拄着双拐来找我，说是在江苏某地荣军教养院作院长，还是像一九二六年那样高谈阔论。他约我出去到南京路一家菜馆里吃了一顿饭，就永远分别了。他坐上三轮车消失在街角以后，我忽然想起了洪大文，洪大文不像他，洪大文比他简单得多。

最后我想谈几句关于朝鲜人的事，因为《火》第一部中讲到朝鲜革命者的活动，而且小说以朝鲜志士的英勇战斗和自我牺牲作为结束。我在这之前（一九三六年）还写过短篇小说《发的故事》，也是怀念朝鲜朋友的作品。我小的时候就听见人讲朝鲜人的事情，谈他们的苦难和斗争，安重根刺杀伊藤博文的事迹给我留下很深的印象，他是我少年时期崇拜的一位英雄。我第一次接触朝鲜人，是在一九二一年或者一九二二年。我在三十年代写的回忆文章里就讲过，五四以后我参加成都的《半月》杂志社，在刊物上发表过三篇东西，都是从别人书中抄来的材料和辞句，其中一篇是介绍世界语的，而我自己当时却没有学过世界语。不久就有人拿着这本杂志来找我，他学过世界语，要同我商量怎样推广世界语，他在高等师范念书，姓高，说是朝鲜人。我便请他教我世界语，但也只学了几次就停了，推广的工作也不曾开展过。我和高先生接触不多，但是我感觉到朝鲜人和我们不同，我们那一套人情世故，我们那一套待人处世的礼貌和习惯他们不喜欢，他们老实、认真、坦率而且自尊心强。这只是我一点肤浅的印象。

出川以后，一九二五年我在南京东南大学附属高中毕了业带着文凭到北京报考北京大学，检查体格时发现我有肺病，虽然不厉害，我却心灰意冷，不进考场。还有一个原因就是我对数理化等课无把握，害怕考不好。我就这样放弃了学业，决定回到南方治病。我在北京呆了半个多月，我记得离京的前夕遇上北海公园的首次开放，在漪澜堂前度过了一个宁静的夜晚。我当时住在北河沿同兴公寓，房客不多，院子里有一棵大槐树。我住在这里，还是一个编报纸副刊的姓沈的朋友介绍的。他是朝鲜人，有一天晚上，他带了一个同乡来看我，天气热，又是很好的月夜，我们就坐在院子里乘凉。沈比较文雅，他的朋友却很热情，滔滔不绝地对我讲了好些朝鲜爱国志士同日本侵略者斗争的故事。我第一次了解了朝鲜人民艰苦而英勇的斗争，对朝鲜的革命者我始终抱着敬意。我后来就把那些故事写在《发的故事》里面。这以后几十年中间我遇见的朝鲜人不多，也不常同他们接触，但是从几个朋友的口中我也了解一些他们的流亡生活和抗战初期的一些活动。我就在《火》第一部中写了子成、老九、鸣盛、永言这班人，和他们惩罚朝奸的壮举。在小说里子成回忆起朝鲜民歌《阿里朗》。据说从前朝鲜人到我国满洲流亡，经过阿里朗山，悲伤地唱着它。我一九三八年第四季度在桂林的一次诗歌朗诵会上听见金焰同志的妹妹金炜女士唱这首著名的歌曲，我十分感动，当时正在写小说的这一章，就写了进去。我以前对它毫无所知，却能够把歌词写进小说甚至将歌谱印在发表这一章的《文丛》月刊上，全靠一位朝鲜朋友的帮忙。这位朋友姓柳，是园艺家，几十年来在一些学校或者农场里工作，为中国培养了不少园艺人材。他在当时的朝鲜流亡者中也很有威望。我在上海、在桂林、在重庆、在台北都曾见到他。今天我还没有中断同他的联系。他在湖南农学院教书，有时还托人给我捎一点湖南土产来。我还记得四十几年前他被日本人追缉得厉害，到上海来，总是住在马宗融的家中，几个月里他的头发完全白了。那一家的主妇就是后来发表短篇小说《生人妻》的作者罗淑。抗战初期罗淑患病去世,我们在桂林和重庆相遇,在一起怀念亡友,我看见他几次埋下头揩眼睛。

朋友柳已经年过八十,他仍然在长沙坚持工作,我仿佛看见他的满头银发在灿烂阳光下发亮,听说他从解放了的祖国(朝鲜民主主义人民共和国)获得了鼓励,我应当向他祝贺。《火》第一部出版时我在后记的末尾写道:"我希望将来还能够有第四部出来,写朝鲜光复的事情。"我不曾实现这个愿望,但我也不感到遗憾,因为朝鲜人民已经用行动写出了光辉诗篇,也一定能完成统一朝鲜的伟大事业。

1980年1月25日

八 关于《还魂草》

那篇关于《龙·虎·狗》的回忆发表后,我收到几封读者和朋友的来信,这事实就说明人们认真地阅读这一类文章,也愿意帮助我弄清楚一些事情。今年四月十四日人民教育出版社印发了一份通知,说"庐芷芬同志反右派运动中被错划为右派的问题……经我社复查并报上级批准已予改正,恢复名誉。并已将其骨灰盒安放到八宝山革命公墓"。沉重的"帽子"总算是给摘掉了,庐先生在泉下也许可以得安息吧。在这之前不久,我接到了庐夫人的信,我说的庐夫人就是我听信了流言认为她已经死去甚至称之为"亡灵"的那位女同志。从一九五七年下半年起她靠着"三十几块钱的生活费抚育着三个正在读书的孩子",十年浩劫中又给"逼得走投无路几乎死去",但终于"咬紧牙关挺过来了"。她在干校期间认识了新的朋友,后来组织了幸福的家庭。

知道"庐夫人"幸福地度着她的晚年,三个孩子都在为祖国的社会主义建设事业尽力,我非常高兴。但是想起庐先生一九六○年十一月死在北大荒,据说临终"想喝上一碗大米稀粥而不得",我因为自己在那些年中间的沉默感到羞愧。为了保全自己,我掩盖了身上的伤痕,结果我也受到了旷古未闻的惩罚,我现在才明白这是自找苦吃,怪不了别人。我继续写《创作回忆录》就是偿还我这一笔心灵上的欠债。

另一篇关于《火》的回忆却给我引来不幸的消息。我在回忆里提到亡妻萧珊的好友王女士，我带着同情和尊敬谈起她，我说："她后来结了婚，入了党，解放后当过一个单位的领导干部。"五十年代后期她出差来上海，到我家找萧珊，萧珊陪她上街买东西，请她在外面吃饭。"文革"期间有人从东北来找萧珊外调，把萧珊叫到里弄居民委员会去谈王在昆明的一些情况。萧珊病故后，来找萧珊的人又向我了解几件事情，说是要给王恢复工作。我相信她已经恢复了名誉，还在文章里"祝她安好"。谁知《关于〈火〉》在香港发表刚刚一个月，我访问日本的前夕，萧珊的一位朋友到旅馆来看我，他也是王的同学，他告诉我王住在北京她"大娘"的家里，最近有个姓杨的女同学去看过她。我从长崎回上海，收到了杨的来信，说："她已成了个活着的死人，只有两条腿不停地移来移去，不停地挫着牙齿，有时发出压抑的怪声音，眼睛发直，上身不会动，不会说话，不会吃喝，下身垫着尿布、塑料布，只能穿两只套腿的棉裤，被子横盖着，不然会给她踢掉。她的爱人摸摸她的脸，摸摸她的脚，也流了眼泪……"一个人给折磨成了这个样子！王已经不是第一个了。我还有什么话可说呢？

现在我谈谈我的中篇小说《还魂草》。为什么我忽然想起了《还魂草》？还不是从"身经百炸"的"庐先生"联想起来的！《还魂草》是控诉敌机滥炸平民的罪行的小说。关于这个中篇我在一九六二年十二月二十六日的日记里写过这样一段话："某某人转来××的信，他认为《还魂草》收在《文学小丛书》内'不太合适'，要我另选。我即复信同意抽去《还魂草》，并说我自己选不出来，只有两个办法：一，《小丛书》干脆不收我的作品；二，请他代选几个短篇凑成一本小册子，究竟怎样，由他决定。他的信中有这样一句话：'从爱护您的声誉……'，我看了心里很不好过，说实话，我自己颇喜欢《还魂草》。但是抽出它我也同意，绝无怨言。只是为什么对作家一再提到'声誉'二字呢？真正的作家并不常常想到自己，他重视自己对人民、对读者的责任。我并不在乎所谓的'声誉',我也不是为'声誉'而写作的。我倒是真心想为人民服务。"我当时的看法是这样,今天的看法也还是这样。不同的是,当时我虽说"并不在乎所谓的'声誉'",其实对"声誉"二字的解释自己还不曾搞清楚,对于长官的意见、编辑同志的意见,写"内参"(内部参考)或者写"汇报"的同志的意见我还是重视、甚至害怕的。我同意把自己"颇喜欢"的作品抽去,这就说明我有顾虑,因此我今天还不明白为什么《还魂草》"不太合适"。

从一九六二年到现在我走了多长的路,我像一个平庸的演员跑了十几年的龙套,戏装脱掉,我应当成为我自己了。首先我就得讲自己的话,明明是自己的嘴嘛。我想起了一件事情,我小时候看见我叔父责骂听差,事后我质问他:"明明是你有理,为什么你要认错?"听差说:"少爷,我吃老爷的饭嘛。"我当时很生气,说他"愚蠢"。今天联想到十八年前的日记,我不能不怀疑:难道我也是因为自己吃了出版社的饭?不管怎样,这只是一个开端,后来竟然发展到站在上海巨鹿路作家协会的草地上,对着串联的学生自报罪行:"我在解放前写了十四卷大毒草。"一个作家不敢爱护自己的作品,无怪乎他要遭受任何人的践踏了。

现在回到《还魂草》上面来。这小说是在一九四一年第四季度写成的。当时我住在桂林东江路福隆街一座新的木造楼房里。小说家王鲁彦兄住在我的隔壁,他正在编辑《文艺杂志》创刊号,指定我写一篇小说,我就在临街那个房间里写起来。

一九三六年我住在上海狄思威路麦加里朋友索非家的亭子间内,《作家》月刊的主编向我索稿,我就根据亭子间里的见闻编造故事,写了一个短篇《窗下》,是用书信体写的。五年后我在桂林写中篇小说,我也用书信体,也想根据自己的见闻编造故事。我写《窗下》控诉日本军国主义的罪行,写《还魂草》也是这样。受信人在什么地方我不曾说清楚,写信人却从上海到了重庆,那就是作者我,小说里写的是我在重庆沙坪坝的一段生活,从雾季写到敌机开始轰炸,写到一个小姑娘和她母亲的死亡。小说中写的都是我真实的见闻,只除了最后短短的一节——第六节,那是根据我离开重庆后在那里发生的"疲劳轰炸"联想起来的。我在沙坪坝过的生活正如我在小说中写的那样,我写了我生活在其中的那个社会,我写了人和人的关系。奋笔直书的时候,我仿佛在给那段生活作总结,又是在重温旧梦。那几年中间我看见炸死的人太多、太惨,血常常刺痛我的眼睛。不写,我无法使自己沸腾的血平静下来;写,我又不愿意用鲜血淋淋的景象折磨读者。我想起了几个月前在昆明看见的"废园"内的那只泥腿,就把它写进中篇,拿两张席子盖住了两个冤死的人。我对几年来敌机的狂轰滥炸发出了强烈的控诉。用两个女孩的友谊来揭露侵略战争的罪行。《还魂草》(用自己鲜血培养起来的能救活人命的一种草)并不是我国的民间传说,它是我编出来的故事。我开始写作,就想好了这个故事,就决定描写两个友好的小女孩。我住在沙坪坝互生书店楼上时,我的朋友有个小女孩。我在桂林福隆街木房里写小说,隔壁鲁彦家也有一个小女儿,莉莎正是她的名字。有人说我写了重庆的小姑娘,又有人说我写的是桂林的莉莎。我自己说呢,我把两个孩子捏在一起了。

  我已经记不起我花了多少时间写成这个中篇,我只能说我写得顺利。我写自己的感情,写我的周围,写我熟悉的人和事,写我追求了一生的友谊,为什么不顺利呢?我又一次和我的人物一起哭笑。今天重读这篇小说,我还不能无动于衷。在轰炸中度过的那无数的日子,在我的作品里给保留下来了。我珍惜它们,我还因为自己写过这些作品而自豪。使我感到后悔的只是一件事:一九六二年十二月编辑同志举出"爱护"我的"声誉"的理由抽出这个中篇的时候,我没有说出我自己的看法,没有站出来替自己的作品辩护。为什么呢?我问自己，我不断地问自己。我不敢深挖下去，那个时候我已经感觉到悬垂在我头上的"达摩克里斯的宝剑"了。我经常做怪梦，在梦中我也在保护自己。一个运动接一个运动，人人自危，何况我们又有"明哲保身"的古训，何况每个人都有"妻室儿女"、朋友亲戚，得时时提醒自己：不能把别人牵连进去。要为自己的胆小怕事开脱，我可以找到更多的理由，但是人不能对自己说谎，我需要的是真实的答复。在"靠边"期间考虑生死问题的时候，我并没有原谅自己，我甘愿经受更大的处罚，我认为自己跳下了泥坑，只有靠自己努力爬出来。今天我讲出对自己作品的意见，就说明我并没有在泥坑中给淹没掉。

我坐在用木板搭成的楼房里，在用竹子编成的小书桌前埋头写作，窗下有一个小院子，我们后来用竹篱笆围了起来，篱外坡上是一条马路，行人不多，但常常有，不吵闹，却也不太静。我写倦了，有时走出房间，站在走廊上栏杆前，可以看到一两位进城或者回家的熟人。晚上我点起一盏植物油灯，玻璃罩里的火光在我四周聚集了一堆一堆的黑影，我或者转动灯芯，或者拿油瓶来加油，更多的时候是奋笔写下去，写到窗外没有一点声音，写到板壁时时发出叫声，写到油干灯尽，我那颗燃烧的心得到宁静，我才丢开笔倒在床上。在这些长夜里，我的确感觉到我是在用火烧我自己。我写作绝不是为了维护自己的"声誉"。

我在四十年代中出版了几本小说，有长篇、中篇和短篇小说集，短篇集子的标题就叫《小人小事》。我在长篇小说《憩园》里借一位财主的口说："就是气魄太小！你为什么尽写些小人小事呢？"我其实是欣赏这些小人小事。这一类看不见英雄的小人小事作品大概就是从《还魂草》开始，到《寒夜》才结束，那是一九四六年年底的事了。

但是读者并没有摈弃我这些作品。《还魂草》如期交稿，受到编者和读者的欢迎，它反映了当时的社会生活，人物都是在那个小镇上来来往往的人，他们就是那样地混日子；小说还接触到人们关心的问题，而且它不是欺骗读者的谎言。《还魂草》在《文艺杂志》创刊号上发表后，我又为第二期的杂志写了短篇小说《某夫妇》。这也是反轰炸的作品，小说里也有我自己的见闻，例如一九四一年一月我在成都躲警报的经验。失去了丈夫的明方是一个普通的女教师，一个坚强的女人，但她绝不是一个英雄或者模范。我始终认为正是这样的普通人构成我们中华民族的基本力量。任何困难都压不倒中华民族，任何灾难都搞不垮中华民族，主要的力量在于我们的人民，并不在于少数戴大红花的人。四十年代开始我就在探索我们民族力量的源泉，我写了一系列的"小人小事"，我也有了一点理解。其实这样的探索在一九三五年就开始了。我当时住在东京，"在疑惑不安的日子里，在痛苦地担心着祖国命运的日子里"，我翻译了屠格涅夫的散文诗《俄罗斯语言》，在伟大的中华民族的力量中找寻"依靠和支持"。一九五二年我在朝鲜战场上，在中国人民志愿军中间，接触到很多从祖国农村来的青年战士，这些普通人的精神面貌和思想境界打动了我的心。只有在"四人帮"横行的时期，运用各种舆论工具和艺术手段塑造了八大英雄形象，我也给迷惑了好一阵子，我甚至承认写小人小事是犯罪、《寒夜》和《还魂草》是大毒草。可是后来，骗局揭穿，那些"样板人物"原形毕露，连人间究竟有没有所谓"高、大、全"的英雄也值得怀疑了。谁还相信喊"狼来"的小孩呢！我的梦也该醒了。想到给浪费掉的那么一大段时间，我真是欲哭无泪。今天翻看四十年代的旧作，我仿佛又坐在小小的竹书桌前不停地动着笔。我多么希望我能够回到那样的年纪，我多么希望我能够写一部像《人到中年》那样的小说。昨天我又在《新华月报》（文摘版）上看到这个中篇，是第三次了，以前在上海的《收获》和天津的《小说月报》上读过它。它使我想到我的中年，使我想到我写小人小事的那个时期。我不止一次地说过："青春是美丽的。"我现在要说："中年更美丽。"我的眼前出现了小说的主人公陆文婷医生。尽管她的情况和我的不同,但她的形象使我感到亲切。今天我对我们社会主义祖国的前途仍然充满信心,就因为我心里有无数的陆医生,这些鞠躬尽瘁、死而后已的普通人的形象。我们的祖国成长、发展、壮大,绝不是由于天天在会场上、在报纸上夸夸其谈的"英雄",我永远忘不了那些任劳任怨、默默工作、在困难环境中坚守自己岗位的普通人和他们做出来的不是惊天动地的事情。

我在谈自己的中篇《还魂草》,一下子动了感情就扯到谌容同志的《人到中年》上面去了,因为《人到中年》讲了我心里的话,给我打开了一个美好的精神世界,我还有那么大的勇气,那么多的力量!对我们祖国,对生活我有那么深切、那么强烈的爱。我真想写,真想奋笔再写二十年啊。但是我已经不可能回到中年了。我读到小说的最后另一个女医生姜亚芬在机场写的那封信,心里翻腾得很厉害,我真愿意献出自己的一切,多么美好的心灵,多么高尚的感情!这就是文学的作用,我自己也需要这样的养料。我去日本的前一天听说《人到中年》的作者在家中晕倒,我女儿是杂志的编辑,她要去探望谌容同志,我要她带去我的问候,请她保重身体,并且希望她奋笔多写。

美丽的中年,这是成熟的时期,海阔天高,任我翱翔,为了祖国,为了人民,展翅高飞吧。

1980年5月7日

九　关于《砂丁》

昨天在旧书堆里发现一九三二年排版的中篇小说《砂丁》的清样，是用铜订书钉订好的一个本子。它跟着我经过了战争，又经过多次的运动，还经过人生难逢的大抄家，竟然没有一点伤痕，真是想不到的事！

清样中有一篇《序》，是"一九三二年九月在青岛"写的。我到青岛是在朋友沈从文那里作客，大约住了一个星期。从文当时在山东大学教书，还不曾结婚，住在宿舍里面。他把房间让给我，我晚上还可以写文章。我就借用他的书桌写了短篇小说《爱》，也写了《砂丁》的《序》，因为我的中篇小说已经交给上海开明书店出版，那边正等着我在卷首写几句话。我在青岛写好《序》寄回去，然后去北平旅行，大约一个月以后吧，我回到上海，小说就在书店里发卖了。

中篇小说《砂丁》的脱稿日期应当是这一年的五六月。我还记得这年三月我写了中篇《海的梦》，五月写成了另一个中篇《春天里的秋天》。就在那个时候上海一份大的日报《申报》准备创刊一本综合性的杂志《申报月刊》，约我写一篇小说。月刊第一期将在七月刊行，我必须在六月内把原稿送去。在月刊社主管文艺栏的是黄幼雄，以前担任《东方杂志》的编辑。《东方杂志》是商务印书馆发行了多年的老牌综合性杂志，"一·二八"上海事变中商务印书馆编译所大楼给日军的炸弹摧毁了，《东方杂志》不得不暂时停刊，黄幼雄就转到新创办的申报月刊社工作。他同我熟，他来组稿，我一口答应。我当初想过写"死城"的故事,这是一位云南朋友告诉我的,他去过那个地方,对我讲起那里的种种情况。我第一次听人讲起"砂丁",十分激动。朋友鼓励我写出来。但是不说没有生活,我手边连一点材料也没有。这个朋友姓黄,就是从日本回来住在步高里的两个朋友中的一位,我还把他写进了《爱情的三部曲》,给他起了另外一个名字:高志元。三部曲中《雨》里面的高志元可以说是真实的人物,大部分的描写都不是虚构的,连那个绰号的"活的气象表"也是真的。(但在《电》里面我就把他理想化了,甚至为他安排了"殉道"的结局。)我在第四篇《回忆录》中讲过,我写《海的梦》时和那两位朋友同住在步高里。有空我也找黄谈谈"砂丁"们的事情,他谈得不多,我也不曾记录下来,我年轻时候"记性好",因此养成了不记笔记的习惯。我在《雨》里面写了高志元在上海法租界一家酒楼上谈的一段话,当时他对我讲的大概不过这些。

高志元说:"我本来打算在锡矿公司里做事情……到了那里……我看过矿工的生活以后就决定不干了。……在那里作工的人叫作'砂丁'……他们里面有的人是犯了罪逃到那里去作工的,有的却是外县的老实农民,他们受了招工人的骗,卖身的钱也给招工的拿去了。他们到了厂里,别人告诉他们:'招工的人已经把你的身价拿去了,你应该给我们做几年的工。'如果他们不愿意,就有护厂的武装警察来对付他们。……'砂丁'初进厂都要戴上脚镣,因为怕他们逃走。……'砂丁'穿着麻衣,背着麻袋,手里拿着铲子,慢慢儿爬进洞口,挖着锡块就放在袋里。一到休息的时候,他爬出洞来,丢了铲子倒在地上,脸色发青,呼吸闭塞,简直像死人。……我在那里的时候,一天夜里听见枪响,后来问起,才知道一个'砂丁'逃走被警察开枪打死了。我对我那个同学说:'你们的钱都是血染出来的,我不能用一个!'我就走了。"

关于"砂丁"我知道的就只有这一点。黄每次谈起"砂丁"都很动感情。所谓"死城"就是锡城个旧。他去过那里，本来想到公司工作，但是住了不几天，他忍受不下去。他说，要是他不走，可能有两种前途：或者他患精神病，或者他给人抓走甚至枪杀。我认为他自己的估计不错。他是一个感情丰富的热心家。我在四十几年前写的序言里称他为单纯而真诚的"大孩子"。在中篇《电》里面我给他安排了一个被军阀枪毙的结局，事实上他后来静悄悄地死在云南的家乡。我写《砂丁》的时候，他已经离开了上海。第一年我们之间有过书信往来。他是个不爱写信的人。一九四〇年七月我从上海到昆明，在那里住了三个月，见到了不少云南朋友，却始终没有机会同黄见面。我等待他来昆明，他却希望我去玉溪。我在昆明写完了《火》第一部，还以为他会来找我。他只托人带来一个口信。我没有想到由于我的疏忽就错过了同他见面的机会，第二年我再去昆明，也没有能见到他。一九五五年四月我从印度回来，经过昆明，没有遇见过去的熟人，来去匆匆，我也不曾打听黄的下落。第四次到昆明是在一九六〇年，在那里我没有见到一位老友。现在我记不清楚，究竟是由于时间的限制我无法问到黄的情况，还是我已经知道他离开了我们。那些年我的生活忙乱而紧张，颇像一个初上场的乒乓球员，跑来跳去忙着应付打过来的小球，别的都顾不上了。为了回忆写作《砂丁》的经过，我翻看了《爱情的三部曲》，在《总序》里我重读到黄写给我的旧信中的话："我知道我走了以后你的生活会更寂寞，我知道我走后我的生活也会更寂寞。我愿意我们大家都在一个地方，天天见面。然而这是不可能的。……我恐怕再找不到一个像你这样了解我的人了。"我不知道他是否找到更了解他的朋友，但是我辜负了他的信任。他说我"了解"他，我当时也是这样想，可是除了我四十几年前在小说中留下的那些话以外，我这里就只有他在日本东京买来、后来从家乡寄给我的英国版两卷本《克鲁泡特金自传》，我在扉页上写了一行字说明我当时喜悦的心情："子方赠我"（子方是他的名字）。此外我什么也忘记了。忘不了的就只有中篇小说《砂丁》。写在纸上、印成了书的文字是抹不掉的,即使小说有种种的缺点。总之,我就这样轻易地失去了一位朋友,关于他,我今天什么也讲不出来了。

现在回到小说上面。我答应为《申报月刊》写稿,写什么呢?当时我刚写完《春天里的秋天》,还没有别的打算,又想到了"死城"的故事。我不再踌躇了,我还是决定写,决定编造故事。这种写法是不足为训的,《砂丁》当然也不是成功的作品。生活是创作的源泉,可以说是唯一的源泉。但作家也可以完全写他自己的精神世界或者别人的心灵的发展,不过这样的作品不会是多数读者所关心的。然而我也不是这样,我没有到过那个城市,不曾接触过那些人物,不了解那里的生活环境……也没有任何具体的材料,就凭着两三个简单的故事,搭起中篇小说的架子,开始写起了银姐和升义的会面。

我年纪轻,创作力旺盛,好像浑身有使不完的劲,我写得快,一坐就是半天。没有人"管"我,也没有人"领导"我创作,因此我可以自由发挥,按期写完,准时交稿。《申报月刊》约我写一个短篇,我却交出一个中篇,让他们两期刊完,他们并无意见。写这个中篇时我住在环龙路(南昌路)花园别墅一号,我的舅父陈林不久前租下了那幢房子,让我一个人住在三楼,不像现在我坐下来写不到几百字,就听见门铃在响,担心有人来找,又得下楼谈话。那个时候很少有人打岔,我可以钻进自己编造的世界里去。小说中的"死城"只存在于我的脑子里,真正的锡城并不是这样。可是当时的读者不会管这些,他们不知道"死城"在什么地方,也不会有机会到那么遥远的城市去。我记起来了:我小时候我们家哪一房嫁女准备陪奁,总要把锡匠找来做锡器,如酒壶、烛台等等。"过礼"时这些锡器都要陈列在"抬盒"里给送到男家。我对这些锡器的制作很感兴趣,经常站在锡匠旁边看他劳动。但是我始终不知道锡是怎样生产出来的。我在一九三一年年尾会见黄以前就不知道中国有座锡城在云南个旧。我的读者不会比我知道得更多，即使我任意下笔，也不会有人出来指摘我的错误。但是像这样地写中篇，我却是第一次，也是最后的一次。我写另一部中篇《雪》也曾在书中进行编造，随意发挥，连自己也不满意。但是我毕竟到过长兴的煤矿，在那里住了一个星期，下过一次矿坑，亲眼看见矿工们用鹤嘴锄挖煤。还有一部中篇小说也反映我所不熟悉的生活，那就是我在第七篇回忆中提到的《火》第二部。我描写对我完全陌生的地区，就只依靠朋友供给的第二手材料。当时那位朋友和我住在一处，我可以随时找他谈话，问一些有关生活细节、自然环境等等的事，他也可以替我出一点主意。没有他，我写不了这小说。但是《火》第二部虽然写了出来，印了几版，它仍然是"失败之作"。《雪》本来叫《萌芽》，一九三三年在上海出版不久就被国民党党部查禁。一九三四年情况有了些缓和，我将书中人物改名换姓，又把书名改作《煤》，交给另一个书店出版，但是图书杂志审查老爷的朱笔仍然放不过它。我只好把它再改称为《雪》，秘密发行。这部"失败之作"早该"自行消亡"，可是国民党的查禁反而使它活到现在。因此我常常想起我小时候在鼓吹革命的小册子上面看到的"警句"："天下第一乐事未有过于雪夜闭门读禁书。"

我举以上三本小说为例，无非说明靠脱离生活、编造故事的做法写不出好的作品。我不仅反对"闭门造车"，我也不赞成把作家当作鸭子一样赶到生活里去。过去人们常说"走马看花"或者"下马看花"。我相信过这种做法，但是我也吃过亏上过当，我看到了不少的纸花。总之存心说谎的作品和无心地传达假话的作品都是一现的昙花。说谎的文学即使有最高的"技巧"也仍然是在说谎，不能震撼多数读者的心灵。人为什么需要文学？需要它来扫除我们心灵中的垃圾，需要它给我们带来希望、带来勇气、带来力量，让我们看见更多的光明。倘使我没有记错，一位欧洲作家临终时说过："多一点光明。"让人看见多一点光明，并不是多说几句好话，空话。我为什么需要文学？我想用它来改变我的生活,改变我周围的环境,改变我的精神世界。我五十年的文学生活可以说明一件事情:我不曾玩弄人生,不曾装饰人生,也不曾美化人生,我是在作品中生活,在作品中奋斗。即使是写《砂丁》,我也是在生活,在奋斗。"死城"虽然不是我所描写的那个样子,但"死城"是存在的,"奴隶劳动"是存在的。人们被骗到那里,甚至被绑架到那里,戴着铁镣下矿,劳动,受苦,受虐待,最后死亡,没有一个人活着离开矿山。在我的小说中主人公升义死在意外的事故里,水淹没了矿井,污泥封住了洞子。少女银姐还在大城市里"祷告神明保佑她的升义哥早早发财回来"。我在青岛写的序言中说过:"它(指《砂丁》)和我的别的作品一样,里面也有我的同情,我的眼泪,我的悲哀,我的愤怒,我的绝望。……但这并不是一切。"我还说:"我是把一个垂死的制度摆在人们的面前,指给人们看:'这儿是伤痕,这儿是血,你们看!……'聪明的读者就不会从这伤痕遍体的尸首上面看出来一个合理的制度的产生么?"所以我在小说的《尾声》中提到"将来一切都翻转过来的时候",我甚至充满信心地说:"那个时候是会到来的。"

那个时候的确来了。一九六〇年我第四次到昆明,就是为了去访问锡城个旧。去的途中我游览了石林。在石山中间上上下下走得满头大汗,就只有我们一行三四个人。晚上我在路南县过夜,一路上照料我的是一位年轻的四川同乡。他已在昆明工作了几年,也比较熟悉锡城的一些情况。我还记得那一晚是很好的月夜,招待所很清静,没有什么客人。我想起了二三十年前的旧事,想起多年不通音信的朋友,我一个人在院子里散步,走了许久,也想了许久。我知道在前面等着我的不会是"死城",但是过去那些受苦的人,那些数不清的旧社会、旧制度的受难者,他们的不幸遭遇在我的心上投下深浓的阴影,倒下了的人不会站起来诉苦了。我多么希望能找到一个熟人,向他倾吐我的感情。

第二天早晨我坐着车子奔向个旧。离锡城越近,我越兴奋,我二十八年前发表中篇,不是为了争取名利,也不是为了讨好长官。我过去常说:大多数人的痛苦像一根鞭子似地抽打我的背,逼着我写作。我写过去的黑暗就是为了迎接今天的光明。升义他们,那些死去的冤魂看不到春回大地的景象,我就要看到了。

车子停在金湖宾馆的门前。喷水池边石栏杆上的盆景亲切地欢迎我,每一层楼玻璃窗上浅红色窗帘仿佛在对我微笑。春天的风轻轻地揩去我脸上的尘土,从不远处送过来锣鼓声和人们的笑语。山坡上高高低低一幢一幢土红色和灰色的楼房,人们告诉我它们都是工人的宿舍。我不由得想起小说里没有窗户的阴冷潮湿的"炉房"。过去那两座光秃秃的山——老阴山和老阳山上不仅绿树成荫,而且修建了不少美丽的楼房。我住的宾馆是在过去的乱坟堆中间建筑起来的。再也找不到乱坟堆,也看不到死城了。我来到一个充满生活力的兴旺的城市。

我住了六天,没有停过脚。我到处找寻同我在小说中描写的类似的遗迹,却什么也看不见。我下过矿井在地底下两百米的大坑道里,铁轨旁边洞壁上有一个小洞眼,矿工同志在背后推着我爬到那里,用煤石灯照着朝上看,洞子早给封住了,我只能想象当年童工们背着"墥包"从这里往上爬的情景。我还到过地下的小卖部,在明亮的电灯光下,坐在长凳上,捧着瓷茶缸喝热气腾腾的糖开水。我也去过市文化馆,参观了那里布置的"矿工今昔展览室",在那里我看到旧日"伙房"的模型,我才知道我当年误把"伙房"写作了"炉房",那是一种吊脚楼,由一把活动的梯子通到上面,楼板上铺着烂草、滑席,几十个人挤在一个大铺上,盖的是蓑衣、破絮。屋角有一个便桶。"砂丁"们一进去,门就给"凉饭狗"锁上了。"伙房"四周都是碉堡,矿警住在里面。有些"砂丁"得罪了他们,就给活活地打死。过去的实际情况比我想象的更可怕,更黑暗,更残酷。但是那一切终于像夜雾似地被阳光驱散了。我在个旧看见了明媚的春天,中饭后我在金湖旁边散步,水面上好像浮起千万颗明珠,又好像千万条金色小鱼在水里游来游去。我爱上了这个地方,离开这里的前一天晚上我和五位矿工(里面有从小被骗到矿山戴着脚镣下洞的老"砂丁")同去京剧院看《杨八姐游春》,欣赏年轻演员的精彩表演。看到皇帝出洋相和杨八姐骂昏君的时候,大家笑得多高兴。……

我还要到别处去开会,不能在锡城多停留。匆匆地离开,我觉得好像失去了什么东西。我当初原想多搜集材料改写我的中篇,后来又想下次再来,多住些日子。但是运动和任务接连不断,上面还有"长官"们发号施令,哪能容你专心写作?(我只发表了两篇回忆个旧的散文。)我还记得张春桥,他从一九五五年起就"领导"上海的文艺工作。我看见他步步高升,不由得不担心,等到他当了"中央文革"的副组长,我就大祸临头了。我从人变到了"牛",哪里还敢想改写小说?连我在散文中提起矿工们看京剧,看到杨八姐骂皇帝笑得高兴,也受到造反派的严厉批判,要我交代,检查。我当时正在后悔自己写了十四卷"邪书",听说有人烧毁《家》,反而感到轻松。否定自己,这个问题我已经解决。但偶尔我会想到一些我写过的书和我去过的地方,例如想到锡城个旧,我就起了一个疑问:连企图强占民女的昏君也不准人骂了,是不是在那里又有"翻转过去"的事情?这个疑问的确带给我一些精神折磨,然而并没有动摇我对未来的信念。

我跟锡城分别后,一晃就是二十年。我得到了"第二次的解放",锡城经过十年的浩劫也得到了新生。我近来多病不容易再作一次长途旅行。但个旧市现有它自己的文艺期刊《个旧文艺》,这也是一件新的事物,它本身就是一个进步,而且它会向关心的读者介绍锡城的新貌。

关于《砂丁》,我想说的话就是这么一些。我现在的想法有了改变,我认为用不着改写它了。就让它这个样子存在下去吧,因为我并没有讲过假话。

1980年11月

十　关于《激流》

一

近来多病,说话、写字多了,就感到吃力。但脑子并不肯休息,从早到晚它一直在活动,甚至在梦中我也得不到安宁。总之,我想得很多。最近刚写完《随想录》第二集,我正在续写《创作回忆录》,因此常常想起过去写作上的事情。出版社计划新排《激流三部曲》,我重读了《家》。关于《家》我自己谈得不少,别人谈得更多。我经常在想几件有关这本小说的事。我在这里谈谈它们。

第一件。一位美籍华裔女作家三年前对我说:"你的《家》不行,写恋爱也不像,那个时候你还没有结婚。"我当时回答她:"你飞过太平洋来看朋友,我应当感谢你的好意,我不是来跟你吵架的。"我笑了。我还听见人讲《家》有毛病,文学技巧不高,在小说中作者有时站出来讲话。我只有笑笑。

第二件。一九七七年出版社打算重印《家》,替这本小说"恢复名誉",在社内引起了争论,有人反对,认为小说已经"过时";有人认为作者没有给读者指路,作品有缺点。争论不休之后,终于给小说开了绿灯。我还为新版写了《重印后记》,我自己也说"《家》已经完成了它的历史任务"。

第三件。时间更早一些,是在我靠边受审、给关在"牛棚"里的时期,不是一九六八年,就是一九六九年,南京路上有批判我的专栏。造反派们毫不脸红地按期在过去马路旁的广告牌上造谣撒谎,我也已经习惯于这种诬蔑,无动于衷了。但是有一个下午我在当天日报上看到一篇文章，叙述北火车站候车室里发生的故事，却使我十分激动。一个女青年在候车室里出神地看书，引起了旅客们的注意，有人发现她看的书是毒草小说《家》，就说服她把书当场烧毁，同时大家在一起批判了毒草小说。

还有第四件、第五件、第六件……不列举了。

一个二十七岁的年轻人写了一本长篇小说，它本来会自生自灭，也应当自行消亡，不知怎样它却活到现在，而且给作者带来种种的麻烦。我最近常常在想：为什么？为什么？

我还记得，一九六六年八月底九月初，隔壁人家已经几次抄家，我也感到大祸就要临头。有一天下午，我看见我的妹妹烧纸头，我就把我保存了四十几年的大哥的来信全部交给她替我烧掉。信一共一百几十封，装订成三册，从一九二三年到一九二六年写给我和三哥（尧林）的信都在这里，还有大哥自杀前写的绝命书的抄本。我在写《家》、《春》、《秋》和《谈自己的创作》时都曾利用过这些信。毁掉它们，我感到心疼，仿佛毁掉我的过去，仿佛跟我的大哥永别。但是我想到某些人会利用信中一句半句，断章取义，造谣诽谤，乱加罪名，只好把心一横，让它们不到半天就化成纸灰。十年浩劫中我一直处在"什么也顾不得"的境地，"四人帮"下台后我才有"活转来"的感觉。抄去的书刊信件只退回一小半，其余的不知道造反派弄到哪里去了。在退回来的信件中我发现了三封大哥的信，最后的一封是一九三〇年农历三月四日写的，前两天翻抽屉找东西我又看见了它。在第一张信笺上我读到这样的话：

《春梦》你要写，我很赞成；并且以我家人物为主人翁，尤其赞成。实在的，我家的历史很可以代表一切家族的历史。我自从得到《新青年》等书报读过以后，我就想写一部书。但是我实在写不出来。现在你想写，我简直喜欢得了不得。我现在向（你）鞠躬致敬，希望你有余暇把他（它）写成吧，怕什么！《块肉余生述》若（害）怕，就写不出来了。

整整五十年过去了。这中间我受过多少血和火的磨炼，差一点落进了万丈深渊，又仿佛喝过了"迷魂汤"，记忆力大大地衰退，但是在我的脑子里大哥的消瘦的面貌至今还没有褪色。我常常记起在成都正通顺街那个已经拆去的小房间里他含着眼泪跟我谈话的情景，我也不曾忘记一九二八年在上海霞飞路（淮海路）一家公寓里我对他谈起写《春梦》的情景。倘使我能够挖开我的记忆的坟墓，那里埋着多少大哥的诉苦啊！

为我大哥，为我自己，为我那些横遭摧残的兄弟姊妹，我要写一本小说，我要为自己，为同时代的年轻人控诉，伸冤。一九二八年十一月回国途中，在法国邮船（可能是"阿多士号"，记不清楚了）四等舱里，我就有了写《春梦》的打算，我想可以把我们家的一些事情写进小说。一九二九年七八月我大哥来上海，在闲谈中我提到写《春梦》的想法。我谈得不多，但是他极力支持我。后来他回到成都，我又在信里讲起《春梦》，第二年他寄来了上面引用的那封信。《块肉余生述》是狄更斯的长篇小说《大卫·考伯菲尔》的第一个中译本，是林琴南用文言翻译的，他爱读它，我在成都时也喜欢这部小说。他在信里提到《块肉余生述》，意思很明显，希望我没有顾忌地把自己的事情写出来。我读了信，受到鼓舞。我有了勇气和信心。我有十九年的生活，我有那么多的爱和恨，我不愁没有话说，我要写我的感情，我要把我过去咽在肚里的话全写出来，我要拨开我大哥的眼睛让他看见他生活在什么样的环境里面。（那些时候我经常背诵鲁迅先生翻译的小说《工人绥惠略夫》中的一句话："可怕的是使死骸站起来看见自己的腐烂……"，我忍不住多次地想：不要等到太迟了的时候。）

过了不到一年,上海《时报》的编者委托一位学世界语的姓火的朋友来找我,约我给《时报》写一部连载小说,每天发表一千字左右。我想,我的《春梦》要成为现实了。我没有写连载小说的经验,也不去管它,我就一口答应下来。我先写了一篇《总序》,又写了小说的头两章(《两兄弟》和《琴》)交给姓火的朋友转送报纸编者研究。编者同意发表,我接着写下去。我写完《总序》,决定把《春梦》改为《激流》。故事虽然没有想好,但是主题已经有了。我不是在写消逝了的渺茫的春梦,我写的是奔腾的生活的激流。《激流》的《总序》在上海《时报》四月十八日第一版上发表,报告大哥服毒自杀的电报十九日下午就到了。还是太迟了!不说他一个字不曾读到,他连我开始写《激流》的事情也不晓得。按照我大哥的性格和他所走的生活道路,他的自杀是可以料到的。但是没有挽救他,我感到终生遗憾。

我当时住在闸北宝山路宝光里,电报是下午到的,我刚把第六章写完,还不曾给报馆送去。报馆在山东路望平街,我写好三四章就送到报馆收发室,每次送去的原稿可以用十天到两个星期。稿子是我自己送去的,编者姓吴,我只见过他一面,交谈的时间很短,大概在这年年底前他因病回到了浙江的家乡,以后的情况我就不知道了。《激流》从一九三一年四月十八日起在《时报》上连载了五个多月。"九·一八"沈阳事变后,报纸上发表小说的地位让给东北抗战的消息了。《激流》停刊了一个时期,报馆不曾通知我。后来在报纸上出现了别人的小说,我记得有林疑今的,还有沈从文的作品(例如《记胡也频》),不过都不长。我的小说一直没有消息,但我也不曾去报馆探问。我有空时仍然继续写下去。我当时记忆力强,虽然有一部分原稿给压在报馆里,我还不曾搞乱故事情节,还可以连贯地往下写。这一年我一直住在宝光里,那是一幢石库门的二层楼房。在这里除了写《激流》以外,我还写了中篇小说《雾》和《新生》以及十多个短篇。起初我和朋友索非夫妇住在一起,我在楼下客堂间工作,《激流》的前半部是在客堂间里写的。"九·一八"事变后不久索非一家搬到提篮桥去了,因为索非服务的开明书店编译所早已迁到了那个地区。宝光里十四号里就只剩下我一个人,还有那个给我做饭的中年娘姨。这时我就搬到了二楼,楼上空阔,除了床,还有一张方桌,一个凳子,加上一张破旧的小沙发,是一个朋友离开上海时送给我的,这还是我头一次使用沙发。我的书和小书架都放在亭子间里面。《激流》的后半部就是在二楼方桌上写完的。这中间我去过一趟长兴煤矿,是一个姓李的朋友约我同去的,来回一个星期左右。没有人向我催稿,报纸的情况我也不清楚。但是形势紧张,谣言时起,经常有居民搬进租界,或者迁回家乡。附近的日本海军陆战队随时都可能对闸北区来一个"奇袭"。我一方面有充分时间从事写作,另一方面又得作"只身逃难"的准备。此外我发现慢慢地写下去,小说越写越长,担心报馆会有意见,还不如趁早结束。果然在我决定匆匆收场,已经写到瑞珏死亡的时候,报馆送来了信函,埋怨我把小说写得太长,说是超过了原先讲定的字数。信里不曾说明要"腰斩"我的作品,但是用意十分明显。我并不在乎他们肯不肯把我的小说刊载完毕,当初也并不曾规定作品应当在若干字以内结束。不过我觉得既然编者换了人,我同报馆争吵下去,也不会有什么结果。我就送去一封回信,说明我的小说已经结束,手边还有几万字的原稿,现在送给他们看看,不发表它们,我也不反对。不过为了让《时报》的读者读完我的小说,我仍希望报馆继续刊登余稿。我声明不取稿酬。我这个建议促使报馆改变了"腰斩"的做法,《激流》刊载完毕,我总算没有辜负读者。少拿一笔稿费对我有什么损害呢?

《激流》就这样地在《时报》上结束了。但是我只写了一年里面的事情。而我在《总序》里却说过:"我所要展开给读者看的乃是过去十多年生活的一幅图画",时间差了那么多!并且我还有许多话要说，有好些故事要讲，我还可以把小说续写下去。我便写一篇后记，说已经发表的《激流》只是它的第一部《家》，另外还有第二部《群》，写社会，写主人公觉慧到上海以后的活动。我准备接下去就写《群》，可是一直拖到一九三五年八九月我才开始写了三四张稿纸，但以后又让什么事情打岔，没有能往下写。第二年靳以到上海创办《文季月刊》，我为这个刊物写了连载小说《春》，一九三九——一九四〇年我又在上海写了《春》的续篇《秋》。我为什么要写《春》和《秋》以及写成它们的经过，我在《谈自己的创作》里讲得很清楚，用不着在这里重复说明了。这以后《家》、《春》、《秋》就被称为《激流三部曲》。至于《群》，在新中国成立后，我还几次填表报告自己的创作计划，要写《群三部曲》。但是一则过不了知识分子的改造关，二则应付不了一个接一个的各式各样的任务，三则不能不胆战心惊地参加没完没了的运动，我哪里有较多的时间从事写作！到了所谓"文化大革命"期间，我倒真正庆幸自己不曾写成这部作品，否则张（春桥）姚（文元）的爪牙不会轻易地放过我。

二

我在三十年代就常说我不是艺术家，最近又几次声明自己不是文学家。有人怀疑我"假意地谦虚"。我却始终认为我在讲真话。《激流》在《时报》上刊出的第一天，报纸上刊登大字标题称我为"新文坛巨子"，这明明是吹牛。我当时只出版了两本中篇小说，发表过十几个短篇。文学是什么，我也讲不出来，究竟有没有进入文坛，自己也说不清楚，哪里来的"巨子"？我一方面有反感，另一方面又感到惭愧，虽说是吹牛，他们却也是替我吹牛啊！而且我写《激流·总序》和第一章的时候，我就只有那么一点点墨水。在成都十几年，在上海和南京几年，在法国不到两年，从来没有人教过我文学技巧，我也不曾学过现代语法。但是我认真地生活了这许多年。我忍受，我挣扎，我反抗，我想改变生活，改变命运，我想帮助别人，我在生活中倾注了自己的全部感情，我积累了那么多的爱憎。我答应报馆的约稿要求，也只是为了改变命运，帮助别人，为了挽救大哥，实践我的诺言。我只有一个主题，没有计划，也没有故事情节，但是送出第一批原稿时我很有勇气，也充满信心。我知道通过那些人物，我在生活，我在战斗。战斗的对象就是高老太爷和他所代表的制度，以及那些凭藉这个制度作恶的人，对他们我太熟悉了，我的仇恨太深了。我一定要把我的思想感情写进去，把我自己写进去。不是写我已经做过的事，是写我可能做的事；不是替自己吹嘘，是描写一个幼稚而大胆或者有点狂妄的青年的形象。挖得更深一些，我在自己身上也发现我大哥的毛病，我写觉新不仅是警告大哥，也在鞭挞我自己。我熟悉我反映的那种生活，也熟悉我描写的那些人。正因为像觉新那样的人太多了，高老太爷才能够横行无阻。我除了写高老太爷和觉慧外，还应当在觉新身上花费更多的笔墨。

倘使语文老师、大学教授或者文学评论家知道我怎样写《激流》，他们一定会认为我在"胡说"，因为说实话，我每隔几天奋笔写作的时候，我只知道我过去写了多少、写了些什么，却没有打算以后要写些什么。脑子里只有成堆的生活积累和感情积累。人们说什么现实主义，什么浪漫主义，我一点也想不到，我想到的只是按时交稿。我拿起笔从来不苦思冥想，我照例写得快，说我"粗制滥造"也可以，反正有作品在。我的创作方法只有一样：让人物自己生活，作者也通过人物生活。有时，我想到了写一件事，但是写到那里，人物不同意，"他"或者"她"做了另外的事情。我的多数作品都是这样写出来的。我控制不住自己的感情，也不想控制它们。我以本来面目同读者见面，绝不化妆。我是在向读者交心，我并不想进入文坛。

我在前面说过，我刚写完第六章，就接到成都老家发来的电报，通知我大哥自杀。第六章的小标题是《做大哥的人》。这不是巧合，我写的正是大哥的事情，并且差不多全是真事。我当时怀着二十几年的爱和恨向旧社会提出控诉，我指出：这里是血，那里是尸首，这里是屠刀。写作的时候，我觉得有不少的冤魂在我的笔下哭诉、哀号。我感到一股强大的精神力量，我说我要替一代人伸冤。我要使大哥那样的人看见自己已经走到深渊的边缘，身上的疮开始溃烂；万不想大哥连小说一个字也没有能读到。读完电报我怀疑是在做梦，我又像发痴一样过了一两个钟头。我不想吃晚饭，也不想讲话。我一个人到北四川路，在行人很多、灯火辉煌的人行道上走来走去。住在闸北的三年中间，我吃过晚饭经常穿过横浜桥去北四川路散步。在中篇小说《新生》里我就描述过在这条所谓"神秘之街"上的见闻。

我的努力刚开始就失败了。又多了一个牺牲者！我痛苦，我愤怒，我不肯认输。在亮光刺眼、噪音震耳、五颜六色的滚滚人流中，我的眼前不断出现我祖父和大哥的形象，祖父是在他身体健康、大发雷霆的时候，大哥是在他含着眼泪向我诉苦的时候。死了的人我不能使他复活，但是对那吃人的封建制度我可以进行无情的打击。我一定要用全力打击它！我记起了法国革命者乔治·丹东的名言："大胆，大胆，永远大胆！"大哥叫我不要"怕"。他已经去世，我更没有顾虑了。回到宝光里的家，我拿起笔写小说的第七章《旧事重提》，我开始在挖我们老家的坟墓。空闲的时候我常常翻看大哥写给我和三哥的一部分旧信。我在《家》以及后来的《春》和《秋》中都使用了不少旧信里提供的材料。同时我还在写其他的小说，例如中篇《雾》和《新生》，大约隔一星期写一次《家》。写的时候我没有遇到任何的困难。我的确感觉到生活的激流向前奔腾，它推着人物行动。高老太爷、觉新、觉慧，这三个主要角色我太熟悉了，他们要照自己的想法生活、斗争，或者作威作福，或者忍气吞声，或者享乐，或者受苦，或者胜利，或者失败，或者死亡……他们要走自己的路，我却坚持进行我的斗争。我的最大的敌人就是封建制度和它的代表人物。我写作时始终牢牢记住我的敌人。我在十年中间（一九三一到一九四〇）写完《激流三部曲》。下笔的时候我常常动感情，有时丢下笔在屋子里走来走去，有时大声念出自己刚写完的文句，有时叹息呻吟、流眼泪，有时愤怒，有时痛苦。《春》是在狄思威路（溧阳路）一个弄堂的亭子间里开了头，后来在拉都路（襄阳路）敦和里二十一号三楼续写了一部分，最后在霞飞路霞飞坊五十九号三楼完成，那是一九三六到一九三七年的事。《秋》不曾在任何刊物上发表过，它是我一口气写出来的。一九三九年下半年到第二年上半年，我躲在上海"孤岛"（日本军队包围中的租界）上，主要是为了写《秋》。人们说，一切为了抗战。我想得更多，抗战以后怎样？抗战中要反封建，抗战以后也要反封建。这些年高老太爷的鬼魂就常常在我四周徘徊，我写《秋》的时候，感觉到我在跟那个腐烂的制度作拼死的斗争。在《家》里我的矛头针对着高老太爷和冯乐山；在《春》里我的矛头针对着冯乐山和周伯涛；在《秋》里我的矛头针对着周伯涛和高克明。对周伯涛，我怀着强烈的憎恨。他不是真实的人，但是我看见不少像他那样的父亲，他的手里紧紧捏着下一代人的命运，他凭个人的好恶把自己的儿女随意送到屠场。

当时我在上海的隐居生活很有规律，白天读书或者从事翻译工作，晚上九点后开始写《秋》，写到深夜两点，有时甚至到三四点，然后上床睡觉。我的三哥李尧林也在这幢房子里，住在三楼亭子间，他是一九三九年九月从天津来的。第二年七月我再去西南后，他仍然留在上海霞飞坊，一直到一九四五年十一月我回上海送他进医院，在医院里他没有活到两个星期。他是《秋》的第一个读者。我一共写了八百多页稿纸，每次写完一百多页，结束了若干章，就送到开明书店，由那里发给印刷所排印。原稿送出前我总让三哥先看一遍，他有时也提一两条意见。我五月初写完全书，七月中就带着《秋》的精装本坐海船去海防转赴昆明了。我今天向一些年轻朋友谈起这类事情，他们觉得奇怪：出版一本七八百页的书怎么这样快，这样容易！但事实毕竟是事实。

三

《激流三部曲》就是这样地写出来的。三本书中修改次数最多的是《家》，我写《家》的时候，喜欢使用欧化句子，大量地用"底"字，而且正如我在小说第五章里所说，"把'的'、'底'、'地'三个字的用法也分别清楚"。我习惯用欧化句子的原因在第四篇《回忆录》里已经讲过，不再在这里重述。我边写边学，因此经常修改自己的作品。幸而我不是文学艺术的专家，用不着别人研究我的作品中的Variant（异文），它们实在不少。就拿《家》来说吧，一九三三年我第一次看单行本的校样，修改了一遍，第三十五章最后关于"分家"的几段便是那时补上去的，一共三张稿纸。《家》的全稿都在时报馆丢失了，只有这三页增补的手稿保留下来。五十年代中我把它们连同《春》和《秋》的全部手稿赠给北京图书馆了，那两部手稿早在四十年代就已装订成册，我偶尔翻着它们，还信笔加上眉批，不过这样的批语并不多。一九三六年开始写《春》，我又读了《家》，作了小的改动。一九三七年上半年书店要排印《家》的新五号本，我趁这机会又把小说修改一遍，删去了四十个小标题，文字上作了不少的改动，欧化句子减少了。这一版已经打好纸型，在美成印刷所里正要上架印刷的时候，"八·一三"日军侵沪的战争爆发，印刷所化成灰烬，小字本《家》永远失去了同读者见面的机会。幸而我手边还留了一份清样。这年年底开明书店在上海重排《家》，根据的就是这一份清样，也就是唯一的改订稿。我一边看《家》的校样，一边续写《春》。《春》的初稿分一、二两部。一九三八年二月写完《春》的尾声，不久我就离开上海去广州，开始了"在轰炸中的日子"。

建国后人民文学出版社愿意重印《家》，一九五二年十月我从朝鲜回来，又把《家》修改了一遍才交出去排印。这次修改也是按照我自己的意思。一九五七年开始编辑《巴金文集》，我又主动地改了一次《家》，用"的"字代替了"底"。算起来这部小说一共改动了七八次，上个月的修改，改动最少，可能是最后的一次。如此频繁地修改一部作品，并不能说明我写作态度的认真，这是由于我不是文学家，只能在实践中学习。但是这本小说已经活了五十年，几次的围攻和无情的棍棒都没有能把它砸烂，即使在火车站上烧毁，也没有能使它从人间消失。几十年来我一直听见各种各样的叽叽喳喳：什么没有给读者指明道路啦，什么反封建不够彻底啦，什么反封建已经过时啦……有一个时期我的脑子也给搞糊涂了，我彻底否定了自己的作品。造反派说《家》是替地主阶级少爷小姐"树碑立传"的小说，批判我是"地主阶级的孝子贤孙"，我低头承认。但是我至今不能忘记的是在"牛棚"里被"提审"或者接受"外调"的时候，不管问话的人是造反派，还是红卫兵，是军代表，还是工宣队，我觉得他们审问的方法和我父亲问案很相似（我五六岁时在广元县衙门里经常在二堂上看我父亲审案），甚至更"高明"。这个事实使我产生疑问：高老太爷的鬼魂怎么会附在这些人的身上？在"牛棚"里，在五·七干校内，我一面为《家》写检讨，自己骂自己，一面又在回忆写作《激流三部曲》的情况和当时的想法。我写《家》就是为了让它消亡，我反封建是真的反封建，而不是为了给自己争取名利。反封建如已过时，我的小说便不会有读者；反封建不够彻底，就会由反得彻底的作品代替。总之，《家》如果自行消亡，我一定十分高兴，因为摆脱了封建，我们的祖国、我们的社会一定有更大的进步，这正是我朝夕盼望的事。

《激流三部曲》中《春》和《秋》都只改了一次，就是一九五八年编辑《文集》时的修改,改动不算太小,还增加了章节,《春》也由一、二两部合并成了一部。现在进行的是第二次的修改,改得极少,只是删去一些字句。这是最后一次的修改了。关于《春》和《秋》人们也有各种不同的看法。香港出版的《新文学大系续编》小说二集的编者说"这两部续作……反而造成了《家》的累赘",因为"作品中的许多人物、故事是他(指作者)根据过去生活中的一些记忆和一些偶然的见闻拼凑起来的,是虚构的。"我不想替自己辩护,而且辩护也没有用,因为历史是无情的。我只说,在《秋》的序文里我写过这样的话:"我使死人活起来,又把活人送到坟墓中去。我使自己活在另一个世界里,看见那里的男男女女怎样欢笑、哭泣。"我还说:"……在广州的轰炸中我和几个朋友蹲在四层洋房的骑楼下听见炸弹的爆炸,机关枪的扫射,飞机的俯冲,在等死的时候还想到几件未了的事……《秋》的写作便是其中的一件。"我写《秋》只是尽我的职责。人在生死关头绝不会想到什么"拼凑"和"虚构"。我从广州到桂林,再从桂林到金华转温州搭船回上海,历尽艰辛,绝不是为了给过去的作品加一点"累赘"。这些天我在校改《秋》,读到四十年前写下的这样的话:"在这样短促的时间里一个顽固的糊涂人的任性可以造成这样大的悲剧。他对于把如此大的权力交付在一个人手里的那个制度感到了大的憎恶。"它们今天还使我的心燃烧。对封建制度我有无比的憎恨,我这三本小说都是揭露、控诉这个制度的罪恶的。我写它们,就好像对着面前的敌人开枪,我亲眼看见子弹飞出去,仿佛听见敌人的呻吟。

时间似乎在奔跑,四十年过去了,五十年过去了。出版社还要重印它们,我的书还不曾"消亡"。各式各样的诅咒都没有用。买卖婚姻似乎比我写《激流》时更加普遍,今天还有青年男女因为不能同所爱的人结婚而双双自杀。在某个省份居然有人为了早日"升天"请人把他全家投在水里。披着极左思潮的外衣,就可以掌握许多人的命运,各种打扮的高老太爷千方百计不肯退出历史舞台。……

关于《激流》我有满肚子的话,因为写了这个三部曲,在"文化大革命"期间,我被当作"地主",受过种种侮辱,有话不准说,今天我可以尽量倾吐自己的感情,但是也用不着多说了。在我的创作生活的最后四五年中我没有时间吞吞吐吐地讲假话了,让我们的子孙来判断吧,我要讲的就是这样的一句:

我写《激流》并没有浪费自己的时间,也没有浪费读者的时间,它们并不是写了等于没有写的作品。

四

按照预订计划,我写《创作回忆录》到第十篇为止,现在这一篇就要结束,我又想起了一些事情,我决定再写一篇《关于〈寒夜〉》。我写文章从来就是这样:是人写文章,不是文章写人;是我在说话,不是别人说话。

这些日子我已经没有体力在噪音更大、人流滚滚的人行道上从容散步了。我进行思考或者回忆的时候喜欢在屋前院子里徘徊。许多过去的事情都渐渐地模糊了。唯有一些亲友的面貌还鲜明地印在我的脑子里。他们都想活下去,而且努力挣扎,但还是给逼着过早死去。我却活到今天。这是多么不公平!

我在中篇小说《利娜》(一九三四年)的开头引用过一位死在沙皇牢里的年轻女革命者的诗句:"文字和语言又有什么用?"我在三十年代常常这样地伸诉自己的痛苦。今天我的旧作还在读者中间流传,并不是值得骄傲的事:面对着高老太爷的鬼魂,难道这些作品真像道士们的符咒?我多么希望我的小说同一切封建主义的流毒早日消亡!彻底消亡!

1980年12月14日

十一　关于《寒夜》

关于《寒夜》，我过去已经谈得不少。这次在谈《激流》的回忆里我写过这样的话："我在自己身上也发现我大哥的毛病，我写觉新……也在鞭挞我自己。"那么在小职员汪文宣的身上，也有我自己的东西。我曾经对法国朋友讲过：我要不是在法国开始写了小说，我可能走上汪文宣的道路，会得到他那样的结局。这不是虚假的话，但是我有这种想法还是最近两三年的事。我借觉新鞭挞自己的说法，也是最近才搞清楚的。过去我一直背诵丹东的名言："大胆，大胆，永远大胆！"丹东一七九四年勇敢地死在断头机上，后来给埋葬在巴黎先贤祠里面。我一九二七年春天瞻仰过先贤祠，但是那里的情况，我一点也记不起了。除了那句名言外，我只记得他在法庭上说过，他的姓名要长留在先贤祠里。我一九三四年在北平写过一个短篇《丹东的悲哀》，对他有些不满，但他那为国献身的精神永远值得我学习。我在三十年代就几次引用丹东的名句，我写觉慧时经常想到这句话。有人说觉慧是我，其实并不是。觉慧同我之间最大的差异便是他大胆，而我不大胆，甚至胆小。以前我不会承认这个事实，但是经过所谓"文化大革命"后，我看自己可以说比较清楚了。在那个时候我不是唯唯诺诺地忍受着一切吗？这究竟是为了什么？我曾经作过这样的解释：中了催眠术。看来并不恰当，我不单是中了魔术，也不止是别人强加于我，我自己身上本来就有毛病。我几次校阅《激流》和《寒夜》，我越来越感到不舒服，好像我自己埋着头立在台上受批判一样。在向着伟大神明低首弯腰叩头不止的时候，我不是"作揖哲学"和"无抵抗主义"的忠实信徒吗？

我写《寒夜》和写《激流》有点不同，不是为了鞭挞汪文宣或者别的人，是控诉那个不合理的社会制度，那个一天天腐烂下去的使善良人受苦的制度。一九四四年秋冬之际一个夜晚，在重庆警报解除后一两个小时，我开始写《寒夜》。当时我的脑子里只有汪文宣，而且面貌不清楚，不过是一个贫苦的患肺结核的知识分子。我写了躲警报时候的见闻，也写了他的妻子和家庭的纠纷。这一切都是围绕着汪文宣进行的。我并没有具体的计划，也不曾花费时间去想怎样往下写。但肺病患者悲惨死亡的结局却是很明确的。这样的结局我见得不少。我自己在一九二五年也患过肺病。的确是这样：我如果不是偶然碰到机会顺利地走上了文学道路，我也会成为汪文宣。汪文宣有过他的黄金时代，也有过崇高的理想。然而他和许多知识分子一样让那一大段时期的现实生活毁掉了。我写汪文宣，写《寒夜》，是替知识分子讲话，替知识分子叫屈诉苦。在当时的重庆和其他的"国统区"，知识分子的处境很困难，生活十分艰苦，社会上最活跃、最吃得开的是搞囤积居奇，做黄（金）白（米）生意的人，还有卡车司机。当然做官的知识分子是例外，但要做大官的才有权有势。做小官、没有掌握实权的只得吃平价米。

那一段时期的确是斯文扫地。我写《寒夜》，只有一个念头：这种情况不能再继续下去。我的脑子里常常出现三个人的面貌：第一位是我的老友范兄。我在早期的散文里几次谈到他，他患肺结核死在武夷山，临死前还写出歌颂"生之欢乐"的散文。但是在给我的告别信里他说"咽喉剧痛，声音全部哑失……最近几个月来我已受够了病的痛苦"第二位是另一个老友彦兄。在他需要帮助的时候，我没有认真地给他援助。我最后一次看见他，他的声音已经哑了，但他还拄着手杖一拐一拐地走路，最后听说他只能用铃子代替语言，却仍然没有失去求生的意志。他寂寞凄凉地死在乡下。第三位是我一个表弟。抗战初期他在北平做过地下工作，后来回到家乡，仍在邮局服务。我一九四二年回成都只知道他身体弱，不知道他有病。以后听说他结婚，又听说他患肺结核。最后有人告诉我表弟病重，痛苦不堪，几次要求家人让他死去，他的妻子终于满足了他的要求，因此她受到一些人的非难。我想摆脱这三张受苦人的脸，他们的故事不断地折磨我。我写了几页稿纸就让别的事情打岔，没有再写下去。是什么事情打岔？我记不清楚了。大概是"湘桂大撤退"以后，日军进入贵州威胁重庆的那件大事吧。

我在《寒夜》后记里说，朋友赵家璧从桂林撤到重庆，在金城江大火中丧失一切，想在重庆建立新的据点，向我约稿，我答应给他一部小说。我还记得，他来找我，我住在重庆民国路文化生活出版社楼梯下那间很小的屋子里。他毫不气馁地讲他重建出版公司的计划，忽然外面喊起"失火"来，大家乱跑，人声嘈杂，我到了外面，看见楼上冒烟，大吃一惊。萧珊当时在成都（她比我先到重庆，我这年七月到贵阳去看她，准备不久就回桂林，可是刚住下来，就听到各种谣言，接着开始了"湘桂大撤退"，我没有能再去桂林），我便提着一口小箱子跑到门外人行道上。这是我唯一的行李，里面几件衣服，一部朋友的译稿，我自己的一些残稿，可能有《寒夜》的前两页。倘使火真的烧了起来，整座大楼一定会变成瓦砾堆，我的狼狈是可想而知的，《寒夜》在中断之后也不会再写下去了，因为汪文宣一家住在这座大楼里，就是起火的屋子，我讲的故事就围绕着这座楼、就在这几条街上进行，从一九四四年暮秋初冬一直到一九四五年冬天的寒夜。

幸而火并未成灾就给扑灭了，我的生活也不曾发生大的变化。萧珊从成都回来，我们在楼梯下的小屋里住了几个月，后来又搬到沙坪坝借住在朋友吴朗西的家中。家璧的图书公司办起来了。我没有失信，小说交卷了，是这年（一九四五）上半年在沙坪坝写成的，但它不是《寒夜》，我把《寒夜》的手稿放在一边，另外写了一本《第四病室》，写我前一年在贵阳中央医院第三病室里的经历。在重庆排印书稿比较困难，我的小说排竣打好纸型，不久，日本政府就宣布投降了。

八年抗战，胜利结束。在重庆起初是万众欢腾，然后是一片混乱。国民党政府似乎毫无准备，人民也没有准备。从外省来的人多数都想奔回家乡，却找不到交通工具，在各处寻找门路。土纸书没有人要了，文化生活出版社显得更冷清，家璧的图书公司当然也是这样。小说没有在重庆印出，家璧把纸型带到上海。我还留在重庆时，有熟人搭飞机去上海，动身的前夕，到民国路来看我，我顺便把包封好的《第四病室》的手稿托他带去。后来朋友李健吾和郑振铎在上海创办《文艺复兴》月刊，知道我写了这本小说，就拿去在刊物上连载。小说刚刚刊出了第一部分，赵家璧回到上海，准备出版全书。他和振铎、健吾两位都相熟，既然全书就要刊行，刊物不便继续连载，小说只发表了一次，为这事情我感到对不起《文艺复兴》的读者（事情的经过我后来才知道）。因此我决定把下一部小说交给这个刊物。

下一部长篇小说就是《寒夜》，我在一九四四年写了几张稿纸，一九四五年日本投降后我在那间楼梯下的屋子里接下去又写了二三十页。在重庆我并没有家。这中间萧珊去成都两次：第一次我们结婚后她到我老家去看看亲人，也就是在这段时间我开始写《寒夜》；第二次在日本政府投降的消息传出不久，一位中国旅行社的朋友帮忙买到一张飞机票让她匆匆地再去成都，为了在老家生孩子有人照料，但是后来因为别的事情（有人说可以弄到长江船上两个铺位，我梦想我们一起回上海，就把她叫回来了。我和她同到船上去看了铺位，那样小的地方我们躺下去都没有办法，只好将铺位让给别的朋友），她还是回到重庆。我的女儿就是在重庆宽仁医院出世的。我续写《寒夜》是在萧珊第二次去成都的时候，那些日子书印不出来、书没有人要，出版社里无事可做，有时我也为交通工具奔走，空下来便关在小房间里写文章，或者翻译王尔德的童话。

我写《寒夜》，可以说我在作品中生活，汪文宣仿佛就是与我们住在同样的大楼，走过同样的街道，听着同样的市声，接触同样的人物。银行、咖啡店、电影院、书店……我都熟悉。我每天总要在民国路一带来来去去走好几遍，边走边思索，我在回想八年中间的生活，然后又想起最近在我周围发生的事情。我感到了幻灭，我感到了寂寞。回到小屋里我像若干年前写《灭亡》那样借纸笔倾吐我的感情。汪文宣就这样在我的小说中活下去，他的妻子曾树生也出来了，他的母亲也出现了。我最初在曾树生的身上看见一位朋友太太的影子，后来我写下去就看到了更多的人，其中也有萧珊。所以我并不认为她不是好人，我去年写第四篇《回忆》时还说："我同情她和同情她的丈夫一样。"

我写《寒夜》也和写《灭亡》一样，时写时辍。事情多了，我就把小说放在一边。朗西有一个亲戚在上海办了一份《环球》画报，已经出了两三期，朗西回到上海便替画报组稿，要我为它写连载小说，我把现成的那一叠原稿交了给他。小说在画报上刊出了两次，画报就停刊了，我也没有再写下去。直到这年六月我第二次回上海见到健吾，他提起我的小说，我把已写好的八章重读一遍，过几天给他送了去。《寒夜》这样就在八月份的《文艺复兴》二卷一期开始连载了。

《寒夜》在《文艺复兴》上一共刊出了六期，到一九四七年一月出版的二卷六期刊载完毕。我住在霞飞坊（淮海坊），刊物的助理编辑阿湛每个月到我家来取稿一次。最后的《尾声》是在一九四六年十二月三十一日写成。一月份的刊物说是一月一日出版，其实脱期是经常的事。我并没有同时写别的作品，但是我在翻译薇娜·妃格念尔的回忆录《狱中二十年》。我还在文化生活出版社担任义务总编辑兼校对，因此在"文化大革命"中我曾被当作资本家批斗过一次，就像我因为写过《家》给当作地主批斗过那样。我感到抱歉的是我的校对工作做得特别草率，在我看过校样的那些书中，人们发现不少的错字。

《寒夜》写一九四四年冬季到一九四五年年底一个重庆小职员的生活。那一段时期我在重庆，而且就生活在故事发生和发展的那个地区。后来我在上海续写小说，一拿起笔我也会进入《寒夜》里的世界，我生活在回忆里，仿佛在挖自己的心。我写小说是在战斗。我曾经想对我大哥和三哥有所帮助，可是大哥因破产后无法还债服毒自杀；三哥在上海患病无钱住院治疗，等到我一九四五年十一月赶回上海设法送他进医院，他已经垂危，分别五年后相处不到三个星期。他也患肺病，不过他大概死于身心衰竭，不像汪文宣死得那样痛苦。但是他在日军侵占"孤岛"后那几年集中营似的生活实在太苦了。没有能帮忙他离开上海，我感到内疚。我们在成都老家时他的性格比我的坚强、乐观，后来离开四川，他念书比我有成绩。但是生活亏待了他，把他的锐气和豪气磨得干干净净。他去世时只有四十岁，是一个中学英文教员，不曾结过婚，也没有女朋友，只有不少的学生，还留下几本译稿。我葬了他又赶回重庆去，因为萧珊在那里等着孩子出世。

回到重庆我又度过多少的寒夜。摇晃的电石灯，凄凉的人影，街头的小摊，人们的诉苦……这一切在我的脑子里多么鲜明。小说《尾声》的最后一部分就是根据我当时的一篇散文改写的。小说的主要部分，小说的六分之五都是在一九四六年下半年写成的。我的确有这样一种感觉：我钻进了小说里面生活下去，死去的亲人交替地来找我，我和他们混合在一起。汪文宣的思想，他看事物的眼光对我并不是陌生的，这里有我那几位亲友，也有我自己。汪文宣同他的妻子寂寞地打桥牌，就是在我同萧珊之间发生过的事情。写《寒夜》的时候我经常想：要不是我过去写了那一大堆小说，那么从桂林逃出来，到书店做个校对,万一原来患过的肺病复发,我一定会落到汪文宣的下场。我还有一个朋友散文作家缪崇群,他出版过几个集子,长期患着肺病,那时期在官方书店正中书局工作,住在北碚,一九四五年一月病死在医院里,据说他生病躺在宿舍里连一口水也喝不到,在医院断气时也无人在场。他也是一个汪文宣。我写汪文宣,绝不是揭发他的妻子,也不是揭发他的母亲,我对这三个主角全同情。要是换一个社会,换一个制度,他们会过得很好。使他们如此受苦的是那个不合理的旧社会制度。生活这样苦,环境这样坏,纠纷就多起来了。我写《寒夜》就是控诉旧社会,控诉旧制度。

这些年我常说,《寒夜》是一本悲观、绝望的小说。小说在《文艺复兴》上连载的时候,最后的一句是"夜的确太冷了"。后来出版单行本,我便在后面加上一句:"她需要温暖"。意义并未改变。其实说悲观绝望只是一个方面。我当时的想法自己并未忘记,也永远不会忘记。我虽然为我那种"忧郁感伤的调子"受够批评,自己也主动作过检讨,但是我发表《寒夜》明明是在宣判旧社会、旧制度的死刑。我指出蒋介石国民党的统治已经彻底溃烂,不能再继续下去。旧的灭亡,新的诞生;黑暗过去,黎明到来。奇怪的是只有在小说日文译本的书带上才有人指出这是一本充满希望的书。有一位西德女学生在研究我这本作品准备写论文,写信来问我:"从今天的立场来看你会不会把几个主角描写修改(比方汪文宣的性格不那么懦弱的,树生不那么严肃的,母亲不那么落后的)?"(原文)我想回答她:"我不打算修改。"过去我已经改了两次,就是在一九四七年排印《寒夜》单行本的时候和一九六〇年编印《文集》最后两卷的时候。我本来想把《寒夜》和《憩园》、《第四病室》放在一起编成一集,但是在出版社担任编辑的朋友认为这样做,篇幅过多,不便装订,我才决定多编一册,将《寒夜》抽出,同正在写作中的《谈自己的创作》编在一起。因此第十四卷出版最迟,到一九六二年八月才印出来，印数不过几千册。那个时候文艺界的斗争很尖锐，又很复杂，我常常感觉到"拔白旗"的大棒一直在我背后高高举着，我不能说我不害怕，我有时也很小心，但是一旦动了感情健忘病又会发作，什么都不在乎了。一九六二年我在上海二次文代会上的发言就是这样"出笼"①的。我为这篇发言在十年浩劫中吃够了苦头，自己也作过多次的检查。现在回想那篇发言的内容，不过是讲了一些寻常的话，不会比我在十四卷《文集》中所讲的超过多少。我在一九六〇年写的《文集》第十三卷的《后记》中谈到《憩园》和《第四病室》（也附带谈到《寒夜》）时，就用了自我批评的调子。我甚至说："有人批评我'同情主人公，怜悯他们，为他们愤怒，可是并没有给这些受生活压迫走进了可怕的绝路的人指一条出路。没有一个主人公站起来为改造生活而斗争过'。我没法反驳他。"

我太小心谨慎了。为什么不能反驳呢？多年来我一直在想，法庭审判一个罪人，有人证物证，有受害者、有死尸，说明被告罪大恶极，最后判处死刑，难道这样审判并不合法，必须受害者出来把被告乱打一顿、痛骂一通或者向"青天大老爷"三呼万岁才算正确？我控诉旧社会，宣判旧制度的死刑，作为作家我有这个权利，也有责任。写《寒夜》时我就是这样想，也就是这样做的。我恨那个制度，蔑视那个制度。我只有一个坚定的思想：它一定要灭亡。有什么理由责备那些小人物不站起来"斗争"？我国的知识分子从来就是十分善良，只要能活下去，他们就愿意工作。然而汪文宣在当时那种政治的和社会的条件下，要活下去也不能够。

关于《寒夜》我不想再说什么，其实也不需要多说了。我去年六月在北京开会，空闲时候重读了收在《文集》十四卷中的《寒夜》。我喜欢这本小说，我更喜欢收在《文集》里的这个修改本。我给憩得

---

① "出笼"："四人帮"时期流行的用语。

太难受了,我要讲一句真话:它不是悲观的书,它是一本希望的作品,黑暗消散不正是为了迎接黎明!《回忆》第四篇是在北京的招待所里写成的,文章中我曾提到"一九六〇年尾在成都学道街一座小楼上修改这小说的情景",那时的生活我不但没有忘记,而且对我显得十分亲切。由于朋友李宗林的安排,我得到特殊的照顾,一个人安静地住在那座小楼上写文章。我在那间阳光照得到的楼房里写了好几个短篇和一本成为废品的中篇小说。在那三个月的安适生活中,我也先后校改了三本小说的校样,最后一本便是《寒夜》。

校改《寒夜》时我的心并不平静。那是在所谓"三年自然灾害"的时期,我作为一个客人住在小楼上,不会缺少什么。但周围的事情我也略知一二。例如挂在街上什么地方的"本日供应蔬菜"的牌子,我有时也看到,几次都是供应"凉粉"若干。有一天我刚刚走出大门,看见一个人拿着一个菜碗,里面盛了一块白凉粉,他对旁边一个熟人说:"就这样一点点。"

就在供应如此紧张的时候,我的表哥病倒了。这位表哥就是我一九三二年在《家庭的环境》中提到的"香表哥",也就是《家》的十版代序《给我的一个表哥》的收信人。我学英语,他是我的启蒙老师。在我一九二〇年秋季考进成都外国语专门学校补习班以前,他给过我不少的帮助。可是后来在他困难的时期我却不能给他任何的支持。一九五六年十二月我回成都,他在灌县都江堰工作,不曾见到他。一九六〇年我再去成都,看望姑母,他刚刚退职回家,我们同到公园喝过茶。过了些时候我再去姑母家,表哥在生病,桌上放了满满一杯药汁。他的声音本来有点哑,这时厉害了些,他说医生讲他"肝火旺",不要紧。后来我的侄儿告诉我,在医院遇见我表哥,怀疑表哥患肺结核,劝他住院治疗,他不愿意,而且住院也有困难。以后听说表哥住到城外他儿子的宿舍里去了,我让我一个侄女去看过他。病相越来越显著,又得不到营养品,他儿子设法买一点罐头,说是他想吃面，我叫侄女骑车送些挂面去。没有交通工具，我说要去看他，却又怕麻烦，一天推一天。听说他很痛苦，声音全哑了，和汪文宣病得一样，我没有想到他那么快就闭上了眼睛。有一天我一个堂兄弟来告诉我，表哥死了，已经火化了。没有葬仪，没有追悼会，那个时候人们只能够这样简单地告别死者。可是我永远失去了同表哥见面的机会。只有在知道他的遗体火化之后，我才感觉到有许多话要对他说！说什么呢？对大哥和香表哥，我有多少的感激和歉意啊！没有他们，我这个不懂事的孩子能够像今天这样地活下去吗？

堂兄弟还对我说，他去看过姑母。姑母很气愤，她感到不公平。她一生吃够了苦，过了八十岁，还看见儿子这样悲惨地死去，她想不通。堂兄弟还说，表哥的退职费只花去一小部分，火葬也花不了什么钱。表哥死后我没有敢去看姑母，我想不出安慰她的话。我不敢面对现实，只好逃避。不多久我因为别的任务赶回上海，动身前也没有去姑母家，不到半年我就得到她老人家逝世的噩耗。在成都没有同她母子告别，我总觉得欠了一笔偿不清的感情的债。我每次翻读《寒夜》的最后一章，母亲陪伴儿子的凄凉情景像无数根手指甲用力地搔痛我的心。我仿佛听见了儿子断气前的无声哀叫："让我死吧，我受不了这种痛苦。"我说，不管想得通想不通，知识分子长时期的悲剧必须终止了。

我先把《寒夜》的校样寄回北京人民文学出版社，然后搭火车回上海，李宗林送我上车。这次回成都得到他的帮助不少，以后在北京出席全国人民代表大会，也经常同他见面。他曾在新疆盛世才监狱中受尽苦刑，身上还留着伤痕和后遗症。一九六四年尾在北京人大会堂最后一次看见他，他神情沮丧、步履艰难，我无法同他多谈。当时康生、江青之流十分活跃，好些人受到了批判，我估计他也会遇到麻烦，但绝对没有想到过不了几年他就在"文化大革命"初期受尽侮辱给迫害致死。两年前我得到通知在成都开追悼会为他平反雪冤。我打电话托人代我献了一个花圈，这就是我对一个敬爱的友人所能表示的一点心意了。我是一个无神论者。我绝不相信神和鬼。但是在结束这篇《回忆》时，我真希望有神，有鬼。祝愿宗林同志的灵魂得到安宁。也祝愿我姑母和表哥的灵魂得到安宁。

《创作回忆录》到这里结束。我写这十一篇《回忆》。并没有"扬名后世"的意思，发表它们也无非回答读者的问题，给研究我的作品或者准备批判它们的人提供一点材料。但我究竟是个活人，我有种种新的活动，要我停止活动整天回忆过去或者让别人来"抢救材料"，很难办到。别的人恐怕也是这样。但搜集资料却也是重要的事。我们过去太轻视这一类的工作，甚至经常毁弃资料。在"文化大革命"中不少有关我国现代文学的重要资料化成灰烬。我听说日本东京有一所"近代文学馆"，是作家们自己办起来的。我多么羡慕日本的作家。我建议中国作家协会负起责任来创办一所中国现代文学馆，让作家们尽自己的力量帮助它完成和发展。倘使我能够在北京看到这样一所资料馆，这将是我晚年的莫大幸福，我愿意尽最大的努力促成它的出现，这个工作比写五本、十本《创作回忆录》更有意义。

1980年12月27日

再 记

在本书第七、第八两篇《回忆》中，我讲过萧珊的好友王同志的一些情况，还摘录了她一位女同学的来信，说："她已成了个活着的死人……"据说从一九七五年起，她就"不能听，不能看，不能说话，脸部肌肉不能动，全身瘫痪，最后只剩下食道功能还正常，喂食能喂下，消化……"她就这样地活了五年多。不用说，她的生活对她自己，对她的亲友，都是莫大的苦刑。我不止一次痛苦地问自己：难道这苦刑就没有结束的时候？回答终于来了。我那个在北京工作的朋友写信告诉我她已于二月二十一日离开人间。他到八宝山参加了她的追悼会，还代我在死者的灵前献了花圈。这就是我对这位善良而刚强的女人所能表示的一点敬意了。

今天重读我去年中写成的那几段文字，我仿佛又在做梦。屠格涅夫的小说《活尸首》中的一句话忽然来到我的心头："死神终于来叫她了。"我这时的感情十分复杂。我难过，我悲痛，但是我松了一口气。我不再说："祝她安好，"也不说："愿她安息，"因为她已经得到安息了。

  巴金 1981年3月6日，在上海，病中。

附 录

我和文学
—— 四月十一日在日本京都"文化讲演会"上的讲话

我不善于讲话，也不习惯发表演说，我一生就没有做过教师。这次来到日本，在东京朝日讲堂谈过一次我五十年的文学生活。这是破例的事，这是为了报答邀请我来访日的朋友们的好意。我始终不能忘记："文化大革命"中我靠边受批判、熟人在路上遇见也不敢相认的时候，日本朋友到处打听我的消息、要求同我见面。很可能问的人多了，"四人帮"才不敢对我下毒手。为了让日本朋友进一步了解我，我讲了自己的事，我也解剖了自己。

我正是因为不善于讲话，有感情表达不出来，才求助于纸笔，用小说的情景发泄自己的爱和恨，从读者变成了作家。一九二八年在法国写成第一部小说《灭亡》，寄回国内，由朋友介绍在一份当时的权威杂志《小说月报》上发表，顺利地进入了文坛。

过了一年半载，就用不着我自己写好稿到处投寄，杂志的编辑会找人来向我组稿。我并未学过文学，中文的修养也不高，唯一的长处是小说读得多，古今中外的作品能够到手的就读，读了也不完全忘记，脑子里装了一大堆"杂货"。

我写作一不是为了谋生，二不是为了出名，虽然我也要吃饭，但是我到四十岁才结婚，一个人花不了多少钱。我写作是为着同敌人战斗。那一堆"杂货"可以说是各种各样的武器，我打仗时不管什么武器，只要用得着，我都用上去。

前两天有一位日本作家①问我你怎么能同时喜欢各种流派的作家和作品呢？我说，我不是文学家，不属于任何派别，所以我不受限制。那位朋友又问，"你明明写了那许多作品，你怎么说不是文学家呢？"我说，唯其不是文学家，我就不受文学规律的限制，我也不怕别人把我赶出文学界。我的敌人是什么呢？我说过："一切旧的传统观念，一切阻止社会进步和人性发展的不合理的制度，一切摧残爱的努力，它们都是我最大的敌人。"我所有的作品都是写来控诉、揭露、攻击这些敌人的。

从一九二九年到一九四八年这二十年中间，我写得快，也写得多。我觉得有一根鞭子在抽打我的心，又觉得仿佛有什么鬼魂借我的笔为自己伸冤一样。我常常同主人公一起哭笑，又常常绝望地乱搔头发。

我说我写作如同在生活，又说作品的最高境界是写作同生活的一致，是作家同人的一致，主要的意思是不说谎。

我最近还在另一个地方说过：艺术的最高境界是无技巧。我几十年前同一位朋友辩论时就说过：长得好看的人用不着浓妆艳抹，而我的文章就像一个丑八怪，不打扮，看起来倒还顺眼些。他说："流传久远的作品是靠文学技巧流传，谁会关心百十年前的生活？"我不同意，我认为打动人心的还是作品中所反映的生活和主人公的命运。这仍然是在反对那些无中生有、混淆黑白的花言巧语。我最恨那些盗名欺世、欺骗读者的谎言。

---

① 日本作家指著名剧作家木下顺二先生，四月六日他和我在东京新大谷饭店三十九层楼上"对谈"了一个上午，因为我四日在东京朝日讲堂发表的《文学生活五十年》的演说中讲到"我也有日本老师，例如夏目漱石、田山花袋、芥川龙之介、武者小路实笃，特别是有岛武郎，他的作品我读得不多，但我经常背诵有岛的短篇《与幼小者》……"，他才提出"怎么能同时喜欢各种流派的文学作品？"这样的问话。

在最初的二十年中间我写了后来编成十四卷《文集》的长篇、中篇、短篇小说。里面有《激流三部曲》，有《憩园》，有《寒夜》。第二个二十年里面，新中国成立了，一切改变了，我想丢掉我那支写惯黑暗的旧笔，改写新人新事，可是因为不熟悉新的生活，又不能深入，结果写出来的作品连自己也不满意，而且经常在各种社会活动中花费大量的时间，写作的机会更加少了。

我一次一次地订计划叫嚷要为争取写作时间奋斗。然而计划尚未实现，"文化大革命"来了。我一下子变成了"大文霸"、"牛鬼蛇神"，经常给揪出去批斗，后来索性由当时"四人帮"在上海的六个负责人王洪文、马天水、徐景贤等决定把我打成不戴帽子的反革命，赶出文艺界。造反派和"四人帮"的爪牙贴了我几千张大字报，甚至在大马路上贴出大字标语说我是"卖国贼"，"反革命"，要把我搞臭。张春桥公开宣布，我不能再写作。但是读者有读者自己的看法。张春桥即使有再大的权力也不能把我从读者的心上挖掉。事实是这样，"四人帮"垮台以后，我仍然得到读者的信任。我常说："读者们的期望就是对我的鞭策。"读者们要我写作用不着等待长官批准。"四人帮"倒了，我的书重版却得到了更多的读者。

我虽然得到了"第二次解放"，究竟白白浪费了将近十年的时间，真是噩梦醒来，人已衰老。我今年七十六岁，可以工作的时间已经不多了。我必须抓紧时间，也抓紧工作。

我制定五年计划，宣布要写八本书（其中包括两部长篇小说），翻译五卷的赫尔岑的回忆录。本来作者写作品用不着到处宣传，写出就行，我大张旗鼓，制造舆论，就是希望别人不要来干扰，让我从容执笔，这是我最后一次为争取写作时间而奋斗。

我要奋笔多写。究竟写什么呢？五本《随想录》将是我生活中探索的结果。我要认真思考，根据个人的经验，就文学和生活中的许多问题发表自己的看法。两本小说将反映我自己在"文化大革命"中的遭遇，不一定写真人真事，也写可能发生的事。

我认为那十年浩劫在人类历史上是一件大事。不仅和我们有关，我看和全体人类都有关。要是它当时不在中国发生，它以后也会在别处发生。我对一位日本朋友说：我们遭逢了不幸，可是别的国家的朋友免掉了灾难，我们也算是一种反面教员吧。我又说，在这一点上我们也可以引以为骄傲。古今中外的作家，谁有过这种可怕而又可笑、古怪而又惨痛的经历呢？当时中国的作家却很少有一个逃掉，每一个人都作了表演，出了丑，受了伤，甚至献出了生命，但也经受了考验。今天我回头看自己在十年中间所作所为和别人的所作所为，实在不能理解。我自己仿佛受了催眠一样变得多么幼稚，多么愚蠢，甚至把残酷、荒唐当作严肃、正确。我这样想：要是我不把这十年的苦难生活作一个总结，从彻底解剖自己开始，弄清楚当时发生的事情，那么有一天说不定情况一变，我又会中了催眠术无缘无故地变成另外一个人，这太可怕了！这是一笔心灵上的欠债，我必须早日还清。它像一根皮鞭在抽打我的心，仿佛我又遇到五十年前的事情。"写吧，写吧。"好像有一个声音经常在我耳边叫。

我于是想起了一九四四年我向读者许下的愿，我用读者的口说出对作家们的要求："你们把人们的心拉拢了，让人们互相了解，你们就是在寒天送炭、在痛苦中送安慰的人。"我要写，我要奋笔写下去。首先我要使自己"变得善良些、纯洁些、对别人有用些"。

我快要走到生命的尽头了。我不愿意空着双手离开人世，我要写，我绝不停止我的笔，让它点燃火狠狠地烧我自己，到了我烧成灰烬的时候，我的爱、我的恨也不会在人间消失。

4月9日凌晨1时在广岛写完

后 记

一

我没有上过大学,也不曾学过文学艺术。为了消遣,我从小就喜欢看小说,凡是借得到的书,不管什么流派,不管内容如何,我都看完。数目的确不少。后来在烦闷无聊的时候,在寂寞痛苦的时候,我就求助于纸笔,写起小说来。有些杂志愿意发表我的作品,有些书店愿意出版我的小说,有些读者愿意购买我写的书,就这样鼓励我走上了文学的道路,让我戴上了"作家"这顶帽子。

不管好坏,从一九二七年算起,我整整写了四十五年。并不是我算错,十年浩劫中我就没有写过一篇文章。在这历史上少有的黑暗年代里,我自己编选的《巴金文集》被认为"十四卷邪书"受到严厉批判。在批判会上我和批判者一样,否定了这些"大毒草"。会后我回顾过去,写"思想汇报",又因为自己写了这许多"邪书"感到悔恨,我真愿意把它们全部烧掉!……

所以在"四人帮"垮台、我得到"第二次的解放"以后,就公开地说:"我不会让《文集》再版。"我并不曾违背诺言,有几年的事实作证。那么我是不是就承认我写的全是"毒草"呢?

不,不是。过去我否定过自己,有一个时期我的否定是真诚的,有一个时期是半真半假的。今天我仍然承认我有种种缺点和错误,但是我的小说绝不是"邪书"或"毒草"。我不再编印文集,我却编选了一部十卷本的选集。我严肃地进行这次的编辑工作,我把它当作我的"后事"之一,我要按照自己的意思做好它。

照自己的意思,也就是说,保留我的真面目,让后世的读者知道我是一个什么样的人。我在给自己下结论,这十卷选集就是我的结论。这里面有我几十年的脚印,我走过的并不是柏油马路,道路泥泞,因此脚印特别深。

有这部选集在,万一再有什么运动,它便是罪证,我绝对抵赖不了。我也不想抵赖。

二

不是说客气话,对文学艺术我本是外行。然而我写了几百万字的文学作品,也是事实。这种矛盾的现象在文学界中是常见的,而且像我这样的"闯入者"为数也不会少。对自己的作品我当然有发言权。关于创作的甘苦,我也有几十年的经验。我写作绝非不动脑筋。我写得多,想得也不会少。别人用他们制造的尺来量我的作品,难道我自己就没有一种尺度?!

过去我在写作前后常常进行探索。前年我编写《探索集》,也曾发表过五篇关于探索的随想。去年我又说,我不同意那种说法:批评也是爱护。从三十年代起我就同批评家打交道,我就在考虑创作和评论的关系。在写小说之前我就熟悉小说家陀思妥耶夫斯基和评论家别林斯基的事情。别林斯基读完诗人涅克拉索夫转来的《穷人》的原稿十分激动,要求涅克拉索夫尽快地把作者带到他家里去。第二天陀思妥耶夫斯基见到了别林斯基,这个青年作者后来在《作家日记》中这样写着:

"他渐渐地兴奋起来,眼睛发亮,热烈地讲起来了:'可是您自己明白您所写的什么吗!您是一个十分敏感的艺术家,才能够写出这样的作品。然而您完全明白您所描写的可怕的真实吗?像您这样的年轻人是不可能完全懂的。您那个小公务员是那样卑屈,他甚至不敢相信自己处境悲惨。他认为哪怕一点点抱怨都是胆大妄为。他不承认像他这样的人有"痛苦的权利"。然而这是一个悲剧！您一下子就懂得了事物的真相！我们批评家说明一切事物的道理，而你们艺术家凭想象竟然接触到一个人灵魂的深处。这是艺术的奥妙，艺术家的魔术！您有才华！好好地珍惜它，您一定会成为大作家'。"

这是从一本意大利人介绍陀思妥耶夫斯基生平的书中摘录下来的。书里面引用的大都是陀思妥耶夫斯基自己的话，回忆、日记和书信，中间也有少数几篇他的夫人和朋友写的回忆。编辑者把它们集在一起编成一本一百三十六页的书，反映了小说家六十年艰辛的生活，他的经历的确不平凡：给绑上了法场，临刑前才被特赦，在西伯利亚做了四年的苦工，过着长期贫困的生活，一直到死都不放松手中的笔。想到他，我的眼前就出现一个景象：在暴风雪的袭击之下，在泥泞的道路上，一个瘦弱的人昂着头不停脚地前进。生活亏待了他，可是他始终热爱生活。他仅次于托尔斯泰，成为十九世纪全世界两个最大的作家之一，可是他的生平比作品更牢牢地拴住了我的心，正如意大利编者所说"加强了对生活的信心"。他不是让衙门、让沙皇的宠幸培养出来的，倒是艰苦的生活、接连的灾难培养了他。《穷人》的作者同批评家接触的机会不多，别林斯基当时已经患病，过两三年就离开了人世，接着年轻小说家也被捕入狱。陀思妥耶夫斯基后来那些重要著作都和别林斯基的期望相反。给我留下印象最深的是被称为"可怕的和残酷的批评家"的别林斯基对《穷人》的作者讲的那段话，他是以平等的态度对待作家、对待青年作者的。三十四岁的批评家并没有叫二十四岁的青年作者跟着他走，他只是劝陀思妥耶夫斯基不要糟蹋自己的才华。

从这里我们也可以看出：作家和批评家，两种人，两种职业，两种分工……如此而已。作家不想改造批评家，批评家也改造不了作家。最好的办法是：友好合作，共同前进。本来嘛，作家和批评家都是文艺工作者，同样为人民、为读者服务；不同的是作家反映生活、塑造人物，而批评家却取材于作家和作品，他们借用别人来说明自己的主张。批评家论述作家和作品，不会用作家用的尺度来衡量，用的是他们用惯了的尺度。

几十年来我不曾遇见一位别林斯基，也没有人用过我的尺度来批评我的作品。不了解我的生活经验，不明白我的创作甘苦，怎么能够"爱护"我？！批评家有权批评每一个作家或者每一部作品，这是他的职责，他的工作，他得对人民负责，对读者负责。但是绝不能说他的批评就是爱护。我不相信作家必须在批评家的朱笔下受到磨炼。我也不相信批评家是一种代表读者的"长官"，是美是丑，由他说了算数。有人说"作品需要批评"。读者不是阿斗，他们会出来讲话。作家也有权为自己的作品辩护，要是巧辩，那也只会揭露他自己。

三

这两年我一直在探索文学艺术的作用，我发表过一些意见。

四个多月前在瑞士苏黎世我参观了现代艺术博物馆。我看了不少的绘画和雕塑，其中有一部分我听了讲解员的解说以后仍然不懂。即使是一幅名画，我看来看去，想来想去，始终毫无所得。回到旅馆，坐在窗前躺椅上反复思索，我想可能是自己修养不够，文化水平低，知识缺乏，理解力差。我偶尔也读过一两篇西方现代文学作品，我不了解作者的用意，有人告诉我要靠读者自己动脑筋去想，可是我一直想不出来。

我并不为这些感到苦恼。我苦苦思索的是这一件事情，是这一个问题：文学艺术的作用、目的究竟是什么？难道我是在沙滩上建造象牙的楼台、用美丽的辞藻装饰自己？难道我们有权用个人的才智和艺术的技巧玩弄读者、考读者、让读者猜谜？难道我们在纸上写字只是为了表现自己？文学艺术究竟是不是只供少数人享受的娱乐品、消遣品或者"益智图"？究竟是不是让人顺着台阶往上爬的敲门砖？

岂止两年！我一生都在想这样的问题。通过创作实践，我越来越理解高尔基的一句名言："一般人都承认文学的目的是要使人变得更好。"

我用不着再说什么了。

一九八二年二月十五日巴金记

巴金选集
第十卷
谈自己